Um novo capítulo para o amor

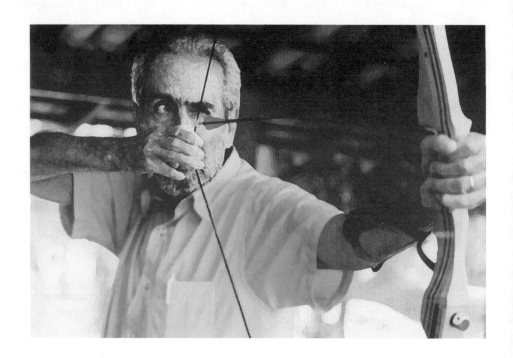

O Arqueiro

GERALDO JORDÃO PEREIRA (1938-2008) começou sua carreira aos 17 anos, quando foi trabalhar com seu pai, o célebre editor José Olympio, publicando obras marcantes como *O menino do dedo verde*, de Maurice Druon, e *Minha vida*, de Charles Chaplin.

Em 1976, fundou a Editora Salamandra com o propósito de formar uma nova geração de leitores e acabou criando um dos catálogos infantis mais premiados do Brasil. Em 1992, fugindo de sua linha editorial, lançou *Muitas vidas, muitos mestres*, de Brian Weiss, livro que deu origem à Editora Sextante.

Fã de histórias de suspense, Geraldo descobriu *O Código Da Vinci* antes mesmo de ele ser lançado nos Estados Unidos. A aposta em ficção, que não era o foco da Sextante, foi certeira: o título se transformou em um dos maiores fenômenos editoriais de todos os tempos.

Mas não foi só aos livros que se dedicou. Com seu desejo de ajudar o próximo, Geraldo desenvolveu diversos projetos sociais que se tornaram sua grande paixão.

Com a missão de publicar histórias empolgantes, tornar os livros cada vez mais acessíveis e despertar o amor pela leitura, a Editora Arqueiro é uma homenagem a esta figura extraordinária, capaz de enxergar mais além, mirar nas coisas verdadeiramente importantes e não perder o idealismo e a esperança diante dos desafios e contratempos da vida.

Jenny COLGAN

Um novo capítulo para o amor

Título original: *The Bookshop on the Shore*

Copyright © 2019 por Calibris Ltd.
Copyright da tradução © 2021 por Editora Arqueiro Ltda.

Todos os direitos reservados. Nenhuma parte deste livro pode ser utilizada ou reproduzida sob quaisquer meios existentes sem autorização por escrito dos editores.

tradução: Thalita Uba
preparo de originais: Mariana Gouvêa
revisão: Luis Américo Costa e Luíza Côrtes
diagramação e adaptação de capa: Miriam Lerner | Equatorium Design
capa: Zero Media
imagem de capa: Kate Forrester
impressão e acabamento: Bartira Gráfica

CIP-BRASIL. CATALOGAÇÃO NA PUBLICAÇÃO
SINDICATO NACIONAL DOS EDITORES DE LIVROS, RJ

C659n

    Colgan, Jenny, 1972-
        Um novo capítulo para o amor / Jenny Colgan ; tradução Thalita Uba. - 1. ed. - São Paulo : Arqueiro, 2021.
        400 p. ; 23 cm.

    Tradução de: The bookshop on the shore
    ISBN 978-65-5565-138-6

    1. Ficção inglesa. I. Uba, Thalita. II. Título.

21-70017   CDD: 823
                            CDU: 82-3(410.1)

Meri Gleice Rodrigues de Souza - Bibliotecária - CRB-7/6439

Todos os direitos reservados, no Brasil, por

Editora Arqueiro Ltda.
Rua Funchal, 538 – conjuntos 52 e 54 – Vila Olímpia
04551-060 – São Paulo – SP
Tel.: (11) 3868-4492 – Fax: (11) 3862-5818
E-mail: atendimento@editoraarqueiro.com.br
www.editoraarqueiro.com.br

Introdução

Quando eu era bem novinha, li todos os livros da pequena seção infantil da nossa minúscula biblioteca local (com exceção do enorme livro verde sobre répteis e anfíbios, dos quais eu morria de medo).

Li livros sobre caligrafia, sobre tênis de mesa, sobre as escoteiras (eu era uma péssima escoteira e odiava aquilo; só conquistei uma única medalha – sim, a medalha de leitura), sobre como se tornar um espião e sobre a Bíblia, assim como todos os livros de histórias que eles tinham lá.

Eu pensava que este era o objetivo: se você sabe ler, então vai ler todos os livros do mundo. Quando ganhei minha carteirinha de adulta, aos 13 anos, logo percebi que isso não seria possível.

Tendo esclarecido essa questão: oi e muito obrigada por escolher *Um novo capítulo para o amor* – eu sei que você tinha muitas outras opções. Sei disso, pode ter certeza. ☺

Este livro não é uma sequência de *A pequena livraria dos sonhos*, embora tenha algumas características semelhantes. Nina e Surinder estão presentes, mas a história é totalmente da Zoe.

Também é uma história sobre a capa de proteção contra o mundo que uma pessoa que ama livros veste. A imagem pode parecer estranha, mas é algo em que eu realmente acredito.

Se você gosta de ler, eu acho que isso significa que não precisa confiar apenas em si mesmo sempre. Significa que há mais cabeças para esmiuçar, mais vidas para viver além da sua própria. Meu filho não lê muito, mas eu lembro que, quando ele leu a série *Harry Potter*, chegou para mim e disse, impressionado:

– Não parece um livro, mãe, parece que realmente *estamos* lá!

E eu ainda acredito que a leitura é a melhor forma de comunicação direta entre um cérebro e outro que os seres humanos descobriram – ao menos até o Facebook obrigar todos a terem implantes.

A leitura pode ser um refúgio – eu gosto, em especial, de observar o pessoal que está indo para o trabalho no transporte público, alheio ao movimento ao seu redor, imerso na Inglaterra de Thomas Cromwell, ou nos mundos marcianos de Michel Faber, ou nos reinos bárbaros de George R. R. Martin.

No último romance da livraria, eu falei um pouquinho sobre onde e como eu leio, e muitos leitores solicitamente contribuíram com suas próprias ideias. Uma das coisas mais interessantes que surgiram foi o limite entre "livros de verdade", e-books e audiolivros. Algumas pessoas – não muitas – foram radicais, do tipo "Ah, não há nada como um livro de verdade". Mas o interessante foi quantas outras adoram a liberdade de carregar uma biblioteca inteira no celular ou no bolso, e o que eu tenho visto cada vez mais são pessoas usando seus leitores eletrônicos com uma fonte grande, eliminando a necessidade de óculos de leitura – isso não é superútil?

Também são mais fáceis de levar pra academia, e eu carrego o meu pra banheira todo dia (viro as páginas com o nariz) e não derrubei nem uma única vez – e, acredite em mim, ninguém é mais estabanado do que eu. Além disso, eu adoro audiolivros; eles permitem que você continue lendo quando está com as mãos ocupadas tentando levar o cachorro pra passear.

Com os e-books, contudo, eu sinto uma leve saudade de poder espiar o que as outras pessoas estão lendo. Eu também gostaria que colocassem o título no topo de todas as páginas – vivo esquecendo os títulos que estou lendo, e quando alguém me pergunta "O que você está lendo agora?" e eu titubeio por um instante, aí a pessoa me olha como se quisesse dizer "Ah, certo, me desculpe, eu *pensei* que você fosse aficionada por livros", o que é *muito, muito irritante*.

Ah, também me exasperei certa vez, durante um jantar, quando uma mulher começou a tagarelar que nunca leria e-books, que não havia nada como um livro de verdade e – juro, nunca sou grossa com as pessoas, mas ela estava sendo realmente insuportável – eu disse:

– Bom, eles só servem para as pessoas que leem *muito*.

Foi maldoso da minha parte, mas também bastante satisfatório.

O que estou tentando dizer é: ame o que você estiver lendo no momento. Enriqueça sua vida com livros de qualquer tipo. Se você não está gostando de um livro, tente outro* – a vida é curta demais. Eu ainda estou tentando ler todos os livros do mundo. Você também gosta de ler, então me entende.

Com amor,

Bjs
Jenny

---

* Não vale para este aqui, é claro. Eu mesma vou lhe mandar um e-mail para verificar se você terminou de ler, e talvez role um pequeno quiz:

PARTE 1

– A vista daqui de cima é diferente – disse Robert Carrier, abrindo a asa. – Quando a gente olha pras coisas do mesmo jeito de sempre, nada se altera. Quando troca de perspectiva, tudo muda.

– Mas isto aqui não se parece nada com a cidade – comentou Wallace, estupefato. – É tudo céu.

– Verdade – concordou Robert Carrier, fixando os olhos pequeninos no garoto levemente sujo. – Há muitos tipos diferentes de céu.

De *Entre os telhados*

Capítulo um

– Então, me fale sobre o choro.

Gentil porém formal, a mulher permanecia sentada atrás da velha e surrada mesa do Serviço Nacional de Saúde. Um pôster na parede sugeria um acrônimo confuso que a pessoa deveria lembrar se achasse que estava tendo um derrame.

A ideia de ter que lembrar de um acrônimo enquanto sofria um derrame estava deixando Zoe bastante ansiosa, mais ainda do que o mero fato de estar ali. Uma veneziana imunda mal tapava uma janelinha com vista para outro paredão de tijolos vermelhos e o carpete áspero exibia manchas de café.

– Bem, quase todas as segundas-feiras – respondeu Zoe, observando os belos e brilhosos cabelos escuros da mulher. Seus cabelos também eram escuros, mas, naquele momento, estavam presos desajeitadamente com algo que ela esperava que fosse um elástico de cabelo e não, por exemplo, um elástico que o carteiro tinha deixado cair. – E sabe como é. Quando o metrô está atrasado ou quando não consigo colocar o carrinho no vagão. Ou quando alguém reclama porque estou tentando entrar com o carrinho, porque, se eu não levo o carrinho, eu chego uma hora atrasada, embora ele já esteja grande demais pro carrinho, eu sei disso, obrigada, então pode parar de me julgar. Ou então quando fico presa no trabalho contando cada minuto até ir buscá-lo, o que estraga meu dia inteirinho de trabalho. Ou quando eu penso em, quem sabe, pegarmos o ônibus, e aí, quando chegamos ao ponto, o motorista fecha as portas, mesmo tendo me visto, porque não quer ter trabalho com o carrinho. Ou quando acaba o queijo e não posso comprar mais. Você viu o preço do queijo? Ou…

A mulher sorriu gentilmente, ao mesmo tempo que parecia um pouco ansiosa.

– Estava falando do seu filho, Sra. O'Connell. Quando é que *ele* chora?

– Ah! – murmurou Zoe, aturdida.

Ambas olharam para o garotinho de cabelos escuros brincando cuidadosamente com uma fazendinha montada no canto da sala. Ele as fitou, desconfiado.

– Eu... Eu não tinha entendido – respondeu Zoe, percebendo subitamente que estava prestes a chorar de novo.

A gentil Dra. Baqri empurrou em sua direção a caixa de lenços que deixava na mesa, mas não ajudou em nada. Pelo contrário.

– E é "senhorita" – corrigiu Zoe, com voz vacilante. – Bom, ele está bem... Quer dizer, algumas lágrimas, mas ele não... – Agora ela tinha certeza de que iria chorar. – Ele não... emite som algum.

Ao menos, Zoe pensou – depois de ter enxugado as lágrimas, perdido um pouco as estribeiras de novo e então se recomposto ao perceber, para seu horror, que a consulta que eles haviam esperado tantos meses para conseguir estava quase no fim e que ela havia passado boa parte do tempo aos prantos, olhando para a Dra. Baqri cheia de esperança e desespero, agora com Hari se agitando alegremente em seu colo –, ao menos a Dra. Baqri não tinha lhe dito o que as pessoas sempre diziam...

– Sabe, o Einstein... – começou a Dra. Baqri, e Zoe grunhiu internamente. Lá vinha: – ... só foi começar a falar com 5 anos.

Zoe deu um meio sorriso.

– Eu sei, obrigada – respondeu ela entre dentes.

– Mutismo seletivo... Ele sofreu algum trauma?

Zoe mordeu o lábio. Céus, ela esperava que não.

– Bem, o pai dele... vai embora e volta, de vez em quando – contou ela, acrescentando em um tom suplicante, como que esperando que a médica a aprovasse: – M-mas isso não é incomum, né? Você gosta de ver o seu pai, não gosta?

Ao ouvir falar no pai, o rostinho de Hari se iluminou, como sempre acontecia, e ele enfiou um dedinho gorducho inquisitivamente na bochecha dela.

– Logo – disse Zoe a ele.

– Quando foi a última vez que você o viu? – perguntou a médica.

– Hã... Três... Seis...

Zoe tentou lembrar. Jaz passara o verão todo longe, para falar a verdade. Ela vivia dizendo a si mesma para parar de segui-lo no Instagram, mas era como um vício terrível. Ele tinha ido a uns quatro festivais. Havia várias fotos dele com chapéus coloridos.

– Bem – disse a médica, que tinha jogado um joguinho de cartas com Hari, ensinado o garoto a estalar os dedos, brincado de "Cadê o bebê?" com ele e feito o pequeno encontrar coisas que ela havia escondido pela sala, todas ações que o menininho de 4 anos tentara executar, retornando nervosa e constantemente para o colo da mamãe com os olhos escuros arregalados e assustados. – Trata-se de um distúrbio de ansiedade social.

– Eu sei.

– É bastante incomum – a médica examinou suas anotações – uma criança não falar nem mesmo com a mãe ou o pai. Tem algo em casa que ele ache perturbador?

Eles viviam no térreo de um sobrado vitoriano horroroso em uma rua movimentada em Wembley. Os canos rangiam, o vizinho de cima vivia chegando em casa bêbado e ouvia música nas alturas até de madrugada. Às vezes ele recebia uns amigos em casa, que batiam na porta e riam alto. Juntar dinheiro para a caução de um novo lugar – sem contar o aluguel – era um sonho impossível. O Conselho tinha lhe sugerido uma hospedaria, mas ela achava que poderia ser ainda pior. Sua mãe não podia ajudar – ela se mudara para a Espanha há algum tempo e estava achando cada vez mais caro, virando-se com uma pensão em libras e trabalhando em um bar pavoroso com imagens de ovos fritos na janela.

Além disso, desde que engravidara sem querer de Hari, Zoe passava um tempão fingindo para sua família e seus amigos que estava bem, que estava tudo sob controle. Ela não suportaria encarar a seriedade de toda aquela situação. As consequências, contudo, eram dramáticas.

A Dra. Baqri percebeu a expressão de Zoe.

– Não estou... Não estou culpando você.

O lábio de Zoe voltou a tremer.

– Quer saber? – continuou a médica. – O vínculo de vocês parece bem forte. Ele é tímido, mas não acho que esteja traumatizado. Às vezes... Às vezes as coisas são simplesmente assim.

Houve uma pausa bem longa.

– Essa – disse Zoe baixinho – foi a coisa mais gentil que alguém me disse em muito tempo.

– Nós normalmente começamos com um sistema de recompensa por esforço – explicou a Dra. Baqri, entregando a ela uma pilha de gráficos e listas de objetivos. – Nada além de encorajamento, é claro. Oferecer algo legal em troca de um sussurro... uma guloseima em troca de uma canção.

Zoe piscou, tentando descobrir de onde tiraria o dinheiro para guloseimas, sendo que ela já estava desesperada por não saber o que eles fariam quando ficasse frio demais para Hari usar suas sandálias de verão todo dia.

– Podemos entrar com medicação se isso não funcionar.

Zoe ficou apenas olhando para ela. Medicar seu garotinho lindo. Aquele era o fim da linha – literalmente: eles tinham levado duas horas para atravessar Londres em um dia escaldante para uma consulta com uma fonoaudióloga de renome, depois de terem aguardado por oito meses na lista de espera.

– Você conversa bastante com ele? – quis saber a Dra. Baqri.

– Aham – respondeu Zoe, finalmente feliz por haver algo que não parecia ser culpa sua. – Sim! Eu faço isso! O tempo todo!

– Bem, certifique-se de não falar demais. Se você entende tudo que ele precisa e quer, não há motivação para ele falar. E é disso que precisamos.

A Dra. Baqri se levantou. Ao ver a expressão chocada de Zoe, ela sorriu.

– Eu sei que é difícil aceitar que não existe uma fórmula mágica – disse ela, juntando os folhetos.

Zoe sentiu o nó na garganta novamente.

– É difícil mesmo – respondeu ela.

Era difícil mesmo.

Zoe tentou sorrir encorajadoramente para seu menino. Mas durante o trajeto naqueles dois ônibus lotados e barulhentos, cheio de adolescentes voltando da escola, gritando e berrando e assistindo a vídeos em seus celulares, e pessoas amontoadas, e o ônibus andando penosamente devagar, e Hari tendo que sentar em seu colo para dar lugar a outras pessoas e fazendo sua perna ficar dormente, e tentando não calcular quanto tinha custado mais uma falta ao trabalho, e como sua chefe, Xania, realmente estava no limite da paciência, porque ela vivia tirando folgas, mas não podia perder o emprego, tudo parecia demais para suportar. E quando eles enfim chegaram em casa, fechando a imunda porta interna de aparas de madeira, com Hari cambaleando de cansaço, havia uma carta no tapete que estava prestes a tornar tudo substancialmente pior.

Capítulo dois

– Para quem você alugou o celeiro? Eles não podem ajudar?

Surinder Mehta estava ao telefone, sentada na cozinha de sua pequena casa em Birmingham, tentando dar conselhos construtivos a sua amiga Nina, que estava fazendo o que as pessoas costumam fazer quando recebem conselhos construtivos – rebatendo tudinho.

Nina administrava uma livraria móvel nas Terras Altas da Escócia. Isso estava prestes a se tornar temporariamente complicado, visto que ela também tinha se apaixonado por um fazendeiro muito bonito e o inverno tinha sido particularmente longo, sombrio e aconchegante, e, francamente, essas coisas aconteciam. Lá na Escócia, ela acariciou a barriga de grávida, irritada. Eles não tinham conseguido colocar a livraria à venda.

– Eles trabalham na lavoura! Estão ocupados!

– Deve ter alguém que possa ajudar. E aquela garota que costumava fazer faxina pra vocês?

– A Ainslee está na faculdade agora. Simplesmente não tem... Todo mundo por aqui já tem três empregos. Aqui é assim. Simplesmente não tem gente suficiente.

Nina olhou pela janela da fazenda. Era época de colheita e todos estavam com a mão na massa. Ela conseguia avistar figuras distantes nos campos, abaixadas. A luz era dourada, o vento soprava pelos campos de cevada. Ela tinha sido poupada da colheita aquele ano, mas ainda precisaria cuidar de muita coisa. E então teve que voltar à fazenda para fazer sopa para todos que estavam trabalhando até tarde.

– Bem – disse ela por fim –, pense no assunto.

– Não vou largar meu trabalho para cobrir a sua licença-maternidade! – disse Surinder. – Isso não significa que eu não te ame, então não distorça as coisas.

Nina permaneceu sentada na cozinha depois que elas desligaram, suspirando. Tudo tinha começado tão bem... Ela relembrou o dia: Lennox estava supervisionando o parto das ovelhas no campo de cima; a primavera havia chegado tarde e muitos cordeirinhos precisavam nascer em condições difíceis, com ventos cortantes e, em muitos casos, neve. Ela não tinha certeza absoluta de qual seria a reação de Lennox. Ele já havia sido casado e ela não queria que ele pensasse que ela estava fazendo cobranças – ela estava perfeitamente feliz com aquela situação. E ele não iria querer um alvoroço; estardalhaços não faziam o estilo dele.

Ela ficara tão distraída aquele dia que tentou vender o mesmo romance de Dorothy Whipple duas vezes para a Sra. McGleachin, o que teria causado um incidente diplomático de pequeno porte. Ela também distribuiu as apostilas erradas para o exame simulado e se pegou escondendo *O que esperar quando você está esperando* atrás das costas toda vez que alguém subia os degraus da pequena livraria volante. A lojinha, com seu candelabro oscilante e as prateleiras azuis, o cantinho dos pufes para a criançada e a mesa pequenina, agora contava com uma rede sem fio, da qual Nina se orgulhava tremendamente (quando funcionava, se o wi-fi estivesse soprando na direção certa) e que muitos dos residentes mais antigos de Kirrinfief consideravam bruxaria.

Finalmente, Nina desceu o morro com a van, checou o cozido que deixara no fogo aquela manhã e cumprimentou o exausto Lennox com um sorriso delicado e um beijo intenso.

– Livro? – sugeriu ela após o jantar.

– Ah, Nina. Eu tive uns problemas com o gado hoje... – respondeu ele. Mas então ele viu a expressão dela. – Tá, tudo bem, só um pouquinho – aquiesceu, puxando Salsinha, o cão pastor, para baixo de seu braço.

Com o coração palpitando enlouquecidamente, Nina tirou o livro que escolhera do saquinho de papel reciclado que usara para manter a capa limpa. O título era simplesmente *Olá* e a obra era lindamente ilustrada com uma série de gravuras impressionistas que mostravam como um bebê aprendia a enxergar, começando em preto e branco, com as bordas bem borradas, e, à medida que as páginas avançavam, ficando cada vez mais focadas e coloridas – do movimento das nuvens à sensação do vento –, até chegar à última página, que exibia uma imagem muito bem desenhada, superdetalhada, de um bebê e uma mãe olhando um nos olhos do outro, com uma única palavra: "Olá."

Em vez de pegar no sono como geralmente acontecia, Lennox ficou o tempo todo petrificado, enquanto a voz de Nina vacilava à medida que ela virava cada página. Ele olhava para ela como se nunca a tivesse visto. Até mesmo Salsinha permaneceu acordado, sentindo uma tensão no ambiente.

Quando terminou, com as mãos tremendo de leve, Nina fechou o livrinho cartonado com um ar decidido, baixando os olhos. Houve uma longa pausa; não se ouvia nada além do tique-taque do velho relógio, no qual era preciso dar corda uma vez por semana, em cima do aparador de madeira. Tique, taque, tique, taque.

Nina não conseguiu suportar. Lentamente ela ergueu os olhos. Lennox estava olhando para ela com uma expressão de incredulidade no rosto.

– Acho que você deveria me dizer se está feliz – disse Nina rapidamente.

– Ah! – exclamou ele. E, de seu jeito nada efusivo, disse: – Bem, caramba.

Nina olhou ansiosa para o rosto dele.

– Sei que não discutimos essa questão – disse ela. – Mas também não decidimos *não* discutir...

Ele concordou com a cabeça.

– Então...

– Esta é uma daquelas ocasiões em que vamos ter que conversar – ponderou Nina. – Em que você precisa abrir a boca pra falar. Tipo, você está contente? Está feliz?

Ele a fitou, consternado.

– É claro que estou – afirmou ele, como se estivesse chocado por ela sequer ter pensado que ele poderia sentir outra coisa (como, de fato, sentia).

– Quer dizer, a gente faz *aquilo* bastante – murmurou Nina. – É meio que uma consequência.

– Eu sei, obrigado. Sou fazendeiro.

Ela sorriu para ele enquanto ele estendia os braços e a colocava em seu colo, beijando-a delicadamente. As mãos dele desceram até sua barriga.

– Essa barriga é só a minha de sempre ainda – disse Nina. – Acho que o bebê é do tamanho de uma ervilhinha.

– Bem, também gosto de você. Então... pra quando?

– Acho que novembro. Vai ser legal fazer aniversário em um mês bastante chuvoso e enfadonho, quando não há muito o que fazer.

Ele soltou um longo suspiro e apoiou a cabeça grande na cabeça pequenininha de Nina.

– Bem – disse ele. – Vai ser... Vai ser...

Nina riu.

– Diga *alguma* coisa.

Houve uma longa pausa enquanto ele a abraçava forte.

– Perfeito – concluiu ele enfim, bem baixinho. – Vai ser perfeito.

E eles ficaram daquele jeito por um bom tempo.

Então, isso estava nos conformes. Todo o resto, nem tanto.

Capítulo três

Zoe ligou para Jaz. Não o via há semanas.

Ela se perguntou, como fazia com frequência, como é que tinha acabado naquela situação. Como qualquer um acabava em qualquer situação?, pensou.

Ah, Jaz. DJ celebridade, lá vamos nós. Originalmente de Birmingham, ele sempre pareceu muito mais novo do que seus atuais 28 anos.

Ele e Zoe nunca haviam morado juntos; ela nunca conhecera a família dele – e, nesse ponto, Zoe sabe que você deve estar pensando "Você é uma idiota *completa*, como foi que acabou engravidando?", o que, posso lhe dizer, é basicamente o que a mãe e todos os amigos dela disseram, só que num tom ainda mais cruel.

Como uma desculpa que agora parecia mais furada que os bolsos dela, o cara era – é – absurdamente bonito, tinha cílios que quase batiam na testa, ombros largos, pernas longas... Zoe tentou. Ela realmente tentou. E Jaz também, por um tempo. Mas ficar amarrado e cuidando de criança não era "o estilo dele, gata", dissera ele com sinceridade.

Eles alugaram uma quitinete pavorosa em Wembley e Zoe pintou tudo da melhor forma que pôde, embora o papel de parede estivesse soltando e o corredor exalasse um cheiro terrível de comida, e ela não conseguisse passar com o carrinho por causa das bicicletas das outras pessoas.

Zoe tirou o mínimo de licença-maternidade possível (ironicamente, ela trabalhava em uma creche superchique – chique demais para ela conseguir colocar o próprio filho nela) e Jaz tentou se estabelecer, arranjou um emprego num escritório. Então Hari nasceu (de um jeito calmo e direto, segundo a parteira, e, segundo Zoe, de um jeito bastante traumático e extraordinário).

Por um curto período de tempo, ambos se esqueceram de todo o resto e se deliciaram com a beleza do bebê; como ele era maravilhoso e perfeito – com as unhazinhas cor-de-rosa, os cílios do pai, seus olhos sonolentos e a boquinha fofa. Ele era quietinho – tranquilo, totalmente amado – e os amigos deles, que ainda eram jovens e viviam em baladas e festivais, apareciam com presentes que eles não tinham onde guardar e faziam o maior alvoroço em torno deles, e a mãe de Zoe tinha vindo da Espanha para visitá-los e ficado toda emocionada com tudo, de um jeito bem novelístico, e por um tempo, só por um tempinho, Zoe pensou que, talvez, tudo fosse ficar bem.

E então Jaz decidiu, de repente, que iria sair para tomar uma cerveja com os amigos, praticar um pouco suas habilidades de DJ, e aí ele passou a acordar atrasado para o trabalho e, ocasionalmente, não queria ter que cuidar de Hari, é claro; ele era superfofo, mas a questão dos bebês, Zoe percebeu, era que eles estavam ali o tempo todo, a cada segundo, e se você parasse de observá-los um milissegundo que fosse, eles provavelmente morreriam engasgados ou algo assim.

Então, para evitar as brigas, Jaz parou de voltar para casa, vindo cada vez menos. Aquele foi um verão quente demais e não havia qualquer espaço externo ou lugar aonde Zoe pudesse ir para escapar. E ela passava os dias olhando para as quatro paredes da quitinete, sentindo-se como aquela mulher do filme que vivia presa em um quarto.

Só que Zoe não era prisioneira. Ela só não tinha dinheiro para nada, absolutamente nada, exceto trabalhar e existir. Naquele ciclo londrino de atrocidades, ela voltou a trabalhar em uma creche incrível e superchique, que tinha alimentação orgânica e aulas de Kumon para as crianças privilegiadas que a frequentavam, mas apenas porque deixava Hari num berçário bem básico, onde achava que os cuidadores simplesmente largavam os bebês de frente para a TV.

Se ela perguntasse a Jaz sobre o futuro, ele imediatamente puxava uma briga enorme, saía às pressas e passava dias sem aparecer, e Zoe tinha que alimentar Hari com a papinha mais barata que pudesse encontrar e passar o tempo sentada em seu único cômodo, perguntando-se o que é que tinha acontecido com ela, Zoe O'Connell, 28 anos, profissional promissora em início de carreira, que vinha considerando fazer um mestrado e até mesmo abrir a própria creche um dia. Mas lá estava ela. Empacada. Com farelo de cereal nos cabelos e um filho que tinha um problema de fala, e agora, após duas viagens de ônibus até um hospital do outro lado da cidade onde lhe disseram para basicamente se virar sozinha, ela havia chegado em casa e encontrado um aviso de "reajuste" do aluguel.

Ela sabia. Ela havia previsto. Uma nova cafeteria orgânica na esquina. Uma peixaria. Rumores de um supermercado. Para a maioria de seus vizinhos, eram boas notícias. Para ela, promessas nefastas de mudança. Seu locador queria que ela saísse e uns profissionais jovens e ricos tomassem seu lugar. Para falar a verdade, os verdureiros tinham pendurado umas luzinhas brancas diante do hortifrúti e pintado o local de verde; a loja de ferragens agora se promovia como "vintage". Havia rumores de uma obra de Banksy (Zoe queria matá-lo). Os dedos coloridos gentrificadores da Farrow and Ball estavam se estendendo. E agora tentavam alcançá-la.

A carta estava sobre a mesa do corredor. Zoe não compreendia como algo tão inócuo podia parecer tão malévolo, mas ela sentia medo de tocá-la.

Zoe não poderia bancar, de jeito nenhum. De jeito absolutamente nenhum. E a grana do programa de distribuição de renda do governo não seria de muita ajuda. Se Jaz não pudesse pagar o aluguel, percebeu Zoe olhando para o papel, ela poderia se considerar sem-teto e se submeter à misericórdia do conselho do bairro, o que era uma perspectiva aterrorizante, e sabe lá Deus onde é que eles iriam parar. Ela não podia. Ela não podia ficar sem casa. Aquilo era ridículo. Absurdo.

Ou então teria que ir para a Espanha, viver no minúsculo apartamento de um quarto de sua mãe, arranjar um emprego em um bar... Havia muitos empregos em bares por lá. Mas mudar para outro país... Seu filho não conseguia dizer uma única palavra nem mesmo em seu idioma materno.

Zoe percebeu que estava entrando em pânico, seu coração batendo acelerado, mesmo enquanto Hari procurava o velho e estilhaçado tablet e o pegava.

O que ela faria? Sua mão estava tremendo. Havia diversas vagas para babás que moravam na casa dos patrões, mas ninguém aceitaria que ela levasse um filho junto. Nenhum dos empregos diurnos que ela poderia arrumar pagaria o suficiente. Ela engoliu o choro e ligou para Jaz, ou melhor, mandou uma mensagem, porque ele nunca atenderia o telefone se visse que era ela, e insistiu que eles se encontrassem.

Capítulo quatro

É claro que Jaz estava atrasado. É claro que estava. Depois de um milhão de mensagens para conseguir que ele concordasse com um horário. Zoe certa vez tentara ponderar com ele: e se acontecesse algo com Hari? E se eles estivessem no hospital? Ele simplesmente reagiu como sempre: dispensando-a, dando de ombros e dizendo "Não se preocupe... É só me mandar uma mensagem, gata".

Zoe olhou para o balcão do café. Era um estabelecimento sofisticado, repleto de mães louras e magras e pais altos e bonitos carregando seus filhotes nos ombros, comprando suntuosas bandejas cheias de bolos e cafés caros, como se o dinheiro não significasse nada para eles, encontrando-se com grupos de amigos com labradores e frisbees.

Ela se acomodou, com Hari sentado em seu colo, no final de uma mesa grande, sem comprar nada. Cada vez mais gente se unia a um grupo enorme de pessoas chamadas Fizz, Charlie, Ollie, Fifi e coisas do tipo, carregando pipas, bolas, cestas de piquenique e caixas térmicas e conversando sobre como o dia estava lindo, enquanto eles dois se encolhiam ainda mais no canto, sentindo-se mal por estarem ocupando espaço. Zoe acabou comprando uma xícara de chá, o item mais barato em que conseguiu pensar, e recebeu olhares martirizados das louras magras que tinham encostado seus carrinhos de bebê requintados nas pernas do banco dela. Ela se concentrou com afinco no novo livro de Michael Lewis que a biblioteca reservara para ela. Livros: a única coisa que nunca a decepcionava. "Com tanta leitura!", sua mãe costumava dizer depois de ter tomado umas, o que era bastante frequente. "Jamais pensaria que você acabaria grávida!" E também: "Ah, querida, você sabe que só estou implicando com você."

Por fim, Jaz apareceu. Zoe não pôde deixar de notar que ele estava cada vez mais jovem. A camiseta por cima da bermuda fazia com que parecesse uma criança grandalhona; a barba excessivamente cuidada parecia um tanto adolescente. Zoe sentia que estava simplesmente ficando mais velha a cada dia, com o mundo pesando sobre seus ombros.

Ele ainda era bonito, é claro, ainda exibia aquele sorriso lindo e avassalador.

Ao vê-lo, a boca de Hari formou um "O" de alegria e ele se agitou para descer do colo.

– Diga "por favor"! – exclamou uma das mães louras para ele com vivacidade, mas, no fundo, falando muito sério, e Zoe suspirou, sem querer, naquele momento, explicar qualquer coisa, então simplesmente colocou Hari no chão, sentindo que estava sendo julgada, e ele correu até o pai que adorava com cada fibra de seu pequenino corpo.

– Meu chapa! – exclamou Jaz, pegando-o e girando-o no ar.

Zoe gostaria que ele não o chamasse assim – eles não eram "chapas", aquilo não ajudava em nada –, mas Jaz chamava todo mundo daquele jeito, era praticamente um tique nervoso.

– O que você tem pra me dizer hoje?

Hari não disse coisa alguma, é claro, mas sorriu para o pai, que o segurava acima da cabeça – um daqueles sorrisos de puro amor que faziam Zoe praguejar, porque ela estava presa a Jaz para sempre e também porque precisava ser civilizada com ele, para impedir que aquele sorriso de amor um dia se apagasse. Zoe um dia também achou que o amava. Isso foi pouco antes de ele deixá-la e contribuir para ela ficar sem teto.

– E aí? – perguntou ele casualmente.

Zoe agora estava ciente de que eles eram o centro das atenções de praticamente todo o café. Jaz nunca se importara em ter vários olhos fixos nele.

– Vamos dar uma volta? – sugeriu ela, sem querer divulgar seus problemas para toda aquela multidão de famílias abastadas, com suas roupinhas sofisticadas da Boden, as mamães praticantes de ioga, que moravam em casas maravilhosas e viviam tirando miniférias, que Zoe gostaria de odiar, mas de quem sentia uma inveja desesperadora.

– Vou só pegar um café, gata... Quer alguma coisa?

Por força do hábito, Zoe meneou a cabeça, então viu Jaz gastar 9,75 libras em um café com leite grande e um muffin enorme para ele e outro para Hari, que ficou olhando para o bolinho como se estivesse calculando se conseguiria comer algo tão gigantesco (ele comeu, e tanto ele quanto Zoe se arrependeram depois).

Finalmente eles escaparam da atmosfera da cafeteria e conseguiram abrir caminho pelo gramado na direção da lagoa dos patos – passando pelas pessoas que liam preguiçosamente ou se beijavam, sozinhas ou em grupos, com tempo de sobra para curtir o parque, permitindo que o dia ensolarado as inundasse.

Hari caminhava despreocupadamente, lambuzando cada centímetro do corpo com o muffin com tanta consistência que Zoe pensou que não precisaria passar protetor solar nele – o que era um alívio, pois custava uma fortuna.

– O que foi? – perguntou Jaz por fim, em tom defensivo.

– O aluguel – respondeu Zoe sem rodeios.

Jaz balançou a cabeça, compreensivo.

– Sim, mas, gata... – choramingou ele. – Eu perdi o emprego.

Ele ergueu as mãos em um gesto de "fazer o quê?". Zoe não perguntou a ele o motivo. Ela já tinha visto, quando ele morava na quitinete. Dormindo até tarde; ligando para avisar que não iria trabalhar por estar doente, quando na verdade não estava a fim de trabalhar; reclamando quando seus chefes às vezes exigiam que ele trabalhasse um pouco.

– Vão aumentar o aluguel – informou ela com firmeza.

Jaz suspirou.

– Sinto muito – disse ele. – Não posso ajudar. Simplesmente não tenho dinheiro.

Zoe já tinha pensado no assunto. Ele podia ajudar. Ele podia conseguir o dinheiro. Se ele contasse aos pais, eles certamente o ajudariam. Eles estavam bem em Birmingham; tinham grana suficiente para bancar um carro para ele. Se soubessem que tinham um neto... talvez eles ficassem chocados em um primeiro momento, mas o susto passaria...

A boca de Jaz se contraía em uma linha fina toda vez que ela mencionava seus pais. Sob hipótese alguma. Zero chance.

– É só por um ano – suplicou Zoe. – Aí ele vai pra escola e eu vou poder trabalhar mais horas, e tudo se ajeita.

– Você não pode ir pra casa da sua mãe?

– Na *Espanha*?

Ao menos ele teve a decência de parecer envergonhado.

– Ei! – chamou uma voz requintada. Um dos pais perfeitos irritantes do café, com sua calça de sarja, a camiseta de rúgbi e os cabelos imaculados. – Aquele não é o garoto de vocês?

Ambos se viraram e lá estava ele, bem na beirada íngreme do lago, enquanto um pato nervoso avançava em seu muffin.

– HARI! – berraram os dois.

O garoto se virou bem quando o pato abocanhou o muffin e o desequilibrou. Em um piscar de olhos, Jaz estava lá, pegando-o no colo, enfiando a cabeça do garoto em sua jaqueta lustrosa, com os pedaços de muffin e tudo.

– Está tudo bem, rapazinho – cantarolou ele, enquanto os olhos do garoto se enchiam de lágrimas silenciosas, que começaram a escorrer, molhando a camisa de grife de Jaz enquanto ele o abraçava forte. – Está tudo bem. Está tudo bem, meu rapazinho. Papai está aqui. Papai está aqui.

Só que não estava. Zoe pensou ironicamente nisso enquanto se virava para voltar para casa. Pai inconsistente. Cuidados precários. Zero grana. Um distúrbio comportamental. Nada a fazer e nenhum lugar para ir além de ficar dentro de casa ou na biblioteca (a gentil bibliotecária, aliás, tinha sido a primeira a lhe perguntar se ela não estava preocupada por Hari não falar).

E agora os dois lugares estavam totalmente abarrotados.

Capítulo cinco

Surinder sabia que havia algo errado pela maneira como Jaz girou a chave na fechadura depois de ter mandado uma mensagem avisando que estava indo até Birmingham, o que, por si só, já era bastante incomum.

Mas ela era sua irmã. Ela o amava. Sabia que não era fácil para ele: seus dois irmãos mais velhos eram oftalmologistas; ela administrava uma empresa de importação e exportação, ao passo que Jaz nunca encontrara seu caminho. O pai deles estava bem de vida quando ele nasceu e Surinder achava, particularmente, que ele tinha sido mimado – carros, roupas de marca. Seus pais tinham trabalhado muito duro durante toda a vida; ela sabia que eles gostavam de fazer as vontades de seu bebezinho lindo. Mas, de várias maneiras, tanto paparico fizera com que ele nunca deixasse de ser um bebezão.

E agora, para seu espanto, Jaz estava sentado em sua cozinha, contando que *ele* tinha um bebê.

Não era nem um bebê: um garoto de 4 anos. Com uma mulher branca de Londres.

Ele estava debruçado, cabisbaixo, sobre a mesa. Toda a cozinha era, agora, elegante e moderna, com uma ilha central e uma batedeira cara de tom pastel que Surinder nunca tinha usado. Às vezes ela sentia saudade das grandes pilhas de livros que costumavam ocupar todas as superfícies quando Nina ainda morava ali.

– Mas – disse ela, e então meneou a cabeça novamente – como foi... Como *foi* que você conseguiu ter um filho?

Jaz revirou os olhos.

– Tá, beleza, bom, você junta um homem e uma mulher, e eles...

– Pare com isso – disse Surinder. – Quando você vai contar pra mãe e pro pai?

Ele se remexeu na cadeira, desconfortável.

– Bem – respondeu ele –, meio que... meio que simplesmente aconteceu, sabe?

– Não, eu *não* sei – retorquiu Surinder. – As pessoas não costumam encontrar bebês acidentalmente por aí. Meu Deus, sou tia de novo! Me mostre fotos! Não, não mostre... Estou furiosa com você. Não, mostre. Não, não mostre.

Houve uma pausa.

– Dá logo aqui.

Ele pegou o celular que costumava guardar a sete chaves.

– Eu achava que você era todo esquisito com o celular porque tinha uma namorada... Ah, você também tem, não tem?

Jaz ficou vermelho até a ponta das orelhas.

– Então por que está me contando agora?

Jaz deu de ombros.

– Bem, o trabalho como DJ não decolou e...

Surinder lançou-lhe um olhar cortante, que ele se esforçou ao máximo para ignorar.

– Você veio pedir dinheiro?

– O mercado é muito complicado – continuou ele. – As pessoas simplesmente não entendem a minha *vibe*.

– Eu entendo a sua *vibe* – afirmou Surinder em tom ameaçador.

Ela abriu a lata de biscoitos e pegou um sem oferecer para ele.

– Você vai contar pra mãe e pro pai?

– Eles vão me matar! – exclamou Jaz.

– Eles não vão matar você – garantiu Surinder. – Eles ficarão decepcionados.

– Pior ainda!

– Ah, pelo amor de Deus.

– Eu só... Ela precisa de ajuda...

– Bem, você veio ao lugar errado. E saberia disso se tivesse lido o jornal e ouvido falar em "Brexit" ou em "mercado cambial" e trabalhasse numa empresa de importação.

Jaz coçou a nuca.

– Qual é o plano?

– Eu ia tocar no circuito de festivais, pra dar uma boa alavancada na carreira, sabe? Ganhar dinheiro suficiente pra resolver as coisas.

– Então – disse Surinder sombriamente – você está pensando em comprar uns feijões mágicos.

– Você vai se arrepender quando eu for famoso.

– Onde está a família *dela*?

– Na Espanha – respondeu Jaz. – Ela só tem a mãe, na real.

Na cabeça de Surinder, era uma encostada, que não tirava a bunda da cadeira e esperava que Jaz pagasse tudo.

– Você é muito idiota – disse ela. – Como ela é, afinal? Tem foto?

Para pavor de Surinder, Jaz não tinha.

– Ah, ela é normal – declarou ele. – Lê o tempo todo. Parece aquela sua antiga colega de apartamento. É obcecada. Livros, livros, livros. Um tédio.

Houve uma pausa.

– O quê? – indagou Jaz.

– Nada – respondeu Surinder. – É só... Ah, tenho certeza de que não é nada.

Capítulo seis

Os garotos e as garotas que ajudaram na colheita já tinham se deslocado novamente, mas o tempo ainda estava suave e dourado, com a brisa soprando pelos campos. As noites ainda eram longas, embora houvesse um levíssimo indício no ar límpido de que o outono já se punha no horizonte. Os gansos tinham começado a voar no céu, preparando-se para sua longa jornada para o sul.

Nina tinha dado um pulo na loja da Sra. Murray, no vilarejo, para comprar um pouco de estragão para o frango que ia assar aquela noite, além de quatro pães doces dos quais ia se esforçar para guardar ao menos um para Lennox.

– Ah, olhe só pra você! – exclamou a Sra. Murray. Nina olhou para a própria barriga. – Você está enorme!

– Achei que eu estivesse na média – grunhiu Nina, novamente consciente de que estava, como a parteira um tanto ditatorial não cansava de lembrá-la, já no finalzinho da gravidez.

Ela havia percebido que estava grávida exatamente na mesma época que uma celebridade muito famosa e estava meio obcecada por essa tal celebridade, que vivia exibindo uma barriguinha minúscula, quase imperceptível, pelo mundo, em vários locais badalados, enquanto ela, Nina, já estava tendo certa dificuldade em se abaixar para amarrar os próprios sapatos.

– Bem, quantos bebês tem aí? – retrucou a Sra. Murray, que sempre fora bastante direta.

– Está bem, está bem – respondeu Nina, decidindo não comprar os pães doces.

A velhinha ergueu os olhos.

– É uma notícia maravilhosa – disse ela por fim. – Achei que nunca mais veria Lennox feliz de novo.

Nina sorriu para não se chatear por ter sido lembrada de que não era a primeira namorada de Lennox.

– Então, o que você vai fazer com a sua van? – perguntou a Sra. Murray.

Enquanto ela falava, contudo, a porta da lojinha sibilou ao ser aberta e uma jovem que nenhuma das duas conhecia entrou. Ela parecia chorosa. Era magra, com maçãs do rosto protuberantes, cabelos claros, e falou com um forte sotaque polonês.

– Pois não? – disse a Sra. Murray, um tanto hesitante.

A garota esfregou o rosto, bastante sujo.

– Quando é o ônibus, por favor? – perguntou.

A Sra. Murray franziu a testa.

– Bem, depende. Para onde você está indo?

– Não importa – respondeu a garota de um jeito contundente.

A Sra. Murray e Nina se entreolharam.

– Terça-feira.

– Você está bem? – perguntou Nina com delicadeza.

A garota fez que não com a cabeça.

– Eles são uns monstros! – esbravejou ela, e Nina ficou genuinamente preocupada.

– De quem você está falando?

– Ah! – exclamou a Sra. Murray, compreendendo de repente. – Você está lá na casa.

– Não mais – afirmou a garota.

– Que casa?

– O casarão! – respondeu a Sra. Murray, como se Nina fosse uma idiota.

– Sabe – disse a garota –, eles são... Eles são...

Ela olhou para as duas.

– Lobos – concluiu ela. – Pequenos lobinhos.

A Sra. Murray passou pela caixa registradora a barra de chocolate que Nina não tinha percebido que havia colocado na cesta.

– Entendo.

– Eu não fico... Terça?

– Tem um ônibus para Inverness... Tem um aeroporto.

A garota assentiu silenciosamente.

– Ah, aquela casa – disse a Sra. Murray.

A garota se foi, arrastando a mala pesada consigo.

– O que tem a casa? – quis saber Nina.

Ela estava morando ali há apenas um ano. Tinha conhecido muitas pessoas, mas o pessoal era leal a seus amigos e ela geralmente era a última a saber das fofocas, isso quando ficava sabendo. Ela não se importava com isso. Cada vez que eles a incluíam um pouco mais – um cafezinho pela manhã aqui, um jantarzinho no Burn's Night ali –, Nina se sentia mais aceita por seus próprios méritos, como alguém que estava ali para ficar de vez, e não apenas uma turista.

Além disso, para falar a verdade, uma parte gigantesca das fofocas costumava girar em torno dela, de Lennox e da ex-esposa de Lennox. Gigantesca mesmo. Então as pessoas tendiam a permanecer caladas, por via das dúvidas. E, se Nina pensava que o bebê iria abafar tudo aquilo, ela ficaria muito, muito decepcionada.

– Os Beeches?

– Ah, sim... – respondeu Nina. Ela sabia mais ou menos do que se tratava. – Acho que eu o conheci... Um cara alto. Bateu a cabeça na van.

– Parece coisa do Ramsay, sim – confirmou a Sra. Murray. Ela suspirou. – Não é nada bom.

– Ah, me conte – pediu Nina, que queria parar de pensar nos pãezinhos glaceados.

– A esposa o deixou – contou a Sra. Murray. – Largou os filhos e tudo mais.

– Minha nossa, é sério? – exclamou Nina. – Que horror. Quantas crianças?

– Três – respondeu a polonesa, que tinha colocado a cabeça para dentro da loja novamente porque estava caindo um temporal tão repentino e, ao mesmo tempo, tão normal que até mesmo Nina tinha aprendido a não comentar. O tempo na Escócia era como em qualquer outro lugar do mundo. Só um pouquinho mais rápido. – Todas endiabradas.

– Ora, não fale assim – repreendeu a Sra. Murray. – Elas não têm mãe.

– O que aconteceu com ela? – quis saber Nina. – Onde ela está?

– Eu nunca a vi – afirmou a polonesa.

– Ninguém sabe – complementou a Sra. Murray.

– É sério? – exclamou Nina. – Por que eu não sabia disso? Ele a matou? Ela é maluca e fica presa no sótão?

Ninguém respondeu.

– Ela era complicada – disse a Sra. Murray por fim. – Mas não, ela simplesmente foi embora.

– Tem *certeza*?

– É o casarão – respondeu ela. – Coisas estranhas acontecem lá.

Capítulo sete

O dia estava insuportavelmente quente quando Surinder pegou o trem para Londres. Não era um daqueles deliciosos dias "vamos para a praia". O trem estava quente, úmido, terrivelmente abarrotado e desagradável. Crianças encaloradas gemiam e choramingavam, e um fedor pesado de suor pairava no vagão. Fora do trem não estava muito melhor. A estação estava lotada e quente, as pessoas, irascíveis; trens foram cancelados por causa das linhas superaquecidas e das pessoas superaquecidas. Londres inteira parecia estranhamente ameaçadora.

Jaz tinha implorado que ela não fosse, mas ela ameaçara contar a seus pais, então não havia muito que ele pudesse fazer.

Zoe estava extremamente animada e nervosa ao mesmo tempo. Será que aquele era o começo? Será que Jaz finalmente a incluiria em sua vida, construiria algo para eles dois?

Ela ficou muito decepcionada ao ver Surinder saindo do trem sozinha.

Zoe tinha vestido Hari com suas melhores roupas, e logo depois notou que já estavam pequenas demais para ele. Aí ela suspirou e voltou a colocá-lo no macacão jeans que pegara no bazar de caridade. Ele fez uma careta e pareceu irritado, especialmente quando ela decidiu deixar o carrinho em casa e tentou fazê-lo caminhar o longo trajeto até o ponto de ônibus. O menino simplesmente não aceitou e ela acabou tendo que carregá-lo no colo, contorcendo-se e debatendo-se um bocado boa parte do caminho. Agora estava suada, nervosa e sentindo-se caótica, e aquela garota linda e de aparência confiante que estava descendo do trem só podia ser a irmã de Jaz, Zoe percebeu na hora.

É claro que ele não estava junto.

Zoe acenou com a mão, desanimada.

Surinder olhou para a cunhada – bem, não era sua cunhada, mas enfim. Minha nossa. Ela não era nada do que Surinder esperava. Magra – na verdade, "quase esquelética" era uma descrição melhor, visto que ela não exibia o tipo de magreza que alguém iria querer ter –, baixinha, cabelos pretos bagunçados e presos frouxamente, com olheiras profundas. Contudo, ela mal olhou para Zoe antes de seu olhar ser atraído para o garotinho que se escondia atrás das pernas dela. Seu rosto se iluminou em um sorriso.

– Oi! – cumprimentou ela. – Oi!

Ela se abaixou prontamente. O garotinho a fitou por entre as pernas da mãe.

– Você é o Hari?

O menino não respondeu.

– O Jaz… – Zoe sabia que sua voz soava nervosa. – O Jaz explicou?

Surinder se levantou. Ela era muito bonita e exalava confiança. Zoe quis ser amiga dela imediatamente. Ela jamais engravidaria sem querer, pensou. Era sensata demais.

– Explicou o quê? Aliás, oi. Sou a Surinder. Sinto muito por meu irmão ser um babaca.

– Hã… Tudo bem – disse Zoe. – Ele explicou sobre o Hari?

– O que tem ele?

– Ele não… ele não fala.

– Ah. – Surinder franziu a testa. – Não parece um membro da família Mehta.

Elas permaneceram paradas no meio do saguão lotado.

– Tem algum lugar agradável pra gente tomar um chá? – perguntou Surinder. – E não estou falando de "agradável" no sentido de "bonito", mas um local onde não esteja fazendo um calor de mil graus.

Não havia muita coisa em Euston, mas elas finalmente encontraram um parque pequeno com alguns balanços. Hari avistou os balanços, mas não ousou se aproximar deles. Surinder pegou chá para elas em uma tenda próxima.

– Então… – disse ela por fim.

Hari acomodou-se no colo de Zoe. Surinder ficou tentando interagir com ele, mas o garoto escondeu o rosto.

– Ele é tímido – explicou Zoe.

– Estou vendo – disse Surinder, e ambas imaginaram, brevemente e com certa preocupação, se Jaz não teria se interessado mais por Hari se ele fosse uma criança mais extrovertida, um menino encantador e falante.

Surinder pensou que, apesar dos pesares, o garoto era uma graça: cílios longos e escuros, pele perfeita.

Zoe suspirou.

– O que foi? – perguntou Surinder. – Tem sido difícil?

Zoe sentiu as lágrimas se acumularem.

– Ah, sim, bem, ser mãe solo... Você sabe – respondeu ela. – Quer dizer, você não sabe. Mas é complicado.

– O Jaz não te ajuda?

– Ele ajudava! – respondeu Zoe, defendendo-o. – Quando trabalhava. Mas ele enfiou na cabeça que quer ser DJ e não quer ficar preso a um emprego até, pelo menos, ter tentado...

– Você é um amor por defendê-lo – disse Surinder. – Olha, nós queremos ajudar. Bem, *eu* quero...

– E seus pais?

Surinder deu de ombros.

– Jaz está realmente inflexível – explicou ela. – Sinto muito.

– Tudo bem – disse Zoe. – É porque não sou indiana?

Surinder bufou.

– Claro que não, eles adoram a Angela.

Então ela percebeu que tinha sido insensível.

– A esposa do meu outro... Olha, deixa pra lá. Me mostra onde vocês moram.

Assim que viu o lugar, com o papel de parede descascando e a pequena lareira elétrica, Surinder se decidiu quase imediatamente. Ela conhecia outra pessoa que não se encaixava na cidade grande, que precisava de um pouco de espaço para respirar.

– Escuta. Você entende bastante de livros?

– Eu leio muito – respondeu Zoe. Então ela ergueu os olhos. – E estou pronta para... Quer dizer, nós precisamos de um lugar para morar. Mas se você souber de um bom emprego... Eu prometo, prometo que vou trabalhar duro. Vou mesmo.

Surinder olhou em volta. A pequena quitinete era pavorosa, mas estava perfeitamente limpa e organizada, assim como Hari.

– Não posso prometer nada – disse ela –, mas verei o que posso fazer.

Ela se abaixou. Hari correu imediatamente para trás das pernas de Zoe.

– E na próxima vez que a gente se encontrar, rapazinho – disse ela –, espero que você seja mais legal com a sua titia.

Capítulo oito

Nina afastou a questão de sua mente – ela estava bem, ela ficaria bem, algo apareceria, alguma solução, Ainslee voltaria para casa da faculdade ou algo assim. Ela estava tentando assimilar a coitada que Surinder estava ajudando – era ridículo –, quando uma mulher que ela conhecia de vista da cidade apareceu. Não era uma frequentadora da van nem nada assim.

– Olá?

A mulher era carrancuda, mais velha, com uma leve corcunda, os braços cruzados e uma expressão ligeiramente hostil.

– Oi – disse ela. – Posso colocar um aviso?

– Pode – confirmou Nina. – Custa uma libra por semana.

A mulher fungou.

– Roubo em plena luz do dia – disse ela.

– Não estou te obrigando a nada – retrucou Nina.

A mulher deu um passo adiante, resmungando, e entregou o dinheiro a Nina. Era um anúncio de "Precisa-se de ajuda": babá, noites e fins de semana, procurar a Sra. MacGlone na propriedade The Beeches. Nina franziu o cenho, lembrando-se da garota polonesa. Ela olhou novamente para o panfleto.

– Foi uma pessoa chamada Surinder que a mandou aqui? – perguntou ela, desconfiada.

– O quê? – retrucou a mulher.

Nina olhou mais uma vez para o papel.

– Você... você veio lá do casarão?

– Sim.

– E está precisando... São três crianças?

– Sim – respondeu ela.

Nina ficou olhando para o anúncio.

– E é pra morar na casa?

A mulher deu de ombros.

– Tem espaço de sobra.

Nina ficou olhando para o papel por um bom tempo.

– Certo – disse ela por fim. – Me dá esse panfleto. Sem custo.

A mulher entregou a ela, surpresa.

– Quer ajuda pra escolher um livro? – ofereceu quando a mulher se virou para ir embora.

– Céus, não. Tem mais que o suficiente dessas porcarias lá na casa.

E partiu como um furacão pelos paralelepípedos cinza.

Capítulo nove

A noite estava fresca e Nina fechou as cortinas – se as deixasse abertas, mesmo antes de escurecer totalmente, Lennox espiaria lá fora e surtaria por causa do cordeirinho preto. Acendeu o fogão e preparou uma torta de carne moída com purê de batatas, a preferida de Lennox, na esperança de soltar sua língua ou ao menos fazê-lo conversar um pouquinho mais que de costume. Ela levou chá para ele, que a fitou desconfiado, sentado no sofá.

– Não sou eu que deveria fazer isso por você? – perguntou ele. – O que você está querendo?

– Me conte sobre o casarão – pediu Nina sem rodeios.

– Por que preciso ser subornado com chá pra te contar sobre o casarão? – indagou Lennox, bem-humorado. – Isso é um biscoito de chocolate?

– Sim.

– Quantos biscoitos ainda tem no pacote?

– Não me pergunte isso.

Lennox sorriu.

– Bom, Ramsay é o jovem proprietário… Quer dizer, acho que apenas "proprietário" agora…

– Sim, disso eu já sei. Só me diga se ele matou a esposa.

Lennox deu um meio sorriso triste.

– Céus, essa história chegou aos seus ouvidos, foi?

– Os homens vivem matando as esposas – pontuou Nina, acomodando-se no sofá.

– Não – retorquiu Lennox cautelosamente. – As pessoas raramente matam os outros. – Ele pensou no assunto. – Mas, quando matam, costuma ser a esposa, sim.

– Então...

– Eu encontrei Elspeth Urquart uma vez – começou Lennox, sua voz perdendo-se em algum lugar do horizonte. – Ela era linda demais. Parecia uma fada. Era pequenina, com uma nuvem enorme de cabelos louros emoldurando o rosto. Olhos verdes. Queixo pontudo.

– Vestido de renda? – acrescentou Nina. – O que aconteceu com ela?

Lennox meneou a cabeça.

– Ela sempre foi... meio avoada. Como se tivesse acordado e não soubesse ao certo o que tinha acontecido com sua vida. Ela era linda, e foi um caso repentino, eu acho...

– O quê?

– Bem, o jovem Urquart, ou seja, Ramsay, estava fazendo faculdade em Cambridge quando seu pai morreu de repente. Ele que era o velho proprietário. O rapaz teve que voltar pra tomar conta da casa, que estava um caos... Ainda está. Não fazia nem três meses que ele tinha voltado quando se juntou com ela. Tiveram os filhos e daí... ela foi embora de novo. Acho que ela não estava preparada pra viver no mundo moderno. Era isso que as pessoas diziam.

– Então ele a matou?

Lennox riu alto. Então ergueu a mão.

– Ouça – disse ele. – Eu entendo. Ninguém acredita que uma pessoa quieta não pode ser violenta. É sempre "Ah, ele era um ótimo pai de família" e por aí vai. Mas eu conheço o Ramsay desde que ele era moleque. Nós estudamos na mesma escola. Nunca o vi se descontrolar, guardar rancor. Eu sei, você vai dizer que tudo é possível. Mas você não acha que a polícia estaria na cola dele? Que haveria equipes de busca, protestos, fotos nos postes, camisetas, essas coisas? Uma bela e jovem mãe que desapareceu?

– A Sra. Murray acha que foi abafado.

– A Sra. Murray acha que o Onze de Setembro foi provocado por lagartixas.

– É verdade – admitiu Nina. – O que você acha?

– Acho que ela não aguentou. As crianças nasceram com intervalos curtos. Esse tipo de coisa pode afetar muito as mulheres. Acho que ou ela fugiu pra algum lugar... bem longe... ou se matou.

– Bem, por que as pessoas não sabem o que aconteceu?

– Porque não é da nossa conta – respondeu Lennox. – O que quer que seja, causa uma tristeza terrível no coitado. O coração dele ficou partido. Você provavelmente nunca o viu...

– Vi, sim – corrigiu Nina. – Ele veio procurar *Entre os telhados*. Rapaz grandalhão. Do tamanho certo pra matar a esposa.

– Hum – murmurou Lennox. – Bem, eu duvido. A polícia não é idiota. É só uma história muito triste. Geralmente é o pai que vai embora, mas às vezes é a mãe. Coisas tristes acontecem na vida de muita gente. Pessoas que já passaram por situações que você e eu jamais imaginaríamos se levantam todo dia e andam por aí com um sorriso no rosto.

Nina pensou naquilo e concordou.

Ele a puxou para perto e enrolou os dois no macio cobertor xadrez que cobria o encosto do sofá velho.

– Não quero que nada de ruim aconteça com a gente.

– Jamais poderia acontecer – garantiu Nina, aninhando-se nele e abraçando-o com força.

Ele repousou a cabeça grande no ombro dela.

– Concordo com você – murmurou ele, e eles permaneceram abraçados; a luz da lareira bruxuleava na sala enquanto Salsinha gania e se remexia dormindo.

Capítulo dez

Na verdade, Nina não estava tendo a gravidez que pensara que teria logo que viu aquele risquinho no teste. Ela vivia vomitando, esquecendo coisas, dormindo até tarde e se debulhando em lágrimas, arrumando a casa enlouquecidamente e caindo em prantos de novo.

E ela andava tão exausta... Ela não tinha imaginado que isso aconteceria. Era como se o bebê a estivesse devorando de dentro para fora. Embora estivesse superfeliz, transbordando de amor, ela também se sentia transbordando de enjoo, inchaço, refluxo gástrico e vontade de ir ao banheiro a cada cinco minutos. Erguer as pesadas caixas de livros se tornou um problema, embora Lennox ajudasse tanto quanto podia. E sempre havia, é claro, o risco de sua van quebrar. Ela tinha se forçado a ler os livros sobre manutenção de automóveis que eles tinham no estoque, irritada porém ciente da sabedoria neles contida, então sabia trocar um pneu, checar o óleo e tudo mais – mas se conseguiria fazer isso com seus seios já saltando para fora de tudo que ela vestia e sua barriga dando todos os sinais de estar prestes a fazer o mesmo, já era outra história.

Olhou novamente para o currículo que a moça de Londres tinha enviado. Tinha referências maravilhosas – mas como funcionária de uma creche, não como vendedora de livros. Por outro lado, ela parecia honesta, trabalhadora...

Nina suspirou. Do lado de fora, o dia estava tranquilo, o que era estranho; a bruma que pairava sobre o lago havia se dissipado e o ar estava fresco e adorável. Essa era a graça das Terras Altas, ela percebeu. O tempo podia estar meio feio e você conformado em passar o dia dentro de casa, e aí, de repente – embora isso pudesse acontecer duas ou três vezes na semana –, o sol aparecia para confundir e encantar as pessoas, brilhando no orvalho da alvorada, erguendo-se acima das montanhas roxas ao longe, e você novamente perdoava a Escócia por todas aquelas manhãs molhadas e noites escuras, só para testemunhar a mera glória de como um dia perfeito podia ser muito perfeito.

Então talvez ninguém quisesse entrar na van, pensou Nina: o mundo lá fora estava convidativo para as bicicletas e, para os verdadeiramente ousados (e os donos de tapetes impermeáveis), até mesmo um piquenique, se você conseguisse encontrar um local abrigado, onde o sol pudesse aquecer e o vento não arruinasse tudo.

Enfim. Ela havia conversado com a mulher do casarão e avisado que talvez tivesse encontrado alguém para ela, e a mulher tinha perguntado "É uma criminosa?", e Nina respondera que não, e a mulher dissera "Ah, que pena", e Nina perguntara se a pessoa que ela tinha em mente precisaria conhecer as crianças e a mulher dissera que era melhor não.

Nina pegou o telefone.

Capítulo onze

Surinder gostava de pensar em si mesma como uma espécie de fada madrinha por resolver tudo – um anjo organizador incrível.

Não era bem assim que todas as outras pessoas pensavam em si mesmas. Todas as demais achavam que estavam apenas fazendo o melhor que podiam em uma situação bem ruim.

Para começar, Zoe tinha se metido em uma sinuca de bico ao conversar nervosa com Nina, tentando ficar de olho em Hari, que estava brincando com o tablet. Nina lhe perguntou o que ela havia lido recentemente e lhe deu um branco total e completo.

A única coisa que lhe veio à cabeça foi *O carteiro chegou*, que Hari tinha amado e a fazia pegar toda vez que eles iam à biblioteca. O fato de Nina ser superfã do livro e vender vários exemplares dele significava que essa teria sido uma boa resposta – melhor do que Zoe gaguejando, tentando desesperadamente pensar em alguma coisa e, de alguma forma, acabar mencionando uma trilogia erótica que havia estourado alguns anos antes. Ela quase conseguiu ouvir sua nova chefe em potencial dando um sorriso constrangido do outro lado da linha.

Na segunda entrevista, ela mal teve chance de abrir a boca. A Sra. MacGlone, no fim das contas, era a governanta da casa onde ela iria morar. Ela falou sem parar, mas em um tom prático. Ela estaria lá durante o dia, mas as manhãs e as noites seriam função de Zoe e, em troca, ela ganharia moradia e uma pequena remuneração. Eles também proveriam alimentação, mas a Sra. MacGlone disse, como uma espécie de desafio, que "todos se contentavam com uma comida simples". A Sra. MacGlone limpava a casa e lavava a roupa, mas não lavaria as roupas de Zoe – o que ela deixou bem claro – e solicitaria sua ajuda quando necessário.

– E me conte sobre a família – pediu Zoe, uma pergunta que julgava totalmente inofensiva.

A longa pausa deu a entender que, talvez, não fosse esse o caso.

– Certo. Ramsay é o pai – explicou a Sra. MacGlone. Seu sotaque escocês era forte. – Ele trabalha o tempo todo. Se você não quer se meter em encrenca, não vai perturbá-lo.

– Certo – respondeu Zoe. – E a mãe?

– A moça não te contou? – exclamou a Sra. MacGlone, resmungando baixinho. – Ah, vocês, ingleses. Não entendem nada.

Zoe piscou, tentando entender que diabos ela quis dizer com aquilo.

– A mãe foi embora. Há dois anos. É por isso que precisamos de você. Mas não há necessidade de tocar nesse assunto, eles só ficam chateados.

– Minha nossa. Por que...?

– Eu disse que não há necessidade de tocar nesse assunto. Nem com o patrão, ele não gosta.

– Está bem. Entendido – mentiu Zoe, que não tinha entendido quase nada. – E as crianças?

– Shackleton tem 12 anos, Mary tem 9 e Patrick, 5.

– Ah, ótimo! – exclamou Zoe, entusiasmada com a ideia de um amiguinho para Hari. – O meu menino tem 4.

– Certo. Bem, o Patrick não é um garoto normal de 5 anos.

– Hari também não é um garoto normal de 4 anos – retrucou Zoe baixinho, para que ele não ouvisse.

A Sra. MacGlone bufou, como que duvidando.

– Está certo, então – disse ela. – Seis semanas são o período de experiência.

Zoe se espantou.

– O pat... O pai deles não quer conversar comigo?

A Sra. MacGlone suspirou profundamente.

– Ele confia em mim.

– É claro – aquiesceu Zoe de imediato. – É claro.

E ficou acertado.

Zoe podia odiar seu locador, que já há algum tempo tecia comentários nefastos sobre o aluguel, mas sua gratidão a fez querer beijá-lo quando ele deu uma olhada na quitinete pavorosa, passando os olhos rapidamente pela mancha de infiltração que não parava de crescer, e então, para seu total espanto, lhe devolveu todo o dinheiro da caução.

Tudo tinha acontecido rápido demais. Surinder simplesmente tinha... Tinha algo de especial. Ela tinha rebatido todas as objeções e preocupações de Zoe com o argumento infalível de que ela certamente não poderia continuar naquela quitinete, não é mesmo, e havia um quarto livre em uma casa, um trabalhinho como babá, um trabalhinho como vendedora de livros – só uma coisinha aqui e ali, ela teria boa parte do tempo livre – *e* a Escócia contava com creches gratuitas. Como ela poderia contra-argumentar?

E que escolha tinha? Jaz já tinha ido embora; ele estava, segundo seu Instagram, em Ibiza, "arranjando uns trampos" – Zoe não sabia se esses trabalhos eram pagos ou não, mas suspeitava que não – e postando fotos diante do sol poente ou nascente, usando uma seleção variada tanto de chapéus ridículos quanto de mulheres novinhas.

O reembolso da caução foi suficiente para bancar as passagens para o norte – uma maratona de dezessete horas dentro do ônibus para a qual ela não estava nem um pouco animada –, além de um casaco novo para Hari; e, para sua imensa alegria, o corredor de roupas do supermercado estava em liquidação, então ela também conseguiu comprar dois suéteres e uma jaqueta Puffa falsificada baratinha. As pessoas só falavam do frio que fazia na Escócia. Bem, do frio e do monstro do lago Ness, visto que era para lá que eles estavam se mudando. Toda vez que alguém perguntava do monstro, os olhos de Hari se arregalavam e ele se escondia atrás do futon, então ela pediu às pessoas que não perguntassem mais aquilo, mas seu pedido foi em vão. Na verdade, ela também não queria que as pessoas soubessem que estava de mudança, caso acabasse tendo que retornar dali a seis semanas, depois de tudo ter dado errado. Mas ela não podia pensar daquele jeito.

Ela iria conseguir. Iria se sair superbem. Guardaria uma grana até conseguir se restabelecer, se dedicaria de corpo e alma. E as pobres criancinhas sem mãe! Como elas ficariam felizes por tê-la por perto. Obviamente, não poderia substituir a progenitora, mas poderia melhorar a vida delas. Tudo correria às mil maravilhas. Pela primeira vez em muito tempo, Zoe estava otimista e permitiu que sua imaginação corresse solta.

Contudo, ela não conseguiu suportar o alívio na voz de Jaz quando ele descobriu que Surinder tinha dado um jeito em tudo. Ela percebeu que nutria, bem no fundo de sua mente, enterrada tão fundo que ela não conseguia admitir nem para si mesma, uma esperançazinha minúscula de que Jaz dissesse: "Olha, eu andei pensando. Vou largar mão dessa história de ser DJ, arranjar um emprego decente e ser um pai de família. E que tal se a gente arranjasse um lugar legal pra morarmos juntos? Sou um novo homem."

Mas é claro que ele não faria isso – ele simplesmente não conseguia ser um novo homem. A maternidade a havia transformado por completo, mas não fizera nem um arranhão em Jaz, exceto, de alguma forma, por toda a inconveniência que causara a ele – o fato de que ela e Hari eram intrusos na vida de playboy internacional que ele tinha em mente.

Embora tivesse ido vê-los naquele fim de semana, Jaz nem sequer se oferecera para levá-los até a Escócia no maldito carro dele. Ele resmungara algo sobre passar lá para se despedir, fazendo Zoe ponderar que ela só estava se mudando para a Escócia, de modo que ele continuaria podendo visitá-los nos fins de semana; ele pareceu bastante incerto; ela, bastante irritada.

De toda forma, ele obviamente tinha se sentido mal, porque aparecera na quitinete na última noite, quando tudo já estava encaixotado, exceto pelos edredons e pela chaleira, levando comida indiana – um quitute raro. Jaz sentou Hari em seu colo e permitiu que ele brincasse com seu celular durante toda a noite, e a paciência gentil dele com o garoto e a devoção silenciosa e intensa de Hari pelo pai partiram o coração de Zoe novamente.

Zoe olhou pela última vez por entre as cortinas de filó encardidas que não ficavam brancas, não importava quanto ela as alvejasse, para a rua desinteressante, com suas construções baixas, o lixo se esparramando pela via, adolescentes berrando na esquina, como faziam em todas as noites quentes, luzes escorrendo pelo dreno principal no final da rua, que, naquele momento, era uma confusão de restaurantes de frango frito, brechós e vendedores de cigarros nada confiáveis, mas que, se seu locador estivesse correto, estava prestes a se tornar a maior sensação desde a "descoberta" do distrito londrino de Hackney.

Não era grande coisa, ela sabia. Na verdade, ela odiava tudo: o cômodo xexelento, o carpete gasto, as pilhas de correspondências de outras pessoas que se acumulavam diante da ruidosa porta de entrada, os montes de panfletos de pizzarias, propaganda política e lixo em geral, e a briga eterna pelo pequenino espaço lá embaixo, na frente dos medidores de energia, entre as bicicletas e o carrinho.

Mas era seu lar. Para lá que ela foi quando saiu do hospital, acompanhada por um Jaz aparentemente ansioso, que ficava olhando o celular sem parar, erguendo as mãos com uma expressão nervosa e agitando os braços, mas sem, na verdade, fazer coisa alguma; onde seus amigos, nas primeiras semanas, tinham ido visitá-los e comentado a fofura do bebê, mas que foram parando de aparecer à medida que ela não pôde mais sair para as baladas, despedidas de solteira ou festas sem antes se desdobrar para encontrar uma babá; o lugar que Jaz passara a frequentar cada vez menos até parar de atender o telefone; onde ela ficava sentada, depois de sua mãe passar lá por meia horinha com um pacote de biscoitos simples, quando ainda morava em Londres, olhando depreciativamente para a roupa lavada – como é que um bebê tão pequeno podia sujar tanta roupa? Não havia onde pendurar; as peças ficavam espalhadas por todo lugar, até Zoe sentir que vivia em um antigo bazar –, e então os deixava novamente sozinhos, só eles dois.

Mas até mesmo aquele apartamento, com suas janelas barulhentas de vidro simples, a porta da frente escancarada, até mesmo aquele lugar era um lar. O único lar que Hari conhecia. E o que a aguardava era o desconhecido completo.

Zoe tentou não ficar zonza ao pensar em como seria se aquilo não desse certo enquanto colocava a última caixa no carro de Jaz – ele havia, ao menos, após muitos resmungos, concordado em guardar algumas coisas para ela. Todas as suas amigas achavam que ela estava louca. É claro que todas as suas amigas tinham situações de moradia confortáveis, dividindo apartamentos ou vivendo em casas próprias com seus parceiros.

E parte da culpa também era sua. Ela estampava uma expressão alegre no rosto nas raras ocasiões em que se aventurava a sair; abria um sorriso, dizia que estava tudo bem, guardava dinheiro para poder pagar a sua parte da conta e fingia que não se importava com a grana.

Ela lembrou a ocasião dois dias antes, quando sua mãe ficou, pela primeira vez, com Hari e ela foi ao pub com umas amigas para se despedir. Ela devia ter sido honesta e contado a elas como as coisas estavam difíceis. Depois de algumas garrafas de um prosecco (mais ou menos) barato, Tamali confessou que não sentia mais tesão pelo marido depois de ter tido bebê, Yasmin afirmou que estava achando a maternidade um tédio, Cady revelou que eles estavam bastante endividados e, por algum motivo – possivelmente porque estava indo embora –, Zoe se sentiu totalmente oprimida por aquela avalanche de confissões cara a cara, um mundo inteiro de distância dos bebês e das vidas perfeitas de todos no Facebook e no Instagram. Ela de repente percebeu o que tinha perdido, nos últimos quatro anos, ao simplesmente não contar a ninguém sobre como se sentia sozinha, como sentia falta de apoio, como tudo era muito mais difícil do que ela esperava. Nunca lhe ocorreu que outras mães, independentemente de sua situação, pudessem se sentir exatamente da mesma forma.

A noite tinha terminado com uma rodada embriagada de abraços e declarações de amor umas pelas outras, e Zoe se perguntou por que motivo deixaria aquelas mulheres maravilhosas para trás e prometeu manter contato.

Naquela manhã ela se sentia muito mal, e também apavorada. De repente a feia e cinzenta Londres parecia segura, e partir para o meio do nada parecia... absurdo. Todas as meninas tinham reiterado como ela era corajosa por recomeçar, o que não a fez se sentir nem um pouco corajosa; na verdade, ela se sentiu bastante tola. Mas era aquilo. Lá estava ela. Jaz estava ansioso para partir antes que os "malas do estacionamento" aparecessem – algo que parecia preocupá-lo mais do que o fato de que ela estava se mudando com o filho dele para outro país.

Hari adorava o carro de Jaz e parecia, naquele momento, estar morrendo de medo de não ter permissão para dar uma volta nele. Jaz não conseguia olhar para Zoe. Ele tinha consciência, em algum nível, de que aquela era uma falha deles dois em administrar as coisas mais básicas – ter um filho, ficar juntos, criá-lo em um lugar confortável, quente e seguro.

Nenhum dos dois disse muita coisa além de prometer ver como as seis semanas correriam.

O que, exatamente, Zoe faria se aquelas seis semanas fossem um desastre, ela não conseguia suportar pensar, não naquele instante. Precisaria viver um dia de cada vez.

– Então é isso – resmungou Jaz. Ele estava usando um conjunto esportivo de agasalho e calça de camurça marrom que ficava horroroso nele, o que provavelmente significava que tinha custado uma fortuna. – Até mais, meu chapa.

Ele deu um soquinho de leve no braço de Hari e um sorriso lânguido na direção de Zoe. Ela se lembrou da primeira noite em que o vira naquele bar, logo após um encontro terrível com outro cara, com a cabeça jogada para trás durante uma gargalhada, os dentes à mostra. Ele a tinha visto no tal encontro enquanto estava com os amigos – tinha percebido que não correra nada bem (o homem com quem ela se encontrara, cujo nome ela já não lembrava, tinha ficado vermelho de raiva feito um pimentão depois que ela discordou levemente das visões políticas dele, e ela estremeceu quando ele lhe entregou a conta que esperava que eles dividissem enquanto estampava um sorriso fixo no rosto e olhava para o relógio dela). Quando o homem se levantou para ir ao banheiro, Jaz foi até ela.

– Não, né? – disse ele em um tom pretensioso, e Zoe ficara tão perplexa e aliviada que soltou uma gargalhada.

– Eu me arrumei e tudo! – protestou ela.

– Estou vendo – disse ele. – Mas ele parece uma fatia de presunto velho.

– Tem o mesmo cheiro também – complementou Zoe em um tom sinistro.

– Dispensa ele – instruiu Jaz. – E depois vem tomar alguma coisa com a gente.

Jaz estava com um grupo de amigos em um canto. Parecia muito mais divertido do que o encontro que Zoe estava tendo. Assim que o homem voltou, ela se levantou, sorriu como se estivesse em uma entrevista de emprego (o que não deixava de ser) e disse que tinha sido um prazer conhecê-lo e o tocou dali antes que ele tivesse a chance de lhe contar sobre a incrível teoria que tinha bolado no banheiro sobre por que as mulheres deveriam ser distribuídas igualitariamente entre os homens.

Jaz já estava com uma cerveja à sua espera. Cara presunçoso. Ela ficou extasiada.

E agora ali estavam eles. Ela provavelmente teria acabado melhor com o cara de presunto.

– Então, tchau – disse ela. – Nos falamos em breve.

– Hum – murmurou ele, olhando para os dois lados da rua em busca dos guardinhas de trânsito. – É. Tá bem. Beleza.

Então ele foi para o carro. No último instante, bem quando estava abrindo a porta, voltou rapidamente, sem olhar para Zoe, pegou o filho, ergueu-o e enterrou o rosto no pescocinho do garoto.

Mas logo o largou no chão e foi embora em meio a uma nuvem de fumaça. Hari acenou alegremente. Ele estava acostumado a ver o pai ir embora.

PARTE 2

– Mas como eu vou saber? – indagou Wallace. – Como vou saber se eles me darão um bom auxílio?

– Faça três pedidos a eles – instruiu o pombo. – Peça um copo d'água, uma xícara de alpiste e uma piada, e, se conseguir os três, então você conseguirá um bom auxílio.

– Não gosto de alpiste – disse Wallace.

– Nem eu – afirmou o pombo, apoiando-se na bengala. – Peça umas batatinhas fritas. Provavelmente não tem problema.

De *Entre os telhados*

Capítulo doze

Algumas novas palavras que Zoe passaria a conhecer muito bem: cerração e bruma.

A cerração era a névoa noturna que descia das montanhas. A bruma era a névoa da manhã que subia do lago e que volta e meia era tão espessa que dava para comer com uma colher. Em muitos dias a bruma não sumia completamente, resistindo o dia todo até se mesclar com a cerração, e o mundo todo era feito de neblina durante todas as horas do dia, o que, no final de agosto, ainda acontecia na maioria dos dias.

A cerração, portanto, havia descido quando Zoe e Hari chegaram, embora eles ainda não soubessem disso. Desembarcaram após aquela maratona no ônibus, durante a qual ambos dormiram. Zoe não tinha percebido quanto aqueles dias e semanas de preocupação – *meses*, melhor dizendo – estavam pesando em seus ombros: sua aflição quanto ao dinheiro, a Hari, a seu emprego e ao apartamento.

Então ela tinha muito a perder: não tinha mais um lar, apenas um favor de um estranho, e estava prestes a assumir um trabalho do qual não conhecia nada nem ninguém.

Mas bem naquele exato momento, depois de todos os quilômetros e paradas de ônibus que ficaram para trás, das cidades e dos vilarejos que foram ficando cada vez mais espaçados e do cenário, que mudou dos campos cuidadosamente desenhados do sul para os morros escarpados e as paisagens montanhesas do norte, não havia nada que ela pudesse fazer. Com relação a qualquer coisa. E havia algo de estranhamente libertador nisso.

Naquele instante, ao menos, nada mais estava sob seu controle. E o movimento lento do ônibus a ninou até adormecer com a cabecinha quente de Hari em seu peito, eles dois contra o mundo. Quando ela acordou, com aquela leve ressaca de quem dormiu o dia todo, não sabia ao certo onde estava, só sabia que estava nebuloso e parecia frio do lado de fora, que o motorista tinha mudado sem que ela percebesse e que muitas pessoas já tinham descido e eles eram praticamente os únicos lá dentro.

Ela queria olhar pela janela, mas tinha neblina demais para conseguir avistar qualquer coisa; ela só teve a impressão de ver paralelepípedos, pontes e pináculos de igrejas, tudo baixo e quadrado.

– Inverness! INBHERNISH – anunciou o motorista.

O sotaque desse motorista parecia... bem, escocês, ela supunha. Zoe disse a si mesma para parar de pensar aquilo. Não seria algo incomum.

– Ah, sim. É a nossa parada – disse ela, sacudindo Hari para acordá-lo enquanto o ônibus sacolejava e se assentava com um suspiro cansado.

O motorista desceu e abriu a porta lateral, e Zoe, muito nervosa e arrastando um Hari tremendamente sonolento, pisou em terras escocesas pela primeira vez.

Parecia incrível que eles tivessem deixado para trás o calor escaldante e grudento de Londres naquela mesma manhã. Um vento fresco a atingiu por debaixo da bruma que parecia se espalhar por tudo; o ar parecia úmido. Ela não conseguiu sentir outros cheiros além dos aromas da rodoviária enquanto resgatava as malas velhas e desbotadas das profundezas do ônibus.

À sua volta, estudantes e jovens alegres pegavam suas malinhas leves e saíam bailando sabe-se lá para onde. Ela não conseguia segurar Hari no colo – ele ficava escorregando de seus braços – e as malas ao mesmo tempo. Duas malas de rodinha, dois casacos, um garotinho pesado de 4 anos, uma bolsa a tiracolo. Ela olhou ao redor em vão, mas o motorista já tinha voltado para o ônibus, tendo cumprido sua função de descarregar a bagagem, e todos os outros haviam desaparecido em meio à névoa.

– Vamos lá, Hari, você precisa caminhar – disse ela de forma mais incisiva do que pretendia.

Seu tom, combinado com o ar frio – Hari estava usando apenas uma camiseta –, o fez começar a chorar silenciosamente enquanto permanecia parado ali, totalmente chocado. Então, bem devagar, ele começou a escorregar pelas pernas dela na direção do chão imundo da rodoviária. Grandes placas azuis enunciavam RODOVIÁRIA DE INVERNESS nas antiquíssimas paredes de pedra, enquanto a neblina ocultava tudo o que era menor.

– Não – disse ela. – Não, não, não, não, não, não, por favor, Hari, por favor...

Às vezes não há como deter uma criança pequena – se elas querem deitar no chão, elas deitam no chão, não importa quantas malas você esteja carregando. Uma mala, quase explodindo de tão cheia, caiu do outro lado da rua, fazendo com que o ônibus para Aberdeen tivesse que desviar bruscamente para evitar esmagá-la em pedacinhos.

– Hari, por favor, levante, levante, levante – suplicou ela, sem conseguir, na falta de uma mão extra, pegar a mala que havia rolado para a rua, visto que, se o fizesse, deixaria Hari livre para desabar bem no caminho do próximo ônibus sacolejante.

Ele olhou para ela, os olhos arregalados, rolando no chão, sujando-se, chateado e com frio, como se tudo aquilo fosse culpa dela – e era mesmo, é claro, de certa forma –, e o vento açoitava Zoe, e ela praguejou baixinho diversas vezes, e se lembrou, não pela primeira vez, de que era a adulta ali. Ela era a única adulta, ela estava no comando e teria que engolir essa realidade, mesmo que não gostasse. E lá vinha outro ônibus!

– Por favor, levante, Hari! Eu compro... eu compro um sorvete pra você!

Hari franziu a testa. Aquele seria um gesto bem incomum. Geralmente era o pai quem lhe comprava sorvetes. Era quase noite. Estava frio. Um sorvete era uma ideia confusa. Ele permaneceu deitado no chão imundo, refletindo.

– SORVETE? SORVETE? SORVETE? – gritava Zoe, desesperada, bem quando uma mulher bonita, grávida e parecendo um pouco preocupada apareceu de repente, parando perto demais, em meio à neblina.

Capítulo treze

Rapidamente Nina resgatou a mala surrada de Zoe do meio da rua, um gesto pelo qual o motorista do ônibus atrasado que ia para Aberdonian ficou bastante grato, e colocou-a de volta na calçada, enquanto Zoe se ajoelhava e recolhia Hari, que agora estava todo sujo, coberto de diesel e sabe-se lá do quê mais, com os cabelos grudados na cabeça e a boca escancarada, enfiando um dedo emporcalhado nela, o que certamente significava "Sim, eu refleti sobre o assunto e um sorvete seria bastante aceitável". A velocidade com que ele colocava e tirava o dedo da boca parecia estar aumentando, e ele botou a outra mão emporcalhada enfaticamente no rosto de Zoe, para virar a cabeça dela em sua direção.

A mulher ficou parada ali. Zoe piscou, ansiosa.

– Hã... Você é...? – começou ela.

Era inútil. Muito tempo dormindo; uma viagem muito longa; um leve pânico. Ela havia esquecido total e completamente o nome da mulher que ia encontrar. Estava no seu celular, que estava em sua bolsa, que estava a seus pés, o que significava que poderia estar na Lua e daria na mesma.

A mulher não se apressou em preencher o silêncio; em vez disso, ficou olhando para Zoe com uma expressão que parecia de pavor. Para falar a verdade, Nina teve a forte impressão, ao observar Zoe, de que tinha sido tomada pelo seu entusiasmo por ter um bebê, por todo o romance daquela ideia, mas ali estava a prova nua e crua de como realmente seria. Ela ficou sem fôlego e de repente muito apavorada, incapaz de sequer conseguir pensar na pobre Zoe.

– Hã... – murmurou Zoe.

– Desculpe. Talvez eu esteja enganada – disse Nina, só para o caso de ela estar *realmente* enganada e ter, de alguma forma, cruzado com alguma indigente por acidente. – Quem você está procurando?

Hari tinha conseguido emaranhar a mão nos cabelos de Zoe e estava puxando com força. A bolsa caiu de novo. Zoe olhou para o ônibus de Aberdeen e considerou entrar nele.

– Livros... A mulher dos livros – Zoe conseguiu finalmente dizer, e Nina se esforçou ao máximo para sorrir.

– Olá! – disse ela. – Oi. Eu sou a Nina. Você deve estar exausta.

A mulher que olhava para Nina parecia ter mais que seus 28 anos. Havia um emaranhado de cabelos escuros no ponto da cabeça que ela encostara para dormir, ela exibia olheiras profundas sob os olhos e suas roupas estavam manchadas. A criança a estava puxando, agitada.

"Esta serei eu", pensou Nina, horrorizada. "Esta serei eu."

"Ó céus", pensava Zoe, horrorizada. Aquilo era exatamente... Ela queria chorar. Pensou na primeira impressão maravilhosa que queria ter passado: seu filho lindo se comportando impecavelmente; uma aparência profissional e preparada. Infelizmente, ela estivera sem dinheiro para ir a um salão de beleza e tentara cortar o próprio cabelo com uma tesoura de cozinha (nunca tentem isso), além de não ter tido tempo de se arrumar no banheiro do ônibus depois de acordar. Sem contar que o banheiro do ônibus era insuportavelmente nojento e não havia onde deixar o Hari para ajeitar o cabelo. Ela havia higienizado ambos com um lencinho, mas, no fim das contas, só tinha meio que espalhado a sujeira e Hari parecia sebento.

E aquela mulher, com seu suéter roxo e a saia de tweed curta por cima do barrigão, combinando lindamente com seus cabelos ruivos... Ela simplesmente parecia perfeita ali, parte do cenário, mesmo enquanto tentava ocultar seu horror.

Zoe fechou os olhos. Bem, era tarde demais para voltar atrás.

Nina pegou as malas com determinação.

– É melhor você me seguir – disse ela, indo pela calçada entre as vagas dos ônibus. Zoe sentiu-se mal por deixar que ela carregasse as malas, mas não viu outra maneira.

Hari percebeu logo que aquilo significava zero sorvete e enterrou o rosto na camiseta de Zoe, enfiando a mão pela frente – um resquício dos tempos de amamentação –, e uivou silenciosamente, encharcando a roupa dela com suas lágrimas. Nina olhou brevemente para eles, então virou-se e continuou andando, eficiente, arrastando as malas de Zoe enquanto Zoe ofegava, tentando acompanhar seu ritmo com sua bolsa e um garotinho de 4 anos inconsolável e surpreendentemente pesado e seu carrinho.

– Suba no carrinho, Hari – sussurrou ela, e a criança meneou a cabeça com veemência.

Para ser sincera, Zoe não podia culpá-lo. A neblina era espessa e pesada, fazendo com que fosse muito difícil ter noção de para onde estavam se encaminhando. Enquanto Nina os guiava na direção de uma van azul extraordinária, ela avistou, em meio à escuridão, um prédio de arenito enorme, com colunas, descaradamente autoproclamado BIBLIOTECA PÚBLICA.

– Bem, cá estamos – anunciou ela alegremente, parecendo preocupada logo em seguida. – Ó céus – disse ela. – Eu pensei... – Ela olhou novamente para Zoe. – Eu sinto muito. Pensei que você fosse trazer uma cadeirinha.

– Eu tentei – Zoe começou a explicar. – Mas não consegui carregar.

– É claro! É claro que não conseguiu. Me desculpe! Ele pode ir no seu colo?

– Claro.

Nina pausou por um instante.

– Ou... Espere aí.

Ela desapareceu atrás da van com a bagagem de Nina e ressurgiu com três livros pesados.

– Podemos dar uma ajudinha pra ele.

Zoe olhou para os livros.

– Ah, não se preocupe – disse Nina. – São livros sobre como esconder legumes na comida das crianças. Não gosto deles. Desde que ele não faça xixi em cima, podemos usá-los sem problema.

E ela deu um sorriso nervoso, que Zoe retribuiu com outro sorriso nervoso.

– Muito bem, rapazinho – disse ela. – Pode subir.

– Ele é quietinho – observou Nina.

Surinder não tinha falado do mutismo de Hari, considerando que se tratasse apenas de timidez.

– Ele não fala – contou Zoe. – Ainda, digo. Provavelmente vai falar quando estiver pronto.

Nina encarou o garotinho pela primeira vez. Se você ignorasse as migalhas de comida e o catarro no nariz, era uma criança bonita. Ela conseguia ver um pouquinho da Surinder nele.

– Ele chora? – perguntou, curiosa.

– Só baixinho – respondeu Zoe, fazendo o que costumava fazer, ou seja, fingindo estar alegre para acobertar suas preocupações. – Você é simplesmente perfeito, não é, Harizinho?

Hari fungou e limpou o nariz na manga da camiseta. Parecia que ia começar a chorar de novo e, francamente, estava longe de ser o retrato da perfeição, mas elas decidiram não falar mais sobre aquilo enquanto Nina, cuja barriga tocava no volante, engatava a ré e com cuidado manobrava para fora da rodoviária.

Capítulo catorze

Como muitas pessoas extrovertidas, Surinder nunca conseguiria entender de fato o que era ser tímido. Nina sempre fora uma introvertida aficionada por livros; mudar-se para a Escócia a tinha ajudado a se soltar em uma comunidade pequena, mas ela ainda ficava nervosa perto de pessoas desconhecidas. Zoe, por sua vez, estava tão exausta e cansada da vida que sentia que toda a resiliência havia se esvaído dela e ela não sabia como recuperá-la.

O tempo também estava péssimo. Nina sentiu-se mal por largar Zoe naquele casarão estranho. Ela deveria levá-la para sua casa, dar a ela algo para comer, tomar conta dela. Ela não esperava que Zoe fosse uma criatura tão sofrida (Surinder definitivamente havia amenizado a situação).

– Então – disse ela por fim –, o que foi que você leu no ônibus?

Dessa vez, Zoe estava preparada.

– *Anna Karenina*! – anunciou em voz alta.

Era o livro que ela tinha levado, afinal. Conseguira comprá-lo em um sebo, então estava preparada. Não que ela não tivesse lido – ela tinha –, mas estava enferrujada nas leituras desde que se tornara mãe e percebeu, depois, que sua concentração não era mais a mesma.

– Jura? – indagou Nina. – Eu tenho bastante dificuldade em ler livros como esse quando estou viajando. Que incrível!

O silêncio se instaurou na van.

– Hum... – disse Zoe. – E também...

Ela exibiu o exemplar de um livro da série de Jack Reacher que também havia levado.

– Ah, sim – disse Nina, sorrindo. – Por favor, diga que ele já trocou de cueca.

– Já faz três dias que não – respondeu Zoe.

– Que horror – exclamou Nina, e Zoe sorriu de volta.

– Então, a família Urquart... São gente boa? – quis saber ela.

Nina se encolheu. Ela percebeu que devia ter ido vê-los, para garantir que estava tudo certo. A cada dia que passava, contudo, ela se sentia pior. Pior do que dizia a Lennox, que só ficaria preocupado. Ela se esforçava ao máximo para conseguir ir se arrastando até a van, então desabava diante da lareira à noite.

– Tenho certeza que são – afirmou ela. – Só acho que eles passaram... por maus bocados.

Zoe balançou a cabeça compreensivamente. A creche onde ela trabalhava era chique, repleta de pais ricos divorciados. Pela sua experiência, "maus bocados", quando se tratava de crianças significava "prepare-se".

Em seu peito, novamente adormecido, Hari fungou e soltou um longo suspiro.

Elas finalmente chegaram ao que parecia, para Zoe, ser outra rua sinuosa, enquanto ela checava o mapa impresso (Zoe tinha logo percebido que o sinal de celular era bastante intermitente por ali). Contudo, ela também percebeu, para seu pavor, que Nina nunca tinha estado ali.

– Vou deixar você aqui – avisou Nina, corando. – Ele estudou com o meu namorado – acrescentou, como se aquele fato tornasse tudo aceitável.

– Hum, certo – respondeu Zoe, abraçando Hari com mais força.

Lá fora, uma coruja piou. Elas passaram entre duas colunas de tijolos, uma de cada lado da rua, onde, antigamente, devia ter havido um portão. Uma placa levemente destruída dizia "The Beeches".

Zoe olhou para Nina, que a ignorou deliberadamente, soltando, em vez disso, uma risada um pouco forçada.

– Haha... Que medo!

– Hum – murmurou Zoe, cobrindo as orelhas de Hari e lembrando a si mesma, à medida que as colunas desapareciam atrás delas em meio à neblina e apenas o pio da coruja penetrava no carro, que ela definitivamente não acreditava em fantasmas, é claro. Definitivamente.

As colunas eram, no fim das contas, apenas a entrada da propriedade. Elas não estavam, na verdade, nem um pouco perto da casa. Havia uma longa trilha, que continuava encoberta pela escuridão, e uma comprida viela de cascalho, um tanto desgastada, com uma vegetação rasteira sussurrante ao redor. Elas passaram por fileiras de cerca viva e alpendres de teto baixo antes de finalmente avistarem a residência.

Era o lugar mais assustador que Zoe já tinha visto na vida.

A casa era de um estilo que Zoe não reconheceu, mas logo descobriria ser bastante comum em muitas das mansões da região: um nobre estilo baronial. Era de tijolos cinza, com diversas torres germinando de seus paredões altos, e havia uma porta de madeira enorme ao final de uma larga escadaria na entrada. As torres eram engrinaldadas por birutas e pontas de metal, e cada uma parecia um desenho infantil da torre de Rapunzel. Janelas se estendiam pelas paredes do piso térreo e subiam pelas torres: meras frestas em alguns casos, embora a casa tivesse sido claramente construída muito tempo depois de haver qualquer perigo óbvio de flechas voadoras.

Era impressionante. E assustadora.

– Eu... Eu achei que fosse uma casa – disse Zoe, balançando a cabeça.

– É uma casa – afirmou Nina. – Só é uma casa bem, bem grande.

O carro desacelerou, fazendo barulho no velho cascalho. Na frente, parada, avistava-se a figura de uma mulher de aparência irritada com os braços cruzados. Nina não precisava de poderes extraordinários para concluir que só podia se tratar da Sra. MacGlone.

Capítulo quinze

Ao sair do carro, as primeiras impressões de Zoe sobre um castelo magnífico retrocederam um pouco. Ela conseguia ver os tijolos lascados, as ervas daninhas crescendo nas janelas mais altas, e se perguntou se haveria tantos quartos na casa que as pessoas sequer conseguiam entrar em todos.

A mulher corpulenta parada diante da porta da frente de braços cruzados se adiantou.

– Aparentemente, ela não é tão assustadora quanto parece – murmurou Nina.

Zoe olhou para ela.

– Sra. MacDanvers – disse ela baixinho, insinuando que a governanta era uma versão escocesa da antagonista de *Rebecca – A mulher inesquecível*, e Nina não conseguiu evitar um sorriso.

Zoe saiu do carro. Um vento feroz soprou seus cabelos escuros em seu rosto. Ela realmente precisava cortá-los. E lavá-los, secá-los e retocar as raízes.

A Sr. MacGlone examinou Zoe de cima a baixo.

– Certo – disse ela, no tom de alguém que não estava se encontrando com uma babá pela primeira vez. – Zoe, não é?

– E Hari – complementou Zoe, exibindo o garoto adormecido em seu ombro.

– Tudo bem – disse a Sra. MacGlone, observando desinteressadamente enquanto Nina tirava as malas pesadas do carro, apesar do barrigão, e as duas garotas as levavam até a varanda.

A imensa porta de madeira estava descascando e desbotada, Zoe percebeu enquanto caminhava em direção a ela. A Sra. MacGlone franziu o cenho.

– Nós usamos a outra porta – ralhou ela, e Zoe não conseguiu evitar que sua boca se contorcesse imediatamente.

Uma entrada de serviço! Era como em Downton Abbey! Ela olhou ao redor e descobriu que era, agora que a lua estava nascendo, vagamente visível atrás das nuvens grossas, impossível dizer que ano era.

Havia um forte aroma de pinheiros no ar. A escuridão estava se instaurando – um breu real, não aquele escuro fosforescente de uma rua londrina, onde os carros e as caminhonetes nunca paravam, onde tudo funcionava todo dia, o dia todo.

Exceto pelo chilreio dos pássaros e o farfalhar das folhas ao longe, Zoe não ouvia um ruído sequer. E subitamente se perguntou se já havia estado em um silêncio como aquele alguma vez na vida.

Então, enquanto eles se encaminhavam para os fundos da casa (Nina, morrendo de cansaço e enjoo, havia se desculpado e ido embora, dizendo que a veria no dia seguinte; havia um carro na casa que ela poderia usar), Zoe ouviu a imensa porta da frente ranger e viu uma luz brilhar lá dentro. Houve um lampejo de alguma coisa branca e uma gargalhada baixinha misteriosa. A Sra. MacGlone não exibiu qualquer sinal de ter percebido qualquer coisa e o silêncio voltou a se instaurar.

A porta dos fundos – uma peça mais simples, com quatro vidraças – não rangeu; obviamente vivia aberta. Ela dava para um corredor lajeado, com uma sala grande à direita, repleta de galochas, bastões de caminhada e capas de chuva.

– Deixem seus casacos na chapelaria – instruiu a Sra. MacGlone, fungando.

Zoe piscou. Ela nunca havia ouvido falar em uma chapelaria na vida. Os olhos de Hari se arregalaram; ele havia acordado e estava olhando em volta, impressionado. Zoe também estava bastante impressionada.

A Sra. MacGlone apressou-se em entrar em uma cozinha ampla de teto baixo com uma mesa longa para os funcionários no centro. O cômodo era frio (não havia tapetes no chão) e bastante úmido, com uma grande cuba estilo fazenda. O único ruído (muito alto) vinha da velha geladeira, que zunia sem parar. Não havia, Zoe não pôde deixar de perceber, cheiro algum de comida no ar.

– Esta é a cozinha – anunciou a Sra. MacGlone, solícita. – Eu não cozinho.

– Mas... o que todos comem? – questionou Zoe.

– Ah, nós nos viramos.

– Bem – disse Zoe, que estava pra lá de exausta –, talvez a senhora possa me mostrar tudo amanhã. Eu gostaria de colocar o Hari na cama...

A Sra. MacGlone olhou para a criança como se a imagem de um garoto de 4 anos de idade indo dormir às onze da noite fosse peculiar, fungou mais uma vez e então seguiu pelo corredor estreito e os guiou por uma escada de pedra em caracol, com Zoe batendo as malas em cada um dos degraus, e entrou, por uma porta oculta debaixo da velha escadaria marrom, no que obviamente era o corredor principal da casa, que levava à enorme porta da frente.

Tudo era de madeira polida e cheirava a cera de abelha. O marrom-escuro era dominante, bem como os pesados tapetes de tartan presos por varões dourados pesados na ampla escada marrom com o corrimão entalhado. Havia um grande relógio de chão no patamar, tiquetaqueando de verdade. Zoe achou que nunca tinha visto um daqueles funcionando antes.

Novamente ela percebeu o som de um riso distante.

– As crianças quiseram ficar acordadas para me conhecer? – perguntou ela, esperançosa.

– Já pra cama! – berrou a Sra. MacGlone em direção ao piso superior, e elas não ouviram mais nada.

– Certo – disse Zoe. – Está bem. E o Sr. Urquart?

– Ele não está – respondeu a Sra. MacGlone.

– Minha nossa – exclamou Zoe, genuinamente surpresa. – Ainda bem que eu vim, então.

A Sra. MacGlone bufou, como se certamente fosse cedo demais para afirmar aquilo.

Capítulo dezesseis

Zoe continuou arrastando as malas e seguindo a Sra. MacGlone. Havia, no fim das contas, outra escadaria, atrás de uma porta oculta perto daquela de onde elas tinham saído, que subia em espiral por mais três andares, chegando a um corredor comprido no sótão.

A primeira porta estava aberta e, dentro, havia um quarto minúsculo com duas camas de solteiro e uma pequena pia. Não era totalmente diferente de uma cela. Uma janela alta exibia a escuridão total lá fora. Mesmo assim, imensamente aliviada, Zoe colocou Hari em uma das camas, onde ele logo se virou, roncou e adormeceu profundamente. Não havia um edredom, apenas um cobertor áspero, e ela o cobriu com ele. O quarto era frio.

– Onde fica...?
– O banheiro fica no final do corredor – interrompeu a Sra. MacGlone. – Amanhã eu te mostro todo o resto. Estou indo.
– Indo... a algum lugar?
– Tenho trabalhado no turno da noite desde que a outra moça foi embora – explicou a Sra. MacGlone. – Já estou farta. Volto pela manhã. Tchau.

Zoe a observou se afastar, percebendo, para seu horror, que não sabia exatamente onde ficava o final do corredor – os corredores pareciam se estender infinitamente e ela com certeza podia se perder. Ou ser morta por fantasmas, disse seu inconsciente, mas ela ignorou. Quase totalmente.

Além disso, ela estava morrendo de fome. De certa forma, percebeu que esperava encontrar... Certo: com toda a franqueza, Zoe esperava encontrar uma bela e aconchegante casa escocesa, com lareiras acesas e algum prato tradicional – *haggis*, talvez? Ela nunca tinha comido *haggis*. Talvez uma boa tigela de sopa, e crianças adoráveis superfelizes por vê-la, e um pai gentil agradecendo aos céus por ela estar ali, e um quarto aconchegante, e...

A torneira da pia gotejava solenemente. Algo nas profundezas rangeu. Zoe ligou o celular – estava sem sinal, mas ela podia colocar uma música, e colocou, baixinho, só para não se sentir totalmente sozinha.

Vasculhou a bolsa e encontrou, triunfante, meio pacote de biscoitos de arroz bem no fundo. Isso e um copo d'água surpreendentemente limpa e refrescante da velha torneira de bronze, ela supôs, teriam que dar para o gasto.

Certo. Olhou ao redor, para as camas sem lençol, o guarda-roupa antiquíssimo e vazio, a pequena janela. Olhe pelo lado positivo: era... diferente. Ela se sentia mais distante de qualquer coisa que já tinha tido em toda a sua vida.

Zoe sentou-se na cama. O colchão era tão fino que ela conseguia sentir as molas. Por quanto tempo precisaria olhar pelo lado positivo? Certo. O dia seguinte seria melhor. Não seria?

Capítulo dezessete

Em um primeiro momento, ao abrir os olhos como geralmente costumava fazer – às 5h30 da manhã, com um garotinho em cima dela pedindo que o levasse ao banheiro –, enquanto tentava despertar, ela não compreendeu bem onde estava ou o que tinha acontecido.

Então ela se lembrou.

Rapidamente, sem pensar, saiu do quarto com Hari, sem saber ao certo onde ficava o banheiro – havia oito portas no corredor, as quais podiam levar a qualquer lugar, mas a maioria, como ela descobriu, estava trancada. *Argh*. Aquele lugar era *sinistro*, especialmente quando se estava morrendo de frio e desesperada para ir ao banheiro.

O banheiro ficava, irritantemente, bem no final, enquanto eles corriam pelo piso de linóleo. Era um banheiro antigo, com louça Thomas Crapper, uma corrente longa e maçaneta esmaltada, e uma antiquíssima banheira vitoriana, mas nenhum chuveiro. Zoe estreitou os olhos. Depois da longa jornada do dia anterior, ela queria uma chuveirada escaldante, mas não parecia haver nada parecido com um chuveiro por ali.

Enquanto Hari usava a privada, ela tentou abrir a torneira da banheira.

Cusparadas de água amarela saíram da torneira – obviamente, a banheira não era usada há muito tempo – e Zoe apalpou em volta em busca da tampa do ralo e pegou o pequeno sabonete de hotel na pia. Ela percebeu que não tinha se tocado de levar xampu. Supôs, quando estava tentando reduzir as malas ao menor tamanho possível, que compraria essas coisas ali, depois de ter se instalado, que conseguiria pegar emprestadas algumas coisas quando chegasse ou daria um pulo em uma loja.

Não conseguia se lembrar de ter visto qualquer coisa no caminho de Inverness para lá, na noite anterior, que parecesse uma loja.

A água quente continuou correndo até encher uns cinco centímetros da enorme banheira e então ficou gelada de repente. O que era aquilo? As pessoas realmente viviam assim?

Por outro lado, ela precisava se lavar, isso estava claro. No primeiro dia em um novo trabalho, isso era meio recomendável.

Relutante e tremendo nos azulejos frios do banheiro não aquecido, tirou as próprias roupas e o pijama de Hari, embora ele tivesse se debatido e protestado. Eles ficaram em pé e ela os ensaboou do melhor jeito possível – que não era lá muito bom – com a minúscula barra de sabonete. Não se arriscou a lavar os cabelos. Eles teriam de aguentar daquele jeito mesmo.

Hari estava apontando para a boca.

– Eu sei – disse ela. – Sei que você está com fome, meu amor. Vamos desfazer as malas e aí vamos tomar café da manhã, está bem?

Hari não ficou nem um pouco satisfeito e começou a dar sinais de que iria arrumar confusão, enquanto ela pegava uma toalha velha, que fora lavada e secada muitas e muitas vezes, de uma pequena pilha no canto do banheiro e enrolava o corpinho trêmulo dele, abraçando-o.

– Não se preocupe – sussurrou ela em seu ouvido, embora estivesse falando tanto consigo mesma quanto com ele. – Sei que é tudo novo. E estranho. E diferente. E tudo bem. Às vezes a vida é assim mesmo. Vai ficar tudo bem. Eu prometo.

Ela se deu conta de que aquela casa era esquisita: os corredores estranhos e uma quantidade bizarra de escadarias, e ainda as crianças misteriosas e o pai misterioso... Ela se tocou de repente, com certo pavor, de que talvez a casa não tivesse televisão. De que talvez o poder acalentador de *Oi, Duggee* e seus filhotes sortidos não pudesse exercer seu acalento; de que talvez os *Octonautas* não os distraíssem completamente quando ele precisasse se acalmar e se reconfortar. Ela pegou o tablet antiquíssimo quando eles voltaram para o quarto. Apenas até que Hari se sentisse melhor. Eles podiam plugá-lo na tomada lá embaixo.

A casa estava quieta enquanto eles desciam as escadas. À luz do dia, Zoe podia ver como estava abandonada, com poeira e teias de aranha por todo lado, à exceção do corredor polido, que permanecia totalmente escuro, com a enorme porta fechada. Parecia que levava a uma sala de visitas, mas as janelas estavam fechadas. Além disso, o piso térreo da parte social frontal da casa era o segundo andar dos fundos, pois o terreno entrava em declive na parte de trás da casa.

A cozinha fria era mais convidativa pela manhã, com janelas grandes e sujas permitindo que a fraca luz do sol entrasse. Também havia uma porta que dava em um pequeno terraço de laje, tomado pelo mato, e então direto para o gramado, que se estendia até o muro de uma horta, com uma estreita trilha de cascalho que levava diretamente até ela.

Não havia sinal algum de uma chaleira elétrica, mas tinha uma grande chaleira preta convencional em cima do velho forno elétrico, e Zoe concluiu que serviria naquele momento. Ela a encheu de água – pesava uma tonelada – e colocou para esquentar.

Depois de alertar Hari sobre não se aproximar do fogão – ele estava segurando o tablet como se fosse um talismã sagrado; eles tinham encontrado uma tomada e ele evidentemente não queria ficar com a mãe –, ela fechou o casaco ainda mais e se percebeu saindo da casa, na manhã fresca.

A grama estava molhada de orvalho, mas a névoa pesada que rodeava a casa na noite anterior, embora não tivesse desaparecido por completo, estava subindo; era possível vê-la redemoinhando como se fosse um ser vivo. Zoe nunca tinha visto nada como aquilo; era como estar em uma nuvem.

Pouco acima, contudo, ela conseguia ver os primeiros raios de sol se esforçando ao máximo para atravessar aquele grosso cobertor cinza; aqui e ali, um raio conseguia transpô-lo, transformando as gotas de umidade na grama em diamantes cintilantes.

Zoe inspirou fundo e sentiu o ar fresco em seus pulmões.

Era inebriante. Tão puro, com uma pitada de frescor e um pouquinho de luz do sol; com um aroma musguento de grama e folhas e notas marcantes de velhos pinheiros, além de fantasmas de milhões de jacintos, galantos e narcisos, alternando-se, ano após ano.

Zoe inspirou fundo mais uma vez. Sentia que aquele ar poderia embriagar uma pessoa, de tão rico e pungente. Abriu os olhos, buscando logo a cozinha para se certificar de que Hari estava bem. Conseguiu vê-lo pela porta aberta, debruçado e completamente imerso no que quer que estivesse assistindo, em seu mundinho próprio.

– Venha, Hari! – chamou com delicadeza, mas ele mal olhou em sua direção antes de menear a cabeça.

O gramado longo e bonito estava levemente tomado por margaridas e flores silvestres. Uma parede de tijolos encobertos por hera levava a um jardim murado com árvores frutíferas que eclodiam por cima dele. A casa estava atrás dela; as torres, aqui e ali, capturavam o sol com seus pináculos e cata-ventos. E à sua esquerda a grama descia por um terreno musguento que levava – para choque e surpresa de Zoe, visto que ela não havia reparado em nada daquilo na noite anterior – a uma pequena enseada, bem diante da casa, onde havia um barquinho a remo, que precisava muito ser lixado e pintado, e, além de tudo, uma vasta extensão reluzente de água verde, com manchas de sol cintilando aqui e ali. O famoso lago Ness bem ali. Zoe sabia que ficava próximo, só não tinha ideia de *quão* próximo.

– Hari! Hari! Venha ver! – chamou Zoe, entrando de volta na cozinha.

A chaleira estava emitindo um assobio alto e ela colocou a água numa xícara com um saquinho de chá amassado que encontrara em um armário quase vazio.

– Bom, acho que você devia dar "oi" ou talvez "bom dia" – disse uma voz.

Zoe se virou, quase derramando a água fervente. A voz – definitivamente infantil – surgira do nada. Por um instante ela pensou que pudesse ser... Não. Aquilo era ridículo.

Parado à porta da cozinha estava um garotinho com cabelos castanhos espetados, usando um pijama de flanela bem surrado, pequeno demais para ele. Apesar de sua aparência estranha, sua expressão era confiante.

Zoe piscou. Então compreendeu e abriu um largo sorriso.

– Olá! Você é o...? – Ela não conseguia lembrar qual criança era qual. – Você é o Shackleton?

– Não – respondeu Patrick. – Eca. Isso seria totalmente nojento. Sou o Patrick.

– Ah, sim! Olá, Patrick. Sou a Zoe.

O garotinho franziu a testa.

– Bom – disse ele. – Eu absolutamente não quero me lembrar disso. Você é... – Ele fez uma conta com os dedos. – Nossa babá número sete. Vou te chamar de Babá Sete.

– Me chame de Zoe, por favor.

Patrick entrou na cozinha e subiu com cuidado em um dos bancos, bastante altos para ele.

– Acho que não. Uma torrada, Babá Sete!

Zoe ficou olhando para ele. Para seu espanto, Hari largou o tablet, levantou-se e caminhou até o recém-chegado. Aquilo não era nada típico dele.

– Quem é você? – perguntou Patrick.

– Esse é o Hari – respondeu Zoe. – Ele também vai morar aqui.

Patrick analisou o garoto com certa desconfiança. Hari olhou nervoso para Zoe, mas ela sorriu para ele como quem diz que tudo ficaria bem.

– Hum – disse Patrick por fim. – Você não fala muito. Isso é bom. Eu gosto MUITO de falar. Você gosta de dinossauros?

Hari confirmou com a cabeça.

– Certo – prosseguiu Patrick, despreocupado. – Duas torradas, Babá Sete.

– Bem, espere um segundo – Zoe começou a dizer, então avistou outra figura caminhando na direção da porta da cozinha. – Bom dia! – exclamou ela.

Ela gostaria que a Sra. MacGlone estivesse ali. Era esquisito demais ter que fazer aquilo sozinha. Um pensamento assustador lhe ocorreu – que a Sra. MacGlone tivesse ido embora de vez e que ela nunca mais a veria e precisaria se virar sozinha –, mas afastou-o de sua mente.

A garota parecia ter por volta de 10 anos, sem exibir qualquer sinal de puberdade, mas já alta e esguia, como um bambu. Tinha cabelos escuros compridos que precisavam ser lavados com urgência e um rosto incrivelmente pálido, com um queixo comprido e pontudo. Não era um rosto exatamente bonito na primeira vez que você via, mas ela parecia interessante, inquisitiva e diferente. Estava usando uma camisola branca que se arrastava atrás dela; a imagem ficava bastante sinistra junto com os cabelos escuros.

– Sou a Zoe.

A garota fungou, fitou-a de um jeito rude e não respondeu.

– Essa é a Mary – apresentou Patrick. – Ela é péssima.

– Cala a boca, peste – ralhou a menina, com um sotaque local forte.

– Tá vendo? – disse Patrick.

Ela foi até um armário que Zoe não tinha visto antes e pegou uma caixa de cereal. Depois saiu pela porta e voltou com uma caixa de leite UHT de péssima qualidade.

– Então, eu serei a nova *au pair* de vocês.

– Tenho 9 anos – disse Mary secamente. – Não preciso de uma *au pair*.

– Precisa, sim – retrucou Patrick. – Você é in-COR-rigível.

– Você nem sabe o que isso significa, peste, então cala a boca.

– Pra falar a verdade, eu sei. Significa horrível, má e ruim com os irmãos.

– Ah, bom, nesse caso, é uma coisa boa – retorquiu Mary, derramando metade do leite no cereal e fazendo transbordar a tigela na mesa, sem se importar nem um pouco em limpar.

– Gostei da casa de vocês – disse Zoe vagamente.

Mary lhe lançou um olhar que deixou Zoe chocada com o fato de ela ter apenas 9 anos, e não 14, com os hormônios à flor da pele.

– Você pode pagar pra fazer uma visita quatro vezes por ano – sibilou ela. – Por que não faz isso?

Hari levantou-se com um cobertor velho e surrado que ele gostava de carregar por aí em caso de emergência e levou até o rosto, colocando o polegar na boca.

– E este é o meu filho, Hari, que também vai morar aqui.

Mary também ignorou Hari completamente – o que deixou Zoe muito brava –, pegou o celular e começou a digitar de um jeito bem ostensivo. Era algo inesperadamente moderno para a garota fazer em uma casa tão velha.

Depois de um instante, Patrick fez a mesma coisa e os dois ficaram completamente absortos em seus celulares enquanto Zoe se movimentava, pegando um pouco de cereal para Hari – Mary lançou outro olhar para ela, como se ela estivesse roubando – e tirando xícaras e pratos sujos da frente. Para seu pavor, parecia não haver um lava-louça. Como é que uma família poderia sobreviver sem um lava-louça? Zoe suspirou. O sol ainda estava entrando pelas janelas. Ela pegou a mão de Hari e colocou o tablet de lado.

– Deixa a mamãe te mostrar uma coisa – sussurrou.

Capítulo dezoito

Embora ela tivesse passado pouco tempo na cozinha, o clima já tinha mudado, a bruma tinha se dissipado ainda mais e havia mais raios de sol na grama. Hari olhou ao redor, perplexo. Zoe o tinha levado a Brighton uma ou duas vezes, mas sempre estava totalmente abarrotada de gente por toda parte e não era nada divertido relaxar em uma praia de pedras ásperas.

Aquilo ali, por outro lado...

Eles desceram até a pequena enseada de areia. A praia era dourada – uma cor que Zoe não poderia ter imaginado. Aquelas pessoas deviam ter a própria praia. Que extraordinário, ter a própria praia! Ela balançou a cabeça, deslumbrada.

O lago – *loch*, como chamavam os escoceses – era vastíssimo; parecia se estender até o horizonte. Ela não conseguia ver um fim em qualquer direção, exceto bem à frente, onde enormes montanhas emergiam da neblina, mas a que distância elas estavam ela não sabia dizer.

Além disso, havia apenas as lambidas de pequenas ondas na margem do lago, perto do barco abandonado. Ela se ajoelhou e colocou a mão na água. Era extremamente fria e límpida. Talvez pudesse tomá-la, embora não estivesse disposta a experimentar naquele momento. Zoe tomou um gole de seu café. Ela percebeu, com certa surpresa, que até mesmo café instantâneo puro e sem leite em uma velha caneca lascada tinha um sabor absolutamente delicioso quando se estava na beira de uma praia, em uma manhã gloriosa – embora fria.

De repente uma mãozinha puxou a barra de sua camisola freneticamente.

– O quê? O que foi? – perguntou ela, abaixando-se. Hari estava apontando para o meio do lago. – O que foi, Hari?

O dedo trêmulo dele se manteve esticado, apontando furiosamente para algum lugar, mas, claro, não havia nada.

Ela prestou atenção. Pássaros voavam em círculos sobre a água.

– Eu sei – disse ela. – Olhe os pássaros. Não são lindos?

Bem quando estava refletindo sobre aquilo, ela ouviu um grasnido alto e quase morreu de susto. Hari arfou. Eles se viraram, com o coração palpitando, e foram confrontados por um pavão gigantesco, com as penas distintamente apontadas para baixo, os olhinhos pretos e pungentes os fitando e o bico pontudo totalmente aberto.

– CAAAAAARK!

– Ai, caramba! – exclamou Zoe. – Você me assustou, Sr. Pavão. Aqui. – Ela apanhou o pão que tinha pegado na cozinha antes de sair. – Experimente isto.

Ela jogou uns pedacinhos na direção do pavão e deu um pouco para Hari fazer o mesmo, impedindo-o de segurar o pão para que o animal não se aproximasse mais; parecia que o bicho poderia arrancar os dedos dele com uma bicada.

– CAAAAAARK!

O pássaro parecia estar alertando-os de que não estava particularmente apaziguado pelas migalhas que eles tinham jogado – enquanto as devorava mesmo assim –, então eles contornaram o bicho com cuidado, retornando à segurança da cozinha.

– É lindo lá fora! – exclamou Zoe, ainda em choque.

Patrick fungou.

– Todas elas dizem isso NO COMEÇO – comentou ele, sombrio.

Outra figura desceu as escadas ruidosamente. Ele era muito diferente dos outros dois: grande, corpulento, cabelos claros. Estava no início da puberdade e parecia todo desengonçado. As mãos e os pés eram enormes, absurdamente desproporcionais ao corpo, e ele se sentou com um suspiro, depois de colocar seis fatias de pão para torrar.

– Hum, bom dia.

O rapaz a examinou de cima a baixo.

– Babá Sete! – anunciou Patrick.

– Não preciso de babá – afirmou o garoto, e Zoe foi obrigada a admitir que ele tinha razão: ele parecia quase pronto para competir no campeonato de rúgbi Seis Nações.

– Ótimo, porque não sou babá – respondeu Zoe. – Olá. Sou a Zoe. Estou aqui pra ser a sua *au pair*.

– Shackleton – grunhiu o garoto, e era um nome tão incomum para uma pessoa tão jovem que Zoe precisou perguntar outra vez.

– Não pergunte o nome dele, ele ODEIA – informou Patrick. – Se eu tivesse nascido antes, teria ficado com o nome. E com a propriedade – refletiu ele.

– Pode ficar, é peixe miúdo – retorquiu Shackleton.

– Vou ficar – respondeu Patrick. – E nenhum de vocês vai poder vir aqui. NUNCA, NUNCA, NUNCA.

– Eu não vou sair – afirmou Mary. – Então pronto!

– Vai, SIM! Você VAI sair da minha casa, você VAI, sua idiota!

De repente Patrick avançou nela em uma onda de fúria. Mais por instinto do que por qualquer outra coisa, Zoe estendeu as mãos e o afastou.

Patrick enrijeceu assim que ela o tocou.

– Me deixe em paz!

– Está bem, só... deixe a sua irmã em paz.

– Isso, *me* deixe em paz – repetiu Mary, mostrando a língua, enquanto Zoe sentia o garotinho tremer de raiva.

– Quem quer mais torrada? – perguntou ela, olhando com esperança para a torradeira, mas Shackleton já havia espalhado um monte de manteiga e quase um pote de geleia em todas as seis fatias e devorava tudo estoicamente.

– Foi mal – disse ele com a boca cheia e migalhas caindo por todo lado. – Acho que acabei com tudo.

Capítulo dezenove

Zoe jamais teria imaginado como ficaria feliz em ver a Sra. MacGlone quando ela apareceu pontualmente às 8h30.

Nenhuma das crianças sequer ergueu os olhos quando ela entrou e colocou luvas de limpeza.

– Estou vendo que você já os conheceu – disse ela.

– Ah, sim! – respondeu Zoe, seguindo-a pelo corredor.

A Sra. MacGlone virou-se com um suspiro assim que elas ficaram longe do alcance dos ouvidos da criançada.

– Sim, a Mary é sempre daquele jeito. Sim, o Patrick tem um QI bem alto. Não, você não pode bater neles.

– Eu não planejava…

– Ah, acredite em mim, você vai querer.

– Por que eles não estão na escola? – quis saber Zoe.

A Sra. MacGlone fungou.

– A Mary foi suspensa. Aí o Shackleton brigou com alguém que zombou da irmã dele por ter sido suspensa, então também foi suspenso. O Patrick só deve começar depois do Natal.

Zoe piscou de espanto. Não tinha lhe ocorrido perguntar antes. O que é que eles faziam o dia todo?

– Por quanto tempo eles continuarão suspensos?

– Acho que a diretora é quem vai decidir isso.

– E o que eles fazem o dia todo?

– E eu lá sei? – respondeu a Sra. MacGlone, que tinha começado a polir o corrimão.

Ficou claro que havia uma única parte da casa que ela considerava sua responsabilidade, e não era a cozinha dos fundos.

Shackleton tinha começado a jogar um jogo bem alto e barulhento no computador. O som chegava lá da cozinha até elas, o que respondia ao menos a uma pergunta.

– Essas coisas barulhentas – resmungou a Sra. MacGlone.

Zoe observou o restante do largo corredor à luz do dia. Havia umas pinturas a óleo antigas nas paredes, algumas tapeçarias penduradas e uma grande cabeça de cervo com olhos brilhantes. A Sra. MacGlone a afastou do caminho, girou a maçaneta de uma enorme e pesada porta de madeira e a abriu devagar. A porta rangeu, prestativa.

O cômodo estava escuro, com as cortinas fechadas. A Sra. MacGlone estalou a língua sem paciência.

– Não tenho tempo pra isso hoje – disse. – Tenho a ala oeste, a roupa suja, a ala das crianças, as duas escadarias pra dar conta...

Ela se movia com agilidade e Zoe se perguntou quantos anos teria.

– A senhora tem muitas responsabilidades.

– Pode ter certeza que sim – resmungou ela. – Ele anda fazendo de novo... – continuou, encaminhando-se para as janelas e abrindo-as.

O sol brilhante inundou o cômodo, exibindo as partículas de pó flutuando no ar. Perplexa, Zoe virou a cabeça e, lentamente, ergueu os olhos para observar todo o espaço.

Para falar a verdade, era um salão lindo, que se estendia até uma enorme janela saliente na frente da casa – mas estava imundo. O mais impressionante era que cada centímetro quadrado das paredes era ocupado por prateleiras de livros de madeira antiga, que haviam sido construídas para se encaixarem nas paredes. O teto também era de madeira, o que tornava o cômodo bem marrom.

Mas os livros! Zoe nunca tinha visto tantos em um único lugar, nada como aquilo. Centenas e centenas, talvez milhares. Havia grandes volumes com capas de couro velhas, Bíblias e enciclopédias antiquíssimas e obras que pareciam livros de magia. Havia livros com encadernação dourada e manuscritos antigos delicadamente costurados. Guardados com cuidado atrás de um vidro havia diversos pergaminhos e – Zoe não conseguiu evitar ficar boquiaberta – um manuscrito iluminado. Um de verdade, na casa de alguém. Ela deu um passo adiante, fascinada e estranhamente tocada pela pequena figura pintada de um monge e do S rebuscado demais, emaranhado com folhas de videira, frutas e decorações meticulosas minúsculas em uma tinta que havia secado muitos e muitos séculos atrás.

Havia prateleiras repletas com as lombadas alaranjadas da Penguin Classic e prateleiras com as lombadas pretas da Penguin Classic; inúmeros atlas de todos os períodos da história empilhados; livros lindos de capa dura em vários idiomas; velhos originais de James Bond; e uma coleção antiga, com capa de tecido, de Dickens que Zoe queria tocar, mas decidiu que era melhor não.

Havia volumes enormes de história da arte, alguns livros infantis extraordinários que pareciam ser alemães e incontáveis outras obras, estendendo-se por todo o salão, ida e volta.

A mobília antiga era composta por duas poltronas diante de uma ampla lareira, uma mesa grande de tampo de couro verde com um antigo telefone de disco sobre ela, duas canetas, alguns papéis mata-borrão e nada mais.

– Minha nossa! – exclamou Zoe, quase se esquecendo do que queria dizer. – Uma biblioteca.

– Esta não é a biblioteca – corrigiu a Sra. MacGlone, franzindo o cenho. – Ninguém a usa. Não há motivo.

– Sério? – indagou Zoe, pensando nas três crianças amontoadas na cozinha, vidradas em seus celulares. – Pensei que poderia ser bastante útil.

– Pensou, é? – A voz era grave, estrondosa e, acima de tudo, parecia surpresa. Zoe virou-se, assustada.

Um homem enorme estava parado ali, ocupando todo o espaço, ao que parecia. Ele era alto demais para a porta; quase comicamente alto.

– Estou apenas mostrando a casa para a nova garota – explicou a Sra. MacGlone. – Vamos deixá-lo em paz, senhor.

– Só a mantenha longe da minha biblioteca.

– É claro!

Houve uma breve pausa e então um barulho alto:

– PAPAI!

Patrick entrou voando do corredor como uma bala de revólver. Mary apareceu logo atrás.

– A MARY está implicando comigo! E o Shackleton não me deixa jogar! E ele acabou com a geleia porque ele é PÉSSIMO.

– *Papai*! Pare, Patrick! Ele está mentindo! Ele é ridículo, *odeio ele*.

– A gente... a gente não odeia ninguém, Mary – repreendeu o homem alto, estendendo as mãos em um gesto que claramente indicava uma atitude conciliadora.

– *Você* pode não odiar – retrucou Mary. – Mas *eu* odeio.

E ela olhou diretamente para Zoe.

– Certo, certo – disse o homem, distraído.

Zoe se percebeu incomumente nervosa. Aquele era o homem que a mulher havia deixado. Ramsay Urquart. O que tinha acontecido? Será que ele era cruel?

– Tem mais! – continuou Patrick. – Tem um bebê na cozinha que não sabe o próprio nome.

– Tem, *é*? – indagou o homem. – Certo.

– Esta é a Zoe – apresentou a Sra. MacGlone sem entusiasmo algum.

Zoe suprimiu uma vontade idiota de fazer uma reverência.

– Olá – cumprimentou ela. – O bebê na cozinha é meu.

– Entendo – ele disse. – Então você é...

– A Babá Sete – elucidou Patrick solicitamente.

– Sei. Certo, certo – repetiu Ramsay. Zoe franziu a testa. – Bom, seja bem-vinda, acho. Tente ficar um pouco mais que as outras! Haha!

– Eu gostaria, senhor – respondeu Zoe. – Só... me diga do que elas gostam e eu tentarei fazer com que todo mundo se divirta.

Ele fez uma careta.

– Na maior parte do tempo, eles gostam de brigar, pelo que sei – disse ele. – Eu só... Bem, eu tenho muito trabalho a fazer.

– O que o senhor faz?

– Vendo livros antigos.

Zoe pareceu confusa.

– Eu compro e vendo livros velhos. Livros bem velhos. E viajo muito... por todo o país...

– É importante que ele não seja perturbado – lembrou a Sra. MacGlone.

– Extremamente importante – concordou Patrick, embora ainda estivesse agarrado à calça do pai.

– Então deixe ele em paz, aberração – sibilou Mary.

– CALA A BOCA! – berrou Patrick.

– Ora, ora – repreendeu o homem. Ele olhou para Zoe. – Então, hum... se esforce ao máximo...

– É claro – respondeu Zoe.

Ela já conhecia aquele tipo, embora em geral eles fossem homens um pouquinho mais serenos, nunca largassem o celular ou vivessem em aviões; viam os filhos como interrupções irritantes em suas vidas extremamente importantes, e ela não gostava muito deles.

– O Shackleton ainda está no computador? – perguntou Ramsay à Sra. MacGlone, que confirmou com a cabeça.

Ele suspirou. Então ajoelhou-se e tomou as duas crianças nos braços, fazendo um carinho desajeitado em seus ombros. Zoe se perguntou se seria por causa dela, o que se confirmou quando ela o ouviu sussurrar para eles:

– Por favor, sejam legais com ela. Por favor. Não podemos continuar desse jeito, não é?

Nenhuma das crianças respondeu, mas a expressão de Mary era dura. Ele se endireitou novamente.

– Ótimo! Maravilha! A Sra. MacGlone vai lhe mostrar a caixa dos produtos de limpeza, mostrar o que é o quê. Só uma coisinha...

Patrick se afastou, parecendo irritado.

– Ele vai com certeza falar sobre a biblioteca – murmurou ele para si mesmo enquanto Zoe o observava ir.

– Só... Bem, sim. Não os deixem entrar na minha biblioteca.

Capítulo vinte

Zoe voltou para a cozinha. Parecia que uma bomba tinha caído ali. A Sra. MacGlone estava correndo de um lado para outro juntando pratos e colocando-os na pia. Para sua surpresa, Hari estava caminhando na direção de Patrick, que tomou o tablet dele e começou a lhe mostrar fatos sobre dinossauros.

– Vocês não têm um lava-louça? – perguntou ela.

A Sra. MacGlone a fitou com olhos severos.

– Eu não me entendo muito bem com essas modernidades – disse.

Zoe piscou.

– O Sr. Urquart não iria facilitar a sua vida? – insistiu ela.

– Ah! – exclamou a Sra. MacGlone. – Ramsay não faz a menor ideia de como se lava uma louça.

– E as crianças ajudam? – questionou Zoe, arriscando ganhar outro olhar da Sra. MacGlone, o que de fato aconteceu.

– Não sei que ideias fantasiosas você está trazendo de Londres – disse a Sra. MacGlone, o que era bastante irônico, visto que as crianças das creches chiques onde Zoe trabalhou nunca lavaram um único copo, só que suas mães recorriam às *au pair*, e não a empregadas –, mas aqui nós fazemos as coisas do jeito tradicional.

Zoe lançou um olhar a Shackleton, que não tinha sequer pegado um prato para sua torrada com geleia e tinha conseguido fazer um círculo quase perfeito de migalhas ao seu redor enquanto jogava no computador. Uma faca grudenta de geleia e manteiga jazia na mesa. A mãe de Zoe teria tido um ataque.

Zoe acrescentou aquilo à sua lista de coisas com que se preocupar depois. Uma lista que estava ficando bem, bem longa.

– Então – concluiu Patrick –, foi assim que os dinossauros inventaram a televisão.

– Você é tão patético – zombou Mary de seu banco na lateral da mesa.

– Bom, e você é uma porca fedorenta.

– Só um porco reconhece outro, porco fedorento.

– Ah, então você admite, porca fedorenta.

– Posso ajudar? – perguntou Zoe, começando a limpar em volta deles, inclusive os pés imundos de Mary, que estavam apoiados na mesa. Certo. Aquilo precisaria acabar muito em breve. – Depois vou ver a Nina.

A expressão da Sra. MacGlone se suavizou.

– Ela tem uma van de livros, não é? Pergunte se ela tem algum livro novo do Barden Towers. *Ele* não tem vez num lugar como aquele. Só livro chique.

– Aaaah, eu *adoro* Barden Towers... – começou Zoe, que era, de fato, superfã da série ambientada no século XIX sobre a humilde serviçal da casa-grande que conquistou seu espaço e acabou se apaixonando pelo lorde e... Ah. Zoe deixou a frase se dissipar no ar. – Hã, eu tenho *O triunfo da escadaria*, se quiser – ofereceu timidamente.

A Sra. MacGlone piscou.

– Ora, ora. Certo.

Zoe percebeu que a Sra. MacGlone não queria aceitar e parecer amigável em qualquer sentido, visto que seria um sinal claro de fraqueza, então ela não insistiu.

– Vou deixar aqui embaixo – disse ela, como se o fato de elas não se encontrarem para a entrega do livro resolvesse a questão.

A Sra. MacGlone fungou.

Zoe olhou em volta.

– Bem... Tchau, então.

Patrick e Mary estavam se chutando debaixo da mesa. Shackleton agora estava despejando cereal açucarado em uma tigela, pedaços voando por toda parte. Hari olhou para ela cheio de expectativa.

– Você vem comigo – afirmou ela, sentindo-se feliz por tirá-lo daquele ambiente.

Um tanto acanhado, ele olhou brevemente na direção de Patrick e meneou a cabeça.

– Não, você vem – reafirmou Zoe.

Hari meneou a cabeça com mais veemência.

– Ele com certeza quer ficar comigo – observou Patrick despreocupadamente.

– Bem, ele não pode – respondeu Zoe sem rodeios.

Hari parecia prestes a contrair o rosto, gesticulando enlouquecido para mostrar que eles estavam assistindo a um vídeo sobre dinossauros. Ele fez uma careta quando ela o pegou no colo e se encaminhou para a porta. A Sra. MacGlone relutou para lhe entregar as chaves do "carro da babá".

Assim que saiu, Zoe se virou para se despedir. Shackleton estava com os olhos grudados no celular. A Sra. MacGlone havia desaparecido. Mary, no entanto, estava parada à porta.

– A gente não quer você aqui – sibilou ela. – A gente não precisa de você e não quer você. Então por que você não *some daqui*?

Capítulo vinte e um

O "carro da babá" era um Renault verde pequenininho e todo arranhado que parecia mais velho que a própria Zoe. A manta de isolamento estava meio arrancada, então era possível ver o metal do teto, e o aquecedor era, definitivamente, idiossincrático, mas acabou funcionando, no fim das contas, e Zoe concluiu que poderia se acostumar a não ter direção hidráulica se realmente precisasse. Contudo, ela não podia negar: preferiria não precisar. Mary a tinha abalado, embora fosse ridículo se deixar abalar por uma menina tão nova.

Zoe suspirou e deu a volta na fonte seca do quintal da casa algumas vezes só para pegar o jeito, fazendo o cascalho voar.

– Eita – disse ela, e então olhou para Hari, que estava em uma cadeirinha velha e toda manchada no banco de trás.

Ele ergueu os olhos, preocupado.

– Está tudo bem – garantiu Zoe, dando mais uma volta. – Só estou me divertindo!

Sua voz não soou sincera, ela percebeu.

Deu a volta na fonte mais algumas vezes. Já fazia muito tempo que não dirigia um carro – não havia por que ter um em Londres. Ela tinha comprado um usado há um tempão, quando passara no exame; tinha sido superdivertido. Eles foram a festivais de música, cruzaram a rodovia M25, foram até Brighton e fizeram tudo quanto é tipo de coisa com os amigos – bater papo, fumar com as janelas abertas, escutar música nas alturas sob o sol escaldante do verão londrino.

Aqueles eram bons tempos, refletiu ela. Em suas lembranças, eram totalmente incríveis. E muito, muito curtos. Seria possível, se perguntou, receosa, que só tivesse vivido uns três dias bons? E que, agora, eles já tivessem ficado para trás? O carro fora vendido há muito tempo, para comprar coisas de bebê. Muitas coisas de bebê.

Zoe olhou para a lateral da imponente casa cinza sombria e ameada. No segundo piso havia, estranhamente, uma enorme janela de vitral. Parecia destoar do restante da casa. Enquanto ela olhava para cima, pensou ter visto a sombra de uma pessoa e de súbito percebeu que estava circundando a fonte já há algum tempo e provavelmente deveria ir embora de uma vez.

Seu segundo pensamento foi, ridiculamente: será que era uma pessoa à janela ou…?

Mas quando ela voltou a olhar, o vulto não estava mais lá.

O Renault verde virou à esquerda ao sair da entrada da The Beeches, então desceu sacolejando a via de faixa única pelo que pareceu serem horas. O caminho até Kirrinfief, a cidade onde a van estacionava, era praticamente uma linha reta.

O carro passou por fileiras de pinheiros, muitas árvores, e então, de repente, elas desapareceram e, para total surpresa de Zoe, ela viu um estacionamento gigantesco. Estava quase vazio, mas havia alguns carros aqui e ali, com pessoas saindo deles, muitos de capa de chuva, e alguns ônibus enormes, soltando fumaça, e mesas de piquenique, latas de lixo, e uma casa antiga com telhado de duas águas com "Ness - Centro e Café" escrito em letras desbotadas na frente. Depois do vasto silêncio na The Beeches, era como passar acidentalmente por Piccadilly Circus.

Ela olhou para o relógio. Nina tinha pedido que ela chegasse por volta das dez, mas ainda eram nove horas; Zoe ficara tão constrangida na cozinha que saiu de lá o mais rápido que pôde.

Ela parou um pouquinho.

A placa estava escrita em inglês, francês, alemão, japonês e o que pareciam ser palavras em russo e chinês recentemente acrescentadas embaixo. Era bastante malcuidada e desbotada.

Havia uma casa de arenito vermelho de tamanho médio, com empenas verdes descascadas e, na vitrine, uma seleção bastante trágica de velhos bichinhos de pelúcia do monstro do lago Ness. Uma mulher bem-apessoada se aproximou, parecendo ansiosa.

– Olá – cumprimentou Zoe alegremente. – Eu gostaria de saber se vocês têm café para viagem?

– Ah. Não – respondeu a mulher, como se aquela ideia nunca tivesse lhe ocorrido. – Você acha que deveríamos ter?

– Não sei – respondeu Zoe. – Mas tem um monte de gente lá fora que parece ter passado um tempão dentro de um ônibus.

– Ah, sim – concordou a mulher, cujo nome era Agnieszka. Ela se alegrou. – Mas fazemos sanduíches na hora do almoço! Queijo ou queijo e presunto!

– Certo – disse Zoe, sorrindo. – Obrigada!

Eles voltaram para fora.

As montanhas se erguiam bem acima da linha da água, refletindo no lago de modo que este configurava um espelho perfeito, e o sol, com o vento frio abaixo dele, era gentil e suave à luz intensa do outono.

Zoe sentiu pena dos turistas que procuravam desesperados por um monstro estúpido que não estava ali – afinal de contas, deviam ver o que *estava* ali: a paisagem maravilhosa, o vento fresco, o aroma intenso no ar.

Zoe piscou para si mesma enquanto Hari apontava para as pelúcias do monstro do lago Ness na vitrine do café e puxava seu braço com firmeza. Então ele apontou para algo, depois para o brinquedo que outra criança estava segurando atrás deles, arrastando-o pelo chão.

– Não vou comprar um brinquedo pra você, Hari. Não sou seu pai – disse ela, dando um beijo estalado na bochecha do garoto. – Prometo que vai ter um montão de brinquedos pra você brincar na creche nova.

Ela o sentiu enrijecer em seus braços. Bem, aquilo iria acontecer em algum momento.

– Venha, vamos embora.

E foi a coisa mais esquisita: eles se afastaram do colorido e do clamor das pessoas dos grupos de turistas diferentes, todos falando línguas diversas e usando jaquetas impermeáveis de cores vivas e capas de chuva, enquanto ônibus estacionavam, carros roncavam, os barcos do lago ligavam seus motores e tudo era ruído e algazarra – então, depois de terem andado 20 metros na estrada, tudo estava silencioso de novo; nada além de pássaros planando suavemente sobre a estrada ou o vislumbre do que talvez fossem cervos no bosque, como se nunca tivesse havido vivalma por ali.

Capítulo vinte e dois

– Nós vamos para uma fazenda agora! – Zoe contou animada para Hari.

Às vezes ela se sentia como se Hari fosse cego, como se ela estivesse narrando o mundo para ele.

Por outro lado, era muito difícil saber o que ele entendia e o que não entendia, de que ele gostava e de que não gostava. Isso era bastante claro. Mas, fora isso, ela vivia simplesmente preenchendo lacunas. Ou, como as pessoas costumavam dizer, o que era uma crueldade sem tamanho: "Ah, que bom pra você, uma criança quietinha, quem dera a minha fosse assim."

– Vacas, ovelhas, galinhas! – acrescentou ela quando uma galinha de fato parou bem na frente do pequeno automóvel e ficou imóvel, fixando os olhinhos pretos neles como se fosse um guarda rodoviário.

– Olá, Sra. Galinha – disse ela ao abrir a porta. – Podemos passar?

A galinha não se moveu. Zoe tirou Hari do carro com cuidado.

– Hum, olá? – gritou ela.

Lennox não teria respondido nem se estivesse em casa – nenhum fazendeiro pode ser encontrado em casa durante o dia – e Nina estava, infelizmente, em sono profundo. Ela havia levantado às 4h20 com Lennox e feito chá para ele enquanto ele saía para ordenhar as vacas – a manhã estava congelante e ele ficou tão contente com a gentileza dela que ela ficou feliz por tê-lo feito.

Infelizmente, o barrigão de grávida a tinha deixado um tanto exausta, então também preparou uma xícara de chá para si mesma e levou para a cama, apenas por alguns minutos, só até ele voltar, só algumas páginas de *Emma*...

E então pegou no sono imediatamente e sequer se mexeu quando Lennox entrou de volta no quarto, tomou banho, se trocou e saiu de novo para ver o que os rapazes estavam fazendo no prado de baixo e por que não estavam fazendo mais rápido.

Lennox tinha olhado para ela deitada ali, com as bochechas rosadas, sonhando e absurdamente enorme – toda vez que ele pensava que ela não poderia ficar ainda maior, ela parecia ficar maior –, sorrido para si mesmo ao pensar em como adoraria voltar para a cama e se aninhar no pescoço dela, então se sacudira e fora procurar suas ferramentas para mexer na parede de *drywall*.

Zoe estava parada sozinha no quintal lamacento da fazenda, sendo encarada por uma galinha malévola, com Hari olhando ao redor como se ela o tivesse levado para a Lua e sentindo-se ludibriado.

Por fim, ela convenceu Hari a atravessar a lama com suas novas galochas amarelas (um presente das amigas da antiga creche) para que eles pudessem dar a volta na galinha, que continuava a encará-los desconfiada, virando a cabeça ao extremo enquanto eles se moviam de mansinho. Por um momento Zoe se perguntou se a galinha tinha ficado presa na lama.

A atenção dela logo foi capturada pela van azul que a tinha buscado na noite anterior. Não somente um trabalho, pensou ela, um tanto pesarosa – dois!

À luz do sol, o automóvel era bem fofo, um micro-ônibus vintage pintado de azul-claro.

Zoe tentou abrir as portas de trás, que estavam destrancadas, e as escancarou. Então ela arfou.

Era realmente extraordinário quantas coisas se podia colocar dentro de um lugar que não parecia tão grande de fora; era como uma TARDIS de livros.

Olhando para a frente, primeiramente, os degraus entre os pneus se desdobravam para receber as pessoas, embora também houvesse uma rampa que Nina usava para cadeirantes e carrinhos de bebê quando necessário, bem como para levar caixas de livros para dentro.

Um lado era ficção; o outro, não ficção. O canto do fundo à direita estava tomado por almofadas de cores vivas e tinha uma pequena mesa; era a área designada para crianças.

As prateleiras de um azul intenso tinham uma corda no meio para segurar os livros quando a van fazia curvas e, na frente, parafusado na porta, havia um pequeno armário para suprimentos, sacolas de papel, a caixa registradora, o leitor de cartão e uma pequena cadeira para quem quer que estivesse atendendo.

Havia mais prateleiras altas construídas para o estoque no fundo da van e um pequeno candelabro lindamente entalhado, com cabeças de cervo dependuradas nele, no meio do teto. No chão da van havia vários tapetes persas que Nina precisava aspirar todos os dias e estava ansiosa para não precisar fazê-lo.

Havia um intervalo entre a parte principal da van e o teto, que contava com pequeninas janelas para que pudesse entrar a luz, que também entrava pelas portas abertas. Todo o lugar era bastante encantador.

Zoe entrou na van, enquanto Hari corria diretamente para a seção infantil no fundo, com os olhos arregalados.

– Não! – alertou Zoe. – Querido, você não pode tocar nos livros. Não pode. Eles estão à venda; não são para você. Eu leio um livro pra você hoje à noite.

Ele olhou para ela e então, num gesto desafiador, ergueu um livro sobre dinossauros que havia encontrado.

– Ah, está bem, só tome cuidado.

O estoque não era, é claro, imenso, mas, ah, era lindamente organizado, cuidadosamente escolhido para o caso de o leitor estar no clima para um thriller psicológico, ou um grande romance histórico arrebatador, ou um livro moderno sobre política – apenas os melhores dos melhores estavam representados, nem sempre os mais novos, embora houvesse uma boa seleção de obras atualizadas dos dois lados: mas um recorte perfeitamente selecionado dos melhores livros que se poderia encontrar em qualquer lugar. E todos os livros que Zoe amara durante toda a sua vida aparentemente estavam ali.

Havia uma coleção completa em capa dura da série *The Chalet School*, que sua mãe costumava deixar que ela emprestasse da biblioteca; uma coleção completa dos imaculados romances *Shardlake*; todas as grandes tragédias de montanhismo pelas quais ela fora obcecada por um período da adolescência; mais obras de Philip Larkin do que se poderia esperar encontrar em uma livraria menor que a sala de estar da maioria das pessoas; e uma grande seção de livros escolares.

O fato de haver tantos de seus livros favoritos ali fez Zoe pensar que qualquer coisa que estivesse na vitrine também seria algo de que ela gostaria, como se a pessoa que administrava a livraria já tivesse entrado em sua mente e descoberto suas preferências. Aquilo também a fez pensar que, independentemente de quão intimidadora tinha achado Nina naquele primeiro encontro (Nina teria ficado surpresa ao ouvir alguém se referir a ela como "intimidadora"), certamente alguém que gostava de tantos livros bons como ela – olha! *O guia do mochileiro das galáxias*! E *O conhecimento dos anjos*, de Jill Paton Walsh! E Pat Barker, e Kate Atkinson, e Andrea Levy, e Louis de Bernières e todas as coisas boas – só podia ser uma boa pessoa. Era um conceito bem estranho – que você pudesse se tornar amiga de uma pessoa simplesmente ao analisar suas estantes de livros –, mas, mesmo assim, Zoe acreditava nisso piamente.

Ela pegou uma biografia picante da princesa Margaret e um livro muito bem conservado de Antonia Foster e, silenciosamente, se juntou a Hari em sua pilha de almofadas no canto.

Capítulo vinte e três

Nina percebeu que tinha perdido a hora quando acordou com o sol alto, o quarto desarrumado e o chá frio feito gelo ao lado da cama. Praguejando, ela saltou da cama, lembrando-se de que a nova funcionária começaria aquele dia. Onde ela estava? Ela não a tinha acordado? Será que não podia ter entrado e a chamado? O que ela estava fazendo – sentada lá fora vendo a vida passar?

Nina estava irritada consigo mesma. Olhando-se no espelho, já podia ver que seus cabelos estavam bastante embaraçados. Os seios já eram volumosos, e Lennox certamente, de seu jeito discreto, os apreciava muito, mas agora pareciam estar ganhando vida própria, além de apontarem para direções completamente diferentes. E ela se sentia horrível. Estava no segundo trimestre, ora essa; devia estar reluzindo feito uma deusa, planando magnânima pela vida. Em vez disso, ela se sentia mal o tempo todo.

– Ora, *francamente* – sibilou ela, entrando no banho e então lembrando a si mesma de não fazer nada com pressa, pois, se ela caísse (e ela quase escorregou), não conseguiria levantar de novo.

Então foi com um humor do cão que ela se aproximou do pequeno Renault verde de Zoe, não encontrou ninguém e ainda viu as portas do micro-ônibus escancaradas. Marchou até lá, decidida a dizer poucas e boas sobre como manter as galinhas longe da livraria era algo que ela realmente queria encorajar. Não conseguiu evitar, contudo, ficar perplexa ao ver a garota e o menininho acomodados nas almofadas das crianças no canto, ambos completamente absortos.

– Hum – Nina pigarreou.

Zoe se sobressaltou, sentindo que tinha sido pega fazendo algo que não devia.

– Hã, olá – cumprimentou, alisando cuidadosamente o livro e colocando-o de volta na prateleira como se não tivesse sido pega. – Hum, desculpe. Eu só estava... Eu não sabia onde...

– Por que você não tocou a campainha? – indagou Nina, ainda irritada consigo mesma, mas, de alguma forma, percebendo que estava descontando em Zoe por não conseguir mais enxergar os dedos dos próprios pés.

– Eu não estava... Eu não queria... Quer dizer, aquela não é a sua casa? – disse Zoe aos gaguejos, com uma expressão de pura desolação.

– Obviamente.

– Eu não... Eu não sabia ao certo o que deveria fazer.

– Por que você não me ligou?

Zoe ergueu o celular pré-pago modesto.

– Estou sem sinal aqui, desculpe... Desculpe mesmo. Eu não...

Nina deu de ombros.

– Não se preocupe. Vamos andando. Você já foi à creche?

– Não, eu pensei...

A verdade era que Zoe estava morrendo de medo de ir à creche. Ter que explicar tudo; conseguir um laudo do médico; saber se Hari ficaria terrivelmente infeliz sem que ela pudesse evitar ou fazer qualquer coisa para remediar a situação.

Enquanto olhava para os campos e as nuvens baixas e ameaçadoras, contudo, ela se sentiu terrivelmente sozinha.

– Pensei em ficarmos aqui por um ou dois dias... Tudo bem?

Nina fungou e olhou para o garotinho.

– Só... Nada de comida na van, está bem?

– É claro – concordou Zoe rapidamente. – Ele é muito bonzinho, não vai atrapalhar.

– Está bem – respondeu Nina e suspirou. – Suponho que em breve eu também tenha que resolver essa questão, mas tenho certeza de que poderei simplesmente trazer o carrinho e deixar no canto.

Zoe não conseguiu conter uma risadinha que tentou desesperadamente transformar em uma tosse.

– O que foi? – indagou Nina, desconfiada.

– Nada! – exclamou Zoe. – É só que... pode ser um pouco complicado eles ficarem no carrinho.

– Eles ficam simplesmente deitados lá, não ficam? – perguntou Nina.

– Bem, alguns ficam – respondeu Zoe.

Nina sentiu-se irritadiça. Ela estava ajudando a moça; não precisava que ela bancasse a superior quanto às suas experiências maternais.

– Bem – disse Zoe após uma pausa levemente constrangedora –, posso começar?

Nina dirigiu até o correio, onde várias caixas novas estavam aguardando. Ela abriu um largo sorriso.

– Ah, sim – disse, erguendo os olhos. – Uma bela faxina na casa. Muitos livros novos comprados, mas nunca lidos. – Ela suspirou. – É muito triste.

– Você os está trazendo de volta à vida – disse Zoe, tentando ser encorajadora e também porque sentia que elas tinham começado com o pé esquerdo.

– Espero que sim – respondeu Nina. – Mas, ainda assim, é triste... Pensar que você tem todo o tempo do mundo para ler!

– Em breve você terá menos ainda! – comentou Zoe alegremente, mas logo desejou, de todo o coração, ter mordido a língua ao ver que o rosto de Nina se anuviou de novo.

Ela estava apenas brincando; Nina parecia pensar que, em vez disso, ela estava lhe dando lições sobre maternidade a cada dois segundos.

– Apesar de que – acrescentou Zoe rapidamente – você pode ler enquanto amamenta, sabe?

Nina piscou.

– Jura?

– Claro! Você vai precisar de uma almofada e aí fica facinho.

– Mas você não apoia o livro na cabeça do bebê?

– Não! – garantiu Zoe. – Quer dizer, você só encosta de leve. Ele vai estar mamando, não vai se importar.

Nina franziu novamente a testa e elas continuaram tirando os livros das caixas em silêncio. Deixado de lado, Hari entrou em uma das caixas e fingiu estar pilotando um barco. Ele estava muito decepcionado por estar tão perto da água e não ter entrado em um. Aquele era seu sonho. Ele nunca tinha estado em um barco antes. Apenas no ônibus, e, enquanto eles atravessavam Londres de norte a sul, de vez em quando ele ficava olhando para o rio movimentado, fascinado.

Zoe não fazia ideia disso. Os desenhos dele de barcos pareciam simplesmente linhas bem compridas. Na verdade, ela achava que ele fazia belos desenhos de cobras e minhocas e o tinha, por conta disso, levado ao parque das borboletas em um dia em que a entrada era mais barata; lá colocaram cobras em cima dele e tiraram fotos sem que ele parecesse particularmente contente nem aflito.

Nina se alegrou ao encontrar mais tesouros na caixa: livros de capa dura intocados e um exemplar lindamente ilustrado de *Peter Pan*.

– Consigo metade do meu estoque em compras como essa – explicou ela, reembalando cuidadosamente os livros que não queria para mandá-los para um sebo. – O restante são livros novos que compro de atacadistas. Você vai precisar desempacotar e marcá-los como recebidos. É complexo porque fazemos pedidos bem pequenos, mas são todos muito bons. Você acha que consegue fazer isso?

Zoe confirmou. Então, enquanto estava erguendo a caixa de descartes, ela franziu a testa e pescou algo. Era um romance pequeno, bastante simples, com capa de tecido rosa-claro em ótimo estado, sem título algum, com apenas um pequeno par de sapatilhas na capa.

Ela o abriu com cuidado. De fato, era uma versão bem antiga do clássico de Noel Streatfeild, completa e com gravuras coloridas e desenhos lineares. O livro tinha um leve cheiro de verniz antigo e madeira, mas estava em perfeitas condições. Não havia sequer um nome mal rabiscado na folha de rosto, mas um ex-líbris dourado lindo que dizia: "A Lady Violet Greene, os melhores votos, Mary."

O livro era deslumbrante.

– Hum, Nina – disse Zoe, sem querer ser presunçosa. – Quer dizer, só pra eu ter certeza de como você organiza as coisas e tudo mais... Eu só não consigo entender bem... Desculpe, por que você não quer este aqui?

Nina ergueu os olhos, pronta para explicar algumas coisas a Zoe sobre o mercado editorial.

Nina não era nem um pouco vaidosa, mas se havia uma coisa de que ela entendia, de que ela tinha certeza absoluta, eram livros. Livros que ela amava. Livros que mudaram sua vida. Livros que talvez não fossem os mais bem escritos, mas que ficaram com ela. Livros que deixavam as pessoas geladas de medo, ou faziam o coração bater mais rápido, ou que faziam pessoas tristes rir e esquecer seus problemas apenas por alguns instantes. Ela entendia de livros. Então precisaria explicar a Zoe que aquilo era algo do fundo de sua alma; um sentimento, uma sensação de quais livros entrariam na sua vida um dia e se tornariam seus amigos para sempre.

– Bem – começou ela –, o que você precisa entender é...

Então ela viu o que Zoe estava segurado.

– Ah! – exclamou, pegando o livro com reverência. – Ah, olhe só pra isso.

Ela abriu a capa e arfou.

– Minha nossa – disse ela. – Deve ser meu cérebro de grávida. Eu devo...

Ela estava furiosa consigo mesma.

– Eu acho... Você sabia que o nome verdadeiro da Noel Streatfeild era Mary? – comentou com Zoe.

Ela procurou o nome rapidamente no Google e, de fato, a letra era a mesma.

– Assinado pela autora! – exclamou, assobiando por entre os dentes.

Ela olhou para Zoe, envergonhada.

– Mandou bem – disse ela.

– Eu amei – afirmou Zoe.

– Eu também – confessou Nina, desejando poder levá-lo consigo, voltar para a cama, dormir ainda mais e recomeçar o dia.

Capítulo vinte e quatro

Elas estacionaram no centro de Kirrinfief, porque ali a van era aguardada na maioria das manhãs de quarta e seria uma oportunidade para Zoe conhecer os clientes e, talvez, dar um pulo na creche. Zoe andava para lá e para cá com o espanador – ela já tinha passado o aspirador na van lá na fazenda e Nina já estava ciente de como tê-la por perto seria útil, especialmente quando Zoe se esticava para alcançar as prateleiras de cima, o que Nina estava achando mais difícil a cada dia. Era como se, toda vez que ela se lembrava de onde ficava seu centro de gravidade, ela o perdesse novamente.

Zoe de repente ficou muito nervosa. Apesar de ter tido filho já havia alguns anos, ela ainda não conseguia usar as mesmas roupas de antes. O estranho era que tinha *o mesmo* peso. Só que ele parecia estar distribuído por lugares totalmente diferentes. E era complicado, sem ter trabalho nem dinheiro. Ela tinha ido a uma loja de departamentos comprar uma blusa preta simples, uma calça preta e estava tentando complementar com um cachecol esvoaçante de sua mãe, mas concluiu que, definitivamente, não era do tipo que usa cachecóis esvoaçantes, e, quando você não é do tipo que usa cachecóis esvoaçantes, tudo que um cachecol esvoaçante faz é irritar e atrapalhar, às vezes chegando a entrar na sua boca ou grudando no seu gloss. Então ela enfim o tirou e Hari o afanou para usar como o lenço do capitão de seu navio.

– Ah, olha – comentou Zoe. – Ele está fingindo que tem uma cobra de estimação. Ele é obcecado por cobras.

Nina sorriu educadamente.

– Estou bem? – perguntou Zoe.

Nina ergueu os olhos. Ela precisou mudar consideravelmente o guarda-roupa depois que se mudou para a Escócia, e para tudo, agora, precisava de várias camadas finas empilhadas e, ocasionalmente, arrancadas depressa quando o sol saía, finalizadas com uma capa de chuva amarela que ela adorava e Lennox achava hilária – embora ele gostasse dela porque, mesmo quando estava caminhando pelos morros, conseguia avistá-la a quilômetros de distância. Agora eram as camisetas mais elásticas que ela pudesse encontrar, todas já extremamente laceadas. Contudo a capa de chuva estava no limite.

Ela ergueu os olhos.

– Sim, você está bem – respondeu, mal olhando para Zoe. Então, ao reparar em sua expressão, disse: – Vai ficar tudo bem. É sério, o pessoal é bem legal.

Zoe sorriu corajosamente.

– Ótimo – disse ela.

E Nina abriu a porta de trás da van.

Do lado de fora as nuvens corriam pelo céu e Zoe fez uma pausa breve só para observá-las. Em Londres ela nunca reparava no céu. Era repleto de gruas, de torres que surgiam do nada, grandes caixas de vidro vazias, esperando sabe-se lá pelo que viveria lá dentro.

Ali era como se o céu estivesse se limpando perpetuamente; como se mudar a si mesmo por completo fosse tão fácil quanto apagar um desenho no Etch A Sketch. Toda vez que ela olhava para cima, estava completamente diferente. Ela sentiu as pontas dos dedos formigarem. Olhou para trás. Hari estava bem na van, olhando para o livro que ela tinha bastante certeza de que seria descontado de seu primeiro salário. Bem, lá ia ela. Respirou fundo enquanto Nina travava as rodas, abria a porta e mudava a placa de "Fechado" para "Aberto". Ela olhou para Nina na esperança de conseguir um sorriso encorajador, mas Nina já estava olhando para a rua.

A primeira cliente avançava em ritmo lento e constante. Era uma senhora com óculos pequeninos acoplados a ela por uma longa corrente em torno de seu pescoço e ela exibia uma expressão levemente desaprovadora no rosto.

– Hum, olá – cumprimentou Zoe quando ela subiu os degraus.

A mulher olhou para ela, depois olhou para Nina.

– Quem é esta?

Nina suspirou. É claro que o primeiro cliente seria o mais difícil. É claro que seria a Sra. Wren, a temida matriarca da Laticínios Wren, que comandava a propriedade com punho de ferro e não tinha muita paciência com supermercados, bebedores de leite, intolerantes a lactose, lojas locais, bebedores de suco e, na verdade, praticamente qualquer pessoa no mundo que não fosse uma vaca. Ela fingia só gostar de livros sobre vacas, mas, na verdade, podia ser facilmente direcionada às mais tempestuosas histórias eróticas que Nina tivesse à disposição, e Nina tinha um estoque dessas obras justamente por esse motivo, muito embora, se qualquer outra pessoa desse uma espiada, logo perceberia que seria melhor mantê-las debaixo do balcão.

– Olá, Sra. Wren – disse Nina. – Esta é a Zoe. Ela vai me ajudar enquanto eu estiver de licença-maternidade.

A Sra. Wren bufou alto.

– Os bezerros simplesmente escorregam pra fora – disse ela. – Eles escorregam e as vacas seguem a vida.

Visto que as duas únicas coisas que as vacas tinham que seguir fazendo eram comer capim e dar leite, e as coisas que Nina precisava seguir fazendo somavam algumas centenas, ela não respondeu, apenas deu um sorriso gentil.

– Ah, bem, sabe como é – disse, sem se comprometer.

– Oi – repetiu Zoe. – Prazer em conhecê-la. A senhora está procurando algo em especial?

Um silêncio gelado se seguiu. Zoe piscou. Ela não sabia ao certo o que tinha feito de errado.

– Você tem – disse a Sra. Wren por fim – algum livro novo? Sobre vacas.

Zoe olhou para Nina. Ela não tinha visto nenhum nas prateleiras. A inspiração a iluminou e ela pegou um livro chamado *Todos nós estamos completamente loucos*.

– Talvez a senhora goste deste aqui – disse Zoe. Ela mesma tinha gostado muito. – Mas não é sobre vacas. É sobre uma macaca. Sobre uma garota que tem uma irmã que é uma macaca.

A Sra. Wren ficou olhando fixamente para ela.

– Uma garota. Com uma irmã. Que é uma macaca – repetiu, como se

Zoe tivesse lhe recomendado um livro sobre como matar filhotinhos de cachorro.

– É bem engraçado – murmurou Zoe. – E triste. E é simplesmente... É muito bom.

A Sra. Wren se voltou para Nina.

– Uma garota cuja irmã é uma macaca.

Nina ergueu os braços.

– Ou... – disse ela, esticando-se na direção de um lugar escondido debaixo da prateleira, ofegando de leve enquanto pegava um livro preto ilustrado com uma jovem extremamente avantajada e de expressão chocada, com cabelos longos, usando um corselete e uma enorme saia cor-de-rosa, sendo observada ostensivamente por um homem em uma farda de soldado antiga. – Eu tenho... *A paixão impossível do conde bilionário*.

Zoe fez uma careta.

– Tem vacas nele? – perguntou a Sra. Wren muito agitada, pegando a carteira.

– Ele é bilionário – respondeu Nina. – Ele tem de tudo.

– São todos assim? – questionou Zoe depois que ela saiu.

– Nããããão – respondeu Nina rápido demais bem quando avistou o coronel Gregor marchando pela rua.

Uma figura vivaz e prestigiada, ele também gostava de comprar livros grossos e caros sobre história militar – ideais para Nina: livros de capa dura eram bem lucrativos – e depois voltar para explicar por que tudo estava errado, às vezes movendo os artigos de papelaria da mesa de Nina para ajudar. Valia a pena mantê-lo como um bom cliente, mas Nina não sabia ao certo como explicar isso a Zoe.

Em vez disso, ela ficou observando enquanto o coronel reencenava a Guerra Peninsular com os clipes de papel no lugar dos soldados Bourbons, enquanto Zoe assistia, constrangida, o que fazia com que Nina também se sentisse constrangida, até os gêmeos Bethan e Ethan Crombie entrarem e começarem uma algazarra, especialmente depois de encontrarem um garotinho no fundo da van.

– PODEMOS LEVAR ELE? – gritou Ethan quando Hari se recusou a responder à primeira pergunta.

– Não acho que eles vendam garotinhos aqui – disse a cansada porém gentil Kirsty Crombie, que dava aulas na escola local. – Olá! Você é nova? Ele é seu filho?

Zoe sorriu.

– É, sim.

– Ah, que ótimo, é sempre bom ver uma cara nova. Oi, rapazinho. Qual é o seu nome?

Hari piscou apreciativamente.

– Ele ainda não fala – explicou Zoe depressa, como sempre.

– Ah, certo... Ele estudará na escola daqui?

– Não sei... É tudo muito novo ainda.

– Certo! Onde vocês estão ficando?

– Na The Beeches.

Um silêncio mortal se instaurou.

Kirsty olhou para Nina, que fingiu estar ocupadíssima procurando o que Kirsty geralmente levava, que costumava ser manuais sobre como parar de lecionar, a vida depois de dar aulas e "quem precisa de professores, afinal de contas?". Se perguntassem a Kirsty se ela gostava de ser professora, ela diria que adorava, exceto pelas crianças, pela administração da escola, pelo sistema de avaliação, pelos outros professores, pelo governo, pelas longas horas de trabalho e pelo salário.

– Hum... E de quem foi essa ideia?

Zoe olhou para Hari, mas ele não parecia chateado demais por estar sendo inspecionado em sua caixa.

– Ah, foi a Nina que me arrumou o emprego.

– Ah, é? – disse Kirsty, e Nina ficou vermelha feito um pimentão. – E o que você está achando?

– Bem, nós acabamos de chegar...

– A Kirsty é a diretora da escola – explicou Nina, tentando mudar de assunto.

– Ah! – exclamou Zoe. – Por que as crianças não estão na escola? Quando elas podem voltar?

Kirsty suspirou.

– Elas foram suspensas. Até a metade do semestre, infelizmente. A menina se... Bem, não posso discutir o assunto, é claro.

– A MARY URQUART MORDEU E CHUTOU A STEPHANIE GILLIES! – berrou Bethan do fundo da livraria. – E ELA PRECISOU LEVAR PONTOS!

– E O SHACKLETON TAMBÉM!

– ELA é MUITO MÁ – complementou Bethan, parecendo uma velhinha fofocando por cima da cerca do jardim. Ela meneou a cabeça, triste. – Má, má, má.

– É... Todos sabem que a coisa não está fácil para aquelas crianças – disse Kirsty. – Mas eu mandei bastante tarefa de casa. Hum, boa sorte.

– Obrigada – respondeu Zoe um pouco sem graça, enquanto Kirsty comprava um exemplar de *Topsy e Tim vão ao hospital*.

– A Stephanie Gillies precisou ir pro hospital – observou Bethan em voz alta. – Pra levar pontos.

Eles continuaram discutindo enquanto desciam a rua.

Zoe se virou para Nina.

– Você sabia disso?

– Eu juro que não sabia – garantiu Nina. – Sinto muito... Eu sabia que eles eram problemáticos, mas...

– Hari tem só 4 anos – interrompeu Zoe. – E se ela o morder?

Nina se encolheu.

– A casa é grande – ponderou ela. – Talvez dê para mantê-los separados.

– Ah, ótimo – retorquiu Zoe. – Talvez seja melhor eu trancafiá-lo em uma das alas.

Capítulo vinte e cinco

Houve um claro desinteresse pela van depois daquilo e Zoe ficou bastante contente em escapulir para dar uma olhada na creche. Sua mente fervilhava. Muitas crianças, pensou ela. Talvez não de 9 anos, mas... Por um instante ela pensou na expressão de tremendo desdém no rosto de Mary. Bem, ao menos Hari detestava ficar longe do seu campo de visão, esse era um ponto positivo. E talvez a creche fosse incrível.

Ela seguiu as instruções de Nina. Era difícil se perder em Kirrinfief. Havia a praça central, com o pub do Wullie, o memorial de guerra, o ponto de ônibus no qual o transporte passava em horários irregulares e um pequeno parque com canteiros de flores silvestres (o Conselho havia mandado fazer para tentar salvar algumas abelhas. Todos os anos uma criança era picada e rolava um alvoroço acerca da gestão das abelhas, mas, até então, os insetos estavam vencendo, e as flores eram, afinal de contas, uma beleza).

Quatro quadras da praça – sobe duas, desce duas. Na direção sul, caminhava-se na direção do lago e boa parte das casas – a maioria, chalés cinza térreos geminados, como costumava ser antigamente, mesmo que os telhados de palha já tivessem sido substituídos há tempos, e quase todas com mansardas – subia a lateral do morro em zigue-zague, cada vez mais alto, de modo que quase todo mundo tinha uma vista do lago e do vale eternamente mutante, com sua longa e brilhosa ferrovia. Isso também significava que todos tinham que fazer uma pequena escalada para voltar para casa com as sacolas de compras, mas não havia como evitar e devia ser bom para a saúde.

A creche, contudo, era morro abaixo, logo ao lado da escola. Era um edifício baixo, originalmente construído como um centro comunitário, que agora passava boa parte do dia atuando como centro de um pequeno tufão e era usado à noite para diversos propósitos, inclusive aulas de adestramento de cães. Não eram poucos as mães e os pais que chegavam tarde para pegar seus filhos e se perguntavam por que não podiam usar algumas regras do treinamento de cães nos próprios filhos.

O centro era administrado por uma mulher chamada Tara, um tipo que Zoe conhecia muito bem de sua experiência cuidando de crianças: voz de comandante, esmerada em sua condescendência para com crianças bem pequenas e, por vezes, quase completamente ineficaz. Ela estava usando um avental roxo e um cachecol rosa-shocking com penduricalhos prateados amarrado no cabelo.

De fato, era um caos dentro da creche: um borrão de pessoinhas correndo para lá e para cá.

– VOCÊ É INGLESA! – berrou Tara. – BEM-VINDA! Meu sotaque *parece* inglês, mas meu coração e minha paixão estão aqui, nas minhas formosas Terras Altas natais.

O sotaque dela realmente parecia o de alguém de Surrey, pensou Zoe.

– Então, veja, nós gostamos que nossas crianças tenham liberdade de se expressar.

Com o canto do olho, Zoe avistou um garotinho de uns 3 anos – mas bem grande e corpulento – se expressando ao bater um brinquedo sem parar na cabeça de outra criança.

Tara olhou para Zoe com uma expressão compassiva e se ajoelhou ao lado do garoto.

– Escuta, Rory – disse ela no que claramente achava ser um tom muito encantador –, você está se sentindo mal hoje? É por isso que está usando o carrinho de um jeito não muito gentil?

Rory apenas grunhiu e pegou o carrinho de volta.

– Você quer me dar esse carrinho para que eu guarde pra você por enquanto?

Rory não queria. A criança que estivera apanhando continuava chorando baixinho e sendo completamente ignorada enquanto Tara adulava o agressor. Zoe fechou os olhos e ficou pensando se um vilarejo do tamanho de Kirrinfief comportaria outra creche.

Ela concluiu: não.

Hari estava segurando sua mão de um jeito que ela sabia significar "Me tira daqui agora mesmo".

– Bem, vou deixar você ficar com o carro só desta vez, meu anjo – disse Tara a um Rory que ainda exibia uma expressão rebelde. – Desde que você prometa ser gentil!

Rory não prometeu coisa alguma, enquanto Tara seguia adiante.

– Nós fazemos nossas pinturas aqui – explicou ao chegar a um canto que estava coberto por manchas de tinta.

Uma mulher mais jovem, com uma aparência atormentada e olheiras, ergueu os olhos.

– Ah, Tara, você tem um minuto?

– Estou mostrando a creche para uma mãe nova! – exclamou Tara. – Mostrando a eles nosso maravilhoso espírito de comunidade! E nosso ambiente feliz!

Definitivamente havia um tom de alerta permeando as palavras de Tara e a mulher voltou a tentar separar umas meninas que estavam borrifando tinta no cabelo umas das outras.

Zoe teria saído correndo dali em um minuto, em um segundo.

Mas então ela olhou para fora da enorme janela nos fundos do edifício. Ela dava vista para um jardim.

Havia algo que eles chamavam de "jardim" na creche de Londres, mas essa era uma hipérbole, porque se tratava, na verdade, de um pequeno terraço com uns poucos triciclos e um pedacinho de grama que ocasionalmente permitia uma guerra de bolas de neve quando nevava, o que nunca acontecia. Às vezes, elas juntavam as crianças em fileiras triplas de carrinhos e as levavam ao outro lado da rua, até o negligenciado parquinho na esquina, sempre morrendo de medo de que alguma delas acabasse atropelada ou roubada, todas elas com jaquetas fosforescentes. E olha que aquela era uma creche cara e seleta.

Ali havia um gramado extenso que levava a uma parede de pedras no final. Embora o dia não estivesse particularmente quente, um grupo de crianças pequenas estava correndo para lá e para cá, supervisionadas por uma jovem que estava mexendo no celular. Elas pulavam, riam e se jogavam para dentro e para fora de um enorme tanque de areia com total e completa liberdade. Duas menininhas estavam sentadas, tentando fazer colares de margaridas. Um garoto estava dependurado em uma árvore pequena, balançando de cabeça para baixo, segurando-se pelas pernas, rindo estrondosamente.

Zoe congelou, olhando aquela cena, então olhou para Hari, escondido atrás de seus joelhos, completamente apavorado.

A sensação era terrível, quase cruel. Mas ele precisava daquilo. Ele precisava.

Tara levou Zoe até um escritório grande e bem dividido no final do corredor e fechou a porta.

– É aqui que eu venho para ter um pouco de paz e sossego! – disse ela com um riso nervoso. – Não que eu não ame essas gracinhas. Cada uma delas. E então, você está com a papelada do Conselho?

De repente tudo eram negócios. Zoe tinha mandado um e-mail para ela antes, recortando e colando as informações dos laudos de Hari.

– Você precisa preencher isto aqui para que o governo nos reembolse. Estamos *tão* animados por ele ser portador de deficiência! Ele requer educação especial?

– Não – respondeu Zoe. – Mas tem mutismo eletivo.

Tara colocou os óculos de aro vermelho vivo e inclinou a cabeça para o lado.

– Sabe – disse ela –, nós não chamamos mais assim.

– Estou ciente – retrucou Zoe friamente. – Mas ele não tem mutismo seletivo. Ele não fala nunca.

– Bem, teremos que colocar "mutismo seletivo" no formulário.

Zoe apertou os dedos com força e estampou uma falsa expressão neutra no rosto.

Hari ficou olhando para ela. O coração de Zoe ficou apertado ao pensar em deixá-lo à mercê de todas aquelas crianças que corriam por ali. Por outro lado, pensou ela, todos os pais se sentiam assim ao deixar seus filhos numa creche. Eles precisavam fazer aquilo. Com certeza.

– E – sussurrou Tara em tom confidencial – acho que já sei seu endereço. Estou certa?

Zoe confirmou. O rosto de Tara se iluminou.

– Me conte – pediu ela. – Como é? Como ele é? Você já viu o Ramsay? Como ele está? Pobrezinho. Foi uma tragédia quando ela fugiu. Deixou tudo para trás. Aquela casa enorme. Aquelas crianças adoráveis. Quer dizer, como alguém *consegue*, sendo mãe?

– Eu só o vi brevemente – respondeu Zoe.

– Uma tragédia... Bem, é o que dizem. Quer dizer, ninguém sabe ao certo. Tipo, as *roupas* dela ainda estão na casa? – A cabeça dela ainda estava inclinada. – E como estão os pequenos? Sabe, eles nunca frequentaram a creche. Eu nunca entendi como eles não estariam melhor em um ambiente criativo maravilhoso como o que temos aqui. *Nós* teríamos amado tê-los em nossa família. Eu amo todas as crianças daqui como se fossem família.

Zoe sorriu.

– Bom... – começou ela. Mas então decidiu que a melhor coisa a fazer seria mentir: – Está tudo bem. Quando o Hari pode começar?

– Pode ser amanhã pela manhã – respondeu Tara. – É estranho, sabe, parece que perdemos alguns alunos nos últimos tempos. Bem, essas coisas acontecem!

E então eles saíram, em meio ao caos, com Hari apertando sua mão com tanta força que doía. Zoe lembrou que tinha que voltar para o casarão, com seus detentos aparentemente violentos, e tentar preparar o jantar para todos.

Já tinha sido um longo dia.

Capítulo vinte e seis

Zoe não conseguiu acreditar quando entrou na cozinha. Era como se ninguém tivesse se mexido o dia todo. O lugar estava uma bagunça. Shackleton estava grunhindo com fones de ouvido na cabeça e jogando num Xbox velho todo sujo de comida em alto volume. O palavreado dele era... colorido. Mary estava gritando por causa de alguma coisa no celular e Patrick estava lendo algo em seu tablet em um tom de voz tão alto que quase superava o barulho dos outros dois. O rádio também estava ligado em um volume torturantemente alto e ela não viu a Sra. MacGlone em lugar algum. Então sua visão clareou um pouco e ela avistou alguém na lavanderia, empurrando para baixo um varal pesado e peculiar no qual as roupas estavam penduradas.

– Hã, cheguei – anunciou Zoe.

A Sra. MacGlone largou o varal com um ruído.

– Graças a Deus – disse ela, colocando o casaco e ajeitando o cachecol e o chapéu.

Nada de "Que bom ver você" nem "Como foi seu primeiro dia?".

– Como eles estão?

A Sra. MacGlone deu de ombros.

– Não é problema meu – declarou ela, saindo pela porta dos fundos antes mesmo de Zoe tirar o casaco.

– Já vai tarde, sua bruxa velha – gritou Mary, e os outros dois riram.

– Ah, que ótimo – murmurou Zoe, que teria pagado uma boa grana para estar de volta em sua péssima cama, por mais desconfortável que fosse, se preparando para comer feijão enlatado com torradas e se aconchegar com Hari para assistir a *Patrulha Canina*.

Ela sabia cozinhar – sua mãe cozinhava bem; sendo mãe solo como ela, ela precisava fazer render o pouco que tinham e estava convencida de que sua filha deveria aprender da mesma forma; até, é claro, sua filha ir para a faculdade, começar uma carreira fabulosa e fisgar um homem maravilhosamente rico. Sadie fazia seu melhor, lá da Espanha, para nunca deixar transparecer como se sentia triste pela situação de Zoe. Porém ela não precisava: mãe e filha se conheciam muito bem.

E ir para a cama, Zoe pensou, não era a forma como Sadie teria lidado com as coisas. Ela teria arregaçado as mangas e dito "Pode vir quente, meu bem, que eu tô fervendo", exatamente como estava falando naquele exato momento para turistas na Espanha que queriam uma inglesa genuína e ficavam ainda mais contentes quando viam que ela tinha um sotaque genuinamente *cockney*.

Ela marchou cozinha adentro e começou a fuçar os armários.

Não havia absolutamente nada. Não que os armários estivessem vazios, pelo contrário. Estavam muito bem abastecidos, só que de nada que ela pudesse chamar de "janta". Havia geleia, muito pão, pacotes de batata chips, biscoitos de arroz. Havia frutas na fruteira e caixas e mais caixas de cereal. Ninguém estava fazendo as crianças passarem fome.

Mas não havia cubos de caldo. Não havia tomates enlatados. Não havia cebola, carne moída, macarrão. Nada que ela considerasse matéria-prima para a janta.

Talvez houvesse outra cozinha? A casa com certeza era grande o bastante para ter duas.

– Hã, Shackleton? – chamou ela, mas ele apenas grunhiu e ela percebeu que deveria perguntar a Patrick. – Patrick, onde está toda a comida?

Patrick olhou para ela.

– Essa é toda a comida que temos, Babá Sete! – respondeu ele.

– Como assim? – indagou Zoe. – O que vocês comem?

Patrick franziu a testa.

– Torrada – começou ele, contando nos dedos. – Maçã. Banana. Salsicha. Manteiga de amendoim. Tomate. Biscoitos de gengibre. Cereal. Ruibarbo. Batata chips. Aipo.

– Não é possível.

Zoe ficou olhando para eles, incrédula. Patrick franziu a pequena sobrancelha.

– Hum – murmurou ele. – E...

Mary revirou os olhos.

– Você esqueceu *queijinho cremoso* – sibilou ela.

– Queijinho cremoso! – exclamou Patrick, triunfante. – Fim.

Zoe meneou a cabeça, sem acreditar.

– Mas a Sra. MacGlone...

Todas as crianças emitiram ruídos sufocados.

– NUNCA coma o que a Sra. MacGlone cozinha – pontuou Patrick em tom extremamente sério. – É veneno, Babá Sete. Veneno.

– E as outras babás?

– A maioria só chorava.

– Ou simplesmente deixava a gente comer torrada – complementou Shackleton, impassível. – O que não é um problema pra nós. Vamos fazer isso.

Zoe piscou. Por um lado, ela supunha que a dieta deles impediria apenas que tivessem escorbuto. Por outro... Onde é que o pai deles estava com a cabeça?

– Bem – disse ela –, por que não mudamos isso hoje?

– Porque torrada com manteiga de amendoim é bem gostoso, Babá Sete?

Zoe quase perguntou o que a mãe costumava cozinhar para eles, mas conseguiu se conter bem a tempo. Pouco antes de voltar para The Beeches, ela tinha pesquisado enlouquecidamente a família no Google e não encontrara coisa alguma além de uma notícia sobre um evento de música realizado na propriedade dez anos antes. Ela ficou olhando para as fotografias minúsculas, em baixa resolução, por um tempão e pensou ter conseguido identificar uma mulher com um bebê no colo, mas era realmente impossível dizer.

– Bem – declamou ela, arregaçando as mangas –, vamos começar. Vocês têm algum queijo que *não* seja cremoso?

No fim das contas, ela conseguiu encontrar um peixe no freezer que "o Wilby tinha levado para eles no verão" e que teria de servir, bem como algumas migalhas de pão velho no fundo do armário, umas batatas velhas e moles que podiam ser fritas no óleo e umas ervilhas congeladas, literalmente no fundo do poço – ou, nesse caso, do freezer.

Então ela tentou descobrir como ligar um fogão que parecia meio elétrico, meio a gás e precisava ser aceso com fósforos em um *vuf* assustador.

– Não vou comer nada disso – declarou Mary, com os braços cruzados.

– Você ainda nem sabe o que é – ponderou Zoe pacientemente.

– Bem, você encostou nisso, então...

– Vou fazer umas torradas – disse Shackleton,

– Não, por favor, não faça isso – suplicou Zoe, ficando com o rosto vermelho. – Acho que você já comeu o bastante...

– Não tô nem aí pro que você acha.

– Por favor, eu vou mesmo querer umas torradas – disse Patrick, e Zoe percebeu, exasperada, que Hari estava parado ao lado dele, assentindo e apontando para a própria boca enfaticamente.

– Ninguém mais vai comer essas porcarias dessas torradas! – esbravejou Zoe, ciente de que o peixe estava queimando de um lado enquanto ainda parecia congelado do outro. O cheiro não era nada bom.

– Ah, então você vai nos fazer passar fome?

– Não acho que vocês passarão fome – sibilou Zoe, concentrando-se.

– Ai!

Todos se viraram quando a figura imensa de Ramsay apareceu à porta da cozinha. Ele tinha batido a cabeça no batente. Zoe piscou. Ele não devia ir à cozinha com muita frequência, já que desconhecia a altura da porta. Ela revisou de cabeça o que tinha acabado de dizer e se tocou de que talvez tivesse ameaçado matar as crianças de fome. Nada ideal. Ele estava parado ali, aparentemente constrangido. E era muito alto – como é que conseguia andar por aí? Zoe piscou. Ela estava sozinha naquela casa com um homem que não conhecia, cuja esposa havia desaparecido, de quem Nina parecia não saber coisa alguma...

– PAPAI! – gritou Patrick, envolvendo os joelhos do homem com os braços. Ele não era uma criança pequena, mas só chegava um pouco acima da altura dos joelhos dele.

– Oi, rapazinho – disse Ramsay, abaixando-se e acariciando a cabeça dele. – O que você aprendeu de mais legal sobre os dinossauros hoje?

– Um dinossauro podia chegar ao tamanho de sete ônibus londrinos – informou Patrick prontamente. – O que é um ônibus londrino?

– É uma longa história – respondeu Ramsay, pegando o garoto no colo.
– Oi, Mary – disse ele, indo até a menina e passando a mão enorme pelos cabelos dela um pouco hesitante.

A garota enrijeceu e se esquivou, virando o rosto. Zoe observou.

– Onde está a Sra. MacGlone? – quis saber Ramsay.

– Já foi pra casa – respondeu Mary em tom aborrecido. – E deixou *ela*.

– Não fale "ela" – reprimiu Ramsay instintivamente. – Diga...

De nada adiantou – ele tinha esquecido completamente.

– Diga "Babá Sete", na verdade! – sugeriu Patrick.

– Não, também não diga isso – repreendeu Ramsay.

– Desculpe, preciso perguntar – disse Zoe, interrompendo aquela conversa. – O que se come por aqui?

– Eu? Pessoalmente? – perguntou Ramsay, como se ela tivesse perguntado se ele comia grama.

– Bem, todos vocês.

– Ah – disse Ramsay, parecendo um pouco instável. – É por causa da manteiga de amendoim?

– Ela vai tentar mudar as coisas – comentou Mary. – Sempre é engraçada, essa parte.

– Mary, quieta – advertiu o pai. Ele passou as mãos pelos cabelos. – A Sra. MacGlone diz que nem todas as batalhas vale a pena lutar.

Zoe já era da opinião de que Ramsay não estava lutando nem uma única batalha, mas certamente não iria dizer isso a ele.

– Tem algo cheirando muito, muito, muito mal – disse uma vozinha, e ela correu até o fogão.

Ela olhou para o peixe na frigideira. Estava completamente arruinado.

– Oh, não. Me desculpe, hoje não vai ter chá.

– Acabou o chá? – Ramsay parecia confuso. – Tem dinheiro na...

– Ela está falando da janta – explicou Mary. – Ela fala umas coisas esquisitas, lá da terra dela.

Zoe enrubesceu.

– Eu... Este fogão é bem difícil de mexer, não é?

Agora era a vez de Ramsay parecer constrangido.

– Ah... Hã. É?

Shackleton se levantou e foi até a torradeira. Patrick comemorou e Hari se juntou a ele, pulando alegre várias vezes.

Ramsay não ficou por muito tempo. Ele parecia, Zoe pensou, estranhamente desconectado das crianças, como se tivesse se deparado sem querer com elas vivendo na casa dele. Ele tinha colocado umas frutas num prato e desaparecido de novo, retornando aos corredores profundos e silenciosos da casa; ela se perguntou aonde ele ia. Para a ala da frente, ela supunha, ao passo que ela, é claro, estava confinada nos aposentos dos criados.

Ela limpou as migalhas da melhor forma que pôde e pegou um Hari visivelmente sonolento.

– Vocês têm um horário pra ir pra cama? – perguntou, já sabendo a resposta.

Mary apenas bufou.

– Não! – exclamou Patrick. – Boa noite, Babá Sete.

Completamente farta daquela família peculiar e sem querer discutir, ela acenou vagamente na direção deles, deixou-os sozinhos e foi para seu quarto, colocando Hari na cama e fantasiando com nada além de um banho quente e do olvido total. Ela manteve tanto a porta do quarto quanto a porta do banheiro abertas. Ela ficaria tremendamente surpresa se Mary já tivesse, algum dia, pisado ali, mas queria pecar pelo excesso, mesmo que fosse um pouquinho estranho tirar as roupas no corredor às escuras e com os canos gorgolejando.

Zoe tinha sido – era – pobre. Pobre de verdade. Ela bancava as contas de luz com cartões pré-pagos; tinha que pensar duas vezes antes de ferver qualquer chaleira de água. Mas, quase sempre, conseguia tomar um banho de banheira quando queria. A água fria escorrendo da torneira foi a última gota. Ela desabou ao lado da banheira, abafando o rosto com a toalha, e chorou, chorou e chorou.

Capítulo vinte e sete

Não se pode chorar para sempre, embora Zoe tivesse se esforçado bastante. Por fim, ela ficou simplesmente exausta demais e deitou-se de bruços na cama ao lado de Hari, e logo cadenciou sua respiração com os respiros bufantes e ritmados dele, até também adormecer, totalmente exaurida e esgotada.

Ela acordou de novo sem saber onde estava. Aquele lugar era tão silencioso. Não se ouvia um pio; era como estar dormindo no subsolo. Hari se mexeu. Ela pegou o garotinho e o levou ao banheiro. Ele também devia estar morrendo de fome.

As velhas cortinas estavam cobertas de poeira – aquele lugar precisava de uma boa limpeza, era deprimente. Ela as abriu e deu um sorriso torto. Tudo podia parecer terrível. Não, corrigiu ela, tudo *estava* terrível. Ela estava em um país estranho, com pessoas estranhas, não podia fazer absolutamente nada a respeito, ninguém gostava dela – alguns efetivamente a detestavam – e estava trabalhando em dois empregos, sem se sair muito bem em nenhum deles até o momento.

Havia, também, os antigos fregueses da livraria; o ar ligeiramente constrangido de Nina, que meio que invalidava a insistência de Surinder de que Nina estava desesperada para que ela chegasse logo e fosse ajudá-la; e, ah, céus, ela tinha que levar Hari à creche naquele dia. Zoe fez uma careta.

Mas do lado de fora da janela – que precisava de uma limpeza urgente – a vista era, ela precisava admitir, total e completamente encantadora.

A bruma da manhã que ascendia do lago fazia a alvorada parecer abstrata e pastel, misturando enevoadamente o rosa e o dourado no horizonte, conferindo a tudo os contornos suaves de uma aquarela. Zoe subitamente se percebeu querendo saber pintar. Ela ergueu Hari, vestido com seu pijama de bombeiro pequeno demais para ele, e mostrou a paisagem. A boca dele se abriu em um "o" redondinho e ele apontou para a água.

— Não é lindo? — disse Zoe para ele, encostando os cachinhos escuros dele em seu rosto. Mesmo que todo o resto tivesse se esvaído, ela ainda tinha aquilo. — Não é lindo?

Nina estava tomando seu segundo café da manhã, exasperada.

— Não, ela é bacana — dizia, enquanto Lennox observava, perturbado, seu mau humor.

— Então...

— Então... Ah, sei lá. Ela é tão *Londres*. Não sei se vai entender como as pessoas daqui são.

— Bem, pode-se dizer que você era bem *Birmingham* — ponderou Lennox, sorrindo.

— Hum... — murmurou Nina. — Enfim, não acho que a gente seja o problema. Acho que, talvez, aquele outro emprego seja um pesadelo completo e ela vá embora, e aí não vai importar se ela entende ou não o que as pessoas querem na livraria e eu ficarei ainda mais empacada que antes.

Nina suspirou. Ela se sentia péssima aquela manhã, mas Lennox já tinha coisas suficientes para dar conta e ela não iria preocupá-lo. Lennox a tomou nos braços e olhou para ela, sorrindo.

— Bem, nós vamos arrumar outra solução — garantiu ele daquele jeito lento e confiável que ela adorava.

Só que, naquela manhã, Nina estava irritadiça e não muito fácil de ser aplacada.

Ela enterrou a cabeça no peito dele.

— Por que tudo tem que mudar?

Lennox apontou para fora.

— Porque a vida muda. As estações mudam. O mundo gira. As coisas velhas se tornam novas...

Ele acariciou a barriga dela.

– Coisa novas... Coisas novas e boas.

– Eu sei – disse Nina meio irritada. – Eu sei disso tudo. Só me sinto tão... *redonda*.

– Você nunca esteve tão linda – afirmou Lennox com sinceridade. – Mas tudo muda.

– Menos você – observou Nina, um pouco reconfortada.

– Sim – concordou Lennox, ainda parado ali, abraçando-a, firme como uma árvore. – Menos eu.

Capítulo vinte e oito

Zoe logo descobriu que, se acordasse bem cedo, ao menos poderia finalmente usufruir da água quente. Sem a menor vontade de ser contida, ela encheu a banheira o máximo possível e acomodou-se dentro dela por dez minutos, sozinha, inspirando o vapor escaldante e luxuoso até esfriar o suficiente para que Hari pudesse entrar.

Depois do banho, ela se sentia um pouquinho melhor. Aí sentiu-se mal por ter usado tanta água quente. Talvez o Patrick pudesse usar a banheira depois dela (ela sugeriu isso a ele, que era da opinião de que, na verdade, não tomar banho algum era a atitude mais gentil a se tomar com relação ao Patrick).

A Sra. MacGlone tinha voltado, graças a Deus, e pareceu surpresa ao descobrir que ninguém havia botado fogo na casa durante a noite.

– Você não devia ter usado aquele fogão – repreendeu ela. – Não é seguro.

– Mas como é que eu vou cozinhar para as crianças?

– Ah, elas não se importam. Ficam perfeitamente contentes em comer banana. – Ela tirou o casaco. – Certo. Melhor me apressar. É dia de limpar os candelabros e preciso varrer a lareira do salão de baile.

Zoe a observou se afastar. Ela supunha – e estava certa, aliás – que a Sra. MacGlone já estava lá há muito tempo (ela apenas subestimou, contudo, o período de tempo: a Sra. MacGlone vivia lá desde que tinha 14 anos) e que seria como tentar mudar o clima. O dinheiro para as compras ficava guardado em uma caixa de biscoitos – Zoe devia pegá-lo por conta para fazer compras e então receberia um cheque ao final de cada mês como remuneração. Zoe não via um cheque há anos. Ela sugerira uma transferência bancária e a Sra. MacGlone a encarou como se ela tivesse sugerido receber em *bitcoins*, então ela concordara em ser paga em cheque, embora a casa parecesse estar bem longe do banco mais próximo.

As crianças ainda estavam na cozinha, ainda usando roupas esfarrapadas, ainda vidradas em seus aparelhos eletrônicos, e Zoe se perguntou se elas sequer teriam ido para a cama.

Ela estava pegando a chaleira pesada quando quase foi derrubada por algo gigante e peludo que parecia ter surgido do nada. Ela devia ter se assustado mais do que imaginava e talvez tivesse soltado um grito, porque Mary riu desdenhosamente quando ela se sobressaltou.

– Porteous! – gritou Patrick, saltando da cadeira e correndo até o bicho, que mais parecia ter saído das páginas do clássico infantil *Hairy Maclary*, um cachorro que tinha tanto pelo na cabeça que era difícil saber em qual lado era a cara, e tinha uns dreadlocks bastante impressionantes. Zoe piscou. Não era possível, mas ele parecia estar saltitando em uma nuvem preta de poeira, como o Chiqueirinho, da Turma do Snoopy. A Sra. MacGlone se mantinha impassível.

– Obrigado por voltar, Porteous – disse Patrick alegremente, fazendo com que sua camiseta bastante branca não ficasse mais tão branca assim.

Hari deu um pulo e se agarrou aos joelhos de Zoe desajeitadamente.

– Esse cachorro é seu? – perguntou Zoe. – Eu não sabia que vocês tinham um cachorro.

Ela não estava muito acostumada com cachorros e deu um passo para trás. Seus vizinhos tinham um staffbull grandalhão com cara de bravo e ela tinha um medinho permanente de que o cachorro fosse subir as escadas correndo e arrancar cada membro do corpinho de Hari, embora os donos insistissem que Sabre era amigável e só se agitava um pouquinho de alegria toda vez que via o bebê.

Zoe tentava acreditar nisso e tinha certeza de que era verdade; além do quê, ela tinha ouvido muito sobre como staffbulls eram cachorros maravilhosos, e geralmente gostava de cachorros, mas não podia negar que, no fundo, observava as mandíbulas incrivelmente poderosas dele e a forma como rosnava toda vez que eles passavam pelo corredor, e não conseguia evitar, mesmo que subliminarmente, demonstrar seu medo para o filho. Hari, portanto, tinha pavor de cachorros, por mais que Zoe tentasse encorajá-lo a acariciar os filhotes claramente inofensivos no parque; os dóceis galgos do final da rua; o cockapoo de sua amiga Mindy. Nada o convencia. Hari começava a tremer só de ver um rabo. Zoe frequentemente pensava que era outra esfera em que ela estava falhando com seu filho.

– É claro! – respondeu Patrick. – Ele é o meu cachorro.

E abraçou o pescoço do cachorro, que ficou sentado ali, ofegando alegremente. Zoe reparou que ele tinha migalhas de torrada por toda a cara. Aquilo era ridículo. A família inteira era viciada em glúten.

– Ele *não é* seu cachorro.

Mary estava com uma aparência dramática aquela manhã, com os longos cabelos escuros esvoaçando atrás dela e uma camisola branca. Zoe achava que garotinhas que viviam em casarões não deveriam usar camisolas brancas. Era simplesmente assustador, especialmente com as olheiras debaixo dos olhos e a expressão cansada.

– Bom dia, Mary! – disse Zoe, tentando recomeçar do zero. – Você dormiu bem essa noite?

Mary a ignorou completamente e entrou na cozinha com pés descalços silenciosos, o que não amenizava em nada sua aparência de fantasma. Ela ficou parada à porta dos fundos, então saiu por ela em meio à manhã enevoada, com os pés deixando marcas molhadas na grama demasiado orvalhada, na direção do prado. Zoe a observou se afastar com tristeza.

– Certo – disse Zoe. – Hum. Ela vai se encontrar com amigos?

– Nós não temos amigos – informou Patrick em voz alta, sem parecer nem um pouco incomodado. Ele se abaixou. – Só o Porteous, que me ama.

– Tire já esse bicho daqui – ralhou a Sra. MacGlone. – Ele está imundo.

– Então, ele não é o seu cachorro?

– Ele é do Wilby, o jardineiro. O Patrick não entendeu direito e agora...

– EU TE AMO TANTO, MEU CACHORRINHO.

Hari se inclinou para a frente.

– Quer conhecer o meu cachorrinho?

Patrick esticou o braço na direção da mesa e pegou outra torrada, que já estava fazendo Porteous salivar. Hari deu mais um passo adiante. Zoe observou, fascinada e levemente surpresa. Hari ainda estava segurando sua calça jeans com uma mão, mas a outra estava esticada.

– Ele é o MELHOR cachorro – afirmou Patrick.

Hari piscou quando Patrick lhe ofereceu um pedaço de torrada para dar ao bicho. Todos na cozinha ficaram em silêncio enquanto Hari, bem lentamente e com a mão trêmula, estendia os dedinhos que seguravam a torrada.

Zoe prendeu a respiração enquanto Porteous virava sua grande cabeça peluda e, com uma única bocada, engolia a torrada, lambendo a boca e estalando a língua, e Hari pulava de surpresa e então – um som muito raro – emitia um ruído que apenas Zoe reconheceu como uma risada. Ela arfou e o pegou e deu um beijo em sua testa, enquanto ele se debatia para se desvencilhar dela.

Capítulo vinte e nove

– Sabe – disse Zoe, ainda nas nuvens enquanto se preparava para sair –, eu provavelmente conseguiria colocar o Patrick na creche também. Tenho certeza de que tem vaga.

Seria legal para Hari ter um amiguinho, pensou ela. A Sra. MacGlone deu de ombros.

– Não acho que o patrão vá aprovar – respondeu ela. – Muita...

Zoe piscou. Ela não sabia o que a mulher estava querendo dizer.

– Muita... especulação. – A Sra. MacGlone disse aquela última palavra bem baixinho, lançando um olhar de advertência na direção de Patrick. – Já tivemos problemas demais na escola.

– Bem, eles vão ter que voltar à escola – ponderou Zoe. – Posso perguntar...? – continuou ela, decidindo mergulhar de cabeça.

Patrick e Hari agora estavam correndo atrás de Porteous ao redor da mesa da cozinha, fazendo a maior algazarra. Shackleton às vezes esticava a perna para derrubar Patrick, que o chutava ferozmente.

– Não pode, não – determinou a Sra. MacGlone, estreitando os lábios. – Não sou de encorajar fofoca e especulação, Srta. O'Connell. Já tem boatos demais circulando sobre esta família.

Ela marchou para fora da cozinha levando uma lata de polidor de metal e um calhamaço de jornais velhos.

– Eles ficam chateados – disse ela ao passar por Zoe. – Você não percebe? Qualquer um ficaria. E o patrão não vai gostar nem um pouquinho. Se você quer continuar aqui, é melhor não se meter.

Mesmo assim, o ânimo de Zoe estava melhor do que no dia anterior enquanto ela sacolejava estrada abaixo com Hari, depois que eles passaram por Mary, perambulando sozinha pela grama alta na direção do lago. Zoe a observou. Ela sabia que a garota jamais pensaria que um adulto terrível, como ela, poderia entender exatamente o que estava passando – solidão e perda. Observou a menina pegar uma pedra e arremessar, formando um arco perfeito no ar enevoado, aterrissando no lago inerte com um barulho que ela não conseguiu ouvir por causa do motor ruidoso do carro.

Ela seguiu dirigindo, passando pelos ônibus que abarrotavam o estacionamento próximo ao lago Ness, o que a fez pensar que, caso realmente existisse um monstro que já vivia ali há centenas de anos, se tinha uma coisa que ele devia ter aprendido a evitar era um estacionamento cheio de gente barulhenta procurando por ele.

Para se distrair, ficou inventando musiquinhas bobas sobre cachorros para Hari que encaixavam nas canções que estavam tocando no rádio. Naquele dia ela seria pontual, organizada, útil e mais aberta com Nina para tentar convencê-la, de alguma forma, de que contratá-la não tinha sido um caso terrível de caridade mal direcionada.

Zoe olhou para Hari.

– Você vai adorar a creche – afirmou ela, fingindo entusiasmo. – De verdade. Todo mundo vai ser superlegal com você. Vou garantir que aquele menino grandalhão não te machuque.

Hari olhou para ela. Ela não conseguiu ler a expressão dele.

– Ah! – exclamou Tara, correndo até eles. – Aqui está nosso menino lindo que é *tão* bonzinho e quietinho.

Zoe fez uma careta.

– Já mandei a papelada – informou Tara. – Vamos receber aquela ajuda extra logo, logo! Entrem, entrem, tem um gancho aqui pro seu casaco... Ah, não, parece que não tem. Deixa pra lá!

Hari estava parado, em choque. Zoe se ajoelhou.

– Meu querido – disse ela; seu bom humor evaporou.

Aquilo era ridículo. As pessoas mandavam os filhos pra creche todo dia. Mas mesmo assim. Desde que nascera, ele era só seu, mimado e paparicado. Ela não tinha precisado dividi-lo com mais ninguém; apenas Jaz, quando ele se dava ao trabalho de aparecer. O resto do tempo, ele era só seu, nos momentos de alegria e de tristeza – mais tristeza do que alegria, pra falar a verdade. Mas naquele instante ela só conseguia se lembrar das noites gostosas que eles passavam aconchegados lendo *Pêssego, pera, ameixa no pomar*, dos sorrisos preguiçosos dele nas frias manhãs de inverno; dele sentado no cadeirão, esticando as mãozinhas para pedir mais papinha de ameixa ou fechando a boca apertado quando chegava a vez do brócolis; da maneira como ele sacolejava para cima e para baixo no metrô; da carinha de alegria dele quando ela se abaixava para limpar o nariz dele no carrinho; das botas de neve que a mãe dela tinha mandado no inverno mais rigoroso; das luvinhas que ele vivia arrancando com os dentes, lacerando o elástico, e rolavam por baixo das rodas do carrinho.

Todo o turbilhão exaustivo e encantador da primeira infância que eles tinham deixado para trás com a mesma certeza de quando se livraram do penico, da cadeirinha de segunda mão que nunca usaram, dos paninhos de boca e das grandes latas de leite em pó; das pequeninas colheres de plástico e chapeuzinhos macios de algodão; do antialérgico, dos lencinhos umedecidos e das mamadeiras esterilizadas pegando fogo ao serem tiradas do lava-louça; dos pequenos lençóis com ouriços estampados e da pequena toalha com capuz, na qual ela o enrolava como um bebê urso e brincava de "Cadê o bebê?", deitados diante do aquecedor elétrico sobre o tapete barato, soprando ruidosamente na axila dele enquanto ele ria sem parar, sem fazer ideia de que o mundo fora do pequeno círculo de calor em torno deles dois era um lugar frio.

– Chore bastante mesmo, querida! – exclamou Tara, irritada, embora o comentário dela tenha, na verdade, sido um pouco útil, já que Zoe sentiu instantaneamente menos vontade de chorar.

É que ele era... tão pequeno. E indefeso.

Enquanto ela estava pensando isso, Rory, o monstrinho, marchou até eles. Ele estava segurando um barco de brinquedo. Hari estendeu a mão para pegá-lo. Rory bateu nele com o barco.

– Rory! – repreendeu Tara. – Aqui, na creche Pure Tots, nós não nos comportamos desse jeito com os outros. Nós conversamos sobre os nossos sentimentos e nos expressamos.

– Quer saber? – disse Zoe. – Por que não tentamos de novo numa próxima vez?

– Mas tem aula de meditação esta manhã! – informou Tara.

Zoe sentia-se terrível e totalmente dividida. Então olhou pela janela novamente para o jardim. Aquela era a coisa certa a fazer. Ela sabia. Não podia deixá-lo com aquelas crianças infelizes no casarão e não podia arrastá-lo para o trabalho junto com ela todos os dias. Não podia mantê-lo amarrado a ela, por mais que quisesse.

– Vá lá fora – sussurrou. – Vá brincar lá fora, meu amor.

E então ela foi embora sem olhar para o rostinho dele e chorou durante todo o caminho até a fazenda.

Nina, que estava se sentindo bastante mal, a aguardava ansiosa, em boa parte porque não queria ter que passar o aspirador. Ela franziu o cenho.

– Como foi na creche?

Zoe fez uma careta e deu a volta na galinha, que parecia não ter se movido desde o dia anterior e agitou as penas para ela de um jeito bastante agressivo. Ela esfregou o rosto rapidamente com o dorso da mão e olhou ao redor. Uma figura alta estava marchando morro acima, assobiando, enquanto um cachorro saltitava ao seu lado. Devia ser a cara-metade de Nina. Como ela era sortuda.

– Dia agitado pela frente? – perguntou ela, tentando se animar.

– Espero que sim. – Nina franziu a testa. Ela queria muito ter podido dormir até tarde. – Normalmente descemos até Farr, mas ainda não é bem a temporada. Vai rolar uma convenção de montanhistas em mais ou menos um mês; vendemos muitas obras do Alfred Wainwright.

Ela apontou para uma pilha de guias de montanhismo e Zoe os pegou e começou a tirar o pó.

– Onde é que a gente pode conseguir um chá? – perguntou Zoe.

– Pois é, eles acham um pouco estranho ferver água numa van em movimento – respondeu Nina.

– Ah, sim. Talvez eles tenham mesmo razão – ponderou Zoe.
– Tudo bem, o pessoal do pub nos deixa pegar deles. Mas eu odeio chá de ervas. Concluí que já que abri mão do café, do álcool, do remédio pra resfriado e do queijo fresco, o bebê vai ter que me deixar tomar uma xícara de chá.
– E sushi – lembrou Zoe.
– Sim – concordou Nina. – Esse não é um problema muito grande por aqui.
– Certo – disse Zoe. – Eu não tenho dinheiro mesmo. Ah, você já leu...
– Já – respondeu Nina.
– Você não sabia o que eu ia dizer.
– Sabia – retrucou Nina. – Só cortando caminho.
Zoe sorriu.
– Não sabia, não!
– Sabia, sim! *Sushi para iniciantes.*
– Não era... Ah. Sim. Era mesmo.
Nina endireitou-se no banco do motorista, esticando os braços, como de costume, para alcançar o volante com o barrigão no meio. Então ela refletiu. Não estava chovendo e Lennox não estava usando o trator. Havia espaço no quintal. Ela gritou para Flossie, mas, como sempre, a galinha era estúpida demais para sair do caminho, então ela desceu, pegou o bicho e apoiou suas patas enlameadas no espaço que ainda restava de seu colo após se acomodar no banco do passageiro.
– Certo – disse ela. – Você vai precisar aprender a dirigir esta coisa em algum momento. Por que não agora?
Zoe engoliu em seco.
– É sério? – indagou.
– Bem, você veio até aqui dirigindo, não foi? Quer dizer, você claramente *sabe* dirigir.
– Eu passei no exame – respondeu Zoe, começando a tagarelar: – Você sabe, é difícil dirigir em Londres. Bem, eu não consegui passar no exame em Londres, pra falar a verdade, acabei indo até uma amiga, em Kent, porque eu sabia que o trânsito não seria tão apavorante e terrível, e eu não precisaria me preocupar tanto, e, tudo bem, foram algumas tentativas, e eu obviamente não conseguiria comprar um carro em Londres, não faz muito sentido, tem tanto transporte público e...

Nina piscou.

– Por favor. Diga que você consegue dirigir esta van.

– Provavelmente – respondeu Zoe. – Você precisa mesmo ficar olhando?

– Sim – afirmou Nina com alguma aspereza. – Caso você engate a ré e bata na minha casa.

– E a galinha vai ficar me olhando – disse Zoe, deixando a pergunta no ar.

– A galinha não está olhando você – respondeu Nina. A galinha continuou a encarar Zoe com seus olhinhos pretos brilhantes. – Está bem – aquiesceu ela. – Ela está, mas não faz a menor ideia do que você deveria estar fazendo.

– Somos duas – murmurou Zoe, acomodando-se no banco do motorista.

Zoe parecia estar bem longe do chão. Ela procurou o retrovisor interno. Não havia um.

– Tem uma van repleta de livros entre nós e a rua – explicou Nina. – Use os espelhos laterais.

Zoe olhou para o câmbio. Era um negócio enorme, com uma bola branca na ponta.

– Esse é o câmbio – explicou Nina, e Zoe tentou não se irritar.

– Certo, certo, me dê um minuto... Olha no espelho, dá sinal, manobra.

Zoe tentou olhar novamente no retrovisor inexistente, então xingou a si mesma.

– Estou realmente atrapalhada – confessou ela.

– Sinto muito – disse Nina. – Mas você precisa mesmo de mim aqui pra lhe mostrar onde ficam as luzes e tudo mais.

– Na real, é a galinha.

– Esqueça a galinha!

– Cocó! – reiterou a galinha.

Vermelha de vergonha, Zoe tentou engatar a marcha a ré no pesado câmbio. Ela não soube ao certo o que aconteceu, mas não engatou e, em vez de se mover para trás, o veículo se deslocou para a frente, sacolejando. Ouviu-se um ruído agourento de queda na parte de trás. Nina se esforçou ao máximo para não se encolher visivelmente. Quando tentou mais uma vez, Zoe fez a van ir para a frente, afundando ainda mais na lama; os pneus traseiros perderam contato com o chão e começaram a patinar.

Nina tentou se lembrar de como ela tinha tido dificuldades em dirigir a van logo no início e tentou ser mais compreensiva, e então, com um leve atraso, também lembrou que, quando ela aprendera a dirigi-la, não havia uma carga preciosa de livros maravilhosos dentro do veículo. Ela piscou com força enquanto Zoe forçava o motor ainda mais e um leve cheiro de queimado impregnava o ar.

– Deixa que eu tiro a gente do lugar rapidinho – disse Nina, ponderadamente tirando o cinto de segurança e começando a descer da van. Ela abriu um pouco a porta.

– Não, está tudo bem, está tudo bem, eu consigo! – garantiu Zoe, sentindo um ligeiro pânico.

Ela finalmente conseguiu engatar a ré, pisou fundo no acelerador e colocou uma leve pressão no imenso volante, o que fez a van se mover para trás com um tranco e chacoalhar toda; o que, por sua vez, assustou a galinha; que, por sua vez, saltou alvoroçada pela janela semiaberta; o que, por sua vez, fez Zoe gritar "MERDA, A GALINHA!" e girar novamente o volante; o que fez com que a van se atascasse de vez na lama e essa mesma lama cobrisse toda a lateral da van.

Olhando pelo lado positivo, a galinha estava perfeitamente bem.

Capítulo trinta

A galinha estava bem. Alarmantemente, Nina não estava. Zoe saltou da van assim que conseguiu desligar aquela coisa e correu para o outro lado do veículo. Nina estava muito pálida.

– Minha nossa, você está bem? Me desculpe! Me desculpe! – suplicou Zoe.

– Tudo...

Nina fez uma careta.

– Desculpe, eu só... Eu só...

Nina vomitou rapidamente pela porta da van, por pouco não acertando os sapatos de Zoe, o que foi um alívio, pois eram os únicos bons que ela tinha.

Zoe segurou a mão dela.

– Você parece... Você não parece nada bem – disse ela.

Nina estava muito pálida e suada. Zoe buscou a pulsação dela. Estava acelerada.

– Você poderia...? Posso levar você ao médico?

– Você atolou a van.

– Ainda tenho o carro – disse Zoe.

– Ah, tenho certeza que não é nada. Não. Não... Não...

Nina vomitou novamente.

– Eu só... estou me sentindo muito, muito mal – murmurou enquanto Zoe lhe entregava uma garrafa d'água. – Eu só preciso dormir, só isso.

– Deve ser só uma virose – diagnosticou a prática Zoe. – Mas é melhor dar uma olhada.

– Estou com muito, muito calor – disse Nina. Ambas pararam por um instante quando a galinha começou a bicar o vômito e Nina grunhiu profundamente. – Não chame o médico.

Zoe já estava procurando no Google.

– Há quanto tempo você está se sentindo mal?

Nina suspirou.

– Um tempo – respondeu baixinho.

– Por que você não contou a ninguém?

– Porque...

Nina não gostava da resposta. Porque ela não estava pronta para abrir mão da van. Porque ela não podia evitar o ressentimento por Zoe ter aparecido com seu filhinho lindo e bem-comportado e tomado seu emprego e sua vida e não ter problema algum para desempenhar qualquer atividade e ter obviamente tido uma gravidez tranquila, enquanto Nina sentia que estava clara e visivelmente fracassando em sua gestação.

Porque ela estava com inveja e porque o que ela tinha com Lennox era perfeito demais e ela não podia suportar que mudasse. Por causa de razões estúpidas.

Ela não disse coisa alguma.

– Bem, eu estou aqui agora – disse Zoe. – Quer que eu chame o seu namorado?

Nina meneou a cabeça.

– Eu não... Eu não quero preocupá-lo.

– Se você não está se sentindo bem durante a gravidez, preocupe todo mundo! – aconselhou Zoe, arriscando um sorriso. – É sério. Cause um alvoroço.

Zoe a ajudou a descer e ficou surpresa ao ver como Nina estava trêmula e instável.

– Tenho certeza que foi algo que eu comi – disse Nina, sentindo-se enjoada e em pânico e péssima e querendo desesperadamente se deitar. – Posso só ir pra cama? Pra minha cama?

– O médico pode vir aqui? – perguntou Zoe, pensando que esse talvez fosse o melhor plano de ação.

– Sim, pode – respondeu Nina em uma voz fraquinha.

Zoe a levou para dentro da casa. Como todos que entravam lá, ela ficou surpresa com a decoração moderna e minimalista. Nina nunca teve muito motivo para pensar coisas boas de Kate, a artística ex de Lennox, mas sempre admirara seu bom gosto.

Sentindo-se um pouco estranha – por outro lado, sentir-se estranha e invadir casas alheias parecia ser basicamente tudo que Zoe fazia nos últimos tempos –, ela ajudou Nina a se deitar, pegou uma bacia na qual ela podia vomitar, que Nina utilizou instantaneamente, fez um pouco de chá de verdade para ela – que Nina não conseguiu manter no estômago – e ligou para o consultório do clínico geral da região. Ela foi transferida para a médica, então colocou Nina na linha e, depois disso, as coisas aconteceram em uma velocidade bastante alarmante.

A médica local, Joan, era uma mulher extremamente prática com cabelos curtos, Crocs, uma atitude peremptória com relação aos seres humanos e uma devoção obstinada a todos os animais. Ela apareceu em sua SUV suja e repleta de pelos com um cachorro na parte de trás – certamente infringindo as diretrizes do Serviço Nacional de Saúde –, lavou as mãos, deu uma olhada rápida para Nina e chamou a ambulância.

Então as duas garotas ficaram apavoradas. Nina agarrou a mão de Zoe, esquecendo completamente que elas não eram tão próximas assim, e pediu a ela que encontrasse Lennox, que devia estar no campo de cima; não haveria sinal de celular.

– É claro – disse Zoe, sem pensar nos próprios sapatos nem por um segundo. Correu até a porta e então se virou. – Como ele é?

– É o mais gato – respondeu Nina, seu rosto pálido e suado.

– Hum, certo – disse Zoe.

– Magricela com cabelos claros – informou a Dra. Joan, que acariciava a galinha no colo e perguntava às meninas quanto vômito, exatamente, a pobrezinha havia comido.

Zoe saiu da casa como um raio.

O vento estava forte, empurrando as nuvens contra o sol, de modo que o mundo parecia se mover sob seus pés – sol, sombra, sol, sombra – enquanto ela corria, fustigando seu rosto, fazendo seus olhos arderem. Seus pés afundavam nos sulcos de terra recém-lavrados dos campos outonais e ela se lembrou – mais por conta de suas leituras devotadas de *Andorinhas e amazonas* do que por sua experiência campestre – de fechar os portões ao sair. Ela se percebeu correndo em pastos de ovelhas que, sob quaisquer outras circunstâncias, iria querer parar para admirar.

Em vez disso, ela só gritou "Lennox! Lennox!" ao vento até um trabalhador rural aparecer e ficar olhando para ela com curiosidade.

– Lennox? – indagou ela.

Ele meneou a cabeça e apontou para um celeiro tão distante que não passava de um pontinho no horizonte. Zoe estava com lama até os tornozelos. Ela se lembrou vagamente da fileira de galochas ao lado da porta de The Beeches, que eram em número muito maior do que as pessoas que viviam lá, e agora ela entendia o motivo. Era tarde demais, de toda forma: seus sapatos estavam arruinados. Olhou para eles. Pertenciam a uma vida de muito tempo atrás.

Zoe recuperou o fôlego e voltou a correr, finalmente chegando à porta do celeiro, percebendo que não corria havia anos. Se a situação não fosse tão horrível, seria bem libertador correr morro acima a todo vapor em um dia limpo e ensolarado e ficar totalmente ofegante e esgotada. Algo diferente.

– Desculpe, mas de onde diabos você surgiu? – perguntou uma voz nada desagradável.

– Você é o Lennox? – perguntou ela, arfando, chocada ao perceber como sua garganta estava seca.

– Sim.

Lennox olhou para ela. Ele estava cuidando de uma ovelha doente e fazendo o que fazia todos os dias: focando inteiramente na tarefa em questão, excluindo todo o restante, inclusive o que Nina poderia estar aprontando (esse foco excepcional em geral deixava Nina louca da vida e a fazia virar bicho).

– É a Nina – disse ela depressa. – Você precisa vir.

O rosto de Lennox mudou imediatamente e ele saltou para a frente, franzindo a testa.

– O que... O que aconteceu? – perguntou, saindo correndo do celeiro.

Ele a colocou na garupa do quadriciclo – Zoe nunca tinha chegado perto de um na vida; nenhum dos dois estava usando capacete – e desceu o morro a toda a velocidade, sacolejando ao passar por cima de raízes, praticamente planando nas partes mais gramadas. Zoe não teve chance alguma de recuperar o fôlego. Novamente, se a situação não fosse tão grave, talvez ela tivesse adorado aquela aventura.

Joan estava esperando por eles; a ambulância ainda estava a caminho.

– O que foi, Joan? – perguntou ele, correndo para dentro da casa.

Zoe precisou se virar sozinha para descer do quadriciclo.

– Você já ouviu falar em toxemia?

Lennox permaneceu parado, em choque, à porta.

– Sim – disse ele. – Caramba. Isso mata as ovelhas! Envenena e mata.

– Não, não, não é tão ruim assim, de verdade. Exemplo ruim – afirmou Joan. – Não é tão ruim assim em seres humanos. É possível tratar, se diagnosticada a tempo, e nós conseguimos. Nós conseguiremos.

Ela olhou para o relógio.

– Há quanto tempo você vem se sentindo mal? – perguntou ele quando entrou no quarto para ver Nina, que estava branca feito papel na cama. Como ele não tinha reparado? Maldita colheita. – Por que não me contou?

O rosto de Nina se contorceu.

– Porque você estava ocupado e eu estava ocupada e... eu achei que fosse... Eu achei que as coisas seriam melhores que isso...

Ela começou a chorar e ele se acomodou ao lado dela na cama e começou a fazer cafuné.

– Pronto, pronto – disse ele, tentando acalmá-la – Pronto.

Exatamente como se ela fosse uma de suas ovelhas doentes. Mesmo depois de perceber isso, Nina se aninhou no tronco musculoso dele e sentiu-se reconfortada.

Capítulo trinta e um

Nenhum livro seria vendido aquele dia. (Na verdade, em meio a todo o drama, elas se esqueceram completamente de mencionar a van atolada para Lennox, o que significou que, quando choveu aquela noite, a van ficou atascada em um atoleiro gigantesco que por fim se transformou em areia movediça e desatolar o veículo acabou virando um trabalho para cinco pessoas, além de demandar o aluguel de uma escavadeira, que Lennox gentilmente listou como uma despesa da fazenda e nunca mencionou para Nina.)

Nina estava aliviada. A pré-eclâmpsia foi diagnosticada rapidamente e sem alvoroço, indicando que a equipe já havia visto situações como aquela um milhão de vezes, embora a médica tivesse baixado os óculos e o tom de voz antes de comunicar a terrível notícia de que Nina precisaria ficar no hospital provavelmente até o bebê nascer, em repouso e se movimentando o mínimo possível.

Nina só piscou.

– É sério?

– Sinto muito – disse a médica. – Você vai ficar bastante entediada.

Nina franziu a testa.

– Mas posso ler, certo?

– Pode, sim!

– Não vai prejudicar o bebê?

– De forma alguma.

Nina se recostou nos travesseiros.

– Acho... – disse ela enquanto Lennox a abraçava forte – ... Acho que vai ficar tudo bem.

Zoe estava sentada ao lado de Lennox no Land Rover, olhando para o nada enquanto ele dirigia.

Definitivamente, não era assim que ela esperava que fosse. Ela esperava estar trabalhando com alguém em um emprego agradável em uma livraria. Havia fantasiado sobre um cantinho aconchegante em uma bela casa, não um quarto de empregada com camas de ferro e uma banheira de água fria. Também não era isso.

Zoe sorriu com pesar diante da imagem que havia feito de si mesma, lendo com tranquilidade todos os livros novos que eram lançados, levando luz à vida de algumas criancinhas órfãs e, no geral, ajudando pessoas que se encontravam em momentos complicados, uma espécie de combinação de Julie Andrews com a Super Nanny. Ela não se lembrava de haver, em suas fantasias, uma galinha comendo vômito. Refletiu que muitos sonhos de sua vida acabaram não saindo como ela havia planejado.

Atrás deles, um carro desacelerou e buzinou ruidosamente. Ela se virou, assustada, perguntando-se para quem estariam buzinando. Zoe e Lennox ficaram olhando. Era Joan, a médica.

– BOM TRABALHO HOJE – berrou ela para Zoe pela janela. Na parte de trás do carro, vários cachorros concordaram em um coro de latidos. – VOCÊ TINHA TODA A RAZÃO EM LEVAR A SÉRIO. TODA A RAZÃO DO MUNDO!

Então ela subiu novamente o vidro e foi embora, cantando pneu e espirrando lama pra todo lado. O carro, Zoe reparou, estava imundo. Ela esperava que Joan não precisasse fazer muitas cirurgias.

Lennox se virou para ela, como se só então tivesse percebido que estava ali, e largou-a do lado de seu carrinho verde.

– É – disse ele, meio rouco. – É. Obrigado. Ainda bem que você existe.

Zoe saiu do Land Rover. A galinha a fitou com olhos cruéis, sem piscar.

"É. Ainda bem que eu existo", ela queria dizer à ave. E quando entrou no Renault para ir embora, percebeu que alguém tinha deixado uma cesta de ovos fresquinhos, alguns ainda quentes, com penas coladas neles, no banco do passageiro.

Capítulo trinta e dois

Zoe estava preocupada com Nina, claro – uma amiga sua também tinha tido pré-eclâmpsia e ela sabia como era terrível, além de bastante solitária e entediante, a experiência de ficar enfurnada no hospital sem poder curtir os prazeres do final da gravidez (que era, contudo, pelo que ela lembrava, o período em que as pessoas basicamente passavam a mão na sua barriga sem pedir licença e ficavam perguntando se você estaria grávida de gêmeos e como sequer conseguia ficar em pé sem cair, além de outras teorias inúteis). Na verdade, a conjuntura acabava se resumindo a ficar sentada numa banheira sentindo-se como uma ilha deserta, e ela raras vezes tinha estado mais sozinha do que quando não havia ninguém para ajudá-la a colocar as próprias meias.

De toda forma, ela estava preocupada, mas contente por Nina estar em segurança no hospital. Enquanto sacolejava no carrinho verde gaguejante – passando pelos grandes ônibus soltadores de fumaça que estavam indo embora do lago Ness, à sombra cada vez maior das montanhas da costa, avistando o lampejo do rabo branco de um cervo desaparecendo na floresta – e fazia a curva da longa via de onde conseguia ver o casarão à sua frente, Zoe sentiu algo dentro dela. Em um primeiro momento, não teve certeza do que era. Mas havia uma minúscula possibilidade de que fosse algo… um pouquinho parecido com otimismo. Um pouquinho de esperança. Como algo – uma semente ínfima, depois de tanto tempo no escuro – começando a brotar da terra.

Alguma coisa poderia ter se tornado um desastre naquele dia. Mas não se tornou. E ela teve o bônus de um Hari desconsolado correndo em sua direção quando chegou à creche. Ela o observou furtivamente dentro do carro, olhando pela janela na direção da casa, parecendo extasiado por ter chegado. Ela perguntara a Tara como tinha sido o primeiro dia, e Tara parecera constrangida, desviando o olhar, mas agora ele estava com ela, e isso bastava.

O bom humor de Zoe durou o tempo que ela levou para atravessar a porta dos fundos. Conseguia ouvir os berros a quilômetros de distância. Era uma gritaria real, agoniada.

O som era apavorante. Parecia que alguém estava sendo assassinado. O sol se escondeu atrás de uma nuvem, submergindo a enorme casa em sombra de repente, e Zoe largou o carro, disse a Hari que ficasse na cadeirinha, exatamente onde ele estava, e olhou em volta em busca de algo para atingir o assassino. Por sorte, havia um exemplar de capa dura de *O hobbit* na parte de trás do carro e ela o pegou devagarinho, com o coração palpitando, e avançou, erguendo-o quando chegou à porta, o coração na boca...

Zoe espiou pela porta. Os gritos estavam ficando mais altos.

– Olá? – disse ela, tentando manter a voz grave e ameaçadora em vez de alta e lamuriante como acabou saindo. – Quem está aí?

Os gritos cessaram abruptamente e Zoe sentiu os braços formigarem.

– QUEM ESTÁ AÍ? – berrou ela, entrando de supetão na cozinha com os braços erguidos.

Todas as três crianças que estavam no chão explodiram na mesma hora em uivos de uma gargalhada zombeteira ao vê-la, branca feito papel, tremendo e segurando *O hobbit* acima da cabeça. Até mesmo a Sra. MacGlone, que estava perto da pia, virou-se e Zoe viu seus lábios se contraírem.

Espatifada no chão e com os cabelos esparramados ao seu redor, Mary sentou-se, saindo da posição em que estava tentando vigorosamente chutar o queixo de Shackleton.

– O que você vai fazer, usar seus poderes élficos pra nos matar? – perguntou ela em tom agudo.

– Vai nos matar de tédio, isso, sim – emendou Shackleton. – Você não podia ter usado, pelo menos, o *Watchmen*? Está no banheiro do andar de baixo.

Patrick a fitou com severidade.

– Na verdade, a gente só estava brincando – explicou.

O medo de Zoe se transformou em fúria, como costuma acontecer com frequência.

– Isso não é brincar! – esbravejou ela. – Olhem só pra vocês!

Shackleton estava com um hematoma enorme no queixo, onde Mary o tinha chutado; Patrick tinha arranhões no rosto.

– Eles têm permissão pra fazer isso? – perguntou ela à Sra. MacGlone, cujo rosto havia se petrificado.

– Sou apenas a governanta – respondeu ela, impassível. – Não tenho nada a ver com isso.

Depois olhou descaradamente para o relógio.

– A culpa é do Shackleton! – gritou Mary com fervor. – Ele que começou!

– Cala a boca, pirralha! Não fui eu. Não tô nem aí pro que você faz.

– Você é um chato mentiroso! Cala a boca você! – berrou Mary, desvairada.

– Vocês são as duas pessoas mais idiotas DO MUNDO TODO – gritou Patrick, dando conta de não ficar de fora.

Os três começaram a gritar ofensas e insultos uns para os outros.

Ainda enraivecida, Zoe subiu na cadeira mais próxima e largou o pesado livro no piso de laje.

O barulho foi extraordinariamente alto. Os três pausaram só por um instante.

– CERTO – disse Zoe, em um tom que não permitia contra-argumentos. – Definitivamente, já chega.

– Mas... – começou Mary.

– Quieta – ordenou Zoe. – Nem um pio.

– Ou o quê? – zombou Mary. – Você vai embora? Tudo bem, por nós.

– Infelizmente, não – respondeu Zoe. – Na verdade, hoje eu descobri que vou ficar aqui por um bom tempo, gostem vocês ou não.

Eles não gostavam e deixaram claro.

– Certo – repetiu ela. – No meu carro tem um bolo e umas salsichas. – Tinha mesmo. A mulher que a atendeu na lojinha da cidade ficara olhando para ela em um silêncio tão rude e boquiaberto que Zoe ficou se perguntando se ela teria alguma deficiência. Zoe continuou: – Eu trouxe pra janta. Vou preparar a comida com essas coisas. Mas tem outras coisas que vão acontecer primeiro.

– Você vai subornar a gente com salsichas? – perguntou Mary em tom de total desdém.

– Salsichas! – exclamou Patrick alegremente.

– Não estou subornando vocês – garantiu Zoe. – Vou alimentar vocês. Assim que se levantarem daí.

Shackleton se ergueu, relutante, do chão. Mary acertou um belo chute no joelho dele enquanto ele se levantava.

– Ei! – ralhou Zoe.

Ela fez os três se levantarem e então desceu da cadeira para pegar Hari, que entrou timidamente na cozinha.

– Você vai ajudar a Sra. MacGlone a guardar as xícaras. – Ela apontou para Patrick. – Você... – Dessa vez, ela se voltou para Shackleton. – Varra a cozinha; está precisando. Você... – Ela dirigiu-se a Mary. – Coloque as pilhas de roupa limpa nos quartos de cada um.

– Não – respondeu Mary. – Isso não é trabalho nosso.

– Na verdade – disse Zoe –, de hoje em diante vai ser. Daqui pra frente, os afazeres serão de todos. Porque quando vocês ficam à toa, sem fazer nada, acabam se metendo em encrencas. Então minha missão será manter vocês ocupados.

Patrick foi até a pia e, obediente, pegou uma xícara de cada vez.

– Puxa-saco – disse Mary.

– Você não precisa comer salsicha ou bolo – aquiesceu Zoe delicadamente.

– Ótimo. Salsicha fede.

– Mas ainda assim precisa guardar a roupa.

– Não, *não* preciso.

Zoe pegou a pilha de roupas limpas de Mary, que estavam secando perto da lareira. Eles realmente precisavam organizar aquela cozinha; era uma bagunça, desconfortável e contraproducente.

– Se não levar, vai pro lixo.

– Você não está falando sério. – Mary olhou para a Sra. MacGlone. – Sra. MacGlone, ela é completamente maluca.

A Sra. MacGlone não podia negar. Ela amava aquelas crianças órfãs à sua maneira e fazia o melhor que podia, mas elas estavam fora de controle e não era ela quem iria controlá-las. Se aquela pessoa peculiar – a sétima tentativa – conseguisse, seria ótimo. Ramsay tinha medo dos próprios filhos e ela não era muito melhor; receosa demais da língua afiada de Mary; cautelosa demais com relação à empregada que sempre fora e com a casa que sempre conhecera.

A Sra. MacGlone parecia assustadora, mas não era. Zoe parecia mole feito manteiga, mas não era.

Zoe jogou uma meia de Mary na lareira. Mary assistiu, indignada, horrorizada e, secretamente, um pouquinho impressionada.

– Eu odeio essas meias mesmo – alegou ela. – Não preciso delas.

– Guarde as suas roupas!

– Não!

A cozinha inteira estava em silêncio, todos assistiam com uma atenção ferrenha para ver qual seria o resultado. A própria Zoe gostaria de saber.

Bem, ela já estava na chuva. Tinha que se molhar. Se recuasse naquele momento, podia já ir fazendo as malas. Ela realmente não podia se dar a esse luxo.

Ser consistente era a mensagem, não era? Além de ser firme? Será que aquilo era firmeza suficiente? Queimar meias? Não era a situação mais dignificante que Zoe já tinha vivido.

Mary a estava encarando com os braços cruzados e uma expressão presunçosa no rosto, como que a desafiando a seguir em frente.

– Tem um trem noturno que volta pro sul que você pode pegar agora à noite – disse ela, atrevida. – A gente não vai sentir a sua falta.

De repente a névoa baixou. Zoe não podia recuar. Não podia continuar daquele jeito, não com tudo que precisava ser feito. Ela remexeu a pilha de roupas e pegou um cardigã pequeno – devia ser pequeno demais para Mary; ela já devia estar grande demais para usá-lo, de toda forma. Zoe o pegou e avançou na direção do fogo.

O grito que Mary deu fez os berros anteriores parecerem risadas.

Capítulo trinta e três

Mary saltou em cima de Zoe como um animal raivoso. Zoe tinha bastante certeza de que, se ela tivesse jogado a peça no fogo, a garota teria pulado atrás, tamanho o seu desespero. Ela arrancou o cardigã das mãos de Zoe e o abraçou, enfiando-o debaixo do queixo como uma menininha bem mais nova; lágrimas escorriam por seu rosto.

– Foi a mãe dela que fez – explicou a Sra. MacGlone baixinho de seu posto ao lado da pia.

Zoe engoliu em seco. Ó céus. Aquilo era terrível. Terrível demais. Ela se sentia péssima.

Olhou para Mary; toda a raiva havia se esvaído, deixando apenas um poço imenso de pena.

– Por que você deixaria algo tão precioso jogado por aí? – perguntou em tom reconfortante. – Você não iria querer guardar em um lugar seguro?

Não se ouvia som algum na cozinha. A criança traumatizada congelou por um instante, então por fim concordou ávida e raivosamente com a cabeça.

Zoe se moveu na direção dela lentamente e com cautela, como se estivesse se aproximando de um animal selvagem – o que era verdade. Mary recuou.

– Venha comigo – disse Zoe com delicadeza. – Vamos guardar tudo juntas.

Sua voz saiu tão suave e calma quanto ela conseguia, quase como se estivesse cantando. Zoe conseguia ver a luta interior na expressão de Mary, o desejo desesperado da garota de continuar a desafiá-la, a afastá-la; a exaustão pura em seu rosto. Devia ser muito cansativo brigar sem parar com o mundo, ser tão raivosa e frustrada a cada minuto do dia.

Ela não encostou em Mary, apenas pegou a pilha de roupas e entregou metade a ela. Mary não falou, não se rendeu em nenhum sentido.

Mas pegou as roupas.

Ainda tratando a garota como se ela pudesse atacar e morder a qualquer momento, Zoe abriu a porta do que ela concluiu ser o quarto de Mary. Estava escuro: as cortinas estavam fechadas e parecia que não eram abertas há algum tempo.

O quarto era grande e definitivamente não havia sido decorado para ser usado por uma criança. As paredes tinham painéis de madeira com pinturas a óleo dependuradas. As cortinas eram de um tartan vinho pesado que se replicava na colcha da cama. O piso de madeira escura era coberto por tapetes persas.

Havia poucos brinquedos, coisas para garotinhas bem pequenas; uma casinha de bonecas – linda – cuja parte da frente fora arrancada e com a mobília, espalhada pelos tapetes velhos. Alguns livros, sem marcas de uso, estavam desorganizadamente esparramados. A cama estava feita, mas nada mais havia sido arrumado, talvez por ordem de Mary. Havia roupas espalhadas por todo lado.

– Eu gostaria – disse Zoe, mantendo o tom de voz leve –, de poder fazer aquela coisa que a Mary Poppins faz, de estalar os dedos e tudo ir para o lugar sozinho. Se eu tivesse um superpoder, esse seria o melhor de todos, não acha?

Mary olhou em volta e franziu a testa. Contudo, ela falou:

– Esse é o superpoder mais idiota que já ouvi.

– Bem, qual seria o seu?

– Desmaterialização, é claro.

Zoe piscou. Bem, de certa forma, aquele era um progresso.

– Certo – disse ela. – Bem, tem um lugar pra guardar cada coisa ou precisamos criar um espaço?

Mary deu de ombros.

– Que tal... colocar as calças e meias-calças aqui?

Ela abriu um velho e pesado baú de madeira. As outras roupas que estavam ali – ela ficou perplexa – eram todas peças minúsculas, de uma criança pequena. Vestidos lindos, bordados à mão, com estampas de florezinhas. Parecia o guarda-roupa de uma garotinha de mil anos atrás. E tudo parecia pequeno demais.

Zoe olhou de novo para a menina em sua camisola suja.

– Mary – disse ela suavemente –, você está precisando de roupas novas?

A menina meneou a cabeça.

– Gosto das minhas roupas.

Zoe voltou a olhar para o cardigã. As raposinhas bordadas na lã eram maravilhosas.

– São lindas – concordou ela. – É tudo lindo. Mas você não prefere roupas que caibam melhor?

Mary balançou a cabeça com veemência.

Zoe foi até as cortinas e as abriu. A luz do fim de tarde inundou o quarto subitamente, exuberante e dourada. Ela destacou a poeira que se acumulava por todos os cantos. Zoe também abriu a janela. O quarto não cheirava mal, apenas a coisa velha. A coisas tristes. O ar fresco do outono, mais frio do que parecia com o sol, entrou.

– Assim está melhor – disse Zoe. – Eu sempre me sinto melhor quando consigo respirar. – Ela olhou em volta. – Certo. Vamos arrumar as suas roupas, ver o que temos aqui, que tal? Vamos deixar tudo tão organizado e ajeitado quanto possível.

Mary procurou por algo naquela frase de que pudesse discordar, mas pareceu não encontrar, então deu de ombros.

– Vou fazer as salsichas mais tarde – afirmou Zoe ao ouvir a porta bater lá embaixo e percebendo que a Sra. MacGlone devia ter ido embora. – Eu realmente preciso ensinar o Shackleton a cozinhar alguma coisa.

Mary deu um meio sorriso.

– O Shackleton nunca vai conseguir cozinhar coisa alguma! Ele é superburro.

– Não é preciso ser inteligente pra cozinhar – respondeu Zoe, sem querer contradizê-la. – Até mesmo um cachorro conseguiria fazer uma madalena.

– Não conseguiria, não!

– Claro que sim! Mas ele precisaria cortar os pedaços de cenoura com os dentes. *Au, au!*

E foi assim que Ramsay as encontrou enquanto atravessava o corredor em busca de uma xícara de chá e esperando não encontrar muito caos pelo caminho: a garotinha e a nova contratada, duas cabeças morenas debruçadas sobre uma pilha de roupas, dobrando-as e pendurando-as. Ele ficou parado à porta por um tempo até Mary se virar e vê-lo, e ficou surpreso por ela não estar nem gritando com alguém nem se agarrando às pernas dele.

– Oi, filha – disse ele suavemente. – Posso entrar?

Mary fez que sim com a cabeça. Zoe se afastou quando ele entrou e abaixou o corpo comprido e desajeitado até o chão. Era como abrir uma espreguiçadeira. Ramsey esticou as pernas pelo tapete.

Ele viu o cardigã que Mary ainda prendia com força debaixo do braço.

– Ah – disse ele baixinho. – O cardigã de raposa.

Mary ficou vermelha como um pimentão.

– É lindo – comentou ele. – Ainda serve?

Mary se recusou a responder.

– Talvez possamos dar pro Patrick.

Zoe se encolheu. Aquilo era, definitivamente, a coisa errada a dizer – como logo ficou comprovado, visto que Mary fez uma careta.

– Céus, de jeito nenhum! Ele iria estragar! Ele não pode tocar nele! Ele estraga tudo!

– Ah, certo, tudo bem – aquiesceu Ramsay atropeladamente, mexendo-se. Ele parecia grande demais para o quarto, embora o cômodo fosse amplo. – Hum.

– Aqui – intrometeu-se Zoe, pegando a primeira coisa que viu. – Olha o que encontrei enfiado atrás do armário. Aposto que ainda te serve.

Era uma camiseta de listras largas com um grande rosto de leão no meio.

– Pra quando você quiser rugir – acrescentou Zoe com um sorriso.

O rosto de Mary se iluminou.

– Minha camiseta de leão! – exclamou. – Achei que tivesse perdido. Achei que o Patrick tivesse roubado.

Ela franziu a testa, com certeza se lembrando de algum castigo terrível que havia aplicado no irmão.

– Eu acho – disse Zoe com cautela – que posso baixar a barra um pouquinho, e aí com certeza ainda vai servir.

Mary colocou a camiseta toda empoeirada sobre a camisola e, de fato, caiu como uma luva. Ela quase sorriu.

– Arrasou – disse Ramsay para Zoe, que olhou para ele.

– Não diga isso ainda – alertou ela, olhando para o relógio.

Já tinha passado, e muito, do horário de Hari ir para a cama e ela ainda não sabia como usar o fogão e conseguia sentir o cheiro – que costumava ser delicioso, mas agora era agourento – de torrada subindo pelas escadas.

– Ainda não fiz a janta – explicou ela.

– Não quero jantar – afirmou Mary instantaneamente.

– Tudo bem – disse Zoe em um tom cansado, levantando-se. – Tudo bem.

Zoe não sabia que horas eram. Hari não estava se mexendo, mas toda a casa estava inerte. Exceto... Exceto...

Ela prestou atenção. Parecia que o som vinha diretamente do outro lado da porta do quarto. Um soluço alto. Confusa, com o coração acelerado, ela examinou Hari mais uma vez. Então se sobressaltou.

– Olá? – arriscou. O choro continuou. – Mary?

Não houve resposta. Com cuidado, ela caminhou na ponta dos pés pelo linóleo até a porta. O vento estava gemendo em meio às árvores lá fora. Ela percebeu que estava completamente apavorada e tentou dizer a si mesma para não ser ridícula.

– Patrick? – sondou. – Está tudo bem. Está tudo bem, Patrick, estou indo.

Endireitando-se, ela abriu a porta...

O choro cessou imediatamente. Não havia nada nem ninguém ali. Ela olhou para os dois lados do corredor vazio, mas não havia nada.

– Olá? Olá?

Mas a casa não respondeu.

Capítulo trinta e quatro

– Obrigada – Zoe se percebeu dizendo novamente.

Desatolar vans era *mesmo* uma tarefa terrível. Ela tinha conseguido – pelo menos, tinha se forçado a – acreditar que a noite anterior não passara de um sonho.

– Hum – murmurou Lennox.

Zoe percebeu rapidamente que ninguém estava mentindo quando dizia que ele era de poucas palavras. Ela havia levado Hari junto – pensaria na creche depois. Afinal de contas, não era a pior coisa do mundo que ele convivesse com uma pessoa que obviamente era bem-sucedida mas não sentia necessidade de falar muito.

Entretanto, Zoe não podia negar, uma parte dela tinha esperança de que a mudança de cenário, o início na creche, algo novo na vida finalmente pudesse incitar alguma coisa. Algum ruído do garoto. Isso era tudo em que ela pensava enquanto dirigia pelas longas estradas. Parecia, à medida que ela começava a conhecer mais a região, que a cada dia havia algo novo. Ela ouvia um pica-pau no bosque, batendo as asas. Peixes saltando no lago. Queria ter mais tempo para passear, mas havia coisas demais a fazer.

– Como está a Nina? – perguntou.

Lennox franziu o cenho.

– Queria dizer que está sendo difícil – respondeu ele –, mas não sei se posso. Amanhã chega um novo carregamento. Você pode escolher algum livro pra ela?

– Não acho que exista algo que ela ainda não tenha lido – refletiu Zoe.

– Pois é – foi a resposta de Lennox.

– Com certeza vou dar uma olhada. Talvez seja uma boa hora pra revisitar alguns clássicos antigos.

Lennox tinha lavado a van inteirinha, que estava brilhando.

– Tem certeza que sabe como dirigir?

– Só preciso praticar... sem ninguém olhando – garantiu Zoe com determinação.

Lennox definitivamente deu um sorriso torto.

– E não faça isso, meu bem! – acrescentou Zoe. – Esse sorrisinho torto que vocês, homens, dão. Isso só piora as coisas!

Lennox ergueu as mãos.

– Está bem, está bem.

Ele se afastou. Então deu um passo adiante novamente. Hari não estava prestando atenção; continuava agachado tentando passar a mão na galinha, que se esquivava toda vez que ele chegava perto demais.

Zoe sorriu, observando-o perseguir a galinha. Ela havia dormido incrivelmente bem na noite anterior. Tinha a ver, ela achava, com o frescor do ar noturno – Londres continuava quente; os próprios prédios exalavam calor.

Ali a brisa era fresca e, quando ela se deitava na cama com a janela um pouquinho aberta, era um verdadeiro luxo não precisar se preocupar em ser despertada por ladrões, traficantes, sirenes, helicópteros, motoristas de Uber gritando ou brigas na rua.

Embora sua vida estivesse em um limbo – e ela ainda não tivesse 100% de certeza de que não havia uma mulher maluca presa no sótão da casa em que ela estava hospedada –, tudo parecia estranhamente seguro. O ar fresco, Hari dormindo tranquilo, o ocasional chilro de uma coruja ou o pio de outro bicho fugindo de uma coruja, o aroma de frutas vermelhas no ar.

Após a interrupção da noite anterior, ela voltara para a cama emocionalmente exausta e imaginava que fosse se debater sem parar e se preocupar com tudo. Em vez disso, tinha ficado deitada lá por um instante, apenas se sentindo ninada pelo céu noturno, que ela conseguia avistar por entre as cortinas abertas, com estrelas que reluziam no ar não poluído. Ela chegou a se virar com a intenção de pegar o livro, mas então se percebeu, logo depois que o pegou, caindo num sono profundo, despencando como Alice, e acordou, renovada, com uma corrente de ar cortante e um raio de sol gelado que penetravam pela janela entreaberta e, como sempre, um garotinho sentado em cima dela.

Arriscada e dolorosamente devagar, Zoe passou com a van pelos portões da fazenda. Ela engatou a segunda, concluindo que seria o suficiente até entender o que estava fazendo. Lennox a observou se afastar, preocupado. Aquela era a menina dos olhos de Nina, sua vida todinha. Ela havia recebido orientações rigorosas do médico para não se estressar. Ele realmente esperava que Zoe não fosse estragar tudo – bater a van ou destruir o estoque ou o negócio todo. Ele suspirou. A grana deles estava realmente curta, mas ele chamaria mais um pastor para a temporada; precisava ficar com ela no hospital. Eles não conversavam muito – ele lia as notícias agrícolas; ela ganhava dele no Scrabble –, mas não importava. Ele estava lá, e isso era tudo que importava.

Zoe decidiu não entrar à direita na praça do vilarejo para chegar à esquina onde deveria estacionar. Em vez disso, fez toda a volta pela rota da esquerda para, por fim, chegar lá. Ela achava que provavelmente poderia fazer isso em todos os lugares aonde fosse.

O vilarejo estava lindo aquela manhã. Os paralelepípedos haviam sido lavados pela chuva recente; as chaminés dos pequenos chalés caiados dispostos em fileiras fumegavam. Crianças brincavam nas ruas, aproveitando ao máximo o feriado, e na loja da Sra. Murray havia uma bela exposição de baldinhos, pazinhas e toalhas do lado de fora para aqueles que estavam a caminho das praias do lago.

Nervosa, Zoe montou o acampamento, mudou a plaquinha de "Fechado" para "Aberto", inspirou fundo uma última vez e abriu as portas com um sorriso esperançoso.

A manhã fora agitada, embora não particularmente lucrativa. Todos, sem exceção, queriam saber como Nina estava passando. Eles a encheram de cartões e presentinhos que Zoe acabou tendo que empilhar no banco do passageiro; geleias e molhos caseiros; gim feito em casa ("Diga a ela pra não beber muito", aconselhou o velho Sr. Dennis, que achava que o fato de sua mãe ter bebido durante a gravidez não tinha causado grandes problemas e também achava que não havia nada de errado em ter 1,60 metro de altura). Zoe olhou para a garrafa atentamente e se perguntou se seria errado surrupiá-la e beber sozinha à noite, quando a barra pesasse demais.

Sim, concluiu ela, relutante. Seria muito, muito errado.

Era maravilhoso o fato de todos estarem lhe entregando lembranças. Infelizmente, o que eles não estavam lhe dando era dinheiro em troca de livros. "A Nina disse que ia conseguir o livro pra mim" era uma frase comum, seguida por um vácuo completo quando Zoe perguntava qual era o livro. "Estou procurando aquele livro com a capa vermelha." Ou: "Sabe aquele do médico? Um médico *mau*."

O pior de tudo era que, enquanto tentava desesperadamente recomendar obras, ela sabia que Nina saberia. Zoe estava tentando obedecer às instruções de Lennox e não ligar para ela a cada segundo – na única vez que tentara (alguém tinha quase certeza absoluta de que Nina saberia se o livro sobre morsas havia chegado e Zoe revirara a van, sendo que, no fim das contas, talvez se tratasse de focas), o telefone de Nina estava ocupado e Zoe concluiu corretamente que ela estava falando com a mãe.

Ela estava exausta quando estacionou a van com cuidado, tentando evitar a área lamacenta e o caminho daquela galinha idiota. Tirou Hari com cadeirinha e tudo da van, embora pesasse uma tonelada – ela vivia se perguntando por que não tinha os braços maravilhosamente torneados da Thandie Newton, com a quantidade de levantamentos de garotinhos de 4 anos que fazia. Não parecia justo –, colocou-o no carrinho verde e quase esmagou outra bela cesta de ovos que havia sido posta ali.

Virou-se e colocou Hari no chão.

– Eita! – exclamou. – Olhe só! Isso podia ter dado *muito* errado, hein?

Hari piscou.

– Bem, a janta está decidida – disse ela, olhando em volta para ver se Lennox ou qualquer outra pessoa estava por perto para agradecer, mas o quintal parecia deserto.

Então ela agradeceu à galinha demoníaca antes de dar a volta com cuidado em torno dela com o carro.

Capítulo trinta e cinco

A Sra. MacGlone estava colocando o casaco.

– Tenho bingo hoje – explicou, parecendo quase alegre pela primeira vez. – Com Thea Newton. Que trapaceia. Toda vez. Passei o dia dando uma geral no piano de cauda.

– Como se trapaceia no bingo? – perguntou Zoe, confusa, mas a Sra. MacGlone já tinha saído.

Para variar, a cozinha estava tomada por migalhas de pão e Shackleton se achava sentado placidamente comendo um pote de geleia, com os olhos fixos na tela.

– Ora, pelo amor de Deus – esbravejou ela, irritada. – Chega! Vamos! Levante daí! Você vai me ajudar com a janta.

Ela iria fazer uma boa compra em um mercado grande. Assim que descobrisse onde havia um mercado grande.

Shackleton olhou para ela de esguelha

– Vai sonhando.

Zoe piscou. Então foi para trás do fogão – era muito nojento ali – e, respirando fundo e fechando os olhos, arrancou o antiquíssimo cabo de rede.

Shackleton se levantou de imediato e Zoe se lembrou subitamente de que ele era um garoto bem grande.

– Ei! – gritou ele. – Coloque de volta.

Zoe cruzou os braços.

– Não – retrucou ela.

Mary ergueu os olhos, piscando; ela parecia satisfeita por, aparentemente, ser a vez de outra pessoa pisar nos calos de Zoe.

– Babá Sete, você é ABSOLUTAMENTE ASSUSTADORA – disse uma vozinha vinda do chão.

– Cala a boca. Agora me devolva o cabo.

Com a calça de moletom velha e suja e os cabelos sem lavar, a imagem roliça, pálida e truculenta de Shackleton não era nada atraente.

– Você vai aprender a cozinhar alguma coisa – informou Zoe. – Ajudar um pouco. Se mexer.

– Não!

– Está bem – disse Zoe, segurando o cabo na mão e caminhando até a pia com ele. – Sem problemas.

Shackleton fez um bico com seu grande lábio inferior.

– Vou contar pro meu pai.

– Ele não está aqui – observou Zoe. – Onde ele está? Será que alguém aqui sabe me dizer?

As crianças deram de ombros letargicamente e Zoe ficou irritada com ele mais uma vez.

– Então... Me ajude e eu devolvo a sua internet.

– Isso é contra os meus direitos humanos – protestou Shackleton.

– Também não sei por que você vai ensinar ele a cozinhar. Ele já é balofo demais – disse Mary.

– Não se fala assim – repreendeu Zoe. – Nem de seu irmão nem de ninguém.

Mary revirou os olhos.

– Claro, na terra do faz de conta.

– Não, na terra real. Mundo real – disse Zoe, um tanto encabulada. – Talvez vocês precisem se atualizar um pouquinho sobre o mundo lá fora.

– Por quê? – indagou Mary. – É horrível!

Zoe abriu a boca, mas em seguida fechou, porque não sabia ao certo se conseguiria contra-argumentar aquilo.

– Certo – disse ela, erguendo a cesta. – Temos ovos frescos. Você sabe fazer omelete?

Shackleton olhou para ela e grunhiu.

– Isso quer dizer "sim" ou "não"?

– Quer dizer que ele não sabe o que é uma omelete – sugeriu Patrick.

– Cala a boca! – gritou Shackleton.

– Não é possível – disse Zoe. As crianças a olharam inexpressivamente. – Minha nossa. Tem algum queijo na casa?

– Tem queijinho cremoso – lembrou Patrick.

– Hum, certo, algum queijo que não seja processado?

As crianças pareciam em dúvida. Zoe vasculhou a geladeira com cuidado e encontrou um pedaço velho de queijo azul. Certo. Ela precisaria assumir que o queijo já era mofado mesmo – esse era o propósito do queijo azul, não era? Eles não iriam morrer, não é? Ou iriam? Ela podia procurar no Google. Só que não, porque tinha desligado a internet e não tinha certeza de que bastava colocar o cabo de volta para que funcionasse, além de perder completamente o propósito de toda aquela lição.

– Certo – disse ela. – O que mais temos?

– Manteiga de amendoim – respondeu Patrick.

– Hum.

Ela pegou a manteiga normal e untou uma pesada frigideira preta, depois procurou até encontrar um batedor que parecia mais velho que ela própria e começou a bater os ovos com sal e pimenta. Não havia condimento algum à vista. Ela não conseguia nem imaginar o que se passava pela cabeça da Sra. MacGlone. Então pensou nos quilômetros de carpete velho que precisavam ser aspirados, nas incontáveis prateleiras que precisavam ser desempoeiradas, na casa que um dia contara com uma multidão de empregados para limpar e polir e, agora, só tinha uma única e fiel criada com joelhos fracos, e tudo começou a fazer mais sentido.

Mas por que o pai não alimentava as crianças? Talvez ele próprio também não comesse.

– Certo – disse ela, entregando a tigela e o batedor para Shackleton, que ficou olhando para aquilo como se ela tivesse acabado de lhe entregar o rabo de um cachorro.

– Vamos lá, mexa o braço.

Ele balançou o braço de leve.

– A próxima lição vai ser sobre ovos mexidos – concluiu ela. – Continue batendo, Shackleton! Tente fazer bastante espuma!

Patrick se aproximou e enfiou o nariz na tigela.

– Ovos! – exclamou, perplexo. – Posso quebrar alguns, Babá Sete?

Zoe olhou para a cesta. Ainda havia alguns sobrando.

– Podem tentar quebrá-los numa tigela – concordou ela. – Mas só um pra cada.

Naturalmente, Patrick fez uma catástrofe com o ovo dele e pedacinhos de casca e gema foram parar na tigela e no chão. Contudo, o rostinho espantado dele se alegrou todo quando, do nada, Porteous entrou pela porta entreaberta, ofegando, com a língua para fora, e comeu cada pedacinho de ovo do chão, com casca e tudo. Foi tão rápido e inesperado que todos explodiram em risos, até mesmo – embora por um brevíssimo instante – Mary, que, assim que percebeu que Zoe estava olhando para ela, logo se retesou e retomou a habitual expressão emburrada.

Zoe ficou feliz em ver que Hari se adiantou com a mãozinha estendida, como se fosse afagar o animal grandalhão, que imediatamente se virou e o derrubou no chão.

Seguiu-se aquele instante de silêncio quando uma criança pequena cai e todos – inclusive a criança – precisam avaliar qual será o nível de drama da repercussão.

A cozinha permaneceu momentaneamente silenciosa. Então Hari soltou um gorgolejo peculiar, que se pareceu bastante com uma risada, e Patrick correu até ele.

– FOI TÃO ENGRAÇADO! – gritou ele. – Ele te derrubou! Hahahaha-hahaha!

O próprio Hari piscou várias vezes, afastando as lágrimas que ameaçavam se formar, e então Patrick ajudou o garoto a se levantar e os dois começaram imediatamente a quebrar outro ovo para repetir a experiência.

– Ei! – exclamou Zoe. – Nada de desperdiçar ovos! De toda forma – ela olhou furtivamente para a direita –, é a vez da Mary.

Mary estava sentada à mesa, dividida entre se recusar a participar, mesmo que brevemente, de qualquer coisa que Zoe fizesse e o óbvio interesse pelo que estava acontecendo. A manteiga estava chiando na frigideira e soltando um aroma delicioso – Zoe percebeu de repente que não tinha almoçado e estava morrendo de fome.

Tratando Mary novamente como um animal selvagem arisco, Zoe ofereceu o batedor a ela. A garota olhou para o instrumento. Então, com um movimento quase imperceptível, fez que não.

Zoe não entendeu aquilo como uma rejeição. Entendeu simplesmente como o que era: Mary reconhecendo sua existência sem ser agressiva com ela.

– Certo. Patrick – chamou ela –, sua vez.

Zoe o sentou no balcão. Hari ficou tão cabisbaixo que ela também o colocou ali, e eles mexeram o batedor juntos enquanto Zoe tocava Porteous para fora. O cachorro obedientemente saltitou de volta para a casa do jardineiro.

– Certo – disse Zoe por fim quando os ovos estavam bem espumosos. – Para trás...

Ela soltou a primeira leva na frigideira e todos observaram com mais atenção do que ela esperava. Patrick emitiu um ruído de surpresa enquanto a mistura sibilava e estalava.

– Muito bem – disse ela enquanto espalhava a mistura com outra espátula velha. – Queijo!

Ela pegou o queijo azul.

– Isso fede muito, muito, muito – murmurou Patrick, e Hari apertou o nariz e ambos riram, e Zoe riu também, e, só por um instante – um instante bem curtinho –, aquela pareceu uma cozinha normal.

No piso superior, embora estivesse ouvindo Wagner no último volume, como de costume, Ramsay parou o que estava fazendo, só por um segundo, baixou o volume, e ouviu o eco dos risos distantes e harmônicos que ele não escutava há tanto tempo, como o sussurro de sinos há muito esquecido.

Capítulo trinta e seis

O tempo estava fechando. Todos os dias Zoe tinha bastante certeza de que a coisa iria ficar feia. Tudo que ela sabia sobre a Escócia era que fazia um frio danado e tinha um monte de viciados em drogas que só comiam barras de chocolate Mars fritas. Ela estava explicando isso a Lennox, que, muito solícito, colocava na van as caixas grandes de livros que ela não conseguia carregar. Ela as estava selecionando com rapidez, fazendo Lennox piscar, surpreso. Ele sinceramente achava que Nina fosse a única pessoa no mundo capaz de fazer aquilo com livros, da mesma forma que sua ex conseguia fazer com sapatos.

– Como você faz? – quis saber ele.

– É fácil – respondeu Zoe. Ela pegava e descartava livros com rapidez. – Veja! Obviamente um lixo. Tentando fingir ser outra pessoa com a fonte. Tem uma menininha assustadora na frente.

– Qual o problema de um livro que tem uma menininha assustadora na frente?

– São todos péssimos – afirmou Zoe com firmeza. – Exceto por *Flores no sótão*, e não é mais permitido ter estoque dessa obra.

Lennox piscou.

– Por que não?

– Nem queira saber – disse Zoe, estremecendo. – Não é de *todo* mal que você nunca tenha lido quando era criança.

Ela distribuiu rapidamente o restante e juntou o que queria.

– Apenas os melhores – explicou, checando onde os livros abriam.

– O que você está fazendo? – quis saber Lennox.

– Vendo se tem sujeira – respondeu ela.

– Ah. – Lennox contorceu o rosto. – Você vai querer esses ou não?

– É preciso ler o cliente. – Zoe suspirou. – É claro que é nesse ponto que eu tenho dificuldade. Eu não conheço ninguém aqui.

Ela entregou um livro a Lennox.

– *Anne de Green Gables*? – perguntou ele, parecendo confuso.

– Pra Nina – esclareceu ela.

Zoe acrescentou uma Agatha Christie, *O Hotel New Hampshire*, os contos de Saki, um tesouro da *Turma do Snoopy* e uma coleção de ensaios de David Sedaris.

– Leitura pra aquecer o coração. Mande um beijo pra ela.

Lennox assentiu e pegou os livros.

– Ah, e pergunte se ela não pode fazer uma lista completa com as características e peculiaridades de todas as pessoas do vilarejo – gritou Zoe, mas ele já tinha ido embora, acenando solenemente com a cabeça para Hari, de quem gostava muito.

Na van, no entanto, a curiosidade disfarçada de preocupação ainda predominava, mas poucos livros eram comprados. Quando Zoe tocava timidamente no assunto e tentava direcionar as pessoas para coisas novas, elas tinham uma leve tendência a olhar para ela e dizer "Bem, a questão é que a Nina sabe exatamente do que eu gosto", como se Nina tivesse poderes mágicos que ela, Zoe, jamais poderia ter. Além disso, não havia muito sentido em perguntar às pessoas, sem rodeios, de que elas gostavam, porque, por vezes, elas mentiam ou simplesmente não sabiam.

Resumindo, ela não estava vendendo muitos livros. Não mesmo. As pessoas lhe perguntavam se ela iria retomar a sessão de leitura de histórias para crianças e ela supunha que poderia tentar, mas quando? Ela mal conseguia dar conta de tudo, mal tinha um segundo livro para planejar qualquer coisa. Acrescentar algo novo naquele momento parecia ser forçação de barra. Ela não percebeu – e Nina tinha coisas demais em sua cabeça, então não dava para culpá-la por não ter mencionado – que a hora da leitura de histórias nas manhãs de terça era de importância vital: todas as mães do grupo compravam os livros depois da leitura e passavam um tempo conversando sobre as obras com as crianças. Era um verdadeiro empurrão nos lucros da loja pelo preço de meia hora de quietude nas almofadas, algumas canecas baratas de café e uma caixa de biscoitos sortidos.

Em vez disso, ela tirava o pó, organizava e colocava os novos livros de capa dura em destaque, mas em vão. Nada adiantou. Não passar um tempo na creche provavelmente também não ajudava; ela via as mães paradas à porta, conversando, mas não podia se juntar a elas, pois estava sempre com pressa. E ela precisava criar coragem. Quando ia lá ou à loja local, todos se calavam e ela se sentia mais forasteira do que nunca. Era esquisito: quando começou a trabalhar, achava que se sentiria menos solitária, por sair da casa, conhecer pessoas em uma comunidade pequena. Mas, fora Lennox, que a tratava com a mesma cordialidade com que tratava todos, era bem difícil conhecer pessoas.

– Como se conhece outras pessoas por aqui? – perguntou ela por fim a Lennox, meio constrangida. Pessoas que requeriam uma vida social eram um mistério para Lennox.

Ela havia perguntado até mesmo à Sra. MacGlone – de todas as pessoas possíveis –, que bufara e dissera que todos por ali eram pessoas horríveis e que ela deveria manter distância e *não* falar sobre o casarão, isso era tudo que todo mundo queria saber, metendo o nariz na vida dos outros, e Zoe respondera que ainda bem, então, que ela não conhecia nenhum "outro", e a Sra. MacGlone bufara novamente e dissera que, bem, com certeza não era isso que ela vivia dizendo?, e que ela precisava costurar uns saquinhos de naftalina. E Zoe quase perguntara se ela havia ouvido alguma coisa estranha na casa – ela continuava sentindo que não estava totalmente sozinha em seu quarto, sem fazer ideia do porquê –, mas não perguntou. Era simplesmente estranho demais.

– Então – disse Zoe com toda a naturalidade que conseguiu. – Sabe, aqui tem milhares de quartos enormes e o meu é minúsculo, né?

A Sra. MacGlone lhe lançou um olhar pungente.

– O seu quarto – disse ela – é de *empregada*. Você não é uma hóspede.

E se afastou devastadoramente. Zoe não conseguiu encontrar palavras para dizer que sabia que não era uma hóspede – ela só tinha um leve receio de que houvesse um outro hóspede indesejado na casa.

Capítulo trinta e sete

Num domingo, Zoe acordou cedo, perguntando-se o que fazer. A Sra. MacGlone não estava em casa, nem Ramsay – eram apenas ela, as crianças e Hari o dia todo.

Ela estava em um lugar estranho e tinha bem pouco dinheiro. Deveria ir visitar Nina, mas concluiu – corretamente – que, sendo domingo, ela receberia muitas visitas, por isso resolveu deixar para um dia mais tranquilo.

Estava ensolarado e fresco lá fora, mas não havia ninguém à vista. Ao descer as escadas sozinha, ela se pegou olhando para o longo corredor, com o candelabro engrinaldado com teias de aranha, e subitamente foi tomada por uma ânsia de fazer alguma coisa, de fazer uma mudança.

Ela ouvia a Sra. MacGlone todos os dias: ligando a antiga e temperamental máquina de lavar, usando o velho aspirador, lavando pratos e louças à mão e desaparecendo para dar conta de serviços demorados nas profundezas da casa. Não era que ela não trabalhasse duro – ela trabalhava. Mas a quantidade de serviço que caía sobre as costas de uma única pessoa era simplesmente apavorante. A casa funcionava, mas no limite.

Zoe subiu até a enorme porta de entrada. A antiga e grossa peça de madeira erguia-se sobranceira diante dela, e ela inspecionou os dois trincos, com uma chave velha e enferrujada na fechadura. Ela abriu os dois trincos, que não eram lubrificados há eras, e girou a chave com certa dificuldade, usando todo o peso do corpo. A velha chave protestou, mas finalmente cedeu; Zoe se preocupou por um instante, achando que podia tê-la quebrado e que talvez fosse alguma chave antiga de um comandante histórico e que ela ficaria devendo um bilhão de dólares à Escócia pelo resto da vida.

Hari surgiu subitamente atrás dela. Zoe estava acostumada com as aparições silenciosas dele; ela sabia que outras pessoas achavam desconcertante. Ele ainda estava usando o pijaminha de bombeiro com pezinhos que estava ficando pequeno demais – normalmente ela cortava os pezinhos fora, mas esperava que sua situação tivesse mudado o suficiente para que não precisasse mais fazer isso. Ele não podia ter crescido naquele curto período de tempo em que estavam ali. É claro que não.

Ele estava agarrado, ela percebeu, a um velho urso de uma pelúcia aparentemente áspera. Parecia mais velho que a própria Zoe.

– Onde foi que você pegou isso? – quis saber ela, indo até ele para abraçá-lo.

O brinquedo era antigo, uma relíquia. Cheirava a caixas velhas de madeira, serragem e cavalos por algum motivo. Os olhos eram de vidro de verdade e havia um laço de tartan desbotado amarrado no pescoço. Qualquer etiqueta que pudesse haver já não existia mais há muito tempo.

Hari apontou para cima, o que não ajudou muito.

– Acho que esse urso não é seu – disse ela em tom suave. – É melhor a gente checar com o pai do Patrick pra ver se você pode brincar com ele.

Hari a encarou e meneou a cabeça, depois abraçou o urso com força, como que para mostrar que discordava da percepção de Zoe das coisas.

– Não é nosso – repetiu Zoe, suspirando. – Nada aqui é nosso, meu querido.

Hari piscou e então se virou, escondendo o urso dela. Zoe mordeu o lábio.

– Bom, você pode ficar com ele por enquanto – aquiesceu ela. – Enquanto estamos na casa. Só... não se esqueça: esse urso não é seu.

Certamente, se fosse alguma herança inestimável da família, a Sra. MacGlone relembraria esse fato a cada cinco segundos. Até lá, Zoe simplesmente precisaria ficar de olho nos dois. E Hari estava mesmo muito fofo com o brinquedo, como um Christopher Robin com um Ursinho Pooh original.

Usando as duas mãos, Zoe abriu a enorme porta, cujas dobradiças emitiram um rangido estrondoso.

Foi uma verdadeira revelação. A luz brilhante e fria se esparramou por tudo. Pássaros cantavam e papeavam; as árvores dançavam à brisa vigorosa do outro lado da via de cascalho. Era deslumbrante.

A luz exibia o velho corredor em toda sua decadência, mas também a beleza dos antigos painéis de madeira e a boa qualidade das pinturas a óleo do século XX e até mesmo a cabeça de cervo – que Hari não havia notado antes e o fez pular de susto – e os corrimãos intricadamente trabalhados da escadaria principal.

Querendo ver mais da casa, Zoe abriu a porta da sala de visitas, com o velho piano que ela havia visto no primeiro dia, as prateleiras atoladas de livros, e abriu as velhas venezianas e as pesadas cortinas dali também. Cada vez mais luz inundava a sala, revelando mapas antigos e pilhas de papel por todo lado, a poeira rodopiando no ar e vasilhas e tigelas estranhas que pareciam estar deslocadas ali.

– Certo – disse Zoe alegremente.

Não havia ninguém ali para julgá-la ou proibi-la de fazer qualquer coisa. As crianças ainda não tinham levantado. Ela foi até a cozinha e encontrou um rádio velho, coberto de farinha, e andou com ele pela casa até encontrar sinal. Ela só precisava de algo divertido e motivador, e, de fato, encontrou uma estação de músicas pop que combinavam com seu humor.

Debaixo da enorme pia em estilo fazenda da cozinha havia uma infinidade de produtos de limpeza. Zoe vestiu o velho avental da Sra. MacGlone, pegou os produtos e começou a esmiuçar tudo na sala abarrotada. Encheu sacos pretos com o que obviamente era lixo – envelopes antigos, correspondência com mais de um ano, colheres de plástico quebradas e trapos velhos. Ela encontrou uma gaveta vazia e começou a colocar nela coisas de que talvez se precisasse, então se empolgou e começou a esvaziar todas as gavetas.

Era um trabalho bobo, satisfatório e que preenchia o tempo, e Zoe não percebeu a barulheira que estava fazendo enquanto corria para lá e para cá alegremente, com o sol entrando pelas janelas, a música no talo, desinfetando e limpando e guardando e movendo, com Hari dançando e "ajudando", até perceber uma movimentação atrás dela, virar-se e deparar com as três crianças paradas no patamar da escada, olhando para ela. Mary estava usando a camiseta de leão.

– Está vendo? – disse Patrick. – Ela ficou completamente doida.

Zoe se levantou, irritada por se sentir culpada e pega no flagra. Era ela quem tinha sido despejada ali e instruída a se virar. Que direito eles tinham de julgá-la por tentar tornar o ambiente deles melhor?

A música ainda estava nas alturas. Shackleton se abaixou e desligou. Mary deu um passo adiante. Ela estava branca feito papel e tremendo de raiva.

– O que você está *fazendo*? – perguntou.

Zoe olhou em volta. Tudo já estava muito melhor – o cheiro de frescor se espalhava com o vento que soprava e as janelas e prateleiras estavam brilhando. O porta-guarda-chuvas continha, agora, todos os guarda-chuvas que ela encontrou na casa em vez de estarem todos espalhados pelos mais variados lugares. Ela havia chegado até a chapelaria, à esquerda de quem entrava, onde agora os sapatos e as galochas estavam lindamente organizados em uma fileira, e todos os chapéus – alguns com penas, alguns do século passado, muitos completamente bizarros –, alinhados na estante ou empilhados cuidadosamente em uma prateleira construída com esse propósito. O espelho da sala tinha sido limpo e as cortinas, abertas, de modo que era possível ver o que as pessoas estavam vestindo.

– Limpando – respondeu ela. – Parece que a Sra. MacGlone não consegue ter tempo para fazer uma boa faxina de primavera. Ou de outono! – Ela deu um passo adiante. – Quer ajudar?

Mary a fitou com olhos raivosos.

– Por que você *mudou as coisas de lugar*?

– Porque – respondeu Zoe sensatamente – todos nós temos que viver aqui. Não é melhor viver em um lugar agradável?

Mary a encarou com os olhos cheios de fúria.

– É assim que *é* pra ser – esbravejou ela. – É assim que *é* pra ser. Você está estragando! Você estragou *tudo*!

E saiu a passos firmes pela porta da frente, desaparecendo no jardim.

– Ela faz muito isso – comentou Zoe, suspirando.

Patrick se adiantou.

– Bom – disse ele em um tom pragmático demais para sua idade –, sabe como é. Você está mexendo nas coisas que a mamãe colocou aqui. E a Mary definitivamente não gosta disso.

Era a primeira vez que Zoe ouvia qualquer um deles falar sobre a mãe por vontade própria. Ela deu um passo adiante e se ajoelhou.

– Você não acha – disse ela no tom mais delicado que conseguiu – que a sua mãe iria querer que a casa estivesse bem-cuidada? E limpa e agradável pra vocês?

Patrick deu de ombros.

– Eu não lembro – disse ele, com a vozinha mais ínfima imaginável, e Zoe se aproximou para abraçá-lo.

Foi um gesto completamente espontâneo, mas o garoto se afastou imediatamente, quase tropeçando em sua pressa de se livrar dela, e Zoe xingou a si mesma por ter tentado dar esse passo cedo demais.

Ela virou a cabeça.

– Hari – chamou baixinho. O menino se aproximou. – Você acha que poderia emprestar o seu urso pro Patrick?

Sem hesitar, Hari deu um passo adiante, oferecendo o brinquedo velho e comido pelas traças, e, sem erguer os olhos, Patrick o pegou e enterrou o rosto nele. Com a voz mais alegre e pacificadora que conseguiu fingir, Zoe anunciou que iria fazer panquecas para todos de café da manhã, esperando que Patrick a seguisse, pelo menos por curiosidade – o que ele fez –, e seu aborrecimento cessou o suficiente para que ele recuperasse o apetite até as panquecas estarem prontas.

O mais curioso de tudo foi Shackleton. Ele estava parado na cozinha e se aproximou para observá-la cozinhando. Então pigarreou – estava naquela idade em que a voz podia mudar do grave para o agudo e vice-versa numa mesma frase – e disse, hesitante:

– Eu gostaria de ajudar.

Zoe se virou. Ela não estava esperando por aquilo.

– Está falando sério?

Shackleton deu de ombros, com a boca cheia de panqueca.

– Por que não? – respondeu ele. – Você já consertou o wi-fi?

– Hum – murmurou Zoe, que não sabia como consertar. Ela havia tentado, mas sem sucesso. – Em breve. Se você me ajudar a limpar a casa, eu com certeza absoluta vou consertar o wi-fi.

Capítulo trinta e oito

Então eles passaram o restante do longo e aprazível domingo mexendo nas coisas, tirando o pó, limpando e, quanto Patrick e Hari, na maior parte do tempo, caçando aranhas. Mary voltava de tempos em tempos para se certificar de que eles não estavam tirando nada do lugar e Zoe lhe mostrou solenemente o grande baú onde estavam guardadas todas as coisas – chaves, relógios quebrados, brincos sem par, cachecóis aleatórios – que pareciam ter alguma importância e a lixeira onde estava descartando todo o resto – bolas de tênis e pincéis velhos, meias esfarrapadas, folhetos, cartões de Natal, pedaços de giz de cera e raquetes sem corda.

Mary não disse nada, apenas ficou observando com atenção os procedimentos. Zoe se perguntou, enquanto a observava se afastar, se teria feito diferença se Hari fosse menina, alguém com quem ela pudesse brincar ou cuidar ou ao menos ter algum interesse. Zoe olhou novamente para ela. A pobrezinha, com os cabelos desgrenhados, mal conseguia se interessar por si mesma. Zoe determinara, com certa severidade, que Mary limparia as janelas, de modo que ela não precisaria ficar lá dentro com eles se não quisesse, e, depois de claramente cogitar uma discussão, Mary se rendeu, do jeito mais rabugento e imaturo possível, mas que já era, pensou Zoe, alguma coisa.

Patrick encontrou, para seu deleite, um baú enorme de brinquedos antigos que, de alguma forma, tinha acabado esquecido atrás de um sofá velho na sala de estar – por que é que aquilo sequer estava ali?, Zoe se perguntou – e o abriu. Em dois minutos, Patrick e Hari estavam brincando pela casa com fantasias de caubói, atirando um no outro com arminhas d'água. Patrick emitia ruídos de "bang, bang" e Zoe prestou bastante atenção caso alguma outra vozinha o ecoasse – mas nada. Eles encontraram uns cavalinhos de pau com rodinhas antiquíssimos e começaram a cavalgar por toda parte, metendo-se no caminho. A melhora nos cômodos do piso inferior foi gradual, porém definitiva, após Zoe arrancar todas as capas de almofadas e jogar na máquina de lavar. A imundície das prateleiras era bastante perturbadora e todos eles foram ficando cada vez mais sujos, com manchas de poeira no rosto, e Shackleton foi, surpreendentemente, bastante solícito, subindo escadas e usando incontáveis panos com uma energia vigorosa e bom humor. Zoe sorriu; ela não imaginaria que ele tinha aquela vitalidade toda.

– Acho que a falta do wi-fi está fazendo bem pra você – provocou ela, e ele sacudiu o espanador em sua direção de um jeito ameaçador brincalhão.

Ramsay estava voltando de Londres, sentindo-se indescritivelmente exausto e fatigado. Aqueles dois dias tinham sido difíceis. Ele estava com o novo catálogo da Sotheby's, repleto de obras que não tinha dinheiro para comprar, e esperava encontrar algo bacana que pudesse vender, mas que não o deixaria triste demais por se desfazer dele.

É claro que não seria o suficiente. Nunca era. Não diante do que a casa precisava. Do que as crianças precisavam. O velho advogado de seu pai sugerira que ele vendesse parte da propriedade, que eles receberiam juros – aparentemente, a casa poderia ser transformada em um belo hotel de luxo –, mas ele não podia. Ele simplesmente... Não. Ele não podia. Eles encontrariam outra saída.

Por que tinha que ser o único que não arrumara um emprego decente, ao contrário daqueles idiotas da faculdade, que tinham mudado para a cidade e feito fortuna? Ele sempre amara livros, era só isso. Nunca realmente pensara muito no dinheiro, o que, ele admitia, era culpa só sua, por ter crescido em uma família privilegiada. Não que eles fossem tão bem de vida – seu pai também nunca tinha dinheiro. Crescer em uma propriedade como a The Beeches deveria ser uma recompensa em si – ou fardo –, e todo o dinheiro era empregado apenas em bancar as contas de luz.

Ele esperava um dia convertê-la em um lugar feliz; transformar os cômodos escuros e a decoração desgastada, e torná-la um local maravilhoso para sua família crescer e se esbaldar, assim como ele tinha feito com os amigos quando era mais jovem – pescando, caminhando todos os dias durante horas até o lago, remando pelo Ness ou construindo casas em árvores. Era por isso que tinha concordado em ficar com a propriedade, assumir sua custódia sagrada. E então seu pai falecera e ele acabara meio que preso àquela herança.

Além disso, quando seu pai partiu, com ele se foi o refúgio glorioso que ele sonhava construir para seus filhos, assim como havia sido para ele.

Aquele sonho – ele suspirou, como fazia sempre que pensava no assunto – tinha evaporado.

Enquanto subia a via de entrada da casa em seu velho Land Rover, contudo, algo o aturdiu e, por um instante, ele não conseguiu apreender o que era. Então percebeu. A porta da frente estava aberta. Em um primeiro momento, ficou preocupado – será que tinha acontecido alguma coisa? Será que alguém tinha entrado na casa? Será que alguma visita tinha aparecido?

Então notou que as venezianas da sala de visitas do piso térreo estavam abertas e que era possível ver dentro do cômodo pela primeira vez em... bem, um tempão. Aquele numa escadinha era o Shackleton? Ah, minha nossa, aquela com uma esponja na mão era a Mary?

Esfregando os olhos com as mãos grandes, Ramsay fez o melhor que pôde para assimilar aquela visão. Ele estacionou e saiu do carro devagar. Dava para ouvir... música tocando. E aquele era o Patrick rindo? O cachorro idiota do Wilby tinha se soltado de novo e estava saltitando por todo lado.

– Papai! – gritou Mary, correndo até ele e enterrando o rostinho em sua barriga, como sempre fazia, escalando-o daquele jeitinho levemente desesperado que ele conhecia bem.

– Oi, querida – disse ele, erguendo-a embora ela estivesse... Será que ela estava ficando mais pesada? Ele estava tão acostumado com ela leve como uma pluma. Bem, aquele era um bom sinal. Ele a manteve em seus braços e ela se agarrou a ele como um bebê macaco.

– O que vocês estão aprontando?

O coração de Zoe começou a palpitar no peito quando ela ouviu o carro se aproximar, mais ruidoso que o rádio. Será que ele ficaria irritado?

Furioso? Indiferente? Era tão difícil. Ela estava acostumada com pais cheios de opiniões ferrenhas com relação ao que queriam que seus filhos fizessem. Aquilo tudo era novidade. Ela não fazia a menor ideia do que estava se passando na cabeça dele.

Ela precisava conversar com ele, sabia que precisava. Aquilo não era uma negligência inocente. Deixar as crianças comerem torrada o dia todo... Não irem à escola... Usarem roupas que não cabiam mais. Aquilo estava perigosamente perto de ser uma negligência de verdade. Ela precisava conversar com ele com relação àquilo. Ela iria com certeza absoluta conversar com ele.

Seu primeiro pensamento foi de como ele parecia exausto. Aquilo a irritou por motivos que ela não conseguia realmente definir; não era justo, se ele tinha dirigido um longo trajeto. Mas qual poderia ser a dificuldade em mexer com livros antigos? Ele nem sequer estava tentando vendê-los para as pessoas, como ela. E ele certamente não estava pegando no pesado com relação às crianças.

Ela não tinha parado para pensar, nem por um segundo, em como estava imunda até vê-lo olhando fixamente para seu rosto, então de repente se deu conta de que estava coberta de sujeira. Ela esfregou o nariz, que tinha uma grande mancha preta nele, perguntando-se se teria piorado (tinha) e se deveria tirar o velho cachecol que tinha usado para amarrar os cabelos ou se essa também seria uma atitude estranha.

– Hum – murmurou Ramsay.

– Papai! Venha ver! – gritou Patrick.

Ele ainda estava usando a fantasia de caubói com um vestido de princesa por cima – uma peça deslumbrante, nada parecida com aquelas fantasias de náilon do supermercado –, que devia ter sido de Mary há muito tempo. Parecia ter sido feito à mão. Mary percebeu que ela estava observando e escondeu a cabeça nos ombros do pai.

– A GENTE FEZ FAXINA! – anunciou Patrick.

Ramsay olhou para o garoto e, pela primeira vez, sorriu. O sorriso mudava o rosto dele, Zoe pensou, percebendo como se sentiu aliviada. Havia uma chance de que talvez ele ficasse furioso e começasse a esbravejar por ela ter tocado em suas coisas. Ela não fazia ideia de quem aquele homem era nem de por que a esposa o tinha deixado. Mas ela realmente não conseguia suportar viver em um lugar tão sinistro. Então...

Zoe percebeu que tinha cruzado os braços e devia estar parecendo uma Sra. MacGlone irritada, com algumas décadas a menos de idade. Ela os descruzou instantaneamente.

– Estou vendo – disse ele, entrando no corredor, com o chão lavado e brilhando, os casacos alinhados em uma fileira, as pinturas desempoeiradas e endireitadas, as paredes limpas e as janelas brilhando (depois que Zoe refizera todo o trabalho de Mary). – Minha nossa – murmurou apenas.

Então eles o levaram até a sala de visitas e ele se virou.

Ramsay se lembrou de repente, com uma clareza lancinante, do dia em que a levara para casa... Também era um dia ensolarado e ventoso, com a promessa do verão no ar, a mudança das estações, e tudo estava brilhando, ou parecia cintilante e novo, e tudo era repleto de possibilidade e esperança...

– Você não AMOU? – perguntou Patrick, confuso.

Hari tinha se escondido atrás do sofá. Homens altos o assustavam.

Ramsay piscou, olhando para algo que simplesmente não estava ali.

– Eu... Sim – respondeu ele. – Eu... Eu gostei mesmo. – Ele olhou para Zoe. – Obrigado...

– Babá Sete – informou Patrick, solícito.

– Hum... – Ramsay vasculhou seu cérebro. Minha nossa, ela realmente estava imunda. Será que ela sabia como estava suja? Qual era mesmo o nome dela? – ... Zoe.

– De nada – respondeu Zoe.

Ela olhou em volta. Eles estavam quase no fim. Ramsay e Shackleton podiam colocar os móveis de volta no lugar enquanto ela estendia as colchas sobre as velhas almofadas e arrumava os sofás. Zoe olhou para as cortinas antigas, que haviam sido aspiradas, mas agora pareciam realmente surradas em comparação com o restante do cômodo.

– As cortinas também precisam ser lavadas.

Ramsay deu um passo adiante para dar uma olhada, então seu pé enorme escorregou no piso polido molhado e ele desabou direto no sofá, parecendo bastante surpreso, sobre as almofadas recém-afofadas por Zoe.

Zoe o observou com atenção. Aquele era o tipo de coisa – um momento de perda de dignidade – que deixaria muitos homens irritados, querendo disfarçar a situação imediatamente. Homens que eram muito assustadores, que eram maus de verdade, não suportavam ser engraçados.

Ramsay explodiu em uma gargalhada por se encontrar em posição tão constrangedora.

– Vocês... limparam o candelabro? – indagou, boquiaberto, ficando ainda mais perplexo quando Zoe indicou que havia sido Shackleton quem limpara.

O sorriso dele se alargou.

– Bom, fico feliz por ter tropeçado nesses meus pezões idiotas, então... – disse ele, apertando os olhos. – Porque, vou dizer pra vocês, está tudo *muito* melhor. Especialmente deste ângulo.

Patrick pulou no peito do pai.

– Você pode ficar aqui e ser um cavalo? – perguntou aos gritos.

Zoe olhou para Ramsay, para os cachos que escorriam pelo rosto cansado, a expressão amável. Os olhos dele se fecharam brevemente antes de dizer "É claro" e, quando Zoe saiu para pegar chá, ela se surpreendeu ao ver Hari espiando por trás da cortina – sem participar, mas certamente observando a diversão.

– Sabe – disse ela em um tom que tentou fazer não parecer muito mandão –, é muito bom quando você passa um tempo com as crianças. Você realmente deveria fazer isso com mais frequência.

Todos congelaram. Ramsay se levantou bem devagar.

– Obrigado – disse ele em tom gélido. – Obrigado pelo conselho. Fico muito contente de ter contratado uma especialista na minha família.

E deu as costas e foi embora.

Zoe xingou a si mesma – ela esperava que talvez Ramsay se juntasse a eles para o jantar, para que ela pudesse pedir um lava-louça a ele, algo de que eles precisavam desesperadamente. Mas eles não o viram mais aquela noite.

Capítulo trinta e nove

A Sra. MacGlone, é claro, ficou furiosa.

Se até então Zoe tinha conseguido manter um território bastante neutro entre elas – em sua maior parte, porque a Sra. MacGlone não esperava que ela ficasse; não esperava que ninguém ficasse e lidasse com a preguiça de Shackleton, com a grosseria inacreditável de Mary e com a tagarelice de Patrick (ela jamais teria imaginado como seria agridoce, porém agradável, para Zoe, ter uma criança barulhenta por perto) –, aquela tinha sido uma declaração de guerra: no território da Sra. MacGlone, é claro. Ela havia deixado Shackleton encostar no candelabro!

É claro que ela percebia que não conseguia manter a casa nos padrões que o velho Sr. Urquart julgaria aceitáveis. Naquele tempo, havia três empregadas, uma cozinheira, uma lavadeira, uma governanta e um mordomo, bem como os encarregados do jardim. Essa era a equipe necessária para manter as coisas em ordem, independentemente do que aquela garota magricela estivesse pensando. Ela provavelmente se achava muito esperta, pintando a Sra. MacGlone como preguiçosa ou desleixada – coisa que ela, definitivamente, não era –; ela mal tinha tempo para deixar a cozinha, os banheiros e os quartos mais ou menos arrumados, o carpete aspirado e as roupas limpas, fazendo tudo do jeito que sempre fez desde que tinha pouco mais que a idade de Mary. Quando ela terminava de arrumar a comida e fazer as compras, não sobrava mais nem um segundo do dia.

Ela preparara todo um discurso furioso para fazer a Ramsay no dia seguinte, então foi duplamente irritante quando ele, como era de seu costume, passou o dia todo trancafiado na biblioteca sem ver ninguém.

E se a mocinha pensava que conquistaria aquelas crianças com comida chique e panquecas e enchendo a cabeça delas com besteiras, ela estava redondamente enganada. Suborná-las não funcionaria por muito tempo; ela já tinha visto isso acontecer. Maria Teresa tentara suborná-los com tudo quanto é tipo de doce; o resultado foi que Patrick perdeu um dente, porque ela não supervisionava a escovação, Mary se recusou a comer qualquer coisa e uma discussão ferrenha se instaurou entre todos eles, culminando, inevitavelmente, com Maria Teresa e sua mala no olho da rua. Às vezes as meninas escapuliam às escondidas. Maria Teresa tinha, de forma até bem ousada, ido com o Renault verde até a estação de Inverness e largado o carro lá com a chave dentro. Ninguém o tinha roubado até Ramsay pedir a Lennox que o levasse até lá para recuperar o carro.

Ela abordou Zoe cedo pela manhã, antes mesmo de entrarem na cozinha.

– O que é que aconteceu por aqui? – perguntou ela.

– Ah – disse Zoe, dando um sorriso nervoso. – Pensei que podíamos dar uma mãozinha pra você na casa.

– Então você acha que eu não consigo fazer o meu trabalho?

A boca da Sra. MacGlone estava contraída em uma linha fina.

– Não é nada disso! Acho que você faz um trabalho maravilhoso! – garantiu Zoe. – Eu só pensei que talvez fosse bom que as crianças... ajudassem...

– Então você chegou aqui há cinco minutos e já sabe o que é melhor pra elas? – esbravejou a Sra. MacGlone.

Zoe engoliu a resposta de que poucas coisas poderiam ser piores do que o bando de gente esquisita com que ela tinha se deparado, como um pequeno bote salva-vidas cheio de sobreviventes de um naufrágio, carregados pelas ondas até a praia agarrados a azulejos de cozinha.

A Sra. MacGlone a peitou.

– As pessoas vêm e vão embora da vida dessas crianças – disse em uma voz que se tornava ainda mais ameaçadora pelo tom baixo, para que ninguém a ouvisse. – Elas vêm, causam um alvoroço, não melhoram *nada* por aqui e aí vão embora, e nós voltamos à estaca zero. Quanto menos você fizer e mudar, melhor, mocinha.

– Talvez eu não seja assim – ponderou Zoe, com a voz trêmula.

– Ah, sim, *você* é diferente – zombou a Sra. MacGlone. – Você veio pra cá nas suas férias lá de Londres, arrastando aquele molequinho, procurando por uma cama grátis. Vai ficar um tempo aqui e, assim que estiver numa situação melhor, vai embora de novo, de volta pra *Inglaterra*.

Ela disse "Inglaterra" como se fosse um palavrão. As crianças passaram por elas para tomar o café da manhã e não se deram ao trabalho de dar bom-dia; era como se nada tivesse mudado.

Capítulo quarenta

Zoe estava tão irritada ao sair de casa que não reparou nas nuvens encharcando o topo das montanhas. Como boa londrina, ela estava acostumada a que o tempo fosse de variações amenas do dia anterior; normalmente não havia mudanças drásticas. Ela sequer checou a previsão. Naquele instante, contudo, quando ligou o rádio – que certamente a estava ajudando a compreender o sotaque local, então ela tentava manter ligado o tempo todo, além de o Hari gostar da música –, ela os ouviu falando sobre alertas de temporais e cabos de energia e para tomar cuidado, mas não prestou muita atenção. Em vez disso, estava perdida em seus pensamentos, praguejando por ser tão estúpida, por pensar que talvez pudesse fazer diferença.

A Sra. MacGlone sabia exatamente o que Zoe deveria estar fazendo: mantendo a cabeça baixa, sendo grata pelo teto, pela comida e pelo dinheiro que estava recebendo até deixar as crianças como todas faziam, com suas roupas pequenas demais e a dieta à base de torradas, totalmente separadas e isoladas do mundo.

Mas ela estava errada? Por que ele não enxergava? Ela estava pensando em Ramsay, furiosa, enquanto dirigia. Qual era o problema dos pais? Hari mal conhecia o dele, mas Ramsay estava ali, com três crianças traumatizadas que precisavam desesperadamente dele. Como podia ser tão insensível? Seria porque era tão rico? Ou algum tipo de sociopata maluco, algo que a ex havia descoberto e que lhe custara a vida?

Bem, talvez ela não conseguisse mudar as coisas, pensou, assim como a Sra. MacGlone havia dito, mas não ficaria parada sem fazer nada. Alguém precisava cuidar das crianças. Até mesmo de crianças terríveis. Embora ela tivesse inevitavelmente criado certo afeto pelo Patrick. Qualquer um que fosse bacana com seu filho ganhava sua lealdade eterna.

Ela olhou para Hari no banco de trás.

– Certo! – disse ela em seu tom de voz mais alegre. – Hoje tem creche!

Hari a fitou com olhos totalmente enojados.

– Ahá! – exclamou Tara ao vê-los por lá de novo. – Excelente, Hari! Nós já íamos cantar uma musiquinha sobre autoestima. Você gosta de cantar, né?

– Bem... – começou Zoe.

– Ah! – exclamou Tara ao ver a expressão desanimada no rosto de Hari. – Não se preocupe! Vamos colocar você no fundo, fora do círculo, e você pode bater palmas!

– Serão só algumas horas – disse Zoe, desesperada. – É só um pouquinho, Hari. Só um pouquinho. Você pode brincar lá fora.

E ela fez: de alguma forma, conseguiu endurecer seu coração novamente, virar as costas e deixar seu garotinho para trás. Era pelo bem dele, repetiu para si mesma. Aquilo não a ajudou a acreditar.

Aos prantos, pegou a van dos livros, reparando no capim alto dos campos se curvando ao vento, mas não deu muita bola, embora o mato estivesse quase encostando no chão. Todas as vacas e ovelhas do campo estavam sentadas, mas isso não significava absolutamente nada para Zoe. Ela passou o aspirador, preparou-se e, com as habilidades práticas um pouquinho mais treinadas, fez a volta com cuidado em torno do ponto central da galinha imóvel e desceu o morro.

Lennox estava no campo, certificando-se de que os fardos de feno estavam devidamente amarrados, quando a viu e saiu correndo do celeiro, agitando os braços feroz porém inutilmente atrás da van que se afastava. A previsão do tempo era terrível e certamente não era uma boa ideia sair com veículos altos. Ele não sabia o que ela estava pensando; Nina não teria saído de jeito nenhum. Na verdade, era melhor não mencionar que Zoe tinha saído com a van durante um alerta laranja. Se ela conseguisse chegar ao vilarejo e depois voltar, talvez ele pudesse guardar segredo. Tentou ligar para Zoe. Sem sucesso, é claro. Havia vários pontos na estrada sem sinal de celular e o peso das nuvens que se aproximavam também não ajudava.

Na verdade, Zoe tinha decidido ir mais longe aquele dia. Ela sentia que tinha exaurido a curiosidade do pessoal de Kirrinfief depois que eles: a) descobriram que Nina era maravilhosa, nem mais nem menos; b) deixaram várias peças de tricô para ela – aquele seria, Zoe concluiu, o bebê mais lanuginoso da história –; e c) perceberam que não sabiam ao certo de que tipo de livro estavam a fim, simplesmente esperando que Nina lhes dissesse, obrigado. Ela sempre sabia.

Tocar uma livraria parecia tão civilizado, tão simples. E não ficar olhando inexpressivamente para uma senhorinha gentil que lhe pedira bem alto e repetidas vezes um livro que com certeza não tivesse lido, mas de que fosse gostar, e cada vez que Zoe sugeria algo, meneava a cabeça e dizia: "Não, nada desse tipo."

Nina tinha deixado algumas anotações sobre os vilarejos da região e onde ela podia estacionar de tempos em tempos, geralmente às terças e quintas, para seguir o cronograma das feiras locais. Ela também deixara um mapa, visto que tentar conseguir conexão 4G nas Terras Altas era uma tarefa ingrata, na melhor das hipóteses, e Zoe estava tentando dirigir e entender o caminho ao mesmo tempo.

Não estava trovejando – não era esse tipo de temporal –, mas a chuva começou a cair repentinamente – uma chuva forte, de encharcar até os ossos, açoitando o para-brisa – e, quando se olhava para fora, era possível ver as árvores se curvando, pressionando as folhas no chão. Zoe piscou.

Será que ela deveria se preocupar? Todos diziam que o tempo era ruim por ali, aquilo era basicamente a primeira coisa que todo mundo dizia sobre a Escócia. Era de esperar que fosse ruim daquele jeito, não era? Provavelmente todo mundo aceitava sem nem piscar. A van derrapava de vez em quando na estrada e ela girava o grande volante de volta para o meio da pista, com o coração palpitando de leve no peito.

Zoe se deu conta de que tinha ficado mais cautelosa com o próprio bem-estar desde que Hari nascera. Antes – e muitas de suas amigas ainda agiam assim –, ela podia ser quase displicente com a própria vida. Dirigir rápido demais, ficar acordada até muito tarde, fazer coisas meio loucas, ser imprudente. Porque as pessoas simplesmente são assim.

Agora ela não era mais sozinha, e essa foi a maior mudança de todas. De repente, era de vital importância que ela não batesse o carro, nem desaparecesse ou fizesse coisas idiotas quando bebia um pouquinho além da conta, ou qualquer coisa assim. A ideia de deixar uma criança órfã, independentemente de como ela era ou de como estava se saindo como mãe, era simplesmente horrível demais para suportar. Ela quase chorava só de pensar em alguém tendo que explicar a situação para o garoto, em como o rostinho dele iria se contorcer de confusão, em como o policial que estivesse explicando teria de se esforçar ao máximo para ser delicado... Como devia ter sido horrorosa a situação dos filhos de Urquart... O que será que poderia tê-la perturbado a ponto de abandonar os filhos? O que... ou quem?

De qualquer forma, ela desacelerou o veículo, checando os retrovisores conscientemente e fazendo tudo que tinha que fazer, o que teria sido suficiente, se o fato de ela ter desacelerado naquela curva em específico – bem quando chegou no estreito que se estendia ao longo do lago, com uma saída para o centro de visitantes – não significasse que ela estaria posicionada bem na direção de um ônibus lotado, fora de controle e desequilibrado por um vento lateral porque, para falar a verdade, estava um tanto rápido demais, que invadiu sua pista desgovernado e por pouco não a atingiu, enquanto ela batia em um galho que se projetava sobre a pista e atravessou sua janela.

Capítulo quarenta e um

O barulho foi indescritível. Repentinamente, assim que a janela se estilhaçou com um ruído ensurdecedor, os uivos enlouquecidos do vento, como uma força sombria e malévola, a assolaram.

Zoe arfou, abrindo a boca para gritar enquanto o galho irrompia na sua janela; ele caiu debaixo das rodas do carro e um cheiro forte de amianto dos freios a atingiu quando os pneus travaram e o grande veículo começou a girar no próprio eixo, invadindo o outro lado da pista, onde o grande ônibus que vinha do lago continuava a se dirigir descontrolado em sua direção.

Zoe esticou os braços para o lado, tentando desesperadamente proteger seu bebê, e então percebeu que ele não estava ali.

Numa fração de segundo que durou uma eternidade, ela pensou que aquela não poderia ser a hora e pensou em Hari e no rostinho de Hari e, de alguma forma, conseguiu tirar o pé do freio e colocar as duas mãos no volante, girando-o com fúria até a trajetória amedrontadora do veículo se acertar, e, na verdade, por algum instinto escondido dentro dela, fazer exatamente o que deveria ter feito: girou o volante com força para a esquerda e pisou fundo no acelerador. A van saltou para a frente, espatifando-se no chão do bosque; os dois pneus da frente furaram, mas, mesmo assim, continuaram se movendo no acostamento esquerdo da pista, onde ela tentava de todas as formas controlar o movimento do veículo de cinco toneladas e avistava a saída à esquerda para o centro de visitantes logo adiante.

Rezando para que nada mais estivesse vindo em sua direção, ela passou gritando pelo ônibus, cheia de cacos de vidro nos cabelos e nas roupas, alheia aos cortes e hematomas em seu rosto, e direcionou a van para a saída de acesso, finalmente pisando no freio e fazendo o veículo parar. Enquanto isso, o motorista do ônibus perdeu por completo o controle, saindo da pista e caindo em uma vala com um ruído nauseante.

Zoe ficou sentada na van, cujo motor estalava e cacarejava, nada contente, enquanto esfriava. Ela olhou para a frente, mesmo com o vento açoitando seu rosto, tremendo e sem perceber o que escorria em seu rosto e pingava em sua camiseta: sangue.

Após alguns instantes – que pareceram horas – de silêncio total, as pessoas do centro de visitantes vieram correndo, gritando e preocupadas, juntamente com diversos turistas falando vários idiomas. Zoe continuou sem se mover; ficou apenas sentada ali, inerte pelo choque, olhando para o além.

– Você está bem? – A voz era grave e rouca e transpassou o estado congelado de Zoe. – Ei! Me ouça! – disse a voz, um pouquinho mais alto e um tanto mais irritada. – Me ouça. Você precisa me ouvir. Você precisa sair da van.

Zoe ergueu as mãos e olhou para elas desapaixonadamente, como se não fossem suas.

– Sangue – disse ela.

– O seu para-brisa foi arrebentado – disse a voz. – Você precisa sair pra que possamos ver se você está bem.

Zoe conseguia ouvir a voz e entender o que ela dizia, mas as palavras não pareciam ter qualquer relevância. Ela não sentia necessidade de fazer qualquer coisa. Estava usando o cinto de segurança. Talvez fosse simplesmente permanecer ali.

No segundo seguinte – ou minuto, ou hora, ela não tinha como saber –, braços fortes a tiraram do veículo e a colocaram no chão. Estilhaços de vidro caíram nos paralelepípedos do estacionamento. O vento uivava em meio às árvores agitadas e arqueadas.

– Venha, vamos entrar antes que alguma coisa caia em cima da gente – disse uma voz.

– Os livros! – berrou Zoe, subitamente em pânico. Tudo estava na parte de trás da van. – E os livros? E se a van explodir? Alguém precisa salvar os livros!

A mesma voz que ela tinha ouvido antes riu.

– Bem, não acho que essa lata velha tenha vigor pra explodir. Mas acredite em mim, se fosse explodir, o que não vai acontecer, eu não arriscaria, de jeito nenhum, que alguém entrasse ali pra salvar uns livrinhos.

Um par de mãos a encaminhou, meio que aos empurrões, para o grande edifício à frente; havia obviamente uma espécie de hotel ao lado do centro de visitantes. A recepcionista bonita que Zoe havia encontrado antes, Agnieszka, que não servia café para viagem, estava parada ao lado da grande lareira e colocou as mãos diante da boca quando a viu, então chamou imediatamente alguém em uma sala nos fundos, que saiu correndo de lá com um rolo de papel toalha.

– Desculpe – disse ela. – Mas você se importaria muito em pisar nisso aqui?

Zoe não se importava com coisa alguma; ela não conseguia ver nem pensar direito.

– E o kit de primeiros socorros? – gritou a recepcionista. – Ah, pobrezinha, você está bem?

Zoe não fazia a menor ideia e deixou que Agnieszka a conduzisse até o banheiro.

– Pronto, pronto – disse ela, enquanto Zoe olhava para um rosto ensanguentado que não reconhecia.

Ela então olhou para suas mãos sujas de sangue. Estava tremendo.

– Você sofreu um pequeno acidente – explicou Agnieszka, examinando-a atentamente. – Mas acho, *acho*, que você vai ficar bem. Alguma coisa dói?

Zoe olhou-se de cima a baixo no espelho novamente e engoliu em seco.

– Acho que não.

– Espere aí – ordenou a mulher, desaparecendo e depois retornando com um frasco de um líquido marrom. – Sente-se. Beba isto.

Zoe fez conforme instruído, então engasgou e tossiu.

– Ah, pronto – disse Agnieszka, balançando a cabeça em aprovação. – Isso vai servir.

Lágrimas se empoçaram nos olhos de Zoe.

– É misturado – comentou Agnieszka em tom misterioso.

Independentemente do que fosse, Zoe sentiu-se retornando aos poucos a seu estado normal.

– Meu Deus – disse ela, vacilando de leve. – Meu Deus.

– Eu sei – concordou a mulher. – Está um pandemônio lá fora. Graças a Deus você está bem.

Zoe começou a lavar os braços.

– Você está bem *mesmo*? – perguntou a mulher ansiosamente.

– Acho que sim – respondeu Zoe, ainda tremendo. – Meu Deus... Uma árvore. Uma árvore me atacou. Meu Deus. Preciso... Preciso falar com o Hari. Não. Não preciso. Ninguém pode contar pra ele. Meu Deus. Meu *Deus*. Eu o deixo sozinho por *um dia* e quase morro. *Um dia*.

– Quer que eu ligue pra alguém? – ofereceu a moça, gentil.

Zoe ficou olhando para seu reflexo no espelho e uma lágrima escorreu por seu rosto. Ela percebeu, triste, que não havia ninguém que ela precisasse contatar. Sua mãe surtaria e estava longe demais. Jaz não se importaria. Nina apenas se preocuparia com sua preciosa van. De repente ela se sentiu muito triste e sozinha. Jogou uma água no rosto, começando a limpar o sangue.

– Estou bem – afirmou ela por fim. – Estou perfeitamente bem.

– Você não parece bem – observou Agnieszka. – Está branca feito papel. Venha, tome mais um uísque. Embora eu provavelmente vá ter que te cobrar por este.

Zoe voltou ao saguão, que agora estava repleto de turistas igualmente chocados, embora não tão esfolados e surrados, aglomerando-se ao redor do bar e pedindo, em um inglês de sotaque carregado, uísque e chá. A mulher sorriu para ela com uma expressão de desculpas, indicou um sofá vazio e entrou atrás do bar. Zoe cambaleou na direção do sofá. Um homem alto se aproximou.

– Você está bem?

Zoe piscou para ele.

– Eu... Eu que te trouxe aqui pra dentro agora há pouco.

Ele entrou e saiu de foco de leve. Ombros largos. Aparência robusta. Cabelos escuros encaracolados. Suéter grande.

O homem estendeu a mão.

– Murdo. Prazer. Você está bem? Parece um pouco chocada.

– Estou... Estou bem – disse Zoe, olhando para todas as pessoas ao redor, o barulho e os sorrisos amigáveis de todos aqueles estranhos, e desmaiou no carpete antes de conseguir dar mais um passo.

A Dra. Joan estava segurando um estilhaço de vidro contra a luz, mas Zoe não fazia ideia de onde estava.

– Olhe só pra isto! – exclamou Joan. – É como naquela vez em que eu tirei um carretel inteirinho de arame farpado do estômago de um cavalo.

– Por diversão? – perguntou alguém, e Joan fez questão de não responder.

Zoe piscou e olhou para o próprio braço.

– *Ai!* – gritou.

– Sim, de fato – disse Joan. – Infelizmente, você estava inconsciente, então eu não podia pedir sua autorização para aplicar anestesia. Mas tirei mesmo assim.

– Aaaahhh – lamuriou-se Zoe à medida que a dor a inundava. – Tenho *certeza* que não foi culpa minha.

– Sim, a Nina sempre teve dificuldade em dirigir aquela van – concordou alguém sabiamente.

– Eu não estava com dificuldade! – protestou Zoe, ficando de repente bem alerta. – O ônibus estava com dificuldade! Estava vindo bem na minha direção.

– É uma van muito grande pra uma moça tão pequenininha – acrescentou outra pessoa.

Zoe se virou.

– Eu desviei pra não bater no ônibus! – reiterou. – Vocês deveriam estar me falando como eu fui corajosa e como salvei a vida de todos naquele ônibus evitando a batida!

As pessoas se voltaram para um homem baixinho e gorducho que estava usando uma gravata com nó pronto, uma camisa de manga curta e óculos de lentes bifocais coloridas – claramente, o motorista do ônibus. Ele ergueu as mãos.

– Dia ruim de tempestade pra todo mundo, né? – disse ele. – Ah, mocinha, fico feliz que você não tenha causado uma travessura.

– Você é que quase me causou uma travessura! – esbravejou Zoe, furiosa.

A proprietária a acalmou.

– Está tudo bem – disse ela. – Você sofreu um choque.

– Dois! – ralhou Zoe. – Primeiro tive que bater a minha van e agora o motorista está espalhando um monte de mentiras!

– Só estou contente por você não ter se machucado – murmurou o motorista. – Quando bateu a sua van.

– Eu *estou* machucada – disse Zoe, sacudindo o braço.

– Sabe... – continuou o motorista do ônibus. Alguém tinha entregado uma dose de uísque para ele também e ele parecia estar se tornando o herói do momento. – A última garota que dirigiu aquela van... A gente vê em todo lugar, é uma ameaça... – Para ser totalmente justa com o motorista do ônibus, às vezes era *mesmo* uma ameaça. – A última garota quase foi abalroada na passagem de nível. – Ele sorriu, benevolente, para Zoe. – Fico muito feliz por ter conseguido desviar de você.

– Sim, muito bem – concordaram algumas pessoas.

– É difícil para os ingleses – disse uma voz. – Eles não conhecem as estradas, não é mesmo?

Houve um murmúrio de concordância geral de que os ingleses não poderiam, de fato, conhecer as estradas. Zoe teria considerado ameaçá-los com um processo, não fosse pelo fato de que parecia cada vez mais provável que o motorista do ônibus encontraria 250 pessoas que achavam ser testemunhas oculares genuínas e deporiam a favor dele. Ela olhou para o braço dolorido.

– Ora, francamente – disse ela. – Só quero ir pra casa.

– Ótimo – disse o homem chamado Murdo. – Parece que você já está pensando com mais clareza.

– Estou – confirmou Zoe, franzindo o cenho para o motorista do ônibus, que agora estava sendo reconfortado e aplaudido pelos passageiros como uma espécie de herói. – Estou pensando que tudo isso aqui é uma imensa bobagem.

A van estava uma bagunça, livros por todo lado, o para-brisa não existia mais. Alguém tinha gentilmente removido o vidro quebrado. Mas e dali em diante?

Bem, a melhor coisa a fazer era ligar para alguém. Mas Nina estava no hospital e a última coisa de que ela precisava era um choque daqueles. Não havia ninguém no casarão para quem ela pudesse ligar – o que a Sra. MacGlone poderia fazer, afinal de contas? Ela suspirou e ficou olhando para o celular.

Atrás dela estava o homem que a tinha ajudado, seguindo na direção do que parecia ser um barco na beira da água.

– Você está bem? – perguntou ele.

– Não sei o que fazer – confessou Zoe, tremendo.

– Bem, ligue pra alguém, eu acho – respondeu ele, olhando para o buraco do para-brisa.

– Você sabe para quem ligar?

Ele sabia.

Os mecânicos ficaram presos atrás de algumas árvores que haviam tombado na estrada, mas, se ela pudesse esperar, eles chegariam lá. O mesmo valia para o ônibus. Lá dentro do hotel, Agnieszka estava ficando vermelha de entusiasmo com a quantidade de almoços que teria que preparar. As opções eram sanduíches de queijo ou sanduíches de queijo e presunto, então ela ficaria bem ocupada.

Zoe saiu para a estrada e começou a pegar os livros que haviam se espalhado quando a van sacolejou toda. Alguns estavam sujos e um pouquinho úmidos; outros tinham saído quase ilesos. Ela pensou que talvez pudesse fazer uma liquidação.

Murdo se aproximou dela e pegou um exemplar de *O terror*.

– O que é este aqui? – quis saber ele, olhando para o navio da capa com interesse.

– Ah, o *Erebus* e o *Terror* – disse Zoe. – Dois navios que foram tentar encontrar a Passagem do Noroeste e nunca mais foram vistos.

– E foi isso que aconteceu com eles?

– É um palpite – respondeu Zoe. – É bem horripilante, incrivelmente sombrio e muito, muito longo. – Ela refletiu. – Um livro quase perfeito, pra falar a verdade. Quanto mais você se deixa envolver pela história, mais gosta de ver como os personagens sofrem.

Murdo continuou olhando para o livro.

– Talvez eu fique com ele.

– Se estiver avariado, posso te dar um desconto – disse Zoe.

Murdo não mencionou que tinha pensado – depois de tê-la catado do chão, salvado de morrer queimada e ligado para a oficina mecânica – que provavelmente merecia ganhar o livro de graça.

– Certo – respondeu ele. – Vou ficar. Também sou marinheiro.

– Ah, é? – exclamou Zoe, olhando para ele.

Ele era robusto, quase gordo, mas de uma maneira reconfortante, e não feia. Seu rosto franco e amável estava vermelho e ele tinha olhos muito bem-humorados e brilhantes, ela não pôde deixar de notar. Então ela lembrou a si mesma o que tinha acontecido na última vez que reparara em olhos escuros brilhantes.

– Por onde costuma navegar? – perguntou Zoe.

Murdo apontou para o lago diante deles, que lambia a pequena orla.

– Eu piloto os nossos barcos de turismo – respondeu ele. – Não é exatamente como a Passagem do Noroeste. – Ele sorriu. – Embora fique um pouquinho emocionante de vez em quando.

Ambos olharam para as águas encrespadas.

– Um pouquinho emocionante demais hoje – ponderou ele. – Não para mim, claro – acrescentou rapidamente. – Para os turistas, digo.

– Você leva as pessoas pra procurarem o monstro? – questionou Zoe.

– Você bate vans cheias de livros em ônibus? – retrucou ele.

– *Não* fui eu!

– Está bem – aquiesceu Murdo. – Mas todo mundo precisa ganhar seu sustento.

– Você já…

– Talvez.

– Você não sabia o que eu ia perguntar.

– Você ia perguntar se eu já vi o monstro. Porque é isso que 99,99% das pessoas me perguntam; o restante está muito bêbado.

Zoe sorriu.

– Bem, fico muito feliz por ser uma pessoa bem entediante e podermos resolver logo isso. O que você quis dizer com "talvez"? É isso que você precisa dizer porque, caso contrário, ninguém vai fazer o passeio com você?

– Talvez – respondeu ele, numa repetição irritante.

– Pensei que já tivesse sido desmentido, de toda forma – disse Zoe. – Ciência e tal.

– Ciência e tal – repetiu Murdo, contemplativo. Ele coçou a juba de cabelos grossos. – Aham.

– Ah, isso é bom – disse Zoe. – Uma espécie de truque místico que não responde à pergunta direito. Muito bom.

Eles caminharam de volta para o hotel. Vários passageiros do ônibus estavam perambulando por ali. O ônibus ia demorar para ser consertado e eles estavam olhando dentro da van com curiosidade.

– Você tem algum livro sobre o lago Ness? – quis saber uma mulher que estava usando uma parca impermeável para amenizar o vento ainda cortante.

Por acaso, Zoe tinha dois, um para adultos e outro para crianças, e vendeu ambos instantaneamente.

– Seria de pensar – observou Murdo, que deveria estar fazendo reparos e manutenção no barco durante o tempo ocioso, com tempestade, e estava muito mais contente ali, batendo papo com aquela garota de cabelos escuros – que uma pessoa que toca uma livraria perto do lago Ness teria mais livros sobre o lago Ness.

– *Né?* – concordou Zoe, que já estava chegando àquela conclusão por conta própria. – Acho que vou encomendar alguns.

Agnieszka emergiu do hotel com um pano de prato jogado sobre o ombro e uma expressão feliz no rosto.

– É o maior movimento que já tivemos em meses – disse ela, alegre.

– Você deveria estragar mais ônibus – disse Murdo. – Monte armadilhas, tipo pregos na estrada.

Agnieszka bateu nele carinhosamente com o pano de prato.

– Cale a boca.

Ela se virou para Zoe.

– É difícil. O centro de visitantes oficial fica lá do outro lado. Eles que ficam com boa parte da clientela. Têm um museu legal e tudo mais. A gente fica com o que sobra.

– Ainda assim, parece ser bastante – disse Zoe, lembrando-se dos ônibus que via pela manhã.

Agnieszka suspirou.

– Ah, eles vêm, tiram uma foto, às vezes compram um sanduíche, usam o banheiro e aí vão embora de novo. Na verdade, tenho tido prejuízo com a quantidade de papel higiênico que gastam.

– Você não pode cobrar deles? – perguntou Zoe.

– Seria meio...

Agnieszka contorceu o rosto.

– Eles não pegam o barco aqui?

Agnieszka lançou um olhar irritado para Murdo.

– Ah, *algumas* pessoas saem do centro de visitantes. E, embora vivam praticamente aqui do lado, elas vão direto pro outro lado.

Zoe olhou para Murdo.

– Você mora aqui do lado e leva o barco pro outro lado todas as manhãs?

Ele olhou de volta para ela.

– Não faz muito tempo que você está vivendo nas Terras Altas, faz?

Zoe precisou se afastar para atender alguns clientes novos, que estavam comprando qualquer coisa escocesa que pudessem encontrar – ela chegou até a vender uma reedição dos romances de Waverley (o que iria fazer Nina estranhar. Quem também iria estranhar era o pessoal do check-in da companhia aérea que cobrava a bagagem por peso, bem como os netos da senhora canadense, um dos quais iria devorar a série completa e acabaria crescendo e se tornando o primeiro historiador da Terra Nova especializado em Sir Walter Scott e um especialista internacional, com uma carreira incrivelmente bem-sucedida como acadêmico da televisão).

– Talvez – respondeu ela, refletindo. – Talvez eu devesse vir *aqui* com mais frequência. Especialmente em dias chuvosos.

– Sabe os ônibus que estão voltando pra Edimburgo ou pra Londres? – comentou Agnieszka. – Acho que muitas pessoas gostariam de ter algo pra ler. Traga livros com letras grandes.

– E uns livros em outras línguas? – sugeriu Murdo. – *Per favore seduti.*

– Uau, impressionante – disse Zoe.

– ボートに座ってください – disse Murdo.

– Certo, agora você está me assustando – brincou Zoe.

– Ele fala seis idiomas – explicou Agnieszka, olhando com ternura para Murdo.

– Falo – confirmou Murdo. – Aquilo foi "Por favor, não fique em pé no barco".

– Continuo impressionada – reiterou Zoe.

– *Et vous pouvez manger bien dans notre retour au centre* – disse ele. – Essa é a parte, Agnieszka, em que eu digo para eles comerem no centro de visitantes.

– Aquele lugar é horrível – disse Agnieszka.

– Sim – concordou Murdo pacientemente. – Mas lá eles conseguem comer outras coisas além de sanduíche de queijo ou de queijo e presunto.

– Todo mundo gosta de queijo e presunto – retrucou Agnieszka.

Enquanto conversavam na van, o temporal começou a ceder e até mesmo um raio de sol úmido espiou por detrás de uma nuvem, como se o sol estivesse se desculpando timidamente por toda a fúria tempestuosa que havia despejado sobre eles pouco antes. Zoe não conseguia se acostumar com tudo aquilo; com certeza não poderia haver qualquer outro lugar no mundo onde o tempo mudava tão depressa e tão completamente. Os paralelepípedos debaixo dos pés deles já estavam secando.

Eles saíram quando a multidão diminuiu e olharam para o hotelzinho marrom. As calhas precisavam ser limpas e as molduras das janelas requeriam consertos e pintura. Agnieszka suspirou.

– Você poderia fazer isso, sabe? – disse Murdo.

– Você sairia com seu barco daqui se eu fizesse? – perguntou Agnieszka.

Murdo deu de ombros.

– Talvez.

Ele se virou para Zoe.

– Você vai trazer sua van de volta pra cá?

– Não sei – respondeu Zoe. – Será que vai ter algum motorista de ônibus maligno pronto pra me tirar da estrada?

– Não tem problema admitir quando as coisas não saíram como você esperava – disse Murdo.

Zoe o fitou com olhos ferozes, bem quando a bem-vinda van da seguradora finalmente apareceu.

Capítulo quarenta e dois

As coisas não tinham corrido bem na creche aquele dia. Nem um pouco. Apareceu um hematoma no braço de Hari que Tara insistiu ter sido totalmente acidental.

Por outro lado, Zoe não conseguia suportar pensar no que teria acontecido se ele estivesse com ela durante o acidente com a van. E se um estilhaço de vidro o tivesse atingido? Acertado seu olho? Ela se sentia entre a cruz e a espada.

Mesmo assim, uma coisa era certa: enquanto eles retornavam pela via de cascalho, com Zoe dirigindo o caminho todo a 30 por hora, Hari começou a pular de entusiasmo em sua cadeirinha e, assim que ela parou o carro e o soltou, ele saltou e saiu correndo para encontrar o Patrick.

A ideia de Hari fazer qualquer coisa por conta própria com alegria era completamente nova para Zoe. Ela o observou enquanto ele corria e então, cautelosamente e exausta, ela também saiu. O dia tinha sido longo e ela ainda não se sentia pronta para encarar a cozinha. A Sra. MacGlone saiu de lá como um furacão e desapareceu sem nem mesmo dar um "oi".

Zoe não se apressou. A tarde agora estava banhada por uma luz dourada; apenas as folhas caídas e os galhos quebrados por todo lado configuravam uma lembrança de que o temporal tinha acontecido.

Ela se demorou no átrio e ficou olhando para os entalhes da porta da frente. Nunca tinha reparado que as letras eram tão ornamentais que ela assumira que seria latim ou algo pomposo que não conseguiria entender.

Mas, naquele momento, conseguia ver que havia pequenos desenhos repetidos – um peixe, um feixe de espigas de milho – e palavras, recortadas em uma fonte angular no arenito cinza ao redor do caixilho da porta: "*Speuran Talamh Gainmheach Locha*".

Ela estava olhando para os dizeres quando ouviu passos pesados no cascalho, virou-se e viu Ramsay caminhando em sua direção. A expressão dele era de arrependimento.

– Eu... Eu queria me desculpar.

– Não precisa – garantiu Zoe. – Já tinham me dito pra não meter o nariz onde não sou chamada.

Ele coçou a nuca com a mão enorme.

– Eu entendo que pode não parecer uma família convencional.

Zoe piscou.

– Não mesmo – concordou.

Ele suspirou e chutou o degrau da entrada.

– Eu tenho que... Eu tenho que trabalhar muito duro para manter as luzes acesas por aqui.

Zoe balançou a cabeça de forma compreensiva.

– É... Bem. As coisas podem... Enfim. Desculpe.

– Eu que peço desculpas – disse Zoe. – Falei quando não devia.

– Não, não. Eu sei o que você quer dizer... Eles não estão sendo terríveis demais com você, estão?

Zoe decidiu que não seria prudente mencionar que tinha bastante certeza de que eles andavam mudando as coisas de lugar no quarto dela e que, naquela manhã, Shackleton derrubara um saco inteiro de farinha no chão e apenas a observara limpar, enquanto Mary ria da sua cara.

Em vez disso, ela mudou de assunto:

– Eu não tinha visto antes essas palavras entalhadas na porta. O que significam?

– Eu mesmo nunca olho – confessou Ramsay. – Mas sei. Céu, areia, lago, ou *loch*, como falamos por aqui, e terra.

– *Loch* e terra– repetiu Zoe.

– Na verdade, pronuncia-se *locchhhhh* – corrigiu Ramsay, emitindo um ruído levemente gutural.

– Eu sei – disse Zoe. – Não vou me arriscar. Vou parecer uma idiota. Sou de Bethnal Green.

– Você vai parecer uma idiota *correta*, que está se esforçando!

– Eu estou me esforçando! Veja!

Ela ergueu a sacola plástica que pingava. Lennox tinha lhe dado uns filés de carne de cervo.

– O que é isso?

– Cervo – respondeu Zoe. – Vou tentar fritar com umas amoras-árticas.

– Onde você conseguiu isso?

Zoe ergueu os olhos.

– Por quê? Alguém roubou de você?

Ramsay passou as mãos pelos cabelos.

– Ah, modo de dizer. De qualquer forma, pelo menos você tem acesso ao fornecedor. Você realmente sabe preparar cervo?

Zoe deu de ombros.

– Bem, alguém no YouTube sabe, então vou copiar.

Depois de uma breve pausa, Ramsay disse:

– Certo, sim, claro.

De um jeito que deixou instantaneamente claro para Zoe que ele não fazia ideia do que ela estava falando.

Ele fez uma careta.

– Eu estou...? Digo, tem dinheiro suficiente na latinha, não tem? Você não tem precisado roubar pra alimentar as crianças, né?

– Ah, não, está tudo bem – garantiu Zoe. – Bem, a não ser que você tenha algum sobrando.

O rosto dele pareceu preocupado e ela voltou a olhar para a frase entalhada.

– Então, céu, areia, lago, terra. É basicamente um lembrete de que você é proprietário de tudo ao redor? De que você é o senhor de tudo que a vista alcança?

O tom dela era levemente zombeteiro.

Ramsay piscou, surpreso. Aquelas palavras estavam gravadas em sua mente, ele sempre as ouvira, repetia como se fossem uma oração, e a tradução em latim fazia parte do brasão da família. *Caelum lacus harena terra.*

– Não, é o oposto completo – respondeu ele, meio irritado. – É para nos lembrar de tudo que há ao nosso redor, de que somos meros intrusos no que sempre esteve e sempre estará aqui. É um lembrete para valorizar e cuidar de tudo, e de que as coisas mundanas, como casas, louças, joias, todas essas coisas, não duram e não importam.

Ele gostava de falar sobre aquele assunto.

– Além disso – continuou ele –, é ainda melhor. Não é só um crânio, um cálice e uma pilha de frutas apodrecendo. É esperança. Diz que você vai nascer e vai morrer, mas essas coisas que viverão para sempre estão por toda parte; veja como são lindas e maravilhosas. Feixes da colheita no campo, peixes do lago, luz do céu e vidro da areia. Todos os dias.

Zoe olhou para ele. Ramsay ficava bastante diferente quando se empolgava falando. Ela estava tão acostumada a vê-lo distraído e distante, nunca muito presente e zeloso com as crianças, a casa ou ela. Ele a viu observando-o e começou a mexer, constrangido, num botão da camisa.

– Entendi – disse Zoe.

Ela olhou para além dele, para a via de cascalho e para o jardim. O sol estava se pondo e as sombras das sebes aparadas se alongavam sobre a grama.

– Nós costumávamos fazer topiaria – contou ele, que estava olhando na mesma direção que ela. – É quando se poda os arbustos com formas diferentes.

– Eu sei o que é, obrigada – disse Zoe secamente.

– Ah, sim, é claro. Desculpe.

– Não estou fazendo uma daquelas visitas à casa.

Ele ficou quieto depois daquilo, enfiando as mãos grandes nos bolsos.

– Ah, só estou brincando – alegou Zoe, irritada consigo mesma por estar tão fora de forma para conversar com pessoas novas. – Que formatos vocês faziam? Um monstro?

Ele a fitou.

– Não – respondeu ele enfim. – Um monstro, não. Mas fizemos galos certa vez.

– Eu detesto galinhas – disse Zoe automaticamente.

Ramsay olhou confuso para ela.

– Bem, odeio uma galinha em específico – explicou Zoe. – Uma galinha que não vai com a minha cara.

– Não acho que galinhas não vão com a cara das pessoas – ponderou Ramsay.

– Bem, explique então por que ela faz cocô nas minhas galochas.

Ramsay franziu o cenho.

– Talvez você deva colocar suas galochas em outro lugar.

– Eu já fiz isso! – respondeu Zoe. – Mas ela encontrou. Porque é uma galinha do mal.

– Também já fizemos peixes – disse Ramsay, apressando-se em mudar de assunto. – Lindamente podados. Eram maravilhosos.

– Vocês não podem voltar a fazer isso? Ficariam lindos sob essa luz – observou Zoe.

O sol estava dourado e enorme, descendo pelo céu.

– Eu sei – disse Ramsay em tom pesaroso. – Corte de gastos, infelizmente. De novo.

– Você deveria treinar as crianças pra fazerem a poda.

Ramsay a fitou com olhos pungentes.

– Vou acrescentar isso à minha lista de coisas que estou fazendo errado, obrigado.

Houve um silêncio estranho.

– Certo. Melhor eu ir. Talvez eu deixe o Shackleton cuidar do cervo.

– Essa – disse Ramsay – é uma frase que eu nunca achei que fosse ouvir.

E ele a seguiu para dentro da casa, onde um aroma muito agradável de carne assada começou a emanar no ar outonal, seguido pelo cheiro bem menos agradável de queimado, mas que logo foi resolvido, e como havia muita carne, não importou muito que alguns pedaços tivessem sido descartados, até porque Porteous apareceu no momento exato e entrava e saía como um fantasma atrás das sobras, abocanhando cada migalha, e Ramsay, cumprindo o prometido, permaneceu com eles por meia hora, e Patrick puxou uma conversa sobre dinossauros e sobre por que era muito injusto que eles não tivessem como assistir a mais filmes sobre dinossauros, visto que a televisão estava quebrada, e Ramsay franziu a testa e disse que não sabia que eles tinham uma televisão, e Zoe disse que eles viviam nos anos 1920, e Ramsay disse que não havia nada de errado nisso, e ela disse que, bem, ele teria que comprar óculos para o Patrick, pois o menino estava tentando assistir a *Parque dos Dinossauros* no celular dela, e Ramsay disse que iria tentar resolver isso, e Zoe disse que ele deveria, já que havia televisores praticamente de graça no mercado hoje em dia, e Ramsay disse que estava certo, pois tais aparelhos só serviam para a lata de lixo, e Zoe disse que já estava vivendo naquela casa há seis semanas e podia dizer que não confiava muito nas habilidades dele de saber o que era adequado para o lixo, e as crianças, imagine só, riram – elas riram de verdade –, e ocorreu a Ramsay, como não acontecia há muito tempo, que talvez ele devesse dar um pulo no porão e pegar uma daquelas maravilhosas garrafas de vinho tinto que seus antepassados haviam estocado lá embaixo – por que não, afinal? –, e teve luz e barulho e conversa na cozinha pela primeira vez em muito tempo, e ele sentiu uma leve pontada de culpa, e decidiu que provavelmente também podia engolir essa culpa junto com o vinho, e então ouviu-se uma batida repentina e decisiva na porta dos fundos.

Capítulo quarenta e três

Todos viraram a cabeça, Shackleton ficou de boca aberta. Zoe sibilou para que ele a fechasse, então sorriu.

– Oláááá! – gritou uma voz alta e confiante, clara como um sino.

Zoe piscou. Ninguém visitava a casa. Era assim que funcionava, pelo que ela entendia. Eram apenas eles, a Sra. MacGlone, Wilby, o jardineiro, e de vez em quando algum turista perdido fingindo precisar de ajuda para tentar dar uma espiada. Zoe ficava bastante impressionada com a ousadia desses turistas. Só que eles sempre apareciam na porta da frente. Mas a dona daquela voz, quem quer que fosse, já tinha estado ali.

Uma loura alta e magra apareceu na cozinha. Ela usava maquiagem pesada, de modo que era difícil chutar sua idade – podia ter desde 28 até uns 40 bem conservados –, e usava um casaco caro que não teria durado dois minutos no quintal de Lennox, além de emanar um aroma forte de um perfume sofisticado. Ela lembrou a Zoe imediatamente as mulheres que deixavam seus filhos na creche em que trabalhara, aquelas que a ignoravam completamente.

Seu primeiro pensamento foi de que poderia ser a mãe das crianças; seu rosto magro não era muito diferente da aparência comprida de Mary. Ela piscou. Não podia ser, podia? E, se fosse mesmo, as crianças certamente estariam reagindo em vez de continuarem sentadas ali, olhando pro prato de comida, taciturnas.

– RAMZER! – gritou a mulher.

Em um primeiro momento, a testa de Ramsay se franziu, mas então seu rosto relaxou de leve.

– Rissie – disse ele por fim.

Ela correu até eles.

– Querido – falou, abraçando-o e ignorando todos os demais. – Estou de volta. Eu sei. Faz uma eternidade. Você sabe como é.

– Eu sei.

– Ah, caramba – murmurou Mary baixinho.

Zoe olhou para ela, mas Mary não a olhou de volta; ela não queria um aliado. Em vez disso, a menina se levantou.

– Olá, queridos – disse a mulher, olhando em volta. – Ah, olhe só pra vocês, lindos e maravilhosos como sempre! Vocês estão incríveis!

Todas as três crianças estavam olhando para ela petrificadas.

– Aqui, eu trouxe presentes!

Ela tirou três caixas de manjar turco da bolsa, sorrindo com um leve nervosismo.

– Estive em Istambul e pensei...

As crianças pegaram as caixas soturnamente, sem agradecer, abriram e logo começaram a comer, esquecendo-se da comida que já estava em seus pratos. Zoe ficou horrorizada com a rudeza deles.

– OBRIGADA – disse ela bem alto. – Acho que é isso que estamos querendo dizer.

Mary a encarou.

– Hum, de nada – disse a mulher e sorriu, esperançosa, para Ramsay. – São mesmo umas gracinhas.

Zoe não conseguia pensar em uma palavra menos adequada para Shackleton, que estava praticamente grunhindo enquanto devorava os doces, com açúcar ao redor da boca e um pouco de baba no queixo. Ela olhou para Ramsay com as sobrancelhas erguidas e ele disse:

– Crianças, agradeçam à Larissa.

– *Obrigada, Larissa* – disse Mary no tom mais sarcástico possível.

– Ora, de nada! – respondeu a mulher. – Você é a nova babá?

– Olá – cumprimentou Zoe, estendendo a mão.

Larissa pareceu surpresa, como se o fato de ela ter percebido a presença de Zoe fosse o máximo que poderia acontecer, mas apertou sua mão, sorrindo graciosamente.

– São crianças maravilhosas, não são?

Mary bufou alto. Hari estava escondido atrás dos joelhos de Zoe, que afagou a cabeça do menino encorajadoramente.

– Vou subir – anunciou Mary, deixando o prato de comida para trás, arrastando a cadeira ruidosamente e saindo da cozinha.

Normalmente, Zoe a teria chamado de volta, mas ela não estava no clima para um festival de berros aquela noite, diante daquela pessoa glamourosa, então deixou para lá.

– Quer sair pra tomar alguma coisa, meu bem? – perguntou Larissa a Ramsay. – Você parece estar precisando se divertir um pouco.

Zoe ficou levemente irritada por Larissa ter acertado com relação àquilo enquanto eles saíam, com a mulher dizendo novamente como era ótimo ver aquelas crianças maravilhosas, que a estavam olhando com olhos vítreos.

– Bom – disse Zoe. – Isso não foi muito educado.

– Ela não é mesmo educada – concordou Patrick.

– Não ela! Ela foi supereducada! Estou falando de vocês!

Shackleton continuou a comer seu manjar turco metodicamente, mastigando sem muito entusiasmo. Ele deu de ombros.

– Ela é a AMIGA ESPECIAL do papai – explicou Patrick. – Ela nos disse isso.

– Não é – corrigiu Shackleton com desdém. – Ela bem que queria.

– Ela é! – insistiu Patrick. – Ela me disse que é muito, muito ESPECIAL.

– Muito, muito IRRITANTE – afirmou Shackleton. – Ela é toda doce, doce, doce.

– Qual o problema nisso? – perguntou Zoe. – O que há de errado em ser gentil?

– E ENTÃO! – disse Patrick com um floreio.

– E então o quê? – indagou Zoe.

– E ENTÃO! CONFEITOS!

– Do que você está falando?

– Não "confeitos", seu burro – disse Shackleton. – Panfletos. Ela trouxe uns panfletos. Não era pra termos visto.

– Que tipo de panfletos?
– Da prisão – respondeu Patrick.
– Prisão?
– Internato – esclareceu Shackleton. – Ela acha que deveríamos estar num internato.
– Ahhhh – soltou Zoe. – É sério? E vocês definitivamente não querem ir pro internato?
Shackleton a encarou.
– Ela quer se livrar da gente pra poder se casar com o papai e...
– Eca – disse Patrick.
– Ela parece legal – comentou Zoe delicadamente.
– Ela finge – garantiu Patrick. – Não é de verdade.
– Às vezes as pessoas fingem ser legais até as coisas estarem legais – ponderou Zoe. – E funciona.
Patrick não parecia convencido.
– Não – afirmou Shackleton. – As pessoas fingem ser legais até mandarem outras pessoas pro internato e nunca mais precisarem vê-las novamente.
– Prisão – concluiu Patrick, e seu rostinho pareceu tão triste que Zoe sentiu seu coração apertar.
Normalmente, à noite, ela ia para a cama antes das crianças, exausta. Naquela noite, contudo, percebeu como elas estavam agitadas.
– Olha só, vocês não podem ser grosseiros daquele jeito com as pessoas na casa de vocês. Foi muito feio. – Os meninos olharam para ela. – Mas se me ajudarem a limpar tudo... Querem ouvir uma história?
Ela ficou extasiada com a mudança no comportamento de Patrick.
– EU QUERO! – berrou ele. – EU COM CERTEZA QUERO UMA HISTÓRIA! Por favor, por favor, por favor! Eu nunca ouço histórias!
– Seu pai nunca lê pra vocês?
– Ele está sempre trabalhando. Ou na... BIBLIOTECA.
Ele disse aquela palavra como se estivesse falando de um calabouço.
– E as outras babás?
– "Nós não lemos inglês, Patrick" – recitou Patrick. – "A Mary foi muito levada, Patrick, e ninguém está merecendo uma história." "Vá embora, Patrick, estou muito ocupada chorando agora."
– Certo – disse Zoe, os lábios se contraindo inevitavelmente. – Vá colocar

o pijama que eu já subo pra escovar os seus dentes e vamos ver o que podemos fazer.

– Precisa escovar os dentes *todo* dia, Babá Sete?

– Sim – respondeu Zoe, suspirando e limpando o restante dos pratos. – Infelizmente, sim.

Até mesmo ela ficou surpresa quando subiu e encontrou, lado a lado diante da pia do quarto, em um cômodo muito parecido com o de Mary, mas com duas camas, os dois garotinhos usando pijamas de flanela idênticos, com rasgos bem remendados.

– Ah, olhe só pra vocês dois – disse ela. – Vocês se trocaram sozinhos?

Hari confirmou solenemente.

– Talvez eu tenha ajudado – informou Patrick.

– Muito bem, então – disse Zoe, pegando seu velho Kindle, que continha *Entre os telhados*.

Era seu livro favorito na infância.

– O que vai acontecer? – quis saber Patrick, parecendo nervoso, e o coração de Zoe ficou apertado mais uma vez por aquele garotinho que nunca tinha ouvido uma história.

– Bom, primeiro nós nos acomodamos – explicou ela.

Hari já estava sentado e aguardando pacientemente. Ele era novo demais, ela sabia, mas era o tom acalentador de sua voz que importava, mais do que qualquer outra coisa, quando ela posicionou os dois garotos, um de cada lado dela, na cama de Patrick.

– O Hari pode dormir aqui? – perguntou ele.

Assim como o quarto de Mary, aquele cômodo era superamplo e bastante assustador, com os galhos das árvores mexendo com o vento lá fora e as janelas enormes. Ela não ouviria barulho nenhum. Não que Hari fosse fazer qualquer barulho.

– Você gostaria de dormir aqui, Hari? – perguntou Zoe.

Ela estava um pouco preocupada. Eles nunca tinham dormido separados na vida, nem uma única vez. Ela sequer tinha uma babá eletrônica. Nunca tivera espaço suficiente para precisar de uma.

E ainda havia... o fantasma.

Hari, no entanto, assentiu, animado.

– Tem certeza?

Não era uma situação em que eles estariam exatamente na mesma casa. Ela estaria longe daquele quarto enorme, depois do corredor, da escada dos fundos e da ala oeste, onde ficavam os aposentos da criadagem. Se ele gritasse, ela não ouviria. Se Mary arrancasse a perna dele com os dentes, ela só ficaria sabendo no dia seguinte.

– Eu cuido dele! – prometeu Patrick, o que não a apaziguou completamente.

– Você sabe como chegar no meu quarto? – perguntou ela.

Patrick fez uma careta.

– Acho que sim...

Como é que, pensou Zoe, enfurecendo-se por dentro, aquilo funcionava? Quem é que colocava crianças tão longe da cuidadora, de modo que ninguém ouviria se elas chorassem à noite? Que diabos eles estavam pensando? Elas simplesmente choravam até cansar?

– Bem, talvez outra noite – disse Zoe.

– Eu posso chamar o papai – insistiu Patrick. – O papai dorme aqui perto. Ele gosta quando a gente entra no quarto dele.

– Ah – disse Zoe. – Certo.

Ela não tinha pensado naquilo. Que Ramsay iria querer os filhos por perto. Por outro lado, ele passava tanto tempo longe...

Ela começou a ler, tentando decidir o que fazer.

```
Então eles partiram na jornada riscosa (que significa
"perigosa") pelas coberturas, ficando desesperados e apa-
vorados quando avistaram, ao longe, seu destino (que
significa para onde você está indo, Hari) – Galleon's
Reach. O vento estava ficando forte novamente e Wallace
viu os cata-ventos dos telhados ao redor girarem a todo
vapor.
    – Está piorando – murmurou ele para Francis. – Vamos
precisar encontrar abrigo até o temporal passar.
    – Peixes! – exclamou Francis, e Wallace revirou os
olhos.
    – Esqueça os peixes – disse ele. – O pombo tocou no
assunto, só isso. Pombos comem peixe. Eu acho.
```

– CONSIGO VER PEIXES! – gritou Francis, pulando sem parar de um jeito que Wallace não gostava. Um escorregão bastaria...

Ele seguiu o dedo trêmulo e sujo de Francis, que apontava para o sudeste, na direção do rio. E então viu...

– Não – disse ele, empalidecendo. – Não...

Ela percebeu Patrick apertando seu braço.

– O que vai acontecer?! – quis saber ele. – Por que o menino está apontando pros peixes?

– Bem, nós vamos descobrir – explicou Zoe. – Histórias são assim. Elas começam do começo, aí acontecem coisas...

– Coisas ruins?

– Sim, geralmente, coisas ruins. Coisas boas não costumam render histórias interessantes.

Patrick pensou naquilo por um instante.

– É por isso – disse ele, concluindo – que eu só gosto de coisas sobre dinossauros.

Zoe julgou prudente, àquela altura, não contar a ele o que tinha acontecido com todos os dinossauros.

– Você não gosta de nenhuma história?

Ele deu de ombros.

Zoe arriscou colocar o braço em torno dos ombros dele. Ele imediatamente se sacudiu para se desvencilhar.

– Bem – disse ela –, coisas ruins acontecem.

– Essa é uma coisa bem ruim acontecendo – disse Patrick, apontando para a ilustração no Kindle dela. – Olha! No Portão de Belin. Quem é Belin?

– Um antigo rei guerreiro – explicou Zoe. – Ele está lá para proteger os peixes.

– Mas são só crianças! – lamentou Patrick. – Elas não podem lutar contra ele.

– Sim – disse Zoe com paciência. – Mas não se preocupe. Ainda falta acontecer muita coisa no livro. Provavelmente vai ficar tudo bem... *Vai ficar tudo bem.*

Patrick olhou para ela, não convencido.

– Vai ficar tudo bem? – perguntou ele em uma voz baixinha, e Zoe se viu subitamente sem palavras e com um nó inesperado na garganta.

Ela olhou para Hari, que dormia profundamente.

Como se podia garantir a uma criança sem mãe que tudo acabaria bem? Quando se era uma criança sem mãe, as coisas acabavam bem? Será que mentir ajudaria?

Zoe queria tomá-lo nos braços e abraçá-lo, mas não podia.

– Ainda falta muito pro fim da história – disse ela.

Ela pegou Hari no colo.

– Ele não pode ficar? – perguntou Patrick, parecendo pequenino na cama grandona.

– Um dia, quem sabe – respondeu Zoe, levantando-se.

Eles olharam um para o outro.

– Quer um beijo de boa-noite, então? – perguntou Zoe naturalmente, como se não se importasse com a resposta.

Depois de uma pausa, uma vozinha ínfima disse:

– Eu quero.

Zoe se abaixou, sustentando Hari com a cabeça repousada em seu ombro, e deu um beijo suave na testa de Patrick, que não se afastou.

Capítulo quarenta e quatro

Zoe foi em frente. Encomendou todos os livros sobre o lago Ness que conseguiu encontrar no catálogo e começou a levá-los ao centro de visitantes. Ela nem sempre levava a van de volta para a fazenda de Lennox, porque ficava mais longe, mas também porque não queria que ele desconfiasse e perguntasse por que o para-brisa era novo. E por causa da galinha.

Além disso, perto do hotel havia um parquinho pequeno e um pouco destruído, e, enquanto o tempo permanecesse ensolarado e bonito, ela podia levar Hari junto e fingir que não tinha problema que ele não fosse à creche, e logo ela percebeu que fazia todo o sentido que Patrick fosse junto, e os dois ficavam chutando folhas e escalando os brinquedos e simplesmente adoravam que as opções de almoço se limitassem a sanduíche de presunto, de queijo ou de presunto e queijo.

Murdo volta e meia aparecia com seu barco e Agnieszka também chegava para bater papo, e era tão bom ter a companhia de adultos para variar um pouco – especialmente de adultos que não viviam irritados ou guardando segredos – que Zoe conseguia sentar em um dos bancos com vista para o lago entre um cliente e outro e ouvir as crianças pisando nas folhas secas, observar o sol brilhando na água e tomar uma xícara de chá – ela tinha convencido Agnieszka de que talvez fosse uma boa ideia comprar copos descartáveis e começar a servir chá, e, de fato, foi um sucesso imediato –, e ela suspirava, olhava para o caixa da van e sentia-se, só por um instante, bastante satisfeita consigo mesma.

No domingo seguinte, Zoe levou Hari com ela para uma visita ao hospital. Nina parecia cansada, mas, fora isso, bastante bem, com o barrigão enorme e protuberante sob o pijama solto.

– Como tem passado? – perguntou Zoe.

– Obrigada pelos livros – agradeceu Nina, apontando para a fileira com umas quatrocentas obras de Agatha Christie que Zoe tinha deixado para ela na semana anterior.

– Vou levar tudo embora – disse Zoe. – Caso contrário, você vai começar a acusar pessoas aleatórias de assassinato.

– É sempre quem a gente menos espera – observou Nina. – Aliás, você por acaso descobriu o que aconteceu com a esposa do Ramsay? Segundo a Agatha Christie, ela com certeza está morta e o assassino é alguém inesperado.

Zoe deu de ombros.

– Certo – disse ela. – Foi o jardineiro.

– Ah, não. É sempre o jardineiro – ponderou Nina.

Zoe desempacotou outra pilha de livros.

– Certo. Comece pela série do inspetor Rebus. Os assassinatos são bem mais sombrios.

– Não sei se isso é melhor ou pior. – Nina suspirou e se mexeu, um tanto desconfortável. – Certo, vamos dar uma olhada nos números.

Ela não tinha muitas esperanças nesse sentido – na verdade, estava morrendo de medo de ver o saldo – e dizia a si mesma que, se rendesse o suficiente para pagar a gasolina, as compras de livros e o salário de Zoe, estaria de ótimo tamanho.

Assim, ela ficou positivamente surpresa – positivamente surpresa e sentindo, não dava para negar, uma pontada de inveja.

Nina se orgulhava de sua habilidade de encontrar o livro certo para a pessoa certa; de saber instintivamente o que combinava com as pessoas – onde elas encontrariam conforto, consolo, riso ou sustos. O humor para a leitura mudava como o tempo. Às vezes as pessoas queriam algo profundo em que se perder, um mundo completamente diferente. Outras vezes, queriam algo divertido. Por vezes, queriam simplesmente ler sobre algo terrível que acontecera com alguém que não elas. Fazia parte de ser leitor o fato de os livros acompanharem seu humor, e o maior dom de Nina era combinar um com o outro, como um sommelier que harmoniza a carta de vinhos com o cardápio.

– É impressionante que você tenha conseguido indicar os livros certos para tantas pessoas.

– Hum. Sim. Pura sorte, acho – retorquiu Zoe.

Ela se sentia secretamente culpada pelo fato de que boa parte das vendas era de livros de colorir e histórias bobas sobre a existência real do monstro do lago Ness. "Suvenir barato", ela sabia que Nina iria dizer, e suspeitava que teria certa razão.

Por outro lado, pensou Zoe, como que se rebelando, ela estava dando lucro. Não sabia ao certo se Nina tinha sido pobre algum dia na vida. Pobre de verdade. Se havia uma possibilidade de lucro, era um absurdo deixar passar. Era isso que ela justificava para si mesma. Além do quê, ela precisava pagar pelo conserto do para-brisa.

– Eu te mandei os papéis dos pedidos – lembrou Zoe rapidamente.

Nina não os tinha lido com muita atenção porque estava particularmente absorta no novo livro de Robert Galbraith.

– Certo – disse ela.

– E eu tenho ido ao centro de visitantes…

– No lago?

– Sim… Não o principal, o outro.

Nina franziu o cenho.

– Você… tem vendido lá? – perguntou, instantaneamente desconfiada. – Você transformou a van em uma loja de bugigangas bregas e baratas pros bandos de turistas?

– Quantos Bs – observou Zoe. – E não! Só estou… vendendo coisas que as pessoas parecem gostar!

– As pessoas gostam de açúcar refinado e heroína – ponderou Nina. – Você também está vendendo isso?

Zoe mordeu o lábio, desconfortável. Ela realmente pensava que tinha tido uma ideia boa e lucrativa. O pessoal dos ônibus adorava a linda van azul, comprava suvenires para levar para casa e todo mundo ficava feliz. Ela também tinha considerado vender docinhos de leite, que eram, por definição, quadradinhos de açúcar refinado.

– Então, se você tem ficado o tempo todo em pontos turísticos, o que está acontecendo com meus clientes regulares? – perguntou Nina. – Passei dois anos juntando uma clientela por toda a região. Eles confiam em mim. Se a van desaparecer, eles vão voltar a comprar livros de outra forma... ou parar de ler completamente!

– Eu sei bem disso – respondeu Zoe. – Porque eles vinham à van e diziam: "Quero aquele livro vermelho novo... A Nina sabe de qual estou falando." Você não anotou nada disso?

– Anotei, sim – ralhou Nina. – É claro que anotei tudo que eu esperava que fosse acontecer quando minha vida virasse de cabeça pra baixo e eu fosse obrigada a ficar três meses deitada numa cama a mais de vinte quilômetros da minha casa.

Nina não conseguiu evitar sentir-se um pouco aborrecida com aquilo e Zoe foi sentar-se ao lado dela. Ela sabia como era se sentir sozinha durante uma gravidez.

– Desculpe – disse, abrindo a bolsa. – Aqui, eu trouxe pra você...

Ela tirou um exemplar de *O diário de uma babá* e outro de *O bebê de Rosemary*. Nina olhou para ela.

– O que foi? – perguntou Zoe. – Sempre ajuda saber que não importa quão mal você esteja, sempre tem alguém pior. Também trouxe *Precisamos falar sobre o Kevin*.

– Ah, esse eu já li.

– Sim. Bom. Leia de novo. Acredite em mim, você vai ter outra impressão sobre ele agora.

Nina pegou os livros com um sorriso.

– Obrigada. Mas... estou um pouco preocupada com o que você está fazendo.

– O quê? Cuidando do seu trabalho e ganhando dinheiro? – perguntou Zoe secamente.

– Eu só... Eu só preferiria que continuasse da maneira que era.

Zoe piscou.

– Certo. Pode deixar.

Mas ao sair do hospital ela não pôde deixar de se sentir um pouco rebelde. Ela estava fazendo algo bom. Por que Nina não conseguia enxergar isso?

Capítulo quarenta e cinco

Era um dia de outono bastante reluzente. Tudo estava amarelo e alaranjado, as árvores tinham começado a mudar de cor. Zoe pegou sua xícara de café e foi para o quintal, com um suéter velho enorme por cima da camisola. Ela aproveitou alguns instantes sozinha enquanto Hari comia seu cereal devagar, com Patrick tagarelando ao seu lado como sempre; Shackleton estava meio ouvindo, meio lendo e Mary ainda não tinha aparecido.

Alguns torvelinhos de neblina se erguiam no jardim, mas o sol prometia ser quente e havia poucas nuvens no céu. As árvores farfalhavam e assoviavam sedutoramente diante dela, e Zoe observou, fascinada, quando um pássaro grande – como ela gostaria de saber mais sobre eles – pousou no gramado e começou a bicar ferozmente uma minhoca na grama enquanto o pavão se afastava depressa, pupilando. O ar estava perfumado de tojo e havia uma sensação que, mesmo em Londres, Zoe conseguia recordar de sua infância: fogueiras ao ar livre, fogos de artifício e o Halloween se aproximando, todos os banquetes e guloseimas do outono, com o Natal ao final. Uma época maravilhosa do ano.

Ela também tinha começado bem o dia. Havia acordado cedo e visto Shackleton sentado ali, desconsoladamente aflito por causa do jogo de computador que não podia mais jogar.

– Venha – disse ela. – Não tem mais ninguém acordado. Me ajude a fazer uns muffins.

– Fazer o quê?

– Só venha – insistiu ela. – Vamos lá.

E ela o fez pesar a farinha – enquanto tentava se entender com o forno temperamental – e misturar a manteiga, o sal e os pedacinhos de queijo, presunto e cebola que eles encontraram por ali, e ele os observou crescerem, dourados e fresquinhos no forno e exalando um aroma absolutamente delicioso, enquanto Zoe se deleitava com o prazer genuíno que Shackleton demonstrava.

– Acho que você leva jeito na cozinha – comentou ela, e ele pareceu contente. – Você deveria fazer isso mais vezes.

– Posso comer agora?

– É claro que não, você...

– AI!

– Bem, é isso. Era do que eu ia alertar.

Ele sorriu.

Zoe foi ferver a água enquanto ele continuava tentando tirar os muffins ainda quentes demais das fôrmas.

– Minha mãe teria gostado disso – disse ele subitamente, e Zoe teve que se conter para não virar na direção dele.

Ela permaneceu olhando para a chaleira.

– Ah, é? – perguntou ela, com o coração acelerado, tentando manter a voz calma.

– Bom, ela não teria comido – disse ele. – Mas teria gostado do cheiro.

– Como ela era? – indagou Zoe, mas, quando ela se virou, o rosto dele era a concentração em pessoa enquanto colocava os muffins na grelha para esfriar, e ele não tocou mais no assunto.

– Mandou bem – disse Zoe a ele novamente, mais tarde, quando todos estavam sentados à mesa, tomando o café da manhã juntos.

Mary fez uma careta, mas Shackleton sorriu e seu grande rosto desajeitado ficou quase bonito.

Olhando para ele, Zoe pensou que as crianças realmente deveriam voltar para a escola. Setembro estava quase no fim e ninguém havia mencionado qualquer coisa. Ela precisaria conversar com a diretora, Kirsty, sobre isso. Ah, e com as crianças – e o pai delas.

O dia, contudo, estava simplesmente glorioso e era talvez um dos últimos dias bons que eles teriam. Ela tinha decidido que eles iriam aproveitá-lo ao ar livre. Era absurdo, pensou, que eles nunca tivessem sequer passeado por toda a propriedade. Imagine só, viver em um lugar tão grande que você nunca conheceu todo. Era ridículo, realmente ridículo.

Ela entrou na casa revigorada, pronta para reuni-los. Eles iriam sair em uma excursão!

Ligou o rádio encontrou uma música animada e aumentou o volume.

– O que está acontecendo? – perguntou Patrick, desconfiado.

– Nós vamos sair para explorar – respondeu Zoe.

– Ah, legal! – disse Patrick. – Onde, por favor?

– No seu jardim!

Ao chegar um tanto exausto da casa de Larissa aquela manhã, Ramsay avistou a pequena trupe no final do jardim e sentiu uma pontada de culpa. Ele saltou do carro e correu até eles.

– Vocês vão fazer uma caminhada? Posso ir junto?

Zoe queria dar uma leve bronca nele por nunca sugerir que as crianças saíssem da casa, mas o alvoroço que ela tivera que enfrentar para arrastar Mary e Shackleton para fora, contra os protestos indignados de ambos, tornou tudo mais compreensível, se não perdoável, e agora que todos estavam ali ela não iria estragar tudo. As crianças estavam correndo em meio às árvores douradas, todas segurando bastões de caminhada, e Porteous tinha se juntado a eles e os estava guiando em uma caçada a esquilos, ou a dinossauros, dependendo da sua idade.

– Você pode vir – concordou Zoe. – Desde que compre um lava-louça. Não tem dinheiro suficiente na lata.

Ramsay se aproximou. Um galho baixo o atingiu na cabeça e ele tentou se desvencilhar. Parecia que não conseguia dar um passo sem bater em algo.

– Você está me dizendo – disse ele – que eu não teria perdido seis outras *au pair* se tivesse um lava-louça?

– E uma internet de banda larga boa e um micro-ondas – acrescentou Zoe. – E uma cafeteira decente. Mas, fora isso, provavelmente sim.

Ramsay franziu o cenho.

– Por que nenhuma delas falou nada?

– Elas provavelmente estavam perplexas demais – sugeriu Zoe. – Presumiram que as peças estavam no conserto ou alguma coisa assim e ficaram esperando você aparecer com elas.

– Nunca sequer passou pela minha cabeça – confessou Ramsay, tirando o cabelo do rosto.

Zoe revirou os olhos.

– Por que você está revirando os olhos? – perguntou Ramsay.

– Porque você considera isso tudo coisa da criadagem! – respondeu Zoe. – É absurdo! Você não é um duque eduardiano!

– Pra falar a verdade, acho que sou – disse ele. – A Debrett's acha.

Zoe olhou para ele.

– Mas nós somos a plebe – disse ela. – Somos as pessoas que passam a maior parte do tempo com os seus filhos. Os seus filhos, as pessoas mais importantes do mundo. Você não acha que somos dignos de consideração?

Ramsay ficou vermelho.

– Acho, sim – murmurou. – Desculpe. Eu tenho andado tão distraído. Tudo tem sido tão...

Zoe esperou que ele explicasse, mas a voz dele sumiu no ar.

– Me desculpe – disse ela. – Parece que estou sempre lhe dando broncas.

– Não, eu que peço desculpas – insistiu Ramsay, coçando a cabeça. – Eu sinto que preciso de umas broncas.

Eles continuaram andando; o sol salpicava o chão por entre as árvores; os únicos sons eram das crianças ao longe, correndo e rindo – deu para ouvir até mesmo a risada de Mary em determinado momento, um som que parecia uma música baixa exumada de um lugar bem distante, e ambos pararam para ouvir.

Zoe estava desesperada para que ele lhe contasse. "Pergunte de uma vez", disse a si mesma, enfiando as unhas na palma da mão. Pergunte de uma vez. Ela queria – ela queria desesperadamente – gostar dele. Não, isso não importava. Ela queria que ele... fosse um bom pai. O tipo de pai que as crianças mereciam; que todas as crianças merecem. Ela precisava saber.

Chegou a abrir a boca para perguntar, para dizer alguma coisa. Era ridículo. Nos tempos atuais, não havia segredos. Tudo era público. As pessoas falavam. As pessoas perguntavam sobre as coisas.

– Ramsay... – começou ela, mas ele já estava falando:

– O seu garoto, ele sempre foi assim?

Zoe foi pega de surpresa e olhou para ele. O rosto dele demonstrava nervosismo.

– Ele nunca falou, não – respondeu ela, perguntando-se se eles estavam trocando confidências, embora o jogo tivesse virado.

Continuaram andando; poderiam muito bem estar conversando sobre flores ou bicicletas, ou algo totalmente inocente.

– Ele chorava quando era mais novo, e ria, mas... cada vez menos agora – acrescentou ela.

– O que dizem os médicos?

– Eles dizem... que ele vai falar quando estiver pronto – respondeu Zoe, suspirando. – Que é ansiedade e que vai passar com o tempo. Eu queria muito, muito mesmo, que ele estivesse pronto. Principalmente pra poder parar de ter esse tipo de conversa.

Ela sorriu, contudo, pra mostrar que não estava chateada com ele, mas com a situação.

Ramsay sorriu de volta.

– Sei como é – disse ele, parecendo assustado logo em seguida, como se tivesse deixado escapar algo que não devia.

– Ah... Você também era assim? – perguntou Zoe, curiosa.

– Ah, não – disse Ramsay, um pouco agitado. – Não foi isso... Não foi isso que eu quis dizer. Eu só...

Zoe permaneceu quieta para que ele terminasse.

– Eu sei como é...

Mas Ramsay parecia ainda não conseguir se abrir. Ele respirou fundo e começou a caminhar um pouquinho mais rápido.

– Bem. Enfim. Cá estamos – disse por fim.

Zoe piscou.

– Ele é um bom garoto – acrescentou ele olhando para ela. – Você deveria se orgulhar.

– O Patrick tem cuidado muito bem dele – comentou Zoe. – Você também deveria se orgulhar.

Ramsay fez uma careta.

– Ah, eu não tenho nada a ver com isso – afirmou, de cabeça baixa.

Então as crianças saíram gritando do meio das árvores, com os braços carregados de castanhas-da-índia, azevinhos, cestos enormes de amoras e os rostos grudentos e manchados, e Zoe não conseguiu evitar olhar para eles todos juntos e se sentir feliz.

Larissa apareceu novamente quando eles estavam fazendo geleia. As duas crianças mais velhas estavam se revezando para mexer a panela e a música continuava rolando no rádio. Ramsay estava perto da lareira, com os pés na grade, lendo um livro. Normalmente ele teria se trancado na biblioteca. Zoe analisou o que ele estava lendo: um estudo hidrográfico lindo sobre o lago do ano 1854, repleto de ilustrações de página inteira.

– Eu poderia vender isso aí – disse ela, sem tirar os olhos nem por um segundo das crianças que estavam mexendo a panela.

Eles não tinham consciência de como a geleia estava quente ou, como sempre era possível no caso de Mary, podiam decidir que, se Zoe dissera que estava, certamente não seria o caso e iriam checar por conta própria.

– O quê? Isto aqui? – disse Ramsay, olhando para o livro. – Acho que não. É totalmente ultrapassado, arcaico e algumas partes estão erradas.

Zoe não pôde evitar que seus lábios se contraíssem.

– O quê? O que foi? – perguntou ele.

– Nada.

Ramsay olhou para ela. Shackleton riu.

– Ela está se referindo a você, pai!

– É claro que não! – exclamou Zoe. – Esses danadinhos têm orelhas grandes. Ora essa.

Ramsay pareceu um pouco constrangido em um primeiro momento, como se não tivesse realmente entendido que ela estava brincando. Ele tentou sorrir, enquanto Shackleton gargalhava.

– Bem, você não conseguiria vender.

– Aposto que sim – disse Zoe. – Por que você gosta dele?

– Porque é lindo – respondeu Ramsay. Patrick foi até ele para olhar por cima de seu ombro e ele o colocou sentado em seu colo para que pudesse ver mais de perto. – Porque fala sobre uma época mais antiga, em que as pessoas só conseguiam velejar no lago ou usar os dois braços para remar, e sobre o que elas viam por lá e o que pensavam que fosse. E como elas viviam. Veja.

Zoe observou enquanto ele indicava uma ilustração da linha de contorno de uma fileira de prédios em ruínas.

– Olhe só pra isso. Os sítios que costeavam a orla. Eles coletavam ostras, crambe, usavam alga como material de isolamento. Era tão comum para o artista que eles nem sequer mencionam. Eles não faziam ideia de que, dali a vinte anos, começariam os despachos. Tudo que eles tinham, tudo que conheciam, todo o estilo de vida deles estava prestes a ser aniquilado. Você poderia ir até lá amanhã e, com sorte, talvez encontrasse uma ou duas pedras, enterradas bem fundo no chão, que costumavam marcar as casas deles; residências onde as pessoas viveram por gerações. E em um instante, não existiam mais, e tudo foi destruído, mas, sem sequer perceber, está homenageado aqui. Ainda há um lugar onde as pessoas podem ver e se lembrar deles. E é por isso que eu gosto.

A cozinha ficou em silêncio por um instante. Então Mary gritou quando a geleia começou a borbulhar e transbordar, e houve certo pânico por alguns segundos enquanto Zoe rapidamente recuperava a geleia. Então ela os fez esvaziar e secar os potes que tinham sido lavados com água fervente na pia.

Dez minutos depois, tudo havia sido despejado em potes e fechado, e nove potes de diversos formatos e tamanhos estavam satisfatoriamente cheios do líquido roxo-escuro sobre a mesa, e Zoe entregou uma pilha de adesivos para Mary, Patrick e Hari, para que eles anotassem a data e rotulassem os potes. Ela olhou com ternura para aquelas cabecinhas inclinadas e depois se voltou novamente para Ramsay.

– Eu posso vender – repetiu. – E, se eu conseguir, você compra um lava-louça pra gente?

Os olhos de Ramsay foram dela para seu amado livro.

– Detesto me desfazer das coisas – confessou.

– Bem, talvez você tenha razão e eu não consiga vender – ponderou Zoe, com os olhos bailando.

Ramsay suspirou pesadamente e lhe entregou o livro.

– Vamos ver – disse ele. – E não suje de geleia.

Zoe pegou o livro com cuidado, revirando os olhos, e embrulhou-o em papel pardo.

– Sim, obrigada, eu sei disso. Aceita um chá? Com pão e geleia?

Ramsay estava pensando que não havia nada que ele pudesse querer mais naquele momento do que uma xícara enorme de chá, com pão e geleia frescos, quando Larissa apareceu à porta.

– Você saiu com tanta pressa hoje de manhã! – reclamou ela, exibindo um colete imenso, aparentemente velho, que com certeza pertencia a ele. – É lindo. Um verdadeiro clássico. Ah, a cozinha está maravilhosa! Oiê, pessoal! Que bom ver esses rostinhos lindos.

Mary bufou.

– Oi, Larissa – cumprimentou Zoe.

Larissa lhe lançou um olhar momentaneamente frio – ela não gostara nada da domesticidade da cena que tinha encontrado –, mas logo voltou a sorrir.

– Ah, olá! Você está fazendo um excelente trabalho aqui. Parabéns! E adorei o que você fez no cabelo.

O cabelo de Zoe estava tão bagunçado pelo vento que tinha até um graveto grudado.

– Ramsay, querido, detesto roubar você dos seus filhos adoráveis, mas você sabe que sábado tem o baile da caça, né? Não íamos conversar sobre o assunto?

Ramsay suspirou.

– Bem, sinceramente, eu não estou muito a fim de ir, então não vejo necessidade. As pessoas só fofocam e...

– Ah, não, todos são ótimos! Não é fofoca. As pessoas só estão com saudades de você! Querem saber como estão os negócios e tudo mais.

Ramsay soltou uma risada triste.

– Bem, vai ser uma conversa bem breve.

– Ah, meu bem, você não pode ficar isolado pra sempre, não é, Zoe?

Zoe piscou.

– Bem... não. Não deveria.

No entanto, ela sentia o oposto: qualquer tempo livre que ele tivesse, ele deveria passar com os filhos.

– É sério?

Ramsay olhou para Zoe, porque era exatamente isso que ele pensava que ela estava querendo dizer, e se sentiu bastante ofendido por ela não ter percebido que ele estava tentando melhorar.

– Vamos lá – insistiu Larissa. E novamente: – Você merece se divertir um pouco, querido!

As crianças Urquart ergueram os olhos ao ouvir aquilo, um medo instantâneo estampando seus rostos, como se o dia no bosque não tivesse, afinal, sido divertido o suficiente para seu pai.

Zoe foi para perto da pia para que seu rosto não deixasse transparecer seu humor. Ramsay olhou para ela e percebeu que ela tinha se mexido. Larissa notou e empregou seu sorriso mais apelativo.

– Por favooooor!

– Tá, tá, está bem – aquiesceu Ramsay, levantando-se. – Eu vou.

– "Poooorrrr favoooooooorrrrr" – imitou Mary em um tom maldoso assim que eles saíram. – "Poooorrr favooooorrrr, case comigo e se livre dos seus filhos. Poooorrr favooooorrrr!"

– Mary! – ralhou Zoe. – Chega disso. Estou falando sério.

– Talvez você também fique feliz em se livrar da gente – disse Mary. – Todo mundo fica.

– Bom, sinto dizer que vocês vão ter que me engolir – respondeu Zoe. – Especialmente agora que o fantasma foi embora.

Houve um silêncio repentino. As três crianças se entreolharam e Zoe, que tinha assumido um risco calculado, ficou de repente estranhamente aliviada.

– Hum, que fantasma? – perguntou Mary inocentemente.

– Nós falamos pra você parar – ralhou Shackleton, irritado. – Só... Só *pare*.

– PARE DE SER UM FANTASMA IDIOTA! – gritou Patrick. – Eu não quero que o Hari vá embora!

– Não sei de *que* vocês estão falando – alegou Mary, marchando para fora da cozinha e batendo a porta.

– Ela parou mesmo? – quis saber Shackleton. – É um bom sinal se ela tiver parado; ela fez isso com todas as outras babás.

– Não totalmente – respondeu Zoe, pensando nos assobios ocasionais que vinham do corredor de madrugada. Era incrível como ela estava aliviada, mesmo que dissesse a si mesma que aquilo tudo era ridículo. – Mas espero que agora pare.

Zoe olhou para Shackleton, que ainda estampava uma expressão pensativa desde que Larissa tinha ido embora.

– Sabe – disse ela –, assim vocês vão ter que voltar pra escola em algum momento. Por que simplesmente não vão pra escola de Kirrinfief? Ou Inverness?

Shackleton lhe lançou um olhar quase feroz.

– "Ah, cadê a sua mãe, Shackleton? Por que você tem um nome tão esquisito? Tem fantasmas na sua casa?" Blá, blá, blá. Todo santo dia. Sem chance.

– Eles são absolutamente maus – concordou Patrick, que estava desenhando uma ilustração de dinossauro bem complexa para uma geleia. – "Por que você se acha tão inteligente, Patrick? Você vive se exibindo."

Zoe sorriu.

– Eu gosto quando você se exibe – disse ela, bagunçando os cabelos dele.

– Eu NÃO me exibo – ralhou Patrick. – Só sou absolutamente inteligente.

– Você não é tão inteligente assim – ponderou Zoe. – A Mary usou toda a água quente de novo.

– Ah, não – exclamou Patrick, contente. – Nada de banho pra mim.

Capítulo quarenta e seis

O mais estranho de tudo era que Zoe tinha a sensação genuína de que as coisas estavam melhorando.

Ela não percebia que, muitas vezes, era justamente quando as pessoas baixavam a guarda, quando sentiam que as coisas estavam ficando um pouquinho melhores, que tudo começava a desandar.

O outono se arrastou, cada dia exacerbava ainda mais sua beleza. O sol tinha perdurado durante boa parte de setembro e, pela primeira vez na vida, Zoe estava observando as estações mudarem dia após dia; era quase possível ver os padrões das folhas ficando dourados e alaranjados. Ela apontou as mudanças para Hari, e era a coisa mais estranha: antes irritada com o quarto minúsculo no sótão, ela agora adorava o fato de eles estarem instalados em meio às copas das árvores, quase como se tivessem seu ninho, ouvindo o assobio das folhas caindo e observando as grandes nuvens de pássaros partirem em suas longas jornadas rumo ao sul. Zoe tinha ouvido falar vagamente da migração dos pássaros em alguma sala de aula, mas nunca tinha visto as grandes concentrações de criaturas grasnindo e subindo pelos ares, uma multidão de indivíduos, cada um com um conhecimento oculto dentro de si, um instinto coletivo que levaria todos eles até o Marrocos. Eles os observaram e ficaram fascinados, em parte com a cena, em parte com a ideia de que ela estava se tornando uma observadora de pássaros. Suas faxinas haviam revelado o paradeiro de vários binóculos, e ela quase não sentiu culpa por surrupiar um deles – afinal de contas, como disse a si mesma, não poderia ser considerado roubo se ela não o tirasse da casa –, e Hari podia ficar sentado por horas, depois que ela lhe ensinou a parar de brincar com a roda de ajuste do foco, observando a águia retornar para caçar minhocas na grama, espreitando como o líder de uma gangue em um pub, como que para afugentar qualquer outro pássaro.

Ela encontrou uns guias lindamente ilustrados sobre como avistar pássaros e fez um estoque. De novo não caíram no gosto dos moradores do vilarejo, porque aquelas pessoas haviam crescido naquela terra e não precisavam de alguém que lhes ensinasse a diferença entre um corvo e um estorninho. Mas, no centro de visitantes, foram sucesso absoluto. Se você ficasse bem quietinho, conseguiria ver as garças sentadas, alertas, gloriosas, como que duvidando completamente de que qualquer outra criatura pudesse se aproximar de sua beleza e graça de bailarina, e então abrindo as asas magníficas, esticando-as e sobrevoando o lago como Rudolf Nureyev.

Com a viagem de quatro horas de carro que muitos turistas faziam para retornar a Glasgow ou a Edimburgo, os guias para observadores foram um sucesso tremendo e, de novo, Zoe fez mais um pedido sem contar a Nina exatamente o que estava aprontando. Ela percebeu, novamente, que estava agindo em oposição completa às instruções que recebera, que estava desobedecendo descaradamente a sua chefe, que estava no hospital, mas ela pensaria nisso só depois, pois tinha noventa milhões de problemas mais urgentes e, naquele momento, o fato de estar ganhando dinheiro e conduzindo o negócio de maneira bem-sucedida era um ponto tão positivo que ela não conseguia suportar pensar no assunto.

Mas, em The Beeches, embora não fosse exatamente um poço de paz e felicidade, as coisas pareciam... tranquilas. Havia ordem, rotina. As crianças precisavam sair da casa, essa era a nova regra, então não ficavam simplesmente sentadas lá dentro, causando transtornos para a Sra. MacGlone. Elas também precisavam limpar os próprios quartos e levar suas roupas para lavar e buscá-las depois.

Houve várias revoltas e alguns xingamentos, mas Zoe estava irredutível. Eles podiam ter tido seis *au pair* antes dela, mas poucas tiveram que lidar com tanta intransigência quanto ela, com toda a preparação como cuidadora de crianças que ela tivera em Londres, e ela estava resolutamente inabalável, pois também concluía, dia após dia, que a família estaria cada vez menos propensa a querer encontrar outra pessoa, independentemente de quanto a Sra. MacGlone a detestasse.

E independentemente de quanto a Sra. MacGlone a detestasse, não importava muito, visto que os efeitos começaram a aparecer. Liberada da função de ter que ficar tomando conta das crianças na cozinha, ela agora tinha tempo para manter os cômodos de uso comum limpos. Agora que as venezianas ficavam abertas o tempo todo, era mais difícil ignorar o pó, e a quantidade de lixo que foi removida tornava o acesso aos cantinhos mais fácil. Toda a casa parecia melhor, mais cheia de vida, mais alegre.

E o melhor de tudo era que Zoe tinha conseguido seu lava-louça. Ela entregara o recibo da venda do livro, juntamente com a comissão nada desprezível de Ramsay, mostrando a língua para ele quando o encontrou no corredor.

Em um primeiro momento, ele pareceu contente, mas depois ficou cabisbaixo.

– O que foi? – indagou Zoe. – Não sabe o que é um lava-louça? Está com medo de ter que comprar um e acabar levando uma máquina de lavar? Uma máquina de lavar é um eletrodoméstico onde você coloca a roupa suja... – explicou ela.

– Sim, sim, já entendi – afirmou Ramsay. – Não, eu só estava pensando... Eu adorava aquele livro. Espero que tenha sido vendido pra alguém que realmente goste dele.

Zoe não contou que uma garota de um grupo de estudantes americanos de ascendência coreana o tinha comprado para a avó, que vivia em Seul e não falava uma palavra de inglês, mas gostava de "coisas velhas".

– Claro que sim – mentiu ela descaradamente. – Foi uma pessoa que estudou a árvore genealógica da família e chegou até aquelas casas antigas e queria muito uma recordação.

– Jura? – exclamou Ramsay, parecendo extasiado. – Qual era o sobrenome?

– Mac-alguma-coisa – respondeu Zoe depressa. – Podemos ter nosso lava-louça agora?

Ramsay cumpriu sua palavra e mandou alguém comprar e instalar, e a diferença que o eletrodoméstico fez para a família – Patrick o achou mágico e ficava tentando ligá-lo com apenas uma xícara dentro – foi tamanha que Zoe tinha começado a refletir sobre como conseguiria negociar um micro-ondas, embora, lá no fundo, o que ela quisesse mesmo, mesmo era uma cafeteira. As coisas não pareciam tão ruins. Foi provavelmente por isso que tudo começou a desandar com a Mary.

PARTE 3

– O que acontece se eu olhar para baixo e cair, Wallace? E se eu não conseguir permanecer em pé?

– Bem, então não olhe para baixo, Francis. Seja otimista.

– Então é possível voar se você pensar que pode voar?

– Você é a pessoa mais estúpida que eu já conheci. Mas talvez. Um pouquinho.

De *Entre os telhados*

Capítulo quarenta e sete

Zoe tinha sido uma garota alegre, devoradora de livros; não era muito dada à introspecção. Se tinha tido um dia difícil no colégio, ela lia alguma coisa da série *Os Cinco*, na qual a amizade era uma certeza inquestionável. Se tinha tido um dia bom, lia *A fantástica fábrica de chocolate*, no qual regalos e desejos não revelados eram dados a crianças boas e generosas. Se ela estivesse se sentindo triste, lia algo da coleção *O que Katy fez* e imaginava o horror que devia ser ficar presa na cama. Se estivesse se sentindo otimista, lia *A magia da árvore longínqua* e criava as próprias terras.

Em suma, ela se automedicava com livros.

(Aliás, como autora desta obra e uma pessoa que sempre se automedicou com livros, não posso confirmar ou negar com legitimidade se essa maneira de lidar com a "vida real" é a melhor de todas. Na verdade, como leitora – todos os escritores são meros leitores, no fim das contas –, não sei ao certo se acredito nessa "vida real". Sei que é uma traição imensa dizer isso, mas, poxa, os livros não são – vou falar baixinho – bem melhores que a vida real? Nos livros, os vilões são aniquilados ou derrotados ou mandados para a prisão. Na vida real, são seu chefe ou o presidente. Nos livros, você sabe o que aconteceu. Na vida real, às vezes você nunca fica sabendo. Nem se sabe ao certo se Amelia Earhart foi encontrada. Então livros são o que há de melhor, na minha opinião, ou, como diz o velho ditado: qualquer coisa que te faça dormir bem à noite – livros também. Livros fazem você dormir bem à noite.)

Zoe não tinha muita experiência com crianças de fato problemáticas – crianças que podiam estar aborrecidas por bons motivos, como não ter mãe e ter o que Zoe por vezes considerava um pai quase cruelmente distante. Todas as crianças com quem tinha lidado eram mimadas – algumas até idolatradas –, o que fazia delas pessoas difíceis, mas não perturbadas.

Ela não identificou os sinais de alerta; não os teria reconhecido. Mary sendo rude e desdenhosa não era exatamente uma novidade, então aquele dia ameno de outono começou como qualquer outro. Zoe tinha começado a ensinar Shackleton a fazer pães e bolos. Ele estava ficando cada vez melhor. Seu rosto apático estava menos petulante e mais alegre a cada dia, à medida que ele pesava uvas-passas com cautela e usava o celular para procurar receitas. Zoe tinha lhe dito que ele estava melhorando tanto que ela estava pensando em oferecer alguns dos quitutes dele para Agnieszka vender no centro de visitantes, ou talvez arrumar um emprego para ele na cozinha do centro, e ele estava se dedicando com tamanho afinco que ambos se surpreenderam.

– Quase como se houvesse um mundo inteiro além das torradas – comentou Zoe ao passar por ele aquela manhã enquanto ia colocar meias compridas nos dois garotos menores que insistiam em usar bermudas (eles gostavam de se vestir igual todos os dias), antes de saírem para o bosque por uma rota que requeria que tomassem um atalho por um trecho com urtigas, o que levava a muitos gritos, apesar dos alertas diários de Zoe sobre a conexão entre joelhos expostos e a ardência causada pela urtiga e da surpresa diária deles em descobrir que folhas de labaça não funcionam logo, como mágica.

Zoe tinha ido a Kirrinfief e, enquanto não vendia livro algum, conseguiu conversar com Kirsty, a diretora – ou melhor, Kirsty tinha ido lá assim que viu a van.

– Não tenho te visto muito por aqui – comentou Kirsty ofegante.

– Ah – respondeu Zoe. – Jura? Não, eu tenho estado bastante por aqui, nós só nos desencontramos.

Kirsty olhou em volta.

– Livros sobre o monstro do lago Ness? – Ela franziu o cenho. – Acho que você vai descobrir que a Escócia é um pouquinho mais que isso, Zoe.

– Sim, *eu sei* disso – garantiu Zoe.

– Enfim, você recebeu o comunicado?

Zoe meneou a cabeça.

Kirsty suspirou.

– Ah, pelo amor de Deus. O Ramsay é mesmo um caso perdido. Enfim, já temos uma data para o retorno das crianças. Após as férias de outubro. Eles vão passar por uma sessão de terapia para controle da raiva. E aí os dois podem voltar pra escola.

O comunicado, pensou Zoe, muito provavelmente tinha ido parar na "biblioteca" misteriosa junto com o restante da correspondência e nunca mais deve ter sido visto de novo.

– Certo – disse ela. – São boas notícias... suponho.

Kirsty franziu a testa.

– Sei que ele não se importa – disse. – Será que... Será que você pode ajudar, Zoe? Acho que você é uma boa influência.

– Você está me bajulando – respondeu Zoe.

– Estou, sim – confessou Kirsty. – Vai ser uma verdadeira dor de cabeça, sob todos os aspectos possíveis, se eles não voltarem.

– Fico surpresa pelo fato de o Conselho Tutelar não estar no nosso pé – comentou Zoe, reflexiva.

– Ele estaria, se vocês morassem no vilarejo – afirmou Kirsty, e ambas ficaram se perguntando se aquilo seria verdade.

– Enfim! – disse Kirsty. – Dia 2 de novembro. É nesse dia que retornamos. Esse é o seu prazo.

– Massa – respondeu Zoe.

Kirsty riu.

– Não acho que esse termo combine com você – disse ela. – Parece meio forçado.

– Eu sei – respondeu Zoe. – Só estava experimentando.

– Bem, agora você descobriu.

– Quer comprar um livro antes de ir?

– Eu adoraria! – disse Kirsty. – Mas infelizmente tenho filhos gêmeos, um emprego em período integral, um marido que tira tatu do nariz e dois alunos suspensos para cuidar.

– Tudo isso ficaria melhor se você lesse...

Mas Kirsty já tinha saído da van com Bethan e Ethan.
– Traga-os de volta! – gritou ela. – Vai ser legal, desde que ninguém morda ninguém.

Tudo parecia relativamente calmo na pequena cozinha e Zoe pensava que devia arriscar de uma vez quando, naquele momento, Mary entrou.
– Olá, querida – disse Zoe. – Ei, veja só.
Ela pensou em Larissa naquela noite.
– Shackleton e eu estávamos conversando sobre a escola – continuou Zoe.
Shackleton bufou.
– É, que seja.
– Eu só estava pensando se vocês não gostariam de vir comigo na semana que vem. Conversar com a Kirsty. Digo, a Sra. Crombie. A diretora.
– Eu sei quem é – disse Mary, que tinha ficado alerta e imóvel, a voz estática.
– Então, as férias de outubro vão chegar logo e aí em novembro...
– Não vou voltar.
– Bem – disse Zoe –, você meio que precisa. Caso contrário, vão colocar o pai de vocês na cadeia.
A intenção dela era que aquilo soasse leve, mas a maneira como saiu, ela percebeu, foi completamente diferente. Soou terrível.
– Não vão, não – afirmou Mary, parecendo apavorada.
– Não, quer dizer... Eu estava exagerando, é óbvio. Mas... querida, é a lei. As crianças precisam ir para a escola.
– Não podemos estudar em casa? – questionou Shackleton.
– E quem vai ensinar? A Sra. MacGlone?
– Você poderia ensinar.
– Não sei fazer divisões longas – argumentou Zoe. – Em primeiro lugar. E em segundo, eu já tenho dois empregos, obrigada.
– E em terceiro, você seria *péssima* – explodiu Mary subitamente. – Péssima e horrível e horrorosa e *eu te odeio*.
Mary saiu da cozinha aos prantos, batendo a porta.

Zoe só observou.

– Sim – disse Shackleton. – E por esses outros motivos.

Shackleton pareceu aliviado, como se estivesse preocupado que ela talvez tivesse se aborrecido.

– Eu acho... – disse Zoe, reflexiva. – Talvez só hoje... quer umas torradas?

Ela também se pegou pensando em como as explosões de Mary a incomodavam cada vez menos.

– Eu fiz pão! – exclamou Shackleton surpreendentemente.

– Sério?

O garoto lhe mostrou o local onde havia deixado a massa crescendo.

– Vi um tutorial no YouTube.

– Shackleton, eu poderia te dar um abraço!

Ele pareceu aflito.

– Não vou dar – garantiu ela. – Mas você é muito esperto.

Ele sorriu e ela ligou o forno para ele.

Naquele momento, Zoe decidiu levar algumas das roupas de Mary para a menina, que tinha, na verdade, passado a cumprir essa função com muito mais eficiência nos últimos tempos, mas a conversa sobre a escola havia, obviamente, acabado com isso.

Zoe chegou a bater – ela reprisou várias vezes em sua mente, mais tarde, quando tentava decidir se tinha feito a coisa certa –, mas os quartos, é claro, eram muito grandes, e as portas eram muito grossas, e ela estava carregando uma pilha grande de roupas...

Mesmo assim. Ela empurrou a pesada porta branca com o ombro, apoiando o queixo no topo da pilha de roupas, ainda meio sorrindo por causa de Shackleton e seu pão, e entrou de lado no quarto salpicado de verde-claro e amarelo-claro da luz das árvores, e se deparou com Mary, a criança, a menininha com rosto pálido e longos cabelos escuros, traçando uma longa linha trêmula na parte de trás da perna com a ponta de uma lâmina, o sangue escorrendo em sua pele alva como em um filme de terror.

Capítulo quarenta e oito

Em um primeiro momento, o pensamento que ocorreu a Zoe era de que Mary tinha menstruado – mas seria possível? Ela não era nova demais? Por outro lado, as meninas de hoje em dia menstruavam cedo mesmo, não é?, as coisas tinham mudado...

Tudo isso passou rapidamente pela cabeça de Zoe até ela perceber que o motivo simples e normal não era o correto; que aquele pequeno objeto brilhando na mão de Mary era uma lâmina.

A náusea subiu pela garganta de Zoe, mas ela sabia que não tinha tempo para demonstrar seu choque. O rosto da garota estava mais pálido do que nunca, mas também desafiador, com uma veia roxa em seu pescoço magro. "Está vendo?", dizia ela sem falar. "Está vendo o que você me fez fazer?"

Zoe virou a cabeça e a colocou para fora da porta para não apavorar ninguém.

– Ramsay! – gritou, tentando soar profissional, e não desesperada. – Ramsay! Você pode vir aqui... Você poderia, por favor?

Ninguém ouviu. Maldita, *maldita* casa enorme. Ela desceu as escadas, atravessou o corredor voando e bateu furiosamente na porta enorme e proibida da biblioteca, berrando:

– VENHA ATÉ O QUARTO DA MARY! AGORA!

E então voltou para o lado de Mary, atrapalhando-se com o celular, tentando encontrar sinal para ligar para a emergência.

Ela agarrou a primeira coisa que encontrou – uma camiseta velha da Mary –, mas a menina começou a berrar instantaneamente, até ela pegar uma toalha velha.

– Venha cá – disse ela. – Querida. Por favor. Me dê essa lâmina. Por favor.

Mary estava olhando para o sangue no chão, bastante horrorizada e surpresa, como se nunca tivesse visto sangue na vida. "Tomara", pensou Zoe. "Tomara que essa tenha sido a primeira vez."

– Dê aqui pra mim. Agora – disse ela um tanto ríspida, estendendo a mão.

Para sua surpresa, Mary automaticamente lhe entregou a lâmina, ainda catatônica.

Zoe se moveu tão lenta e cautelosamente quanto possível e enrolou a toalha na perna da menina, puxando-a para perto de si, ignorando o sangue que manchava sua calça jeans, até encontrar uma maneira de estancar o fluxo.

Patrick apareceu à porta e Zoe, com toda a calma que conseguiu reunir, sibilou:

– Patrick, pode chamar seu pai? A Mary caiu.

Ao ouvir aquilo, Mary se sobressaltou; seus olhos enormes se fixaram de forma questionadora em Zoe, que afagou suas costas de um jeito que esperava ser encorajador.

– Shhh – sussurrou ela. – Vamos limpar você.

A boca de Mary se abriu e ela começou a chorar, soluçando violentamente, enquanto o sangue continuava pingando no chão.

Capítulo quarenta e nove

Finalmente Ramsay apareceu à porta, ficou branco feito papel e desapareceu logo em seguida. Por um momento terrível, Zoe pensou que talvez ele tivesse ido embora – simplesmente ido embora. Ele não podia ter feito isso.

Ele retornou alguns instantes depois, contudo, com um kit de primeiros socorros em uma caixa de madeira que parecia ser uma relíquia de qualquer uma das últimas quatro guerras.

– Mary – disse ele, aproximando-se e afagando a cabeça da filha enquanto Zoe lavava as mãos na pia do quarto e se preparava para examiná-la. – Mary, Mary, Mary.

A garota continuou chorando.

– Não consigo... Eu sinto... Eu queria...

Zoe se ateve a medidas práticas. Ela lavou a ferida rapidamente. Boa parte era superficial, mas o corte na coxa era profundo.

– Você vai precisar levar um ponto – informou. – Sinto muito, meu bem. Não vai parar de sangrar sem costurar. Você cortou bem fundo.

– Vou ligar pra Joan – anunciou Ramsay.

Zoe se levantou.

– Acho que não – disse ela secamente. – Acho que talvez ela precise ir para o hospital.

– Mas você falou "um ponto"...

Zoe meneou a cabeça, enquanto a menina chorava ainda mais alto.

– Ela precisa ser examinada, Ramsay. Você sabe disso. Sinto muito. Sinto muito por ela, desde que cheguei aqui. Mas ela precisa de ajuda. Você não acha?

– Não é culpa dela – disse Ramsay, desolado.

– Eu nunca falei que era – respondeu Zoe. – Você não vê? É justamente por não ser culpa dela que ela precisa de ajuda.

Ela se ajoelhou.

– O sangramento não vai parar – informou. – Acho que você deveria chamar a ambulância. Se ela atingiu uma artéria, precisamos ser rápidos.

Ramsay se atrapalhou com o celular e telefonou imediatamente. Zoe conseguiu fazer um torniquete decente, graças a um curso de primeiros socorros que seu antigo emprego a obrigara a fazer. Mas, enquanto ela tentava limpar a perna da Mary, reparou em algo muito mais preocupante: debaixo da enorme ferida nova havia uma linha branca fraca e sem pelos, uma cicatriz antiga. Ela encarou Ramsay, que desviou o olhar. Na mesma hora ela percebeu. Ele sabia. Ele *sabia*. Zoe ardeu em fúria por aquela garotinha.

Enquanto aguardavam a ambulância, com Mary repousando a cabeça no ombro do pai, o cérebro de Zoe estava a mil. Há quanto tempo aquela criança estava se automutilando? Ramsay já tinha visto aquela cicatriz antes, ela sabia.

O que ele estava fazendo? Ignorando? Torcendo para que tudo passasse? Que tipo de pai ele era? O que ele estava *pensando*?

A Sra. MacGlone foi chamada para cuidar das crianças e eles mantiveram a versão de que ela havia caído e se cortado e, por isso, eles a estavam levando para ser examinada.

– Você vai ao hospital? – perguntou a Sra. MacGlone, cética.

Zoe já tinha se decidido. Ela queria estar lá, ver o que Ramsay diria aos médicos. Aquele era um de seus papéis como cuidadora.

– Sim, vou – respondeu ela secamente. – Se você puder ficar de olho no Hari, eu agradeço.

Não era uma sugestão.

No hospital, eles esperaram, nervosos, enquanto Mary passava pela triagem e era levada para tomar os pontos. Ela apertou a mão de Ramsay enquanto a enfermeira trabalhava com agilidade e precisão e então ela disse, como Zoe sabia que diria, que seria necessário chamar alguém para trocar umas palavrinhas só com a Mary sobre o que tinha acontecido, está bem?

Ramsay e Zoe se sentaram com duas cadeiras de distância um do outro na sala de espera. Tudo parecia estar levando uma eternidade. Zoe pegou dois copos de um chá horrível da máquina para eles, mas estava zangada demais para puxar conversa.

Por fim a recepcionista apareceu.

– Qual de vocês é da família? – perguntou ela, olhando de um para outro.

Zoe perguntou-se o que ela acharia que eles eram – um casal que havia se distanciado? Duas pessoas que haviam se desentendido? Divorciados?

Ramsay se levantou, parecendo ridiculamente alto demais na saleta de teto baixo do pronto-socorro. A cabeça dele bateu no foco de luz.

A recepcionista olhou para ele enquanto se preparava para anotar algo em sua prancheta.

Capítulo cinquenta

Zoe se pegou virando-se para Ramsay e encarando-o. Ele estava vermelho feito um pimentão. Ela ergueu as sobrancelhas para ele, mas ele estava claramente se recusando a olhar para ela.

Naquele momento, o jovem médico surgiu da sala em que Mary estava e indicou que eles se aproximassem.

– Posso entrar? – perguntou Zoe, ainda fervendo e decidida a não deixar que aquilo prosseguisse sem ela como testemunha.

Ramsay deu de ombros e ela os seguiu para dentro da sala. Mary tinha sido transferida para uma enfermaria, então eles estavam sozinhos.

– Pois bem – disse o homem, olhando para os dois. – Não posso fazer coisa alguma sem o seu consentimento explícito. Você é o tutor legal dela?

Ramsay confirmou com a cabeça.

O médico franziu o cenho.

– O único?

Ramsay confirmou brevemente de novo, como se não houvesse necessidade alguma de discussões ridículas quanto àquela questão. Seu ar patrício deixou o jovem médico ainda mais nervoso do que ele já parecia estar. Ele consultou suas anotações e pigarreou.

– Bem, nós suturamos a ferida, mas o corte atingiu uma artéria. É, potencialmente, um ferimento bem grave.

Ele ergueu os olhos, arregalando-os por trás dos óculos.

– Potencialmente letal, se vocês não a tivessem encontrado a tempo.

– Meu Deus – murmurou Zoe, sem conseguir evitar.

Ramsay simplesmente fechou os olhos.

– Nós demos os pontos – continuou ele. – Mas receio que ela precisará ficar em observação. Só para o caso de ter sido uma...

– Tentativa de suicídio – completou Ramsay, e o médico enrubesceu, parecendo aliviado por não precisar dizer aquelas palavras.

Ramsay piscou. Seus dedos estavam cerrados em punhos apertados.

– Onde? – quis saber ele. – Aqui?

– Não – respondeu o médico. – Temos uma unidade anexa ao hospital.

Ramsay cerrou a mandíbula.

– Não quero que ela vá pra lá. Ela não vai para aquele... asilo.

– É o melhor lugar... Eles têm as instalações... Nós não podemos...

O rosto de Ramsay permaneceu rígido; não havia nada daquele ar ambivalente nele.

– Não – afirmou. – Ela não vai pra lá. – Ele se levantou. – Vou vê-la.

Os três entraram na pequena enfermaria juntos. O hospital estava silencioso àquela hora do dia, bem diferente dos lugares barulhentos e abarrotados onde Zoe costumava levar Hari. Era quase tranquilo. Mary estava sentada, com uma carranca.

– Minha querida – disse Ramsay, indo até a cama e abraçando-a. – Meu amor. Eu sinto muito.

Ramsay olhou para Mary e segurou seu rostinho comprido com as mãos grandonas.

– Me diga que você não estava... – murmurou ele.

Os olhos enormes de Mary se encheram de lágrimas. Ela meneou a cabeça.

– Eu não estava... Eu não estava tentando me matar. Eu juro. Eu *juro*.

Ramsay a envolveu em um abraço.

– Está tudo bem, minha querida, está tudo bem.

– Não deixe eles me colocarem no hospício! Por favor! Não deixe eles me colocarem no hospício!

– Não... Não chame assim – pediu Ramsay. – Tudo que nós queremos é que você fique menos infeliz, meu amor.

– Mas eu só... Foi só um cortezinho.

– Mas... Mas por quê?

A voz de Ramsay era muito triste e repleta de carinho, como se ele já soubesse que não havia uma resposta. Zoe olhou para ele, vacilando.

– Pra tentar... Eu achei que fosse ajudar. – Ela disse as palavras seguintes tão baixinho que foi quase impossível de ouvir: – Onde fica a cicatriz.

Ramsay virou o rosto e não conseguiu falar. Em vez disso, puxou Mary para perto de si e ela sussurrou em seu ouvido:

– Eu sinto falta dela.

– Eu sei – disse ele, ninando-a como se ela fosse bem mais nova do que seus 9 anos. – Eu sei que sente. Eu sei. Estou fazendo o meu melhor, meu amor. – Mary baixou a cabeça. – Estou... Eu... E a Zoe...

– Ah, você e a Zoe – repetiu ela, seu tom transbordando sarcasmo. – Ah, sim, eu tinha me esquecido da "maravilhosa Zoe".

– Que encontrou você – lembrou Ramsay delicadamente. – Antes de você encharcar o piso de sangue.

Mary fez bico.

– Você deveria ficar agradecida – continuou Ramsay.

– Por quê? – indagou Mary.

– "Por quê"? – esbravejou Ramsay, subindo o tom de voz de repente. – Porque eu não posso perder mais uma pessoa! Não posso perder você, Mary! Não posso! Sou seu pai!

Lágrimas encheram os olhos de Mary e ela concordou.

– Sim – disse ela com uma vozinha minúscula. – Você é meu pai.

– Eu sou seu pai! – repetiu Ramsay. – Sou seu pai! E eu te amo! E vou tentar consertar as coisas da melhor maneira possível, Mary... mas você precisa... você precisa ficar comigo. Você precisa. Você precisa tentar. Mesmo quando não quiser. Mesmo quando for difícil. Mesmo quando sentir que é tudo culpa minha...

O rosto dela se virou e Zoe percebeu que ele tinha pisado em algum calo.

– Eu sei que você pensa isso – continuou ele. – Eu sei disso. Eu não posso... Não há nada que eu possa dizer ou fazer pra mudar isso. Mas, por favor, acredite em mim. Eu estou tentando.

Mary estremeceu nos braços dele e deixou as lágrimas caírem em sua camiseta.

– Eu não estava tentando...

– Shhhh – sibilou Ramsay. – Eu vou ficar – decidiu ele. – Doutor, posso ficar, certo?

– Bem, ela realmente ficaria melhor no...

– Não! Ela já disse. Foi só um cortezinho pequeno que ela fez no lugar errado. Foi um acidente. Vamos ficar aqui.

Zoe se levantou. Sua raiva havia se dissipado, substituída por uma pena imensa e a sensação de que a Sra. MacGlone, logo ela, tinha razão: ela estava se intrometendo em algo mais profundo do que compreendia, em coisas que não eram da sua conta.

– Vou ver como estão os outros – informou ela. – Fazer um chá.

Ela caminhou até eles.

– Espero que você esteja bem – disse a Mary.

Piscando, a menina olhou para ela. E, pela primeira vez, disse algo que Zoe não estava esperando:

– Obrigada.

Capítulo cinquenta e um

Assim que chegou em casa, Zoe foi logo cercada por todos. O que havia de errado com a Mary? Shackleton estava perturbado.

– Ela está querendo chamar a atenção? – perguntou ele atentamente. – Ou está...? Foi...?

A delicadeza na voz dele era, novamente, incomum.

– Ele está perguntando – disse Patrick – se a Mary absolutamente morreu.

Zoe olhou para baixo.

– Ela absolutamente não morreu – respondeu ela, tentando manter o tom de voz leve. – Foi apenas um acidente; ela estava um pouco assustada. Ela voltará amanhã e todos nós seremos muito, muito gentis com ela.

Na verdade, ela percebeu enquanto entrava na cozinha, com a luz dourada do outono atravessando as janelas, que, embora parecesse que aquele dia tinha durado umas cem horas e ela não conseguisse acreditar que ainda estava claro, e não no meio da madrugada, havia algo de diferente.

Havia grandes cachos de hera e bolotas. Os garotos tinham decorado a cozinha. Estava linda. E no fogão havia uma panela de cozido fervilhante, com frutas vermelhas e cogumelos cuidadosamente colhidos pelo dono de Porteous. O cheiro era divino.

– Você que fez isso? – perguntou ela, virando-se para Shackleton, que sorriu, meio encabulado. – É incrível! Maravilhoso.

– Ela não vem pra casa hoje? – indagou ele, preocupado. – E meu pai?

– Não – respondeu Zoe, meneando a cabeça. – Eu vou ficar em casa amanhã e, se tudo der certo, poderei ir buscá-los. Vocês querem vir?

Estranhamente, os dois garotos se encolheram.

– Eu não... Nada de hospital – respondeu Patrick, atipicamente quieto. Ambos pareciam apavorados.

– Está bem – disse Zoe. – Hari e eu iremos, não é, meu amor?

O garotinho ergueu os olhos, sorrindo.

Zoe estava nervosa enquanto dirigia no dia seguinte. Hari sacolejava alegremente no banco de trás, seguindo com os olhos as folhas vermelhas e alaranjadas que caíam, redemoinhando e dançando diante do para-brisa.

– São tantas folhas – comentou Zoe, reflexiva. – Para onde é que elas vão?

O grande – enorme – alívio foi saber que Mary teria alta. O psiquiatra infantil tinha aceitado a explicação dela de que estava se automutilando, e não tentando cometer suicídio. Não que isso fosse tranquilo; eles precisariam contatar todas as autoridades e números de telefones possíveis; Zoe viu Ramsay olhar para a lista de forma um tanto apressada e fez uma nota mental para si mesma de pegar a lista e traçar um plano de ação. Eles também entrariam na lista de espera do Serviço de Saúde Mental para Crianças e Adolescentes. Mesmo evasivo, o psiquiatra deu a entender que talvez fosse levar um tempo.

Contudo, eles não iriam interná-la. O imenso alívio de Ramsay era evidente enquanto Zoe estacionava na frente do hospital e encontrava ambos esperando por ela.

Ramsay estava com olheiras profundas – ele não devia ter dormido e parecia ter envelhecido cinco anos em uma noite – e, quando Mary hesitou em ser levada na cadeira de rodas, ele mesmo a carregou até o carro. Hari agitou as mãos, sorrindo ao vê-la. Como de costume, Mary o ignorou desdenhosamente, mas ele não se abalou. Estava contente.

Zoe e Ramsay os observaram em silêncio enquanto Zoe assumia o volante de novo, sem que Ramsay dissesse uma única palavra, embora ele mal conseguisse se espremer no banco do passageiro do carrinho verde. Ele parecia esgotado e ela ficou feliz por dirigir pelas ruas douradas e compridas, vazias, em silêncio, o que tornava o próprio ato um prazer em si, com os longos campos se estendendo diante deles, tomados pelas medas de trigo amarradas em fardos redondos – não quadrados –, e, de vez em quando, avistando um vislumbre do sol cintilando no lago ou um trator deambulando para um lado ou para outro, ou um motorhome passeando pelo meio da estrada que Zoe ousadamente ultrapassava.

Ela estava esperando que as duas crianças pegassem no sono – o que, embaladas pelo zunido do motor, logo aconteceu – para que pudesse fazer umas perguntas sérias para Ramsay.

Mas, quando as crianças adormeceram em suas cadeirinhas – o rosto de Mary no retrovisor ainda era branco como giz e ela estava com a perna apoiada em cima do banco, cheia de curativos –, Zoe olhou para o lado... e viu que Ramsay também tinha pegado no sono, com a cabeça apoiada na janela, o sol lustrando os cachos claros na testa grande dele, a tensão finalmente esvaída de seu rosto.

Ela jamais teria coragem de acordá-lo, então deixou que dormisse, que todos dormissem, e nada quebrava o silêncio exceto uma ocasional lombada na pista e o pio dos pássaros que circulavam cada vez mais alto na corrente ascendente.

Capítulo cinquenta e dois

Zoe colocou Mary na cama sem despertá-la, vestindo nela seu pijama cuidadosamente, e então foi encontrar Ramsay. Ela acabou encontrando-o perto do antigo barco abandonado, olhando para a água.

– Ela está na lista de espera – disse ele por fim, como se soubesse o que ela iria dizer antes mesmo que ela abrisse a boca.

– Mas e se pagar particular? – sugeriu ela.

No fundo, ela não conseguia acreditar que Ramsay não tinha dinheiro, independentemente do estado dos jardins; a casa a fazia pensar que era impossível.

Ramsay soltou um suspiro.

– Eu... Eu não sou um... – Ele colocou a mão na nuca. – Nós tentamos. Antes. Não deu muito certo.

– O que aconteceu?

– Ela se recusou a falar qualquer coisa além de chamar a terapeuta de... um nome que eu não gostaria de repetir.

– Ah – murmurou Zoe.

A pergunta estava na ponta de sua língua, mas ela não conseguiu fazer: por que ela era assim?

– Eles queriam drogá-la. Dar uns remédios bem fortes pra ela.

– Acho que a medicação pode ajudar muita gente.

– Dopar a minha garotinha... sendo que ela não queria tomar nada. Ela só está triste. Ela tem... – O olhar de Ramsay era bem distante. – Ela tem um bom motivo para estar.

Ele se virou para Zoe; sua expressão era suplicante.

– Estar triste porque você sente falta da sua mãe... isso é normal. Não uma condição médica que deveria envolver remédios para dopar uma criança. Você não acha?

Zoe refletiu.

– Sim, mas se ela está se automutilando...

– Eu sei, eu sei, isso muda tudo.

Ele passou os dedos pelos cabelos e obviamente não fazia ideia de que os fios ficaram espetados para todos os lados possíveis depois. Então virou o rosto para outro lado e Zoe levou alguns instantes para perceber, de repente, com um choque estranho, que ele estava chorando e tentando ao máximo fingir que não estava.

– Me deixe conversar com alguém da escola – sugeriu Zoe, dando um passo na direção dele.

Se fosse outra pessoa, ela teria colocado a mão nele, dado um abraço. Mas, com Ramsay, aquilo representava dois problemas: primeiro, ele era tão enorme que ela acabaria abraçando os quadris dele, ou algo igualmente constrangedor, e segundo, ele era, é claro, seu chefe. Mas ficar parada ali sem fazer nada também era ruim. Ela acabou acariciando os braços dele delicadamente e ele logo esfregou o rosto com o colarinho da camisa e se endireitou.

– Desculpe – disse ele.

– Não precisa pedir desculpas – respondeu Zoe, olhando para o relógio para fingir que estava superocupada e tinha algo para fazer. – Mas eu poderia ver o que a Kirsty propõe... Eles devem ter um psicólogo.

– Não, não faça isso... – Ramsay se encolheu. – Eu não quero... fofocas, assistentes sociais e tudo mais... Ela só pioraria... se formos colocá-la de volta na escola.

Zoe anuiu.

– Certo. Bem. Talvez eu converse com a diretora em particular, então. Somos amigas.

Ele se encolheu novamente.

– Certo. Bem. Talvez casualmente. Só pra ver o que eles têm a oferecer.

Zoe se virou.

– Não sei se ajuda, mas... acho que ela não é a única... a se cortar.

A expressão de Ramsay era muito triste.

– É sério isso?

Do lago, ouviu-se um breve ruído quando um salmão saltou, brilhou à luz do sol e desapareceu novamente.

– Ah – murmurou Zoe.

– O quê? – perguntou Ramsay.

Zoe ficou olhando para o sol reluzente brilhando sobre a pele de uma foca que estava olhando para eles tão atentamente que era impossível não pensar que ela os reconhecia. A expressão em seu rosto era de alguém tentando identificar uma pessoa em uma festa.

– É tão lindo aqui.

A foca saltitou pelo rochedo.

– Olá, foca gordinha – disse Zoe. – Sou eu aqui.

A foca saltitou um pouco mais na pedra.

– Isso deve doer.

– Elas têm a pele bem grossa – murmurou Ramsay.

Zoe o observou se abaixar e pegar uma pedra para arremessar na água, fazendo-a saltar. Ela se pegou pensando em como a parte superior do corpo dele era distante da parte de baixo e se perguntou se ele achava isso estranho, mas logo percebeu que aquilo era algo ridículo de se pensar.

Ela olhou ao redor, da água para o bosque, passando pelos jardins, até chegar na casa. Um ar gelado ficou preso no fundo de sua garganta.

– Sabe, quando eu era criança... nós morávamos em um cômodo. Meu pai... Ele não era presente. Ele vivia envolvido com... – Ela pausou. – Coisas... de Bethnal Green. Antes de Bethnal Green ser bonita, chique, cheia de lojas de móveis e coisas desse tipo. Nós não tínhamos nada. Nada de grama, nada de árvores, nada disso. Apenas trânsito, fumaça e um pequeno apartamento em um bairro com placas de "Proibido jogar bola" por toda parte e uns viciados nos becos. Eu sequer sabia que lugares como este existiam.

Ramsay deu um sorriso levemente triste e fez outra pedra saltar na água com destreza.

– Eu não... Isso vai parecer estúpido – continuou ela.

– Não tem problema – garantiu Ramsay. – "Estúpido" fica um degrau acima do lugar onde eu me encontro agora.

No céu, duas andorinhas-do-mar voavam em círculos, subindo cada vez mais na corrente ascendente. Zoe as observou subir, depois voltou a olhar para as ondinhas quase imperceptíveis que os saltos de outra pedra arremessada com perfeição provocaram na superfície vítrea do lago.

– Não compreendo como alguém poderia ser infeliz aqui.

Zoe mordeu o lábio e sentiu uma súbita vontade de chorar.

Ramsay abaixou lentamente a pedra que estava segurando. Ele não estava mesmo esperando aquilo.

– *Como assim*? – indagou.

Zoe confirmou, olhando para o chão:

– Eu não conseguiria... Bastaria me mostrar a sua casa, os jardins, a propriedade e, meu Deus, vocês têm até a própria madeira! E as raposas e os pássaros e os peixes e...

Ramsay olhou para ela.

– Eu sei. Como é que alguém poderia ser infeliz aqui, não é? Acho que faz sentido.

Ele soltou um suspiro pesado enquanto olhava ao redor.

– É melhor eu ir vê-la.

Infelizmente, Kirsty acabou não sendo de grande ajuda.

– Ah, isso é terrível!

– Ela precisou de dois pontos!

– Nossa. Mais uma criança.

– Jura?

– Embora, normalmente, não por aqui. As Terras Altas e as ilhas são os lugares mais felizes para crianças na Grã-Bretanha, sabia?

Zoe sentiu o estômago se contrair. Aquilo confirmava o que ela sentia desde que chegara, o que tinha dito a Ramsay. Ar puro, água cristalina, lugares seguros para brincar. Ela não conseguia pensar em um lugar melhor para crianças. Para o próprio filho, que, embora ainda não estivesse falando, parecia mais extrovertido, mais confiante do que nunca. Afagando cachorros, fazendo amigos – coisas que ela achava que ele jamais conseguiria.

Ela se forçou a voltar ao presente.

– Sim, eu consigo entender... mas não faz muita diferença pra Mary...

– Não – concordou Kirsty, franzindo o cenho. – Sabe, o fato de ela ficar em casa, remoendo as coisas o tempo todo... Isso não vai ajudá-la em nada, você sabe disso, não sabe?

Zoe confirmou:

– Totalmente.

– Nós temos psicólogos parceiros da escola...

– Vocês já trabalharam com eles?

Kirsty deu de ombros.

– Sinceramente, a maioria das nossas crianças... Quer dizer, se elas perdem um cachorro, é um desastre. E tivemos o Ben no ano passado, que tinha problemas de leitura, mas ninguém que eu tenha encaminhado. Mas, pelo que sei, eles são ótimos.

– Ela vai precisar ser encaminhada – disse Zoe.

– Bem. Sim. Precisa. Mas, Zoe, ouça: ela precisa voltar pra escola. Faça-a voltar depois das férias e nós daremos um jeito.

Zoe assentiu:

– Certo.

Ela não mencionou que foi a mera ideia de voltar para a escola que tinha provocado aquela reação em Mary.

Capítulo cinquenta e três

Mary precisava passar alguns dias na cama porque a ferida ficava numa parte complicada da perna e, se os pontos abrissem, a coisa podia ficar feia.

Mas, de alguma forma, com Zoe e os garotos, não importava.

O grupo briguento e malcriado que ela encontrara apenas dois meses antes parecia ter mudado além da imaginação. Eles faziam chá, ajudavam, buscavam ovos. É claro que ainda discutiam ruidosamente. Mas a tendência era que fosse enquanto eles faziam coisas. Até mesmo Hari era útil, de certa forma, usando sua vassourinha e carregando a própria roupa limpa, um par de meias por vez, pelos quatro lances de escada até o quarto. Levava um tempo danado, mas isso não parecia importar.

Assim, Zoe podia passar mais tempo com Mary – não para conversar com ela; ela havia aprendido a lição de que uma abordagem direta não rendia bons resultados. Em vez disso, apareceu à porta dela com um exemplar de um livro antigo.

– É sobre uma garota que não tem mãe e não pode sair da cama e odeia todo mundo – explicou. – Então, provavelmente não é relevante pra você.

Essa abordagem direta foi deliberada da parte de Zoe.

Na noite anterior, deitada na cama e sem conseguir dormir – e certa de que o restante da casa também não conseguia –, ela decidira parar de pisar em ovos com relação àquela questão. Ela não sabia onde a mãe de Mary estava. Parecia muito provável que Mary também não soubesse, dadas as perguntas que ela andava fazendo. As únicas pessoas que provavelmente sabiam eram Ramsay e a Sra. MacGlone, e nenhum dos dois era de muita ajuda.

Mas Zoe iria acabar com aquela fantasia ridícula de que a mãe deles estava no quarto ao lado, ocupada, e iria voltar a qualquer minuto. Ela iria parar de censurar qualquer menção à palavra "mãe" ou "mamãe", iria parar de falar besteiras completas.

Era uma falácia terrível – e ela achava que os escritores do passado entendiam isso melhor que os do presente.

Além disso, perder uma mãe ou um pai era algo comum, ela supunha. Havia 5% de chance de a mulher morrer no parto. Qualquer doença antiga poderia matar. O mundo estava repleto de crianças sem mãe ou sem pai, ou cujos pais haviam morrido em alguma guerra. E o mundo estava cheio de irmãos mortos, de bebês que nasciam e não ganhavam nome até a família saber se a criança sobreviveria ao tétano ou à febre escarlatina, ao sarampo, à pólio, à influenza, à hidropsia, ao tifo e à guerra, a acidentes de cavalo e ao nascimento letal. E ninguém fazia rodeios. Eles compreendiam e eram claros com as crianças com relação à morte e à dor; não fingiam que não existia ou que não aconteceria com eles.

Nos dias de hoje, era raro perder um pai ou uma mãe, e as pessoas não discutiam o assunto, para evitar atrair o azar, tentar o destino ou a superstição. Ela pensou em quantas pessoas não conversavam sobre a mudez de Hari para evitar que a atenção ao problema trouxesse má sorte, de alguma forma, para os filhos delas.

Mas Zoe tinha decidido parar com tudo aquilo. Crianças não eram burras, nem um pouco. Elas assimilavam tudo que acontecia, mesmo que não compreendessem plenamente. Desde o início, Hari sabia que seu pai não aparecia para ficar, que não estaria ali para sempre. Ele não ficava feliz, mas sabia que era assim que funcionava. Fingir que não havia um problema com relação à mãe das crianças tinha levado Mary direto ao hospital, e Zoe não continuaria com aquilo.

Então ela falou com delicadeza – "Este livro é sobre uma garota que não tem mãe" – e olhou bem nos olhos de Mary ao fazê-lo.

Mary a fitou com desconfiança. Zoe não tinha certeza se estava imaginando, mas parecia que parte da força havia se esvaído dela.

– Não me importo – disse ela por fim.

Então Zoe sentou-se ao lado dela e abriu *O que Katy fez*.

Capítulo cinquenta e quatro

Não era que a força tivesse se esvaído de Mary. Isso nunca poderia acontecer. Parte daquela garota era indomada e sempre seria, e Zoe concluiu que provavelmente pudesse aceitar aquilo.

Mas havia uma coisa no fato de ela não poder se mexer que fez a diferença.

Para alguns – talvez a maioria das pessoas –, ter que ficar na cama os deixaria raivosos, inquietos e irritados. Para Mary, o efeito parecia ser o oposto. Zoe se perguntou se, talvez, o fardo tinha sido aliviado; se o custo emocional de nunca baixar a guarda, estar sempre na defensiva, estressada, como um animal encurralado, tinha sido aliviado.

Ela dormia bastante e comia sem discutir os pratos que Zoe montava para ela. Nada complicado: mingau grosso, descansado durante a noite, com o creme de leite disponível nas mercearias locais e a densa geleia de amora que eles tinham feito – todos comeram muito –; Horlicks (Zoe não tomava há anos, mas encontrara latas enormes na despensa); sopa de legumes em pedaços grandes e um bom pão; até mesmo (e mais de uma vez, assim que ela percebeu o sucesso que fez) geleia com sorvete.

E agora que o quarto dela estava limpo e um pouco mais organizado, Patrick e Hari começaram a ir até lá para brincar. Mary protestou de leve, mas não se importava de verdade. E todos os momentos em que não estava trabalhando, Zoe passava lá, lendo para ela.

Elas leram todos os livros da *Katy* e logo partiram para *Mulherzinhas*, à medida que os dias começaram a encurtar e as folhas, a tomar as ruas, bloqueando os drenos e parando os trens. A lareira ficava acesa o tempo todo na cozinha agora e a Sra. MacGlone concordou em colocar um braseiro no quarto da Mary também e, após alguns dias, Zoe tinha bastante certeza de que a ferida havia cicatrizado – ela era uma criança, afinal de contas –, mas também tinha certeza de que passar um tempo como uma inválida, sem sair da cama, estava curando outra coisa em Mary, muito embora ela não conseguisse indicar exatamente o que era, e ela mencionou isso para Joan quando a médica foi gentilmente até lá para remover os pontos.

– Será que você poderia dizer que ela ainda não está pronta? – pediu ela, esperançosa, no corredor.

Joan pigarreou.

– Não é bom para um ser vivo não estar em pé e se movimentando por aí.

Zoe pensou nas longas e solitárias caminhadas que Mary fazia perto do lago, em como ela costumava ir longe, sozinha, de camisola, sabe lá Deus pensando em quê.

– Eu entendo – disse Zoe. – Mas, nesse caso, será que você poderia abrir uma exceção?

Joan piscou.

– Eu acho – disse ela – que você está se afeiçoando a este lugar.

– É um gelo – observou Zoe. – Nunca tem água quente, os cervos vivem comendo os morangueiros, as crianças ainda não voltaram pra escola, a casa está cheia de aranhas e eu não ganho o suficiente nem pra sustentar um rato.

– Aham – respondeu Joan.

Elas sorriram uma para a outra enquanto Zoe retomava seu lugar ao lado de Mary.

– Infelizmente você vai precisar ficar mais quatro dias de cama – disse Joan.

Ela olhou de soslaio para Zoe, que manteve a cara de paisagem.

Embora isso, em geral, fosse motivo para uma briga, Mary pareceu estranhamente aliviada.

– Está bem – sussurrou ela.

E, de fato, com o dia escurecendo mais cedo, o quarto era um cenário aconchegante: as cortinas pesadas, finalmente limpas, entreabertas para que ainda fosse possível avistar as estrelas; o fogo crepitando alegremente no pequeno braseiro; a pilha de livros acima da cama de Mary, que crescia a cada dia que passava; Patrick e Hari brincando de ser ursos no tapete sob o braseiro. Zoe havia levado algumas flores tardias do jardim e saudades e saiões acrescentavam um toque de beleza ao quarto amplo.

– Então – disse Zoe depois que Joan foi embora –, a gente precisa muito arrumar umas roupas novas pra você.

Mary fez uma careta.

– Pare de tentar me fazer gostar de você – disse ela.

– Não estou tentando – afirmou Zoe com tranquilidade. – Estou sendo prática. Tudo bem que você ficasse zanzando por aí de camisola durante o verão. Mas no inverno não vai ficar tudo bem.

– Posso usar as roupas antigas do Shackleton.

– Não pode, não.

Shackleton estava usando as roupas antigas do pai. Zoe desconfiava fortemente que tais peças vinham sido repassadas – ou ao menos estavam na casa – de geração a geração entre os Urquarts. Era preciso admitir que ele ficava bastante elegante de tweed.

– Vamos lá, vai ser divertido. Vamos para Inverness. Tinha uma Zara lá – disse Zoe, pesquisando no celular.

Mary parecia não fazer ideia do que era uma Zara e não ligava a mínima.

– Fala sério, você está fazendo isso pra me fazer gostar de você? – perguntou ela novamente em tom aborrecido.

Zoe concluiu que ela estava se recuperando, já que retomava o antigo comportamento.

– Não – respondeu ela com sinceridade. – Eu não ligo se você gostar de mim ou não, sou apenas a *au pair*. Mas ligo que você não morra de frio quando eu deveria cuidar de você.

Mary pensou naquilo por um segundo.

– Está bem – respondeu por fim.

Capítulo cinquenta e cinco

Certa noite, Zoe esperou até Ramsay voltar e ir para a biblioteca, mas sem deixar muito tempo passar. Ela não queria correr o risco de que ele ficasse imerso em alguma grande obra.

Fez uma xícara de chá para ele e cortou umas fatias do bolinho que ela e Shackleton tinham preparado juntos aquela tarde. Patrick e Hari também tinham feito um, mas eles ganharam uma parte especial, que enrolaram com as próprias mãozinhas e puderam comer sozinhos, pois estavam absurdamente sujos.

Zoe bateu à pesada porta de madeira com cautela. Ela ainda não tinha entrado na biblioteca. As crianças ficaram boquiabertas quando ela anunciou que iria até lá.

– É absolutamente bastante absolutamente proibido ir lá – alertou Patrick. Do jeito que disse, parecia que ela poderia ser comida por um tigre.

Era estranho: Ramsay parecia ter um temperamento tranquilo, nada da personalidade de Barba Azul que Zoe, em parte, esperava quando chegara à casa. Mas todas as crianças Urquart tinham medo daquela faceta.

Enquanto Zoe atravessava o corredor cada vez mais escuro, disse a si mesma para não ser ridícula. Mesmo assim, aquela era a parte da frente da casa, não a ala com a cozinha, o quarto de Mary, ou as escadas estreitas para os aposentos da criadagem, área onde ela normalmente ficava. Ela se perguntou se deveria ter feito uma lista com as coisas que precisava pedir, caso esquecesse. Era só o seu chefe, afinal. Ela só precisava ser corajosa. De novo – pensou com pesar.

Bateu de leve uma vez e, depois, um pouco mais forte. Ouviu uma voz lá dentro e presumiu que tinha autorização para entrar, então empurrou a pesada e ruidosa porta.

A biblioteca era tão linda que, por um instante, ela apenas ficou parada, olhando.

Lamparinas queimavam por todos os lados e as janelas estavam abertas, deixando entrar o restinho de luz do dia que se dissipava, uma linha dourada no horizonte distante. O cômodo se estendia por todo o comprimento da casa, Zoe percebeu. O pé-direito era duplo, com passarelas no segundo pavimento e escadas de metal em caracol dos dois lados.

Os livros dominavam todos os lados, metros e mais metros de prateleiras que se erguiam até o teto – lombadas vermelhas e douradas e velhas capas de algodão verde. Se ela achava que os livros da sala de visitas do piso de baixo eram interessantes, aquilo era um verdadeiro tesouro. Zoe permaneceu parada, extasiada.

Também havia uma pequena lareira, queimando uma madeira de aroma adocicado, e, nos fundos do cômodo, sob a janela de muitas vidraças, um globo terrestre que parecia ainda não exibir todos os países do mundo. No teto havia uma enorme cúpula de vidro além da qual as estrelas já estavam aparecendo e cintilando. Também havia um grande telescópio no vão reentrante da janela do segundo piso, que contava com um banco fundo, repleto de almofadas com capas de tapeçaria bordada.

Nos fundos, à direita, encontravam-se duas mesas compridas, com pilhas de livros espalhadas por elas, e à esquerda ela podia ver um conjunto de mapotecas e uma cômoda de boticário com várias gavetinhas identificadas com etiquetas de coisas extraordinárias: genciana, enxofre, alúmen, ácido bórico. Havia um astrolábio em uma prateleira, um crânio – seria de verdade? –, um pássaro entalhado e muitas coisas superinteressantes que Zoe quis imediatamente explorar, ao mesmo tempo que sentia vontade de dar as costas e sair correndo. E agora estava com medo de se virar e olhar para Ramsay, que ela começara a achar – e se isso parece ridículo hoje em dia, acredite, é porque você não estava lá – que poderia, na verdade, ser um bruxo, e que ela havia sido transportada para algum outro lugar ou outra época.

Ela arfou e quase derramou o chá. Então ouviu Ramsay dizer:

– Zoe? Você está bem?

Ele estava em pé atrás de uma mesa – não era, afinal de contas, um bruxo, apenas um homem desengonçado, alto demais e um pouco surpreso.

Zoe se virou.

– Ah! – disse ela. – Me desculpe! Eu nunca tinha entrado aqui antes.

Ramsay piscou.

– Sim. Eu deixo a biblioteca trancada a maior parte do tempo... Existem algumas... Bem, algumas coisas aqui... excepcionais...

– As crianças acham que você iria matá-las se elas entrassem aqui.

Ele não sorriu e sua expressão de repente ficou severa e um tanto preocupante sob a luz fraca.

– Não quero que elas entrem aqui.

Então foi como se ele tivesse se sacudido.

– Quer dizer, o Patrick se dependuraria nas vigas.

Zoe não podia refutar, então entregou o chá a ele.

– É linda – comentou.

– Ah, provavelmente precisa de uma daquelas suas faxinas mágicas – disse ele. – Eu não mudei quase nada, e meu pai também não. A casa foi construída ao redor da biblioteca. Esta parte da construção é bem mais antiga. Do século XVII, acho. Tudo que é tipo de livro foi contrabandeado para cá durante a reforma; era longe demais para os homens do rei fiscalizarem. Acabou ficando conhecida como um refúgio seguro. É daí que vem o nome da propriedade, The Beeches.

– Pensei que fosse por causa do bosque de faias.

– Aquelas árvores não são faias – disse Ramsay com desdém. – São carvalhos. Você não sabe diferenciar?

Zoe cruzou os braços.

– Desculpe – disse ele. – Talvez não tenha muitas árvores em Bethnal Green, né? Tem?

– Não – respondeu Zoe.

– Enfim – continuou Ramsay –, é um código. A palavra "*book*", "livro", vem da palavra "*beech*". Era da madeira das faias que os livros, originalmente, eram feitos. As pessoas sabiam que podiam esconder seus livros aqui.

Zoe se aproximou, tocando com a ponta dos dedos os textos antiquíssimos.

– São lindos.

– Alguns são. Muito lindos. E importantes também. Foi isso que eu passei a vida inteira fazendo: tentando juntá-los com seus pares. Com seus irmãos e irmãs. Descobrindo quem havia sobrevivido a fogueiras e a mudanças no sistema de crenças e faxinas ao longo dos anos...

– Livros Reunidos – disse Zoe.

Ramsay deu um meio sorriso.

– Bem, sim. Algo nesse sentido. Você que fez esse bolinho?

Ele parecia agitado, como se tivesse se esquecido de comer – o que provavelmente era verdade –, e devorou dois pedaços.

– O Shackleton – respondeu ela.

– Minha nossa! – exclamou Ramsay. Ele olhou para Zoe com um novo respeito. – E foi você que ensinou pra ele?

– São incríveis os poderes que você ganha ao "dominar a internet" – disse Zoe, dando um sorriso alegre.

– Bem, eu nunca dominei. Bom trabalho, Babá Sete. Estou brincando, estou brincando – alegou ele ao ver que o rosto dela ficou tenso. – Sinceramente, Zoe, obrigado. E eu também queria agradecer de novo pela Mary.

Zoe sentiu o chão se movendo de leve sob seus pés. Ramsay olhou bem nos olhos dela.

– Preciso te perguntar – disse ele. – Por que você tem sido tão boa com ela? A Mary tem sido terrível com você.

Zoe olhou para ele, surpresa por ele ter feito aquela pergunta.

– Por que isso é culpa dela? – questionou ela. – Por que seria culpa da criança?

Ramsay enrubesceu e desviou o olhar.

– Também não acho que a culpa seja sua – apressou-se ela em acrescentar, ciente de que o tinha magoado profundamente.

Mas ele não respondeu – ou não conseguiu responder – e Zoe sentiu que o momento estava passando.

– Enfim – emendou ela apressadamente, imprimindo uma vivacidade na voz que não sentia de fato. – Preciso conversar com você sobre a Mary.

– O que foi?

– Ela precisa de roupas novas. Pro inverno.

Ramsay pensou um pouco.

– É claro. Eu vivo esquecendo que ela está crescendo... Tanto tempo se passou...

Ele parecia perdido em pensamentos.

– E vou precisar de dinheiro pra levá-la pra fazer compras.

Ele ergueu os olhos, preocupado.

– Ah – respondeu ele.

– Não muito – garantiu Zoe. – Roupas não custam mais tão caro hoje em dia, mas ela precisa de botas e de um casaco de inverno. Eu dei uma olhada... – disse ela, antecipando-se às objeções dele. – As botas que temos em casa já não servem mais. Tem muitas roupas masculinas velhas. Não tem... – ela não sabia ao certo como dizer aquilo sem parecer insensível – ... roupas femininas.

A frase ficou pairando no ar enquanto uma tora escorregava da grelha e crepitava no fogo. Fora isso, a biblioteca estava absurdamente silenciosa, apenas com a música clássica, que Ramsay havia baixado quando ela entrou, ao fundo.

– Sim. Entendo – disse ele, franzindo o cenho. Então suspirou. – Precisamos de mais alguma coisa? – perguntou.

Ambos se lembraram do lava-louça.

– Precisamos de uma máquina de lavar nova – respondeu Zoe. – E, provavelmente, de um aspirador de pó novo. Você facilitaria bastante a vida da Sra. MacGlone; o aspirador da casa tem a idade dela. E uma cafeteira – acrescentou rapidamente.

– Como é que alguém pode *precisar* de uma cafeteira? – indagou Ramsay.

– Como é que alguém pode precisar de um jardineiro? – retrucou Zoe.

Ramsay piscou.

– Mas o Wilby é do legado.

– Não entendi.

– Ele é... Eu o "herdei". Ele tem um montante do testamento do meu pai, uma anuidade, tal como a Sra. MacGlone. É assim que a criadagem se aposenta, você não sabia disso?

– Claro, eu cresci com cem criados na minha propriedade – disse Zoe. – Do que é que você está falando?

– Eu não pago um salário a eles. A propriedade é que paga, de muitos anos atrás. Eles não precisam trabalhar pelo dinheiro, ambos estão tecnicamente aposentados.

Zoe franziu a testa.

– E eles trabalham pra você mesmo assim?

Ramsay pareceu pesaroso.

– Hum, parece que sim.

Zoe pensou naquilo.

– A Sra. MacGlone vem trabalhar... sem precisar?

Ramsay parecia constrangido.

– Eu já falei pra ela tirar férias, mas...

Zoe balançou a cabeça.

– Isso é... Isso é... Então você não tem dinheiro *algum*? A Larissa sabe disso?

Ramsay piscou.

– De que diabos você está falando?

– Desculpe – disse Zoe. – Nada. Finja que eu não falei nada.

Ramsay franziu o cenho.

– O que a Larissa tem a ver com qualquer coisa?

Zoe deu um passo adiante. A biblioteca era realmente linda. Atrás das prateleiras era possível ver os painéis de carvalho maciço que cobriam as paredes e o teto. Havia candelabros circulares simples de ferro forjado – se é que existiam candelabros simples – dependurados no teto, com velinhas queimando neles. Havia pequenas lamparinas verdes aqui e ali.

Ela caminhou na direção da parede.

– Deve haver... – disse ela. – Deve haver algumas coisas aqui que você possa vender, não?

Ramsay ergueu as mãos, aflito.

– Eu sinto... Eu sinto que não são minhas, para que eu possa vender.

– Você é refém dos livros?

De repente ele parecia ser uma versão imensa do garotinho que devia ter sido na infância.

– Eles me moldaram – respondeu ele baixinho e olhou em volta. – Passei metade da minha vida nesta biblioteca.

Zoe sorriu.

– E se eu desse um jeito enquanto você não está aqui? – Ela ergueu os olhos. – Claro, não sei se saberia ao certo por onde começar...

– Tem o almanaque...

Zoe olhou para ele e ele parecia ter dito mais do que pretendia.

– O que é isso?

Ramsay olhou para sua mesa bagunçada.

– É uma lista anual de livros raros... que mostra o que você poderia conseguir se os tivesse.

– Então eu poderia analisar a lista, ver o que tem aqui?

Ramsay pareceu aflito.

– Eu preciso assistir?

Zoe meneou a cabeça.

– Eu serei muito, muito delicada com eles – prometeu ela. – E não vou pegar nada sem a sua permissão.

Ela pegou o pesado almanaque, com suas letrinhas miúdas.

– Caramba – disse ela. – Talvez seja melhor pedir ajuda pras crianças.

– Não! – gritou Ramsay de chofre, no tom mais áspero que ela já tinha ouvido. – As crianças não podem entrar aqui.

Zoe ergueu os olhos.

– Tuuuudo bem... – disse ela.

Ramsay piscou.

– Tem... Tem coisas aqui que não deveriam ser tocadas – murmurou ele.

Zoe olhou em volta. O lugar era lindo. Era uma pena.

– Tudo bem – reiterou ela com firmeza. – Eu dou conta. Encontrarei algumas coisas pra vender.

– Quando? – perguntou Ramsay. – Você parece bem atarefada.

– Sou multitarefa – respondeu Zoe, sorrindo.

Capítulo cinquenta e seis

E foi assim, nas manhãs seguintes, antes de as crianças sequer levantarem – elas ainda tinham horários irregulares; Zoe concluiu que o fato de elas estarem se alimentando melhor e lavando a própria louça significava que era melhor ela deixar a discussão quanto ao horário de dormir pra outra hora –, enquanto a luz pungente do outono brilhava por entre as folhas bronzeadas do jardim descuidado, que Zoe começou a passar uma hora deliciosa, todos os dias, comparando, arquivando e organizando.

Encontrou diversos tesouros: atlas antigos, de quando o mundo era cor-de-rosa; livros de feitiços pacatamente apresentados como meros livros de receitas; livros de receitas também, alguns com anotações à mão, repletos de receitas ultrapassadas, como geleia de carneiro e cozido de porquinho-da-índia. Encontrou, com um grito de triunfo, a primeira edição do *Livro da Sra. Beeton sobre administração do lar*, imaculado (ele obviamente não tinha, pensou ela com certo amargor, utilidade para a Sra. MacGlone). Também achou um almanaque de críquete *Winden's*, antiquíssimo e todo empoeirado, contendo os resultados imutáveis e já esquecidos com o passar dos anos.

Ramsay se acostumou com a presença dela lá, com a cabeça debruçada sobre seu caderno e um lápis atrás da orelha, uma expressão reflexiva e uma mecha de cabelo ocasional caindo diante do rosto. Ela se movia em silêncio, não o atrapalhava, colocava uma xícara de café instantâneo na mesa dele (o café era absurdamente fraco e quase sempre morno; ele não fazia ideia de que ela estava tentando uma abordagem passivo-agressiva para conseguir a nova cafeteira). Eles não conversavam, embora às vezes ela emitisse uma exclamação contente de surpresa e ele erguesse os olhos, nervoso, e ela mostrasse o que tinha encontrado.

Em sua maioria, eram os livros locais que Zoe estava procurando. Às vezes era um guia turístico ou um mapa da região que não era valioso por si só, mas só pelo fato de ela conseguir vender com facilidade na van no centro de visitantes, na seção "Relíquias", e que não configuravam nenhuma perda real para Ramsay.

– E você ainda tem, tipo, um zilhão de outros livros – lembrou ela.

Mas às vezes – como quando ela encontrou a primeira edição de *Peter Pan*, de J. M. Barrie, que conhecia o avô de Ramsay e morava na mesma rua que ele – ela soltava um suspiro profundo.

– Sabe – disse Zoe baixinho –, provavelmente daria pra consertar o telhado da ala leste com a venda disto aqui.

– Acho que os ninhos dos pássaros são a única coisa que está segurando tudo – comentou Ramsay.

– Estou vendo que esta biblioteca não tem uma seção de obras sobre como consertar telhados – observou Zoe. – O seu pai nunca sugeriu que você fizesse um curso de construção em vez de estudar literatura?

– Ele devia ter sugerido, né? – concordou Ramsay.

– Você daria um bom construtor. Coluna forte, mãos grandes – comentou Zoe, enrubescendo logo em seguida. Ela havia esquecido, por um instante, que estava falando com seu chefe.

Ramsay não percebeu e olhou para as próprias mãos, que estavam manchadas de tinta.

– Hum – murmurou ele. – Você acha que é tarde demais pra aprender?

– Nunca vi você subir as escadas sem bater a cabeça no cervo – respondeu Zoe, sorrindo.

Ramsay revirou os olhos.

– Minha cabeça – disse ele lugubremente – geralmente está em outro lugar.

– Eu sei.

Então ele olhou para o relógio e, como fazia todas as manhãs, franziu o cenho e partiu para um lugar muito mais importante – não que Zoe um dia tenha descoberto qual, exatamente, era o tal lugar.

Capítulo cinquenta e sete

Certa manhã – um dia frio de outubro, com um ar gelado, cheirando a fogueira, embora não houvesse nenhuma –, Zoe mandou Patrick e Hari para o quintal, calçando galochas aleatórias da casa, para coletar uma bacia enorme de folhas antes do café da manhã; eles retornaram radiantes, com folhas vermelhas, alaranjadas e amarelas, uma grande bacia de felicidade, e as colocaram em uma velha bacia de estanho polido perto da lareira da cozinha, para que secassem e conferissem uma linda pitada de cor às superfícies lisas, embora Zoe tivesse começado a cobrir as paredes com os desenhos coloridos que as crianças faziam. Ela serviu a eles um pouco de leite quente com noz-moscada, para aquecer as mãozinhas geladas, e então foi para o piso superior bem quando Ramsay chegou.

Ele também tinha ido fazer alguma coisa e eles acabaram se encontrando no corredor a caminho da biblioteca. Sorriram um para o outro, caminhando lado a lado pelo tapete comprido e desbotado.

– Então... Eu vendi todos aqueles guias turísticos em galês – disse ela.

– Não brinca! – exclamou Ramsay, franzindo o cenho.

– Pra você ver!

– Os compradores sabiam que eram em galês?

– Eles ficaram fascinados! Um deles tentou me agradecer em galês. – Ela pausou. – Pelo menos eu *acho* que era galês.

– Como era o som?

– Como alguém cantando uma música linda e então, sem querer, tendo que tossir de repente.

– Sim, é isso mesmo. *Tapadh leat.*

– "*Tapa lá*" – repetiu Zoe.

– Dá pro gasto.

– Bom, enfim. Fizemos um dinheirinho...

Zoe se apoiou na porta da biblioteca, estendendo a mão para que ele lhe desse a chave antiga e grandona. Estreitando os olhos, Ramsay a entregou a Zoe e ela a inseriu e girou cuidadosamente na velha fechadura. As portas se abriram com seu rangido habitual.

– Tcharã! – exclamou ela.

Ramsay olhou lá dentro, piscando de perplexidade. Zoe tinha ido até o pub em Kirrinfief com o dinheiro que conseguira com as vendas e perguntara se havia algum limpador de vidros na região. Então perguntara quantas vidraças ele limparia pela pequena quantia de que ela dispunha e ficou feliz por ele ter concordado em ir até lá e limpar toda a ala oeste (apenas os dois primeiros pavimentos), por dentro e por fora – embora, a bem da verdade, ela tivesse ficado tão nervosa com o sabão e os respingos que caíam enquanto ele limpava as janelas por dentro, alvoroçando-se em torno dele com toalhas velhas, que podia muito bem ter feito o serviço ela mesma.

Depois que ele foi embora, a mudança extraordinária na luz acabara expondo todas as teias de aranha e cantinhos empoeirados, então ela pegou os espanadores da Sra. MacGlone ("Você vai na *biblioteca*?", perguntara ela em tom bastante desaprovador e Zoe tinha sorrido da melhor maneira que pôde e dito "Estou apenas te ajudando, Sra. MacGlone!", e saído correndo antes que a Sra. MacGlone soltasse uma de suas famosas bufadas, que Zoe estava aprendendo a ignorar de um jeito ou de outro, e Patrick tinha corajosamente se intrometido no caminho dela, ainda de galochas, com outro espanador na mão, e declarado "A GENTE VAI ABSOLUTAMENTE AJUDAR", com Hari concordando ao lado dele, ao que Zoe respondera "Ótimo, é claro, vocês podem começar lá embaixo, na sala de visitas", o que havia frustrado os planos de Patrick, mas Zoe estava seguindo sua nova política de simplesmente continuar em frente e seguiu adiante).

E, naquele momento, ela estava olhando, nervosa, para o rosto de Ramsay enquanto ele observava a biblioteca, inundada pela luz, limpa, clara e brilhante.

– Ah! – exclamou ele. – Minha nossa.

Ele tirou os óculos e voltou a colocá-los.

– Eu não…

Ele esfregou os olhos.

– Bem. Não se via a biblioteca assim há um tempo.

– Eu não encostei em nada! – afirmou Zoe. – Bem, você sabe. Com exceção de todas as coisas que peguei pra vender. Que eu anotei! Então...

Ramsay tentou sorrir.

– Desde que você não faça nenhum buraco nas prateleiras – alertou ele. – Disso eu não gosto.

Ele andou pelo cômodo, tocando nas coisas.

– Ah! – repetiu ele. – Obrigado.

– Graças a Deus – disse Zoe. – Eu fiquei com medo que você ficasse irritado. Como se fosse o covil do Barba Azul, ou algo assim, e ninguém pudesse entrar.

– *Barba Azul*? – disse Ramsay. – É isso que você pensa de mim?

– Não! – afirmou Zoe. – Definitivamente, absolutamente não.

Ele a encarou.

– Podemos mudar de assunto? – acrescentou Zoe depressa.

– *Barba Azul*?

Zoe pegou o livro mais próximo que encontrou. Era um exemplar lindo, com borda dourada, de *A princesa e o goblin*, de George MacDonald.

– Aaahh, olha só pra isso – disse ela de um fôlego.

– Não, não pode – declarou Ramsay, tomando o livro das mãos dela com cuidado. – Este livro é lindo demais. Não posso me desfazer dele.

– Não quero que você se desfaça dele – explicou Zoe pacientemente. – Estava pensando em levar pra Mary.

– Ah! É claro! – concordou Ramsay, devolvendo o livro na mesma hora. – Como está a minha garotinha?

– Você não a viu ontem à noite?

Ele fez uma careta.

– Eu cheguei tarde; ela estava dormindo quando fui espiar no quarto dela.

– Certo. Bem, ela tem dormido bastante. Desenhado um pouco. Lido. Ela anda bem quieta, mas acho que está pronta pra ir fazer compras.

– Esta é a hora em que você me diz que vai ficar com a grana que levantou pra mim?

– Sim – respondeu Zoe. – Vou às compras com a Mary.

– Ótimo – disse Ramsay. – Você acha que ela tem condições?

– Bem – disse Zoe –, não acredito em garotas quietinhas, boazinhas e todas essas besteiras. Nada disso. Mas, no caso da Mary, acho que ela tem uma desculpa para querer calma, paz e tranquilidade. E talvez seja exatamente disso que ela está precisando.

– Mas ela ainda precisa voltar à escola.

– Todo mundo merece uma chance de ser normal – ponderou Zoe.

Ramsay piscou.

– Obrigado – disse ele novamente, olhando ao redor da biblioteca limpa e iluminada.

Alguém bateu à porta. Ramsay fez uma careta. Zoe foi atender, colocando a cabeça para fora.

Patrick e Hari estavam parados ali.

– SERÁ QUE A GENTE PODE ABSOLUTAMENTE ENTRAR? – perguntou Patrick.

– Receio que não – respondeu Zoe, sentindo-se totalmente ridícula por negar.

Eles estavam segurando, ambos, outra pesada bacia de estanho repleta de folhas vermelhas.

– A gente catou essas folhas pro papai – argumentou o menino.

– Bem, obrigada – disse Zoe, abaixando-se. – Eu levo pra ele.

Eles continuaram ali.

Patrick suspirou. Então Zoe teve uma ideia repentina.

– Na verdade – disse ela –, há outra coisa que vocês podem fazer...

E foi assim, radiante com o sucesso de seu plano, com o dinheiro no bolso para a ida às compras, que Zoe foi até a creche com não apenas um, mas dois garotinhos muito entusiasmados e alegres. Hari olhava para Patrick, seu único amigo e protetor, como se não conseguisse acreditar na própria sorte, pela primeira vez na vida feliz por ir à creche.

Capítulo cinquenta e oito

Zoe estava nervosa, no fim de semana seguinte, quando deixou a van para trás e pegou o carrinho verde para ir a Inverness, com Hari no banco traseiro, enquanto Patrick passava o dia todo reclamando furiosamente por ter sido largado com Shackleton.

Zoe tinha conversado com o jardineiro, Wilby, e argumentado que era ridículo que os garotos passassem o tempo todo em casa e não soubessem cuidar do jardim. Wilby não achou nada ridículo; achou muito mais peculiar que as crianças da casa fossem vistas trabalhando ao lado dele, muito peculiar, de fato, e o próprio pai não teria gostado nada daquilo, mas Zoe era uma pessoa determinada e, apesar (e levemente por causa) das reclamações constantes da Sra. MacGlone sobre os modos insistentes e vulgares dela, o jardineiro acabou concordando, e foi assim que Shackleton e Patrick se viram vestindo roupas velhas e podando arbustos no jardim antes de ela partir para Inverness.

– Vamos deixar essas bochechas mais coradas – disse ela em um tom travesso.

Os olhos de Hari se encheram de lágrimas. A perspectiva de um dia que envolvia ficar ao ar livre com Patrick, a pessoa mais legal do mundo para ele, e um par de tesouras gigantes no jardim era irresistível e ele se sentia tremendamente traído.

O trajeto até Inverness era longo, sob nuvens que pareciam descer ainda mais conforme eles avançavam; as cores das árvores ainda eram extraordinárias, porém maculadas pela luz baixa e pela sensação densa no ar, úmido e pesado, como se as nuvens estivessem prestes a explodir.

Eles pararam o carro em um estacionamento moderno no centro, um edifício pardo de múltiplos andares perto da rodoviária, que não fazia jus algum à bela cidade ao redor nem à beleza dramática de sua localização sob a sombra dos morros altos ao fundo, e se puseram a andar, bastante ansiosos. Mary caminhava o mais longe possível de Zoe sem que precisasse sair da calçada e Zoe sorriu para si mesma pensando na "aborrescente" que ela se tornaria, enquanto Hari caminhava pacientemente ao seu lado. Ela reparou, com certa surpresa, que, pela primeira vez, Hari estava acompanhando seu passo, sem puxá-la e detê-la nem sentando-se no chão ou olhando desejoso para os carrinhos das outras crianças.

O curto período de tempo que eles tinham passado ali já tinha, pelo que parecia, fortalecido os membros dele. Ele também estava engordando – suas bochechas estavam mais redondas e rosadas – e não se parecia mais tanto com um coelhinho assustado. Exibia certa confiança, e Zoe tinha certeza de que boa parte da mudança se dava a uma coisa: ter feito um amigo. Agora ele olhava ao redor, curioso. Ela se perguntou se ele estaria pensando que eles haviam voltado a Londres. Fazia um tempão, Zoe percebeu, que ela não via uma faixa de pedestres. Mary caminhava à frente deles, parecendo toda adulta. Zoe sentiu um leve pânico ao pensar na Mary adolescente. E onde, pensou ela, ela própria estaria? Quem sabia?

Percebeu, enquanto a garotinha magricela andava diante dela, mancando bem de leve, fechando a cara para as velhinhas que ousavam se meter em seu caminho, que tinha mais uma coisa em que pensar: o que aconteceria em seguida. Para onde ela iria e o que faria. Havia parte dela que Zoe tentava manter calada: a parte que pensava que, depois que ela fosse embora, Jaz enxergaria seus erros, perceberia o que estava perdendo e o que já tinha perdido ao abrir mão dela; ele morreria de arrependimento, lamentaria profundamente e tentaria consertar tudo.

Ocorreu-lhe que, nos dias atuais, o arrependimento não era algo muito em voga. Parecia que ninguém mais precisava se arrepender por qualquer coisa; em vez disso, as pessoas se vangloriavam, ficavam orgulhosas, nunca admitiam estar erradas sobre qualquer coisa. Se fosse sincera consigo mesma, Zoe tinha certeza que Jaz havia encontrado uma maneira de culpá-la – culpá-la por ter sido burra o suficiente para engravidar, por querer botá-lo no cabresto, impedi-lo de realizar seu sonho de ser DJ. Havia uma desculpa para tudo, hoje em dia. Só que isso significava que outra pessoa precisaria catar os cacos.

Mas e daí? Se ela não fosse voltar a Londres e se restabelecer, o que iria fazer? Estava guardando um pouquinho de dinheiro do trabalho na van e do salário na casa, mas era uma reserva perigosamente demorada e pequena, embora o período de experiência de seis semanas parecesse ter passado sem que ninguém mencionasse.

Ela afastou aquele pensamento e se concentrou em Mary, que estava parada diante da loja New Look com uma expressão feroz no rosto.

– Detestei. É tudo horrível – disse ela assim que Zoe sugeriu que entrassem e dessem uma olhada.

– Eu sei – disse Zoe. – A gente pode começar aqui, detestar tudo e aí ver o que podemos fazer.

Na verdade, havia uma bela seleção de roupas juvenis – a moda estava obviamente se reciclando, pois tudo parecia, para Zoe, com as roupas que sua mãe costumava usar: saias evasê e calças de veludo cotelê em tons outonais. Mary experimentou uma blusa listrada mostarda com calça legging listrada e uma saia de veludo cotelê vinho. As pernas finas e compridas da menina e sua cintura fina ficaram lindas com o traje, como uma graciosa boneca de pano, mas seu rosto estava amuado.

– Certo, próxima! – disse Zoe, e elas partiram para a H&M.

Enquanto Hari aguardava sentado, pacientemente, e Mary provava outras roupas, Zoe trocou olhares com uma mulher não muito mais velha que viu sentada do lado de fora do provador. A filha pré-adolescente dela marchou para fora do provador usando uma blusa *cropped* que dizia SUPERESTRELA em letras prateadas e uma calça legging de estampa de leopardo não muito discreta.

– É HORRÍVEL – gritou a menina para a mãe. – NADA SERVE DIREITO! EU ODIEI TUDO!

– Eu gostei daquele vestidinho da Marks – respondeu a mãe fracamente.

– Vestidos são ridículos! Ninguém usa vestidos!

– Aqui – disse a mãe, entregando um tamanho maior para ela.

Mary apareceu. Ela estava usando uma salopete de suede roxo com uma camisa vermelha por baixo.

– Ficou lindo – disse Zoe com franqueza.

O rosto de Mary se fechou imediatamente. Se Zoe gostava, devia estar terrível.

– Não, não, olhe no espelho... Você não acha que está bonita?

– Estou ridícula – disse Mary, recusando-se a olhar para si mesma.

– Imagine quando forem adolescentes! – disse a mãe em tom conspiratório para Zoe, que não soube mais o que fazer além de sorrir de volta.

– *Eu* acho que você está linda. Queria muito convencer Tegan a usar algo assim.

– Algo assim, como? – indagou a voz do provador, e a garota colocou a cabeça para fora. – Ah – disse ela.

– É ridículo, não é? – perguntou Mary, hesitante, olhando para a garota em busca de aprovação.

Tegan deu de ombros.

– Ficou ok – respondeu ela. – As cores são bonitas.

– Quer provar? – perguntou a mãe dela depressa.

– Nem – respondeu Tegan, saindo do provador.

A nova blusa era ainda mais curta que a anterior e exibia uma parte considerável da barriga sobre a calça jeans justíssima.

– Gostei disto aqui – afirmou ela.

– Tem certeza?

– Você quer provar algo assim? – perguntou Zoe a Mary.

Zoe não gostou das peças, mas, por outro lado, ela nunca gostava do que sua mãe escolhia para ela e tinha consciência de que a moda era tanto a diversão dos jovens quanto tremendamente importante, embora a ideia de levar Mary de volta para The Beeches usando calça jeans justa e uma blusa *cropped* com a palavra SUPERESTRELA fez emergir um esnobismo que ela desconhecia até então.

Mary meneou a cabeça.

– Mas ficou bem em você – afirmou para Tegan, que sorriu e perguntou:

– Você acha?

– Elas conseguem ser gentis com todo mundo, menos com a própria mãe – disse a mulher baixinho para Zoe.

– Ela não é a minha mãe! – ralhou Mary, virando-se, os olhos negros de fúria.

– Eu ia falar isso agora mesmo! – disse Zoe. – Não precisa dar piti! Sou a *au pair* – explicou.

– Minha nossa – respondeu a mulher. – Ao menos você é paga pra isso.

– Você que pensa – murmurou Zoe.

Mary estava analisando a salopete roxa novamente.

– Vamos levar isso – determinou Zoe um tanto ríspida. – E o que você acha das listras?

Mary deu de ombros.

No fim das contas, elas conseguiram encher várias sacolas de roupas, especialmente da Primark, contendo calcinhas novas, meias-calças que serviam nela, leggings, coletes, blusas e dois suéteres de lã grandes, volumosos e bem bonitinhos, que a faziam parecer uma estudante. Uma tinha uma raposa bordada, e Hari ficou tão obcecado por ela que Zoe perguntou a Mary se podia comprar uma igual para ele, ao que Mary deu de ombros, o que era o mais próximo de uma concessão a que ela havia chegado até então.

Finalmente, como uma verdadeira recompensa, Zoe os levou ao McDonald's. O rosto de Hari se iluminou; já fazia muito tempo que ele não ia. Logo, no entanto, ele se entristeceu novamente e Zoe lembrou de repente que era Jaz quem costumava levá-lo. Ela colocou o garoto em seu colo, junto com seus nuggets de frango.

– Está com saudades do papai? – sussurrou no ouvido dele.

O garoto confirmou serenamente.

– Eu sei – disse Zoe. – Eu sei. Ele vai vir te visitar. Só não sei quando.

De repente ela percebeu que Mary os estava observando com atenção. Assim que notou, a garota fingiu estar fazendo outra coisa, comendo suas batatas lentamente.

O silêncio se instaurou enquanto Zoe afagava Hari e se perguntava se ela deveria simplesmente obrigar Jaz a visitá-lo. Ou ao menos pedir a Surinder para fazê-lo.

– Onde está o pai dele?

A pergunta surgiu do nada e foi proferida com tanta veemência que Zoe ficou confusa por um instante, até Mary ficar encabulada e tentar fingir que não tinha perguntado nada.

– Bem – começou Zoe, ficando vermelha. E também nervosa. Havia um pai e uma mãe ausentes naquela mesa –, eu não moro com o pai do Hari, nunca morei de verdade. Embora ele ame muito o Hari. Ele está viajando no momento, e é por isso que estou aqui cuidando de vocês.

– Então você vai voltar pra casa? – perguntou Mary em tom casual.

– Por quê? – perguntou Zoe. – Você quer que eu volte?

Mary lançou um olhar desolador em sua direção e Zoe sentiu-se cansada e triste.

– Não estou nem aí – respondeu Mary.

– Certo. Bem, no momento eu não tenho plano de ir embora.

– Então quando ele vai ver o pai?

Zoe teria dado qualquer coisa para sair daquela conversa.

– Não sei – confessou. – É complicado.

– Os adultos sempre dizem que as coisas são complicadas.

– Mas as coisas *são* complicadas – resmungou Zoe, ficando vermelha. – A vida é complicada.

Mary soltou um grande suspiro. Zoe se inclinou para a frente.

– Você sente saudades da sua mãe?

Por um bom tempo, Mary não disse nada, e Zoe começou a entrar em pânico, sentindo que tinha dito algo muito errado. Então, por fim, Mary empurrou a bandeja de comida agora fria e intragável e suspirou novamente.

– Sim.

Hari ergueu os olhos, encarando-a atentamente. Ele segurou o queixo da mãe, então apontou para Mary e de volta para si mesmo.

– Sim – disse Zoe, entendendo plenamente. – Como você.

A tristeza daquele momento, com os três sentados ali, sentindo falta de alguém em suas vidas, olhando para as batatas geladas, era o oposto completo do dia divertido que Zoe havia planejado.

– Ela vai voltar pra me buscar – afirmou Mary com veemência. – Ela vai voltar. Logo. Eu provavelmente vou ter que ir embora com ela.

– Certo – disse Zoe. – Muito bem, então. Você terá roupas novas pra quando ela vier.

Mary pareceu animada com aquele pensamento, e mais animada ainda quando Tegan e sua mãe entraram na lanchonete e se sentaram. Ao observar as meninas conversando – Tegan tinha um celular com capinha de diamantes e estava mostrando a Mary sabe lá Deus o quê, mas Mary estava claramente muito impressionada –, Zoe pensou de novo em como a garota vivia privada da companhia de outras meninas. Ouvindo a mulher tagarelar sobre *squishies*, *Fortnite*, festas do pijama, aniversários, consultas no dentista e toda a miscelânea costumeira da vida de uma criança, tudo que ela podia fazer era sorrir e concordar, espantando-se com o abismo entre a vida das duas meninas e torcendo para, à medida que as coisas tomassem um rumo mais tranquilo, poder inserir mais daquelas atividades.

– Onde vocês moram? – perguntou ela à mulher, por fim. – Talvez a Tegan possa ir brincar com a Mary um dia desses.

– Stromness – respondeu a mulher. – Viemos só passar o dia. Fica a apenas 45 minutos de avião daqui! Onde vocês moram?

– Três horas ao sul – disse Zoe.

Ambas murmuraram um "ah" educado e seguiram seus rumos; mas Mary estava definitivamente mais alegre enquanto caminhavam.

– Você é boa em fazer amigos – observou Zoe enquanto iam procurar calçados e – Zoe insistiu – comprar uns presentinhos para os meninos.

Pela primeira vez, Mary não fez uma careta. Ela parecia pensativa, como se aquela fosse uma característica potencial que nunca tinha passado por sua cabeça.

Capítulo cinquenta e nove

Comprar sapatos foi tão chato que Hari se deitou no chão e pegou no sono, mas finalmente elas terminaram levando um belo par da Lelli Kelly (Zoe ficou um pouco relutante com o preço, mas acabou pagando, pensando que, se você não pode ter um par de sapatos bonito quando tem 9 anos, quando poderá?) e um par de lindas botinhas Timberland azul-claras que encontraram em promoção e que serviria para absolutamente tudo. As sacolas agora estavam pesadas e Zoe comprou sorvetes para todos para dar um gás. Ela reparou, com o canto do olho, que Mary estava contando e recontando as sacolas, espiando dentro delas como se não acreditasse que tinha tantos tesouros.

Ela ergueu os olhos.

– Nós precisamos comprar alguma coisa pra você. O papai mandou.

Zoe tinha esquecido completamente. Quando estavam saindo aquela manhã, Ramsay tinha dito para ela que também comprasse algo para eles dois.

– Ah, sim – disse ela. – Bem, vou pegar uma blusa de lã. Eu preciso *muito* de uma blusa nova de lã.

Mary meneou a cabeça.

– Não. Vamos comprar algo legal.

– Eu não preciso de algo legal – ponderou Zoe. – Passo o dia todo lidando com livros. Ou com vocês.

Mas Mary já tinha entrado na TK Maxx e estava revirando as araras de vestidos de festa.

Zoe riu.

– É sério – reiterou ela. – Eu não preciso de um vestido de festa. Acredite em mim.

– Você deveria ter um vestido bonito – insistiu Mary, teimosa. – Tudo que você usa é horroroso. E malfeito e sem graça. Você é só um *pouquinho* velha, não é tão velha quanto a Sra. MacGlone. E até mesmo ela usa vestidos.

Zoe não sabia com qual parte daquela frase ela deveria se ofender primeiro, então decidiu ignorar tudo. Enquanto isso, Mary estava trabalhando com afinco, pegando vestidos de chiffon absolutamente inapropriados e vestidos de festa das araras. Hari também estava ficando animado, passando os dedinhos grudentos pelo tecido de cor viva e cintilante. Mary entregou a Zoe um monte de peças.

– Experimente! – ordenou.

– Mas você nem olhou os tamanhos! – protestou Zoe.

– Bem, são todos lindos! Veja o que cabe!

No fim das contas, nem todos eram lindos. Um chiffon ficou tão feio que ela teria sido rejeitada até mesmo para ficar na última fileira da plateia da *Dança dos famosos* e deixou sua pele levemente amarelada um tanto doentia. Um vestido reto azul-marinho a deixou parecida com uma viúva hostil. Mas bem no final da pilha, amassado e com uma aparência infausta para a TK Maxx, havia um vestido Katharine Hamnett – um nome que Zoe desconhecia – de seda vermelha. A saia era ampla e rodada, com um decote canoa e uma faixa de amarrar na cintura; não havia sequer uma etiqueta com o tamanho.

Zoe o colocou pela cabeça, encolhendo-se ao ver o estado de seu sutiã. A sensação do tecido em sua pele era fria e luxuosa, e depois que assentou, ela amarrou a faixa e se afastou do espelho, preparando-se para sentir-se novamente como uma boneca com uma roupa ridícula vestida para uma festa de criança.

Em vez disso, aquele vestido... Ela virou-se de lado. A saia agitou-se e abraçou suas pernas. Aahh. Ela não podia negar... Ela virou novamente.

A cor destacava seus cabelos e olhos escuros; valorizava-os. O fato de não ter nenhum busto não importava mais; ser "reta" impedia que o vestido parecesse volumoso ou óbvio e, em vez disso, ele ajustava-se de forma bastante chique. Chique? É sério? Essa não era uma palavra que Zoe usava para se referir a si mesma há muito tempo. Ela olhou por cima do ombro. Toda vez que se mexia, o vestido se inflava como uma nuvem de seda, agitando-se e acomodando-se em torno dela.

– Quero ver! – disse uma voz impaciente do lado de fora do provador.

Impulsivamente, ela enfiou a mão até o fundo da bolsa e encontrou um batom velho, já no final.

– O que acha? – perguntou ela, abrindo a cortina.

Hari saltou e correu em sua direção, dando-lhe um abraço, sentindo a maciez do tecido em suas bochechas.

– *Não* babe no vestido – alertou ela, sorrindo. Mary ficou simplesmente olhando para ela. – Ficou bom?

Mary deu de ombros.

– Sim. Claro. Leve esse.

Hari concordou com veemência. Zoe olhou para a etiqueta do preço – o desconto era grande, mas mesmo assim... Parecia ridículo comprar um vestido de seda leve com o tempo frio, prestes a começar o inverno, quando havia tantas outras coisas de que eles precisavam...

Por outro lado, ela não pôde evitar pensar que já fazia muito tempo que não comprava algo bonito.

– Ah, veja – disse a vendedora, aproximando-se. – Tem uma mancha aqui. – Ela apontou para o local onde a boca de Hari havia tocado. – Vou te dar mais 15% de desconto.

A isso nem mesmo Zoe era imune; e quando retornaram para o carro, até mesmo Mary estava rindo. Exaustas por conta do dia agitado, as duas crianças pegaram no sono no banco de trás durante o longo trajeto para casa, e, enquanto a escuridão se instaurava e Zoe se concentrava na estrada, ela teve de parar um instante para deixar umas ovelhas atravessarem e olhou no retrovisor, vendo que o rostinho de Mary, despido de toda a agressão e fúria, parecia tão jovem quanto o de Hari sob a luz dos postes que passavam.

– Boa noite, docinho – murmurou Zoe enquanto arrancava novamente.

As estrelas surgiam no céu como um sonho, uma música suave tocava no rádio, a estrada ronronava lentamente sob seus pés, enquanto as crianças voavam para casa nas asas dos sonhos.

Capítulo sessenta

Era o dia de Zoe estacionar a van em Kirrinfief durante a manhã, para apaziguar sua consciência. Ela não se importava, mas era frustrante saber que poderia estar vendendo mais no centro de visitantes.

De fato, a primeira pessoa a passar pela porta foi a Sra. Murray, da mercearia, parecendo irritada.

– A Nina ainda não voltou? – perguntou ela mal-humorada.

Zoe considerou fazer um giro de 360 graus dentro da pequena van para checar, inclusive debaixo da pequena mesa, mas decidiu que aquele nível de sarcasmo não era adequado antes das onze da manhã.

– Não – respondeu. – Ela ainda vai ficar um tempo afastada. Você deveria visitá-la – acrescentou, percebendo, com certo peso na consciência, que ela própria não a visitava há algum tempo, embora continuasse entregando presentinhos para Lennox.

Ocorreu a Zoe que podia ter dado um pulo lá quando foi ver a Mary – Nina devia ter ficado sabendo –, mas tudo tinha sido muito urgente e apressado.

– Ah, eu queria que ela tivesse esse bebê de uma vez – lamentou a Sra. Murray. – Eles não podem simplesmente tirar dela?

– Acho que eles querem que a criança esteja pronta – ponderou Zoe. – Provavelmente é melhor assim.

– Eu não me importaria em passar seis semanas na cama – disse a Sra. Murray, um sentimento comum a pessoas que nunca precisaram fazer isso.

Era preciso admitir, no entanto, que Nina parecia estar se saindo melhor que a maioria.

Zoe sorriu empaticamente.

– Ah, chegou o novo livro da série *Blood Roses*! – informou.

Certamente aquela era uma opção de leitura de entretenimento, não? Ela pegou o exemplar de oitocentas páginas da série de fantasia histórica – um *Game of Thrones* feminista, sobre uma mulher que explodia em gotas de sangue toda vez que um homem era rude com ela, demolindo cidades inteiras e causando devastação completa. Famosa por ter sido recusada por todas as editoras do país, a série tinha feito o maior sucesso entre as mulheres de todos os lugares.

– Aahh – disse a Sra. Murray. – Sim, eu adoraria. Reserve pra mim e eu pagarei pra Nina quando ela voltar. Obrigada. Além disso, a Nina precisa falar pro Lennox que ele não pode fazer a rotação de culturas.

Zoe piscou.

– Desculpe, você pode repetir?

– Ele está se recusando a fazer o Samhain porque está fazendo a rotação de culturas. A Nina pode convencê-lo. Fale pra ela colocar uma roupa sensual ou algo assim.

– Ela está grávida de oito meses.

– Não há nada de errado com isso – disse uma voz atrás delas, e ambas se viraram.

Lennox estava parado ali.

– O que você está fazendo aqui? – perguntou a Sra. Murray.

– Bem, você me perguntou sobre o Samhain e eu lhe disse que não podia porque estava fazendo a rotação de culturas, o que é verdade, e sabendo que você não aceitaria "não" como resposta, concluí que você sairia por aí recrutando todo mundo.

A Sra. Murray cruzou os braços.

– Ora, eu não...

Lennox fitou as duas com um olhar firme.

– Bem, pode me incluir fora dessa – disse Zoe –, porque eu não faço a menor ideia do que vocês dois estão falando.

A Sra. Murray virou-se para ela.

– Bem, as lavouras, você sabe...

– Não precisa explicar desde o começo – disse Zoe. – O que são chuvas de monções?

Lennox e a Sra. Murray se entreolharam.

– Você explica – determinou Lennox. – Estou ocupado. Fazendo a rotação de culturas. Não junte um grupo de lobistas.

– E que tal um abaixo-assinado?

– É o seu tempo que você está perdendo.

– Ora, Lennox, você deve ter umas coisas que precisam ser queimadas.

– Sim – respondeu Lennox. – Na minha casa, pra mantê-la aquecida. E ele se foi.

– Ele fala isso – disse a Sra. Murray –, mas vai mudar de ideia.

– Eu não vou mudar de ideia – disse a voz ao longe.

A Sra. Murray se virou para Zoe.

– Zoe – disse ela, com a expressão gentil de alguém que está prestes a pedir um favor enorme –, você tem que falar pro Ramsay que ele precisa fazer o Samhain na propriedade dele.

– Não posso fazer isso – respondeu Zoe. – Eu não faço a mínima ideia do que você está falando.

– Ele vai entender. Diga a ele que o comitê já organizou tudo.

Um silêncio se seguiu.

– Vocês vão queimar um homem dentro de uma enorme gaiola de vime? – perguntou Zoe, desconfiada.

– Nãããão – garantiu a Sra. Murray. – Não, não se faz isso há… Nãão!

Capítulo sessenta e um

Zoe acabou pedindo a ele num dia em que as coisas tinham dado bastante errado e que ela achara que seria bastante divertido. Murdo tinha perguntado se ela gostaria de fazer um passeio de barco e ela ficara extasiada e concordara. Eles combinaram se encontrar no cais ao lado do centro da Agnieszka, que parecia estranhamente irritada, mas perguntou se eles queriam levar sanduíches, só não havia queijo e presunto, apenas queijo, e Zoe disse que ela não precisava se preocupar, que queijo estava ótimo.

E ela colocou todas as crianças em coletes salva-vidas de tamanhos e formatos diferentes, até mesmo Mary, e organizou-as em uma fila, com Hari e Patrick saltitando de entusiasmo com a ideia de fazer um passeio de barco.

Então Murdo apareceu usando gravata, com os cabelos alisados para trás com gel e uma garrafa de prosecco na caixa térmica do barco. No exato instante em que Zoe percebeu que ele, na verdade, a tinha chamado para sair com ele, Murdo percebeu que ela esperava que ele fizesse um passeio com quatro crianças, duas das quais não paravam de pular no barco, uma das quais fez bilhões de perguntas sobre se Nessie, o monstro, era um dinossauro e, se sim, de qual tipo, e outra das quais resmungou o tempo todo sobre como era chato e desagradável andar de barco, enquanto Zoe ficou sentada na parte de trás, e a chuva começou a cair, e todos tentaram fingir que estavam se divertindo mais do que de fato estavam, exceto Patrick e Hari, que estavam fazendo o melhor passeio da vida.

Zoe estava mortificada quando eles chegaram em casa e se secaram, morrendo de vergonha pela falta de educação da Mary, por como Shackleton ficara se mexendo sem parar, levantando-se nos momentos errados, e por como Murdo tentara fazer perguntas de cunho pessoal a ela, mas precisava berrar por causa do vento, e por como em nove de cada dez vezes Patrick é quem tentara responder.

– Ó céus – disse ela na cozinha.

– O que foi? – perguntou Ramsay.

Era estranho, ele parecia estar encontrando cada vez mais motivos para ficar na cozinha.

– A Zoe teve um encontro! – explicou Patrick. – Tinha bebida de bolinhas que a gente não pôde tomar.

– Não foi... Não foi bem isso...

– Você levou todas as crianças a um encontro? – perguntou Ramsay, consternado. – Você foi a um encontro?

– Não era um encontro – informou Zoe. – Bem... Não depois de cinco minutos.

Ela não conseguiu evitar e sorriu com a lembrança.

– Ó céus – disse ela.

– O que foi? – quis saber Ramsay. – Pobre homem.

– Ó céus – repetiu ela. – Eu só... estou tão acostumada que todos saibam que sou a *au pair* aqui.

– Ah, ótimo – disse Ramsay. – Pessoas se metendo nas minhas coisas.

– Eu não... – Ela colocou as mãos sobre os olhos. – Não tenho certeza se eu disse pra ele que eles não eram todos meus filhos. Ó céus. Ó *céus*.

Ela ria sem parar.

– Ó céus. Minha vida amorosa acabou.

– Pelo menos você tomou a bebida com bolinhas – disse Patrick em tom irritado.

– Tomei uma taça – lembrou Zoe. – Estava perfeitamente bem para dirigir, obrigada.

Mas o ar fresco, o espumante e o riso haviam corado as bochechas de Zoe, e Ramsay não pôde evitar sorrir ao vê-la.

– O papai namora a Rissa – disse Patrick, pesaroso. Então complementou, em um sussurro teatral: – ELA É UMA BRUXA.

– Ora, pare com isso – disse Zoe. – Ah! – exclamou, lembrando-se de repente.

Ela sorriu e remexeu na bolsa.

– O que é isso?

Zoe tirou um pequeno maço de dinheiro enrolado em um elástico. Ela o entregou a Ramsay.

– Nós vendemos o *Lark Rise to Camdleford*! – anunciou ela, triunfante.

Ramsay piscou, surpreso.

– Não brinca!

– Pois então! A série completa!

– Ah... As edições com xilogravuras – disse Ramsay, entristecido, para si mesmo. – Muito especial.

Zoe sacudiu a colher de pau para ele.

– Você está errado – afirmou ela. – É o que tem dentro do livro que é especial. As palavras, você carrega consigo aonde quer que vá. A capa é apenas a capa.

Ramsay pareceu chocado.

– Então você está basicamente depreciando 100% de tudo que eu faço na vida? – indagou ele. – Meu trabalho, minha razão de viver.

Zoe sorriu para ele.

– E também dobro os cantos das páginas.

– Não – exclamou Ramsay.

– Eu também dobro – gritou Mary de seu banco perto da janela, sacudindo o exemplar de *Anne de Avonlea* como prova.

– Meu Deus – disse Ramsay. – O que foi que você fez?

– Eu levo livros de capa dura pra banheira – continuou Zoe.

Ramsay cobriu os olhos com as mãos.

– Não – repetiu ele. – Você está me torturando.

– Às vezes e-books são melhores, dependendo do que estou fazendo.

– Você é uma bruxa – disse Ramsay – que precisa sair da minha cozinha!

– É uma advertência verbal?

– Eu desenho nas coisas! – gritou Patrick para se enturmar, mostrando um gibi todo desenhado com giz de cera.

– Argh! – grunhiu Ramsay. – Parem!

Ele estava rindo, contudo, quando disse aquilo, sitiado por todos os lados.

– Eu não posso acreditar que você soltou os meus macacos da gaiola.

– Nunca repare no que eu faço com meus livros de receitas – alertou Zoe, olhando para seu livro preferido da Nigella Lawson cheio de anotações.

Ramsay pegou o dinheiro e olhou para o maço.

– Ah, bem – disse ele. E então devolveu a Zoe. – Aqui.

Ela ficou surpresa.

– Pra que isso?

Ramsay baixou a cabeça.

– Eu só sinto... que devemos a você... um extra.

Zoe enrubesceu. Ela estava brincando com ele, pensando que eles estavam apenas se divertindo na cozinha. Ela não achava que precisava ser paga por isso.

– Não precisa – disse ela secamente.

Sem saber ao certo o que tinha feito de errado, Ramsay guardou o dinheiro bem quando seu celular tocou; a voz estridente de Larissa soou e ele se afastou.

Capítulo sessenta e dois

Zoe tinha se esquecido completamente do Samhain, mas o restante do vilarejo, não, e Ramsay concordava totalmente com isso, então, quando chegou o Halloween, havia, pela primeira vez, uma equipe de pessoas no jardim, pintando e consertando.

Zoe tinha perguntado às crianças se elas queriam sair para pedir doces no Halloween (e vendido um monte de livros escoceses sobre fantasmas que ela havia encomendado especialmente para a ocasião), mas todas menearam a cabeça com veemência.

– As pessoas são horríveis – explicou Mary.

– E ninguém quer vir até aqui – complementou Shackleton.

Então eles engavetaram a ideia.

Parecia que aquela tal festa de Samhain, independentemente do que significava, era muito mais importante ali na região, de toda forma, e talvez as crianças pudessem se divertir.

Ela logo percebeu que tinha subestimado o evento: o Samhain não parecia ser uma festa, e sim um festival. Ela deixaria as crianças se fantasiarem, mas então viu – à medida que o quintal era iluminado por fogueiras por todos os lados, à medida que um grupo enorme de pessoas com tambores, pessoas usando pernas de pau e algumas de aparência levemente duvidosa começaram a aparecer – que se tratava de um evento para adultos, definitivamente não para crianças.

As pessoas também estavam muito bem-arrumadas. A sorte dela foi ter comprado aquele vestido vermelho – era a única coisa remotamente adequada. Às oito da noite, os tambores começaram e uma grande procissão subiu a rua, liderada por um homem totalmente pintado de vermelho, dançando e soltando fogo por uma máscara grotesca enorme.

As pessoas estavam fantasiadas de bruxas ou de defuntos, gritando e berrando enquanto os tambores ecoavam de forma ensurdecedora, seguindo na direção de um palco onde as gaitas de fole uivavam, todos bebendo e gritando. Os jardins estavam iluminados somente por braseiros. Ramsay estava sumido, e Zoe percebeu que tinha cometido um erro terrível ao permitir que as crianças saíssem sozinhas.

Zoe andou de um lado para outro na festa. Era enorme. Ela precisou pausar para recuperar o fôlego; tudo era opressivo demais. A noite estava tranquila, mas total e absurdamente fria. A fogueira enorme que rugia perto do lago atraía a maioria das pessoas, que corriam na direção dela e depois se afastavam, rindo estrepitosamente. Algumas das garotas usavam roupas curtas, correndo como fadas em fantasias leves ou saias longas de tule que cintilavam com as fagulhas e o brilho das tochas. A música agora ressoava selvagem e furiosa; não parecia seguir qualquer padrão identificável nem parecia ter começo ou fim, mas, de alguma forma, os violinistas e os tocadores de bodhrán sabiam instintivamente o que estavam fazendo, e a música foi ficando cada vez mais alta e enlouquecida, até bater no mesmo ritmo do coração das pessoas e fazê-las sentir aquilo no sangue, como uma pulsação acelerada.

Os dançarinos estavam ficando cada vez mais empolgados e Zoe passou por casais dançando, cambaleando e rindo enquanto tentava seguir as crianças, que estavam se embrenhando em meio à multidão de adultos, caminhando de mãos dadas como em uma longa brincadeira de roda, e tudo que ela conseguia ouvir era um resquício da risada de Patrick no ar enquanto tentava acompanhar para onde eles estavam indo.

Em um canto, ela conseguia ver a figura alta de Shackleton rodeada por garotas do vilarejo, irreconhecíveis sem os uniformes escolares, arrumadas, com os cabelos longos ao vento, as bochechas rosadas e entusiasmadas.

– Esta é a *sua casa*? – uma delas estava perguntando. – Tudo isto aqui?

Shackleton, todo alto e bastante elegante em seu kilt, piscou e sorriu, encabulado, e disse:

– É, sim.

Zoe revirou os olhos, deixou-o com as garotas e continuou no encalço de Hari e Patrick. Ela já conhecia praticamente todo o vilarejo àquela altura, então certamente nada de terrível poderia acontecer. Lá estavam a Sra. Murray e o velho delegado, e Lennox, em uma máscara preta que lhe conferia um aspecto sinistro, arruinado apenas pelo fato de que ele pegava o celular a cada quinze segundos para mandar mensagem para Nina, só para garantir.

Ela ainda conseguia ouvir o riso de Patrick, sobressaindo, de alguma forma, ao som bem alto da música, da dança, dos passos fortes e da crepitação do fogo, cada vez mais longe, e ela se entranhou novamente na multidão, seu vestido vermelho sendo manchado pela fuligem da fogueira, e alguém pisou na barra e o rasgou, mas ela não percebeu, visto que o tecido se esparramava atrás dela.

– Hari! Hariiiiiiii! – gritou ela em meio à multidão, empurrando homens de kilt com a cara pintada de azul e dreadlocks; garotas em vestidos longos, com os cabelos esvoaçando como sereias; jovens e velhos.

– Hari!

Mas nada além do som de um riso evanescente no ar. Zoe começou a ficar apavorada. Havia bastante gente perto da fogueira, mas se você perambulasse para os lados do bosque escuro ou das águas negras e profundas...

– Você viu o Hari? – gritou para Shackleton ao passar por ele novamente, mas ele meneou a cabeça.

Ela subiu correndo a escada da frente da casa e então se virou, com o coração na boca, para olhar além da multidão, para a água.

Desesperada, atravessou a multidão de novo, gritando o nome dele, convencida, de repente, de que seu filho havia sumido; de que, enquanto ela estava se arrumando, ele tinha atravessado as ondas rumo às profundezas do lago, tudo porque ela ousara, tudo porque passara por sua cabeça que talvez pudesse fazer algo tão impensável quanto ir a uma festa.

Longe da multidão, a escuridão e o frio fluíam no trajeto até a água, como que surgindo do nada. O vento uivava entre as árvores, que assobiavam e gemiam a seu bel-prazer; a água batia e respingava na orla de pedras.

– Hari! *Hari!*

– Zoe!

A voz era pungente e autoritária. Veio de trás dela. Lentamente, Zoe se virou.

Capítulo sessenta e três

Enquanto Zoe se virava, seu coração foi parar na boca. Será que era alguém trazendo más notícias? Alguém com coisas terríveis a compartilhar?

Em um primeiro momento, ela não conseguiu identificar a figura, apenas uma silhueta preta com o fogo rugindo atrás. Era uma figura estranha, parada a menos de três metros de distância. Zoe se aproximou e a figura se revelou, e ela quase desmaiou de alívio quando percebeu para quem estava olhando – a Sra. MacGlone, bem ereta, com um Patrick inquieto debaixo de um braço e um Hari beatífico debaixo do outro. Não parecia que o peso dos dois estivesse causando qualquer dificuldade a ela, apesar de sua baixa estatura.

– Vou colocar estes dois na cama – disse ela cautelosamente. – Não acho que esta festa seja para crianças.

– Mas a gente absolutamente quer ficar! – protestou Patrick. – Acho que a gente deveria ficar, você não acha, Babá Sete?

– Eu absolutamente não acho – respondeu Zoe; o alívio se espalhou por ela como água gelada.

Hari estendeu os bracinhos e ela o pegou e o abraçou forte; suas lágrimas encharcaram o pijama de flanela dele.

– Nunca mais fuja da mamãe! – disse ela.

– A gente não estava fugindo! – protestou Patrick. – A gente estava numa festa! Eu comi quatro salsichas e o Hari comeu nove.

– Não brinca!

– Nove – reiterou Patrick.

– Vou colocar os dois na cama – disse a Sra. MacGlone. – Eu ficarei com eles. Vá...

Só por um segundo, a luz da fogueira iluminou o rosto dela, e, se fosse qualquer outra pessoa, talvez Zoe dissesse que ela parecia melancólica.

– ... Vá aproveitar a festa.

Aquilo era, de longe, a coisa mais gentil que a Sra. MacGlone já tinha dito ou feito por ela. Zoe mordeu o lábio.

– Obrigada.

– Sim.

Ela se virou, como se as duas crianças não pesassem nada, e as carregou, com Patrick tagarelando sem parar, e seguiu até a porta dos fundos da casa e subiu as escadas. Zoe os observou se afastarem, então percebeu que estava tremendo, tanto de medo quanto de frio. Chegou mais perto do fogo e se viu parada ao lado de Kirsty, que instantaneamente lhe deu um copo de sidra quente. Zoe virou rápido demais, sentindo o sangue pulsar em seus ouvidos, e esticou o braço para ganhar mais uma dose, sentindo o álcool atingir sua corrente sanguínea. As crianças estavam a salvo – pela primeira vez, parecia. Ela não precisava se preocupar. Zoe estava acostumada a se preocupar com tudo o tempo todo, cada segundo do dia. Tudo. A van. Os livros. O futuro. Hari. O futuro de Hari. O pai de Hari. As crianças. A casa. Dinheiro. Tudo.

Mas ela pensou que era como se um peso enorme tivesse sido tirado de seus ombros. Não naquela noite. Não naquela noite. Na fissura do universo, no vislumbre minúsculo entre a luz e o mergulho nos longos meses de escuridão, na véspera do Dia de Todos os Santos, o Samhain celebrava o desgoverno de quando os mortos retornavam à Terra...

Só que, no caso de Zoe, ela sentia que a morta era ela.

A música ribombava em um crescendo, cada vez mais alta, enquanto ela se aproximava do centro da festa, um palco montado perto da fogueira, ao lado da banda.

Os assustadores dançarinos vermelhos ainda estavam girando com suas tochas, mas algo estava mudando: eles tiravam a multidão do caminho, abrindo uma passagem. Na sequência, apareciam dez mulheres trajando vestidos brancos, rodopiando enquanto avançavam, jogando punhados de folhas aqui e ali, com crânios pintados em seus rostos. Atrás delas vinha a procissão, carregando uma plataforma, liderada por homens enormes de kilt berrando vigorosamente. No topo da plataforma que eles carregavam nos ombros havia uma cadeira, um trono grande e ornamentado, diferente de tudo que Zoe já tinha visto. O trono parecia uma árvore, com galhos e ramos encaracolando-se naturalmente para formar os braços e as pernas. Devia ter sido entalhado, mas parecia que tinha sido retirado do bosque exatamente daquele jeito.

Empoleirado no trono, a metros de altura do solo, bloqueando o céu estrelado, havia alguém com uma grande capa e o rosto escondido.

– ABRAM CAMINHO! – gritou um dos homens barbados em uma voz estrondosa. – ABRAM CAMINHO PARA O SENHOR DOS MORTOS, O SENHOR DO SAMHAIN!

Em algum lugar sinos repicavam, melodiosos e graves, à medida que a procissão seguia adiante, com os violinos agora tocando uma música lamuriosa intensa e longa, e Zoe olhou para cima, meio horrorizada com aquela figura. Kirsty apareceu e ficou ao seu lado.

– É esquisito, não é? – sussurrou. – Eu me assusto todo ano, mas é só o Lennox vestido de monge.

Não era o Lennox, no entanto. Ele estava em um canto, filmando para mostrar a Nina.

A comitiva chegou até o palco e, lentamente, colocou a plataforma no chão. A figura alta se levantou do trono encarando a multidão, que rugiu em aprovação, e o Senhor da Morte ergueu seu dedo grande e ossudo, e todos ficaram em silêncio. Ele deu um passo adiante; Zoe o observava, finalmente percebendo quem era a figura alta e prepotente. Ele se levantou, com o capuz encobrindo seu rosto, e pegou do trono um grande livro, de capa de couro costurada, com letras douradas na lombada, e começou a entoar, com clareza e volume suficientes para que até os últimos dançarinos ouvissem:

Mas os prazeres são como um campo florido.
Se arrancas a flor, o botão está perdido;
Ou como a neve suave que no rio cai,
Branca um instante – e para sempre se esvai;
Ou como a azáfama boreal,
Tão depressa se vai, nem parece real;

Ou como o arco-íris, a majestade
Que desaparece em meio à tempestade.
O tempo e a maré nenhum homem pode impedir.
Aproxima-se a hora em que Tom deve partir.

O poema de Robert Burns foi entoado conforme o original e Zoe não entendeu todas as palavras, mas compreendeu suficientemente seu significado enquanto o ritmo do recital acelerava:

E juro! Tom avistou uma cena estupenda.
Feiticeiros e bruxas em uma dança;
Não o cotilhão, novíssimo da França,
Mas reels, contradanças e jigas,
Bailados com vigor ao som de cantigas.

A banda começou a tocar de novo, começando uma valsa lentamente. Virando-se, Zoe viu a multidão formar um círculo e, antes que percebesse, foi arrastada para dentro dele, com um garoto de cada lado puxando-a enquanto começavam a saltitar.

Enquanto Tomas olhava, estupefato e curioso,
Amplificou-se o divertimento furioso;
Cada vez mais alto a gaita tocava;
Cada vez mais veloz a dança se tornava;
Pondo-os a girar, a pausar, a unir, a cruzar,
Até cada uma das bruxas feder e suar,
E suas roupas em farrapos extrair,
E em roupas de baixo com a dança prosseguir!

A primeira rodada para um lado, depois para o outro, então eles se dividiram em duplas e Zoe se viu rodopiada na valsa, puxada e empurrada para um lado ou para outro, movendo-se para o centro e retornando, à medida que o círculo avançava, se desfazia, se recompunha e nunca parava de se mover, e a música se amplificava, e Zoe percebia que estava exausta, e rindo histericamente, e dançando enlouquecidamente, tudo ao mesmo tempo.

> *E assim permaneceu Tom, como que seduzido,*
> *E julgou os próprios olhos enriquecidos;*
> *Até mesmo Satã assistia, de luxúria exaltado,*
> *E estremecia e bufava com seu vigor afiado;*
> *Até uma cabriola, e então uma segunda,*
> *Tom foi assolado por uma insensatez profunda,*
> *E rugiu: "Saia Curta, te congratulo!"*
> *E em um instante, tudo se pôs escuro;*
> *E mal havia com Maggie se reunido,*
> *A legião demoníaca já havia partido.*

Então todos os violinos berraram ao mesmo tempo e um grande sino da banda badalou a meia-noite e, naquele momento, para espanto total de Zoe, uma das mulheres de branco, com outra mortalha com capuz, atravessou a comitiva, vindo das profundezas da floresta iluminada montada em um cavalo, e galopou ao redor da comitiva com um grande cesto trançado, do qual ela retirava grandes punhados de folhas pintadas de dourado, jogando-as para trás.

Os dançarinos pararam imediatamente e partiram atrás delas, pegando as folhas douradas que pairavam no ar, enquanto ela desaparecia na floresta escura e eles a seguiam para fazer sabe-se lá o quê no bosque.

Completamente sem fôlego e desorientada, Zoe permaneceu imóvel, enquanto todo mundo passava correndo por ela, rindo e gritando e movendo-se adiante sem parar. Os músicos mudaram para uma valsa mais tranquila para os poucos que ficaram para trás. Os olhos de Zoe se voltaram para Ramsay, que, rindo para si mesmo da magnificência ridícula daquilo tudo, havia se jogado novamente no trono enorme, com uma perna dependurada na lateral, enquanto tomava longos goles de uma grande taça ornamentada que alguém tinha deixado ali.

De súbito, à luz do fogo, no palco com a casa de pano de fundo, na cadeira enorme feita da floresta, ele deixou de parecer aquela figura levemente absurda e apologética que exibia na casa, quando precisava se abaixar para entrar na maioria dos cômodos, onde seus pés eram grandes demais para os degraus das escadas, onde ele parecia sempre distraído, como se, onde quer estivesse, ele, na verdade, precisasse estar em algum outro lugar, olhando constantemente para o relógio, desaparecendo na biblioteca, sumindo da casa.

Ali, com a capa jogada para trás, um ribombo de riso em seu peito, ele parecia realmente ser a fantasia que trajara aquela noite: um senhor do desgoverno. Zoe deu um passo adiante, hipnotizada. Ele parecia alguém totalmente diferente – poderoso, no comando e... perigoso? Mas não do jeito que ela um dia pensara. Ele parecia – com as labaredas roçando a lateral da enorme casa de arenito vermelho, com as sombras que tremulavam nas paredes – mais elementar e confortável naquela posição.

E Zoe sentiu um abalo bem lá dentro – algo espesso e visceral, que ela não sentia há muito tempo, que ela achava que nunca mais sentiria. No calor das chamas e do barulho estridente, ela sentiu, como que do nada, um lampejo absoluto de desejo.

Ele não conseguia ver quem estava na frente do palco; o fogo crepitava bem na sua linha de visão. O vestido dela, ela finalmente reparou, estava quase todo rasgado do joelho para baixo e ela estava absolutamente imunda – com lama nas pernas de quando foi procurar por Hari na praia, manchas de fuligem no rosto, os cabelos desgrenhados pelo vento. Ela estava bem vermelha e, sem sequer pensar, estendeu os braços.

Ramsay, empolgado, um tanto embriagado com o espírito da noite, bem como com todo o resto, sem pensar nem por dois segundos, estendeu o braço comprido, puxou-a para cima do palco, conduzindo a bela jovem em uma dança, rodopiou-a – ele era alto o bastante para conseguir fazer isso ainda sentado – e a trouxe mais para perto.

– "Saia Curta, te congratulo" – recitou ele, puxando-a e envolvendo-a.

De repente Zoe teve a sensação mais esquisita: percebeu que estava desesperada para se ver nos braços dele, desesperada para ser abraçada por ele. Ele era tão grande e largo, e ela se viu praticamente desaparecer dentro dele, como se tivesse sido vergada em algo bem pequeno e bem seguro. Ela sentiu a batida do coração dele, seu peito largo pressionado contra o peito pequenino dela, e percebeu-se enterrando a cabeça nele. Ele cheirava a madeira queimada, a uísque, a livros, a tudo que Zoe mais queria no mundo.

Então os violinos e as gaitas estrondearam, e ele a girou e então percebeu – Zoe reparou –, para seu pavor, que a garota que ele havia escolhido da multidão era – bem, era ela.

O rosto dele, que um segundo antes era orgulhoso, bárbaro, um pouco assustador enquanto ele falava aquela língua estranha do poema que leu, ajustou-se instantaneamente, como se tivesse retornado à Terra, como se o fogo estivesse morrendo e ele tivesse se lembrado de tudo que era real, e a vida real assolou ambos.

Ele piscou e franziu a testa de uma maneira que ela reconhecia muito bem e disse, em uma voz bem diferente e um tanto gaguejante, como que se desculpando:

– Ah, Babá Sete... Digo, Zoe...

E Zoe deixou de se sentir como uma fanática rodopiante, com seu vestido de seda vermelho, os cabelos bagunçados e o coração inflamado, dançando como o vento e de pés descalços diante da grande fogueira, e voltou a se sentir a *au pair* londrina suja num vestido rasgado, com a maquiagem toda borrada – ela percebeu que devia estar ridícula.

– Desculpe, eu...

– Eu não queria agarrá-la – afirmou Ramsay, largando a mão dela como se estivesse quente. – Meu Deus. Me desculpe mesmo... Eu me empolguei um pouco...

Ele pareceu subitamente apavorado, como se ela estivesse prestes a acusá-lo de alguma coisa.

– É claro que foi muito inadequado. Eu...

Zoe meneou a cabeça.

– Está... Está tudo bem – garantiu ela.

Seu cérebro estava efervescendo demais de decepção e vergonha para dizer qualquer outra coisa. De repente ela percebeu como estava fria, com o vestido leve, e enquanto os foliões começavam a retornar das árvores, rindo e empunhando as folhas douradas, e começavam a formar uma fila onde se estava assando um enorme porco no rolete, ela se sentiu completamente ridícula.

– Eu... Eu vou dar uma olhada nas crianças – gaguejou.

– Hum, é claro, é claro – concordou Ramsay.

Ele ofereceu gentilmente o braço para ajudá-la a descer do palco e, enquanto se apoiava nele, Zoe não conseguia evitar se achar ridícula, não conseguia assimilar o papel de palhaça – de palhaça *completa* – que ela quase fez. Seu coração palpitava enquanto ela caminhava, de cabeça baixa, como que em desgraça, repetindo para si mesma que ela havia sido movida pelo álcool, pela noite. Nada tinha acontecido. Nada.

Ramsay a observou se afastar, sentindo-se mais estúpido do que nunca. Que diabos ele estava pensando? Que ridículo... Ó céus. Por um instante, antes de perceber quem ela era, ele apenas pensara que ela era... Ele tinha vergonha só de pensar. Uma aparição linda. Uma bruxa de cabelos escuros e vestido escarlate conjurada na noite de Halloween, adorável e fugidia, livre e selvagem e tão sensual...

Ele tinha enlouquecido? Ele de repente quis... a babá de seus filhos. Meu pai amado, ele acabaria nos jornais. Coçou a testa, exausto, e voltou-se para os foliões, mas o ponto alto da noite já tinha passado e não havia muito que fazer além de entreter educadamente os convidados que ainda estavam sóbrios o suficiente para conseguir ficar em pé e agradecer aos rapazes e moças locais que tinham aparecido com os sacos de lixo.

Ele não percebeu que eles tinham sido observados: o vestido branco comprido e os cabeços longos escuros de uma garotinha que poderia ser um fantasma e um espírito nos corredores; uma garota magra, sentada sozinha em seu quarto, assistindo por entre as cortinas, no escuro, sem dormir, aguardando, que havia visto tudo e, agora, tinha certeza de que o pior aconteceria.

Capítulo sessenta e quatro

O tempo iminente do inverno não havia detido o fluxo de turistas. Zoe costumava pensar que o turismo na Escócia, como na maioria dos lugares, seria sazonal, mas descobrira que, no geral, era bastante constante – ninguém esperava tempo bom em qualquer mês do ano, então realmente não fazia muita diferença em que época do ano você iria. E as pessoas se alegravam ainda mais quando eram agraciadas com um outono seco e glorioso ou primaveras verdejantes e desvairadas quando esperavam chuva pesada.

Então, na verdade, havia até mais turistas à medida que o tempo ficava mais fechado, e muitas pessoas gostavam da ideia de ficar sentadas dentro de um ônibus durante boa parte do dia em vez de ter que ficar andando. E a notícia da presença da van tinha começado a se espalhar: o motorista do ônibus (por vergonha, Zoe tinha certeza, de ter mentido sobre o acidente) tinha falado para todo mundo sobre a van de livros e agora havia um bocado de bibliófilos, tanto que até o motorista do ônibus (que se chamava Ross) estava considerando lançar um tour de leitura e tinha comprado vários livros e montado uma pequena biblioteca ao lado do banheiro – um lugar nada lisonjeiro, mas o espaço era limitado e era melhor do que nada.

Enquanto isso, Zoe também tinha começado a levar Shackleton junto com ela nos fins de semana (para evitar as perguntas inevitáveis de por que ele não estava na escola), colocando-o para trabalhar algumas horas na cozinha com Agnieszka.

A alegria dele em conseguir produzir bolinhos impecáveis os deixou incrivelmente felizes, e daquele dia em diante eles passaram a oferecer itens de panificação deliciosos, e Shackleton começou a ganhar um dinheirinho por seu trabalho, e Zoe ficou imensamente tocada quando ele gastou a primeira remuneração com duas fantasias de Super-Homem para Patrick e Hari, embora tenha ficado um pouquinho mais cansativo quando os garotos passaram a se recusar a tirar as fantasias sob qualquer circunstância e, quando finalmente as tiravam, ficavam sentados diante da nova máquina de lavar até estarem limpas e corriam diante do fogo com suas cuequinhas minúsculas até as fantasias secarem, unindo-se para lutar contra o crime, o que geralmente acabava com eles chutando a Mary (embora, verdade seja dita, eles quase sempre mirassem a perna boa dela).

Certa noite, Zoe os estava observando fazendo isso enquanto mexia o risoto no fogão, tentava proteger Mary – que se recusava a sair de seu lugar perto da janela enquanto lia *O jardim secreto* e deixava a perna pendendo no ar, o que teria, para falar a verdade, minimizado o estrago que os garotos podiam fazer, e estava, em geral, agindo assim mais para provocar do que qualquer outra coisa – e afastar Porteous, que volta e meia ia participar das brincadeiras dos meninos e depois voltava para ver se Zoe não tinha derrubado um pouco de arroz, e então saía novamente. Todos estavam tentando fazer Shackleton parar de tocar a nova música do Drake em seu laptop, tirando sarro dela sem dó, o que o estava deixando zangado e aborrecido, defendendo seu ídolo.

Ramsay colocou a cabeça para dentro da porta quando chegou em casa, com frio e cansado depois da longa jornada, com muito trabalho a fazer, e, lembrando-se bem das noites frias, raivosas e estridentes do passado, ficou surpreso ao ouvir o barulho e o riso emanando da cozinha; o calor, os aromas deliciosos e, minha nossa, aquele era o Shackleton dançando? Até mesmo a Mary estava sorrindo! Então ele se lembrou da noite do Samhain e, morrendo de vergonha, estava prestes a dar meia-volta quando...

– PAPAI! – berrou Patrick, que, por algum motivo, não estava usando nada além da cueca, que parecia ter alguns furos.

O garotinho correu na direção dele, seguido, Zoe percebeu, com o coração partindo de leve, por Hari, ambos correndo na direção da figura alta que se ajoelhava no chão.

Ah, não, pensou ela. Ah, não. Não tinha notícias de Jaz há muito tempo. Ela sabia que era terrível – ele precisava ir visitá-los, precisava. Ela mandou mensagens, mandou fotos pelo WhatsApp, mas nada.

E ela sabia que isso era ruim para Hari. Todo o restante estava melhor, ela vivia reforçando para si mesma. A casa, a companhia, o ar fresco, até mesmo a creche. Tudo. Ela estava fazendo a coisa certa.

Mas, ah, como ele precisava de um pai! Zoe virou o rosto, sem conseguir olhar, mas Ramsay, espontaneamente, sem sequer pausar o que estava fazendo, segurou a cabeça encaracolada de Hari com sua mão enorme e o puxou para ele.

– Oi, rapazinho – disse.

Zoe ergueu os olhos e não percebeu o desespero com que estava olhando para Hari até Ramsay reparar e soltar o garoto, endireitando-se.

– Hum... A janta está com um cheiro ótimo – comentou ele.

Zoe piscou.

– Quer jantar com a gente?

– Bem... Se não tiver problema.

– A casa é sua – disse Zoe de forma um tanto sucinta. – É claro que não tem problema.

Ela ainda se sentia envergonhada pela reação visceral que tivera a ele; como, em um instante, pareceu – injusta e terrivelmente – que tudo estava diferente, e ambos enrubesceram.

– Ótimo, então – disse Ramsay no exato momento em que o celular de Zoe apitou e ela olhou para baixo e viu que era Jaz.

Quando saiu para ler a mensagem, a primeira coisa que Zoe percebeu foi que, em algum momento – ela não conseguia lembrar quando –, ela havia parado de seguir o Instagram dele. Aquilo era esquisito. Ela costumava passar tanto tempo fuçando o perfil dele, examinando cada foto, tentando ver quem estava ao fundo, se era a mesma pessoa, a mesma garota...

Quando será que isso tinha cessado? Quando ela havia parado de pensar nele daquele jeito, preocupando-se obsessivamente ao pensar nele, como quem cutuca uma ferida que sabe que precisa deixar em paz? E agora...

"Ver o garoto, aham", dizia a mensagem. E então: "Onde vc se meteu, cacete?"

"Escócia", digitou ela alegremente. "Vem pra Inverness."

"Você tá em Inverness?"

"A três horas de lá."

"PQP."

Ela mandou um emoji sorridente para ele.

"H. louco pra te ver."

"Ele já tá falando?"

"Não."

"Ok. Pelo menos não foi culpa minha."

Zoe ficou olhando para a tela. Deixe pra lá, disse a si mesma. Deixe pra lá. Ele não sabia o que estava falando. Nunca sabia. Esse era o problema.

"Quando vc vem? Vou mandar o CEP."

"Passa o número da casa."

"Não tem número. A casa tem um CEP só dela."

"Se deu bem."

Zoe sentiu os pés congelarem sobre o piso frio da cozinha e repetiu para si mesma: não caia nessa. Não. Não reaja. Pense só no Hari. Ele é o único que importa.

"Quando?"

"Meu voo chega 11h15. Amanhã. Vou alugar um carro."

Zoe engoliu o amargor daquela afirmação despreocupada. Simplesmente alugar um carro, do nada. Passar no cartão de crédito sem nem olhar.

"Ótimo", escreveu ela. "Manda msg quando aterrissar."

E então todos os pensamentos do dia se dissiparam, ela se virou e ficou olhando para a cozinha, com o coração acelerado, perguntando-se que diabos ela faria em seguida.

Será que ele iria querer ficar na casa? Ela não tinha se lembrado de perguntar. Talvez ela deixasse. Não queria maltratá-lo de forma alguma. Onde? Havia um milhão de quartos vazios... O que a Sra. MacGlone iria dizer? Ó céus, será que Jaz seria grosso com ela? Ou será que esperaria ficar no quarto com ela... Não. Não esperaria.

Ela afastou aqueles pensamentos de sua cabeça, andou de um lado para outro, jogou água fria no rosto. Quando ela deveria contar para Hari? Ele ficaria louco de alegria. Ela iria gostar de contar para ele. Por outro lado, e se Jaz mudasse de ideia? Ou o voo atrasasse ou algo saísse errado? Isso seria pior que qualquer outra coisa. Ela não ia contar e então o buscaria cedo.

Ó céus. Ela... Droga, por que ela só tinha aquele vestido vermelho idiota pra usar? Ela precisava muito cortar os cabelos; tinha simplesmente desistido de fazer as unhas; não tinha absolutamente nada para vestir... Droga, droga, droga. Não que quisesse impressioná-lo – ela já tinha passado dessa fase há muito tempo –, mas queria mostrar a ele que estava bem. Não tão bem a ponto de não precisar de dinheiro, mas... Bem. Saudável.

Será que ela podia pedir a ele de cara? Talvez devesse mandar uma mensagem para Surinder, analisar o terreno?

Ó céus, por que ele tinha que fazer aquilo com ela? Zoe marchou pela casa silenciosa, com os braços envolvendo o próprio corpo – *por que* fazia tanto frio? –, e entrou na cozinha abençoadamente aquecida. Ela poderia abraçar o fogão. Mal reparou que Ramsay já estava lá dentro, usando uma camisa xadrez, lendo o *Times Literary Supplement*, a chaleira fervilhando.

– Shackleton, você poderia finalizar a janta? – ela conseguiu perguntar.

Então refugiou-se até eles terminarem de comer e ela poder colocar os meninos na cama.

Capítulo sessenta e cinco

– Nunca pensei – disse Kirsty enquanto elas se abrigavam dentro da van em Kirrinfief na manhã seguinte – que eu daria dicas de beleza. Estou bem orgulhosa de mim mesma.

– Eu imagino – respondeu Zoe. – Eu já desisti completamente.

– Como ele é? – quis saber Kirsty. – Estou interessada de verdade. Sou casada há seis anos. Meu marido tira meleca do nariz.

– Quando?

– O. TEMPO. TODO.

– Ah – murmurou Zoe.

– Então. Um pouquinho de emoção não faz nada mal. Deixe-me ver.

Zoe abriu o Instagram de Jaz.

– Aaah – exclamou Kirsty. – Aaah, olhe só pra ele. Bem bonito. Gostei da barba.

– Essas são fotos *bem* produzidas – alertou Zoe.

– Eu sei. Já apaguei uns 30% de fotos minhas do Instagram. Pareço ser tamanho P em todas as fotos.

– Por quê? – indagou Zoe.

Kirsty suspirou.

– Sei lá. Provavelmente pra enganar uma garota nojenta do meu colégio que agora vive na Austrália.

– Entendi – disse Zoe, balançando a cabeça compreensivamente.

– Enfim – disse Kirsty. – Aqui está um kit completo de amostras.

– Não posso ficar com tudo isso – afirmou Zoe quando Kirsty abriu um kit completo da Avon.

– Pode, *sim* – insistiu Kirsty. – São da minha mãe. A melhor amiga dela se separou e se tornou revendedora Avon, minha mãe ficou com pena dela e comprou absolutamente tudo e agora a casa dela está abarrotada. Estou fazendo um favor a ela, na verdade.

– Está querendo dizer que você roubou tudo isso?

– Professores não roubam! Por falar nisso, você sabe que está chegando a hora...

– Não sei. Os períodos escolares de vocês são esquisitos.

– Certo. Bom. É a metade do ano letivo. E o prazo final do acordo. Eles precisam voltar depois disso.

– Não consigo nem imaginar – confessou Zoe. – Tenho tentado insistir pra que eles façam uns exercícios escolares, mas a Mary não faz nada além de ler e o Shackleton não faz nada além de cozinhar.

– Está brincando? Isso é incrível! – exclamou Kirsty. – Eles estarão quilômetros à frente de todos os meus alunos. É sério. Se a Mary está lendo, ela vai conseguir alcançar os demais rapidinho. Quando você lê, as portas se abrem. Todo o resto é só um colorido a mais.

– Matemática é um colorido a mais? – questionou Zoe, desconfiada.

– É claro que é! É por isso que a gente usa todos aqueles sinais esquisitos! – Ela franziu o cenho. – Vocês já tiveram notícia do Conselho Tutelar?

– Bem, o Ramsay não disse nada – respondeu Zoe.

– Não seria tão rápido mesmo – disse Kirsty. – Tsc tsc.

– Ou talvez não tenha nada de errado com a Mary e ela só esteja passando por uma puberdade precoce – sugeriu Zoe.

Kirsty sorriu quando o velho Ben entrou na van.

– Aquele livro azul já chegou?

– Sim! – exclamou Zoe, lembrando-se, triunfante. – A Nina disse que essa é a história absoluta e definitiva do Spitfire.

Ela pegou o livro de trás da pequena mesa, onde havia escondido todos os livros sobre a história de Nessie, caso os moradores locais começassem a brigar com ela e a lhe dizer que o monstro não existia.

Ben examinou o belo livro azul-marinho com atenção.

– Opa! – exclamou ele de repente. – *É* sobre os Spitfires.

– Excelente! – disse Zoe. – Um livro azul sobre os Spitfires!

O rosto dele ficou repentinamente triste.

– Não acho que seja esse, não.

– A Nina disse que é.

Ben franziu o cenho.

– Eu só... Eu só preciso ter certeza.

E saiu da van.

– Não sei como você não está morrendo de fome, desse jeito – observou Kirsty.

– Tenho meus métodos – explicou Zoe, olhando para a rua vazia. – Embora o sucesso na venda de livros para moradores locais aparentemente não seja um deles. – Ela olhou mais uma vez para o celular. – Ah, droga. O avião aterrissou.

– Você estava esperando que caísse?

– Nããão! Bem... Se tivesse seguro... Nããão. Bem. Não...

Kirsty sorriu.

– Fale com o Ramsay, tá? Fale pra ele vir falar comigo sobre a escola. Nós estamos preocupados com ele. Fico feliz que ele tenha você.

– Ele não "me tem" – retrucou Zoe prontamente, sem humor algum na voz.

– Você sabe o que estou querendo dizer, sua besta. Fico feliz por você estar lá. A Sra. MacGlone não é lá das companhias mais agradáveis. E as outras babás, pobrezinhas, não foram de grande ajuda.

– Você acha... que a mãe deles vai voltar um dia?

Kirsty suspirou.

– Ninguém faz a menor ideia, meu bem. Ninguém sabe.

Se ela não estivesse tão nervosa, seu coração teria derretido quando foi buscar os meninos, que saíram correndo da creche, ambos vestidos de piratas, com um "prisioneiro" com uma cara bastante enfezada que Zoe identificou como Rory.

– Ande na prancha! – gritou uma vozinha familiar.

Tara saiu a toda, parecendo exausta.

– Eles deram – disse ela solenemente – um *bocado* de trabalho hoje. Sabia que incentivaram as outras crianças a desfazer a roda de música?

– Pensei que o Hari não tivesse permissão para participar da roda de música – retrucou Zoe monotonamente.
– E aquele ali tagarelou durante toda a prática de meditação.
– Porque meditação é absolutamente idiota!
– E eu acho que eles deixaram o Rory chateado.
– NÃO DEIXARAM, NÃO – berrou o pequeno prisioneiro.
– Pois bem! – disse Tara.
– Pois bem – repetiu Zoe. – Vejo você na semana que vem!
Ela colocou os meninos no carro um tanto nervosa.
– O papai está vindo – sussurrou no ouvido de Hari.
O rostinho dele se iluminou.
– Não o meu papai, mas o papai do Hari? – questionou Patrick, que não deixava passar nada. – Ah!
Hari estava sorrindo de orelha a orelha e batendo palmas. Ó céus, pensou Zoe. Talvez não fosse ser tão ruim assim. Ela havia mandado uma mensagem sugerindo que Jaz os encontrasse na cidade, mas ele respondera na mesma hora dizendo que queria ver onde o filho estava morando, em um tom levemente imperioso que não tinha nada a ver com ele.

Ela dirigiu rápido, com medo de que Jaz chegasse lá antes dela. De fato, ela mal teve tempo de entrar na casa, retocar a maquiagem e colocar uma blusa preta, embora não estivesse quente o bastante na sombra. Ainda ficava razoavelmente bem nela.

Zoe não percebia – embora Jaz tenha notado assim que ela saiu do carro, como qualquer um de seus amigos de Londres teria reparado – que ela na verdade estava um milhão de vezes mais bonita do que em muito, muito tempo.

O ar fresco e puro tinha deixado sua face iluminada; o sol do final do verão a agraciara com algumas sardas no nariz. Todas as noites ela caía na cama exausta dos dois empregos e estava dormindo melhor do que nunca – bem como Hari, que agora se exercitava e não a acordava mais à noite, incomodado e agitado. A água cristalina, limpa e pura e o fato de ela não estar mais pintando os cabelos haviam deixado seus fios macios e brilhosos, e a alimentação saudável e simples deixara sua pele lisinha.

Mas também havia algo mais – o estresse da vida diária, de pagar o aluguel, de se preocupar com o futuro não havia desaparecido, é claro, mas estava mais leve. As linhas finas ao redor de seus olhos e a ruga em sua testa tinham se suavizado. Ela ainda estava sem grana e ainda se preocupava com o que viria pela frente, mas não da mesma forma. Não eram mais pensamentos enlouquecedores e terríveis sobre o futuro às três da manhã. Não eram as ondas de ansiedade e pânico que costumavam afligi-la quando ela menos esperava; o nervosismo de ficar diante de um caixa eletrônico, esperando para ver se o dinheiro iria sair. Não havia nada em que gastar dinheiro por ali, de toda forma.

Ela estava, pensou Jaz, enquanto saía do carrinho vermelho – não havia muitas opções –, maravilhosa. Quase como quando eles se conheceram. Se ele pensasse com mais clareza, teria lhe ocorrido que aquele lugar estava fazendo bem a ela.

No entanto, ele pensou que ela estava tentando ficar bonita para ele de propósito. Até era verdade, mas não do jeito que qualquer deles pensava.

– Oi! – Acenou ela. – Só um minuto.

O vento soprou os cabelos de Zoe para o lado enquanto ela se debruçava sobre o banco de trás do carro, com o coração batendo forte. Jaz voltou a olhar para a casa. Era absolutamente insana. Não tão sofisticada, quando se olhava de perto, claro, mas, mesmo assim, ele ia tirar um monte de selfies na frente dela. Legal. Enquanto olhava para a casa, dois rostinhos apareceram na janela do térreo, olhando para ele com curiosidade. Jaz olhou de volta. Ele não iria acenar. Não dava a mínima para quem eram aquelas duas crianças riquinhas.

Zoe estava debruçada sobre Hari, que chutava com as perninhas em um esforço desesperado para se libertar da cadeirinha.

– O papai – disse ela, e ele se contorceu e se debateu de alegria.

Vale a pena, disse Zoe a si mesma. Para fazê-lo feliz. Vale a pena. Tudo vale a pena.

Tentando manter uma expressão serena, ela finalmente soltou a cadeirinha e o garoto passou como um foguete por ela, virou-se e saltou.

Eles observaram – Ramsay, que estava na biblioteca e ouviu os carros chegarem, também – a figura pequenina do Hari disparar pelo cascalho barulhento, com as ervas daninhas se erguendo aqui e ali, enquanto Jaz ajoelhava e abria os braços.

Ramsay reparou que Zoe envolveu os braços no próprio corpo, abraçando-se, como que tentando se esconder, tentando impedir que suas emoções viessem à tona. Na enorme via de entrada da casa, ela parecia bem pequena lá embaixo, vulnerável de um jeito que ele não tinha reparado antes.

– HARIIIIIIIIIII!

Jaz pegou o garotinho e o girou, e o menino jogou a cabeça para trás de alegria.

– Bom te ver, meu chapa!

Ele *não é* seu chapa, pensou Zoe pela bilionésima vez, mas permaneceu em silêncio. Hari estava se contorcendo nos braços de Jaz e Zoe percebeu que ele queria que o Patrick fosse conhecê-lo. Ela se virou e acenou para as crianças. Patrick saiu do carro e Shackleton, da casa; Mary não quis nem saber.

Zoe caminhou pelo cascalho.

– Oi, Jaz – cumprimentou.

Ramsay se percebeu observando para ver se eles se abraçariam, mas se perguntou por que estava fazendo aquilo (eles não se abraçaram) – então virou-se, sentindo que estava espionando, que estava fazendo algo errado, perguntando-se por que ele se importava e por que sua mente o estava levando a lugares aonde definitivamente não podia ir.

Capítulo sessenta e seis

– Uau – disse Jaz.

Ele não parava de tirar selfies na sala de visitas, ou de posar ao lado da armadura ou de uma das espadas dependuradas na parede, e toda vez que ele fazia isso, a Sra. MacGlone pigarreava alto na cozinha.

– Qual o problema dela? – perguntou ele em voz alta. – Ela é racista?

– Jaz – repreendeu Zoe. – Eu trabalho aqui. Venha, vamos tomar uma xícara de chá. Quer um bolinho?

– Um *bolinho*? – perguntou Jaz, soltando uma gargalhada. – Ah, um *bolinho*. É isso que você faz agora? *Comer bolinhos*?! Você mudou, cara. Um *bolinho*.

Zoe franziu a testa.

– Vai querer ou não?

Hari estava confirmando alegremente com a cabeça.

– Ah, claro, eu provo um *bolinho* – disse Jaz, como se aquela fosse a ideia mais engraçada que ele já tinha ouvido na vida.

Zoe sabia que aquela palhaçada toda era para esconder quão deslocado se sentia, e ela entendia – ela se sentira exatamente assim logo que chegara. Ela sempre supôs que a Escócia fosse um afloramento um pouquinho mais ventoso que a Inglaterra. Ela não sabia, nunca tinha visto como era diferente na essência, nas pedras das paredes, nas árvores e na própria terra.

Sem contar que nenhum deles crescera em casas como aquela. Nada parecido. Para ambos, a palavra "propriedade" tinha conotações bem diferentes.

– Bolinhos são gostosos – disse ela.

A cozinha estava deliciosamente quente e aconchegante, mesmo com a Sra. MacGlone mexendo na louça suja e ficando de costas para eles.

– Este é o Jaz – anunciou Zoe no tom mais alegre que conseguiu. – O pai do Hari. Ele veio fazer uma visita.

A Sra. MacGlone olhou para trás, sua boca tensionada em uma linha fina.

– Bem – grunhiu ela –, não precisa me dizer que é o pai do Hari. Cara de um, focinho do outro.

Hari enfiou a cabeça na barba do pai e ambos sorriram, e Zoe sentiu o coração vacilar.

– Vou fazer chá – disse Zoe. – Sra. MacGlone, eu vou ficar a tarde toda em casa... Posso assumir...

– Você quer que eu vá embora, não é?

– Não!

– Você sabe que eu não faço fofoca.

– Sei, sim – confirmou Zoe, que ficaria contente com um pouquinho de fofoca nas muitas noites longas, até mesmo de pessoas que ela não conhecia.

– Pois então.

Entretanto, ela se afastou da pia e colocou o casaco.

Patrick os estava seguindo e não aguentava mais esperar, então parou bem diante de Jaz.

– Sou o melhor amigo do Hari – informou.

– Ah, legal. Ótimo – disse Jaz. – Você consegue ensiná-lo a falar?

– Jaz! – repreendeu Zoe.

Ele sabia muito bem que não deveria tocar no assunto.

– Eu absolutamente gosto do Hari do jeito que ele é – afirmou Patrick, e Zoe sentiu vontade de dar um beijo no garotinho por isso.

– Venham – disse ela subitamente. – Vou botar um filme pra vocês verem.

Houve uma alegria geral com aquele regalo raro. Hari, no entanto, parecia arrasado, dividido entre duas opções maravilhosas: assistir a um filme ou ficar com o pai.

– Você pode assistir também – disse Zoe. – Estaremos aqui, tá? Só por um tempinho, enquanto conversamos.

Hari concordou e desceu do colo do pai enquanto Zoe colocava o filme. Ela havia desenterrado uma fita surrada de *O mágico de Oz* e um videocassete antiquíssimo para eles. Até mesmo Shackleton gostava de assistir a *O mágico de Oz*.

Então, finalmente na cozinha, eles estavam a sós.

– Então, quem é esse seu chefe esquisitão?

– Quanto você sabe? – perguntou Zoe.

– Só o que a Surinder me contou. Um esquisitão podre de rico que foi abandonado pela mulher.

– Hum, boa tarde – disse Ramsay, que tinha se materializado na porta da cozinha, concluindo que seria falta de educação deixar a visita esperando e querendo, por algum motivo obscuro, acabar com aquilo de uma vez.

Ele estava carregando uma pilha enorme de livros, sobre a qual apenas o topo da cabeça podia ser visto, chegando até o teto.

Zoe se sobressaltou, enrubescendo.

– Meu Deus – disse ela. – Eu não ouvi você entrar.

Ramsay piscou e procurou um lugar para colocar os livros, mas decidiu não largá-los e permaneceu parado, obstruindo a porta da cozinha.

– Obviamente.

Jaz não se acanhou nem um pouco.

– Foi mal, cara! Prazer em conhecê-lo. Sou o Jazwinder.

– Ramsay Urquart – respondeu Ramsay, estendendo a mão.

Vários livros caíram e Zoe correu até ele e catou metade do chão.

– Bela casa – comentou Jaz, olhando em volta. – Parece que a moça aqui se deu bem.

Ramsay piscou e olhou para Zoe, que ainda estava vermelha feito um pimentão.

– Ah. Desculpe, eu não sabia que vocês estavam...

– Nós *não* estamos – afirmou Zoe com veemência.

Jaz riu.

– Ela está adorando, de verdade.

– Então, você vai passar a noite aqui?

– Nem – respondeu Jaz. – Peguei um quarto na cidade. Volto cedo pra casa, né?

O fato de que, novamente, Jaz faria algo tão casual – reservar um quarto de hotel, em vez de economizar com hospedagem – enquanto continuava sem lhe dar qualquer ajuda financeira realmente irritou muito Zoe.

– Ah, que ótimo – disse ela em um tom sarcástico. – Um hotel. Que maravilha.

– Um hotel na *Escócia* – argumentou Jaz. – Qual é, isso aqui não é Ibiza.

– Eu não teria como saber – retrucou Zoe, detestando o amargor em sua voz.

Para se conter, ela entrou na cozinha e serviu o chá, automaticamente entregando uma xícara a Ramsay, que pegou sem agradecer. Jaz os fitou com curiosidade. Ramsay murmurou algo sobre ter que sair, pegou os livros novamente e tropeçou nos próprios pés ao subir as escadas. Jaz se sentou e o observou.

– Que magricela mais desengonçado – disse. – Meu Deus. Fala sério.

– Por que você está sendo grosseiro assim na casa dele? – questionou Zoe, repreendendo-o. – Não tem a menor necessidade.

– Não tem a menor necessidade *disso* – retorquiu Jaz. – Atravessei um bilhão de quilômetros pra ver o garoto e só estou levando patada.

Zoe respirou fundo.

– Que bom que você veio vê-lo. Você deveria dar uma volta com ele nos jardins. É lindo lá fora.

– Vou fazer isso – prometeu Jaz.

Um silêncio se instaurou.

– Então, parece que você se deu bem – repetiu ele.

– É isso que parece? – perguntou Zoe, dividida entre o desejo de mostrar a ele que estava bem e sem querer isentá-lo de suas obrigações. – Ainda bem que a Surinder existe.

– Sim, claro.

Ele piscou e desviou o olhar.

– Olha, eu queria te contar. É que... eu entrei pra firma.

Ele estava se referindo à empresa têxtil do tio para a qual Surinder trabalhava em Birmingham.

– Você vai se mudar para Brum?

– Não. Vou administrar o departamento de exportação de Londres.

– Certo – disse Zoe, perguntando-se aonde ele estava querendo chegar. – Bem, isso é ótimo.

Houve uma longa pausa.

– Então... tipo... você poderia voltar, se quisesse.

Zoe piscou.

– Como assim?

– Voltar pra Londres.

Ele passou a mão pela parte interna da gola de sua jaqueta *bomber* de cetim um tanto ridícula. Zoe fez uma careta.

– Não entendi. Você quer que eu vá morar com você ou algo assim?

– Ai, meu Deus... É tipo... Bem. Eu meio que pensei que você poderia encontrar um lugar pra morar e eu poderia te dar um dinheirinho. Pagar uma pensão decente. – Ele baixou a voz: – Fazer a coisa certa.

Ele estava brincando com a xícara, olhando para a mesa.

– Sei que eu não... Eu... Poxa vida, Zoe, me dá uma mão aqui.

Zoe não poderia estar mais surpresa.

– Mas... não sei do que você está falando. Pensei que estivesse viajando pra tocar em festivais, como DJ.

– Estou dizendo... Volte pra Londres. Volte pro seu emprego antigo. Eu fico com o Hari a cada dois fins de semana, ou algo assim, vou buscar na creche. Morar perto. Te dar dinheiro.

– Mas você nunca fez essas coisas quando a gente morava junto!

– Eu disse pra você que mudei. As coisas mudaram.

– O que foi que mudou?

Jaz deu de ombros. Zoe tomou um longo gole de chá. Seu coração estava apertado, embora, é claro, ela não o quisesse de volta, é claro que não.

– Você conheceu uma pessoa – disse ela por fim.

Ele deu de ombros mais uma vez.

– A gente já tinha terminado, não? – respondeu ele, tentando descontrair a conversa, embora não tivesse graça alguma.

– Você conheceu uma pessoa... que sabe do Hari – disse Zoe, tentando encaixar as peças.

A verdade a atingiu como um soco no estômago.

– Minha nossa, você está apaixonado.

Jaz parecia envergonhado como um garotinho.

– Beeeeeem...

– Está, não está?

Ele deu um meio sorriso.

– Ela... Ela me faz querer ser uma pessoa melhor – afirmou ele, como se estivesse tentando ser nobre em um filme.

Zoe bufou.

– Bem, talvez eu precise de um pouquinho mais de motivação que isso, se não se importar.

Capítulo sessenta e sete

Jaz estava falando seriíssimo. Assim que a verdade tinha vindo à tona, ele não parou mais de falar da nova namorada. O nome dela era Shanti, era absurdamente linda, totalmente incrível, dirigia o próprio negócio e tinha, Zoe reparou, revirando os olhos de leve, 23 anos. Ele chegou a mostrar fotos – ela era, sem dúvida, deslumbrante: cabelos longos escuros, olhos verdes grandes. Zoe se sentia como se fosse tia dela.

– Bem, isso é ótimo.

– Tudo bem por você, não é, Zoe? – perguntou ele, em um tom de quem parecia estar pedindo desculpas. – É que, tipo... a gente... é passado, né?

O passado estava sentado no cômodo do lado, escondendo-se atrás de Shackleton toda vez que a Bruxa Malvada do Oeste aparecia, mas Zoe não mencionou isso.

– Claro – disse ela. – Fico contente que você esteja feliz.

– Pois é, a gente começou a conversar sobre, tipo, tudo. A gente viu o sol nascer em Goa, e ela é superespiritualizada, sabe?

Zoe pensou que havia uma conexão forte entre pessoas espiritualizadas e pessoas que nunca precisaram revirar as almofadas do sofá em busca de moedas para colocar no parquímetro, mas conseguiu se conter e não disse isso.

– Ela me fez enxergar tudo diferente, que é um privilégio ter um filho, que eu precisava ensinar a ele a ser homem e que um homem de verdade cuida de sua família.

Zoe apertou os lábios e pensou no filho deles, seu maior orgulho, e em fazer o que era melhor para ele.

– Ótimo então – disse ela, sem deixar o sarcasmo permear sua voz ou, ao menos, escondendo bastante bem. – Vou adorar conhecê-la.

– Você vai adorá-la – garantiu ele. – Todo mundo adora.

Zoe se perguntou se ele um dia havia falado dela com tanto entusiasmo. Tinha certeza que não.

– Certo – disse Zoe. – Mas, pra falar a verdade...

Ela olhou em volta. O fogo crepitava na lareira. Ela conseguia ouvir o riso abafado no cômodo ao lado, o que provavelmente significava que o Leão Covarde tinha acabado de aparecer. Ela já deveria estar preparando o jantar.

– Digo, não é *tão* ruim assim aqui – confessou ela, pegando a tábua de corte e uma cebola.

Jaz olhou em volta.

– Você só pode estar brincando! Estamos a, tipo, um bilhão de quilômetros de... Bom. De tudo. Tipo, você poderia muito bem estar morta.

Ele se levantou.

– Eu estava achando que a casa era sofisticada, mas olha só pra isso.

Ele apontou para outra teia de aranha que ninguém havia limpado na entrada da despensa.

– Está caindo aos pedaços, não está? Olha esse fogão! E está congelando aqui dentro. Tipo, parece sofisticada, mas é, na verdade, uma porcaria.

– Eu não acho. É linda, na verdade.

– Fala sério. E aquelas crianças assustadoras, meu senhor. E aquele gigante esquisitão. Acho que ele está a fim de você.

– Não seja ridículo – ralhou Zoe. – Sou a *au pair*.

– Sim, o patrão sempre come a babá, todo mundo sabe disso – comentou Jaz. – E ele é nojento. Matou a primeira esposa, está querendo uma mais nova. Típico.

– *Cale a boca* – esbravejou Zoe, com muito mais veemência do que aquele comentário idiota merecia.

– Ah, está bem – disse Jaz, erguendo as mãos. – Estamos emotivos! Ora, não seja imbecil. Volte pra Londres. Eu vou encontrar um lugar pra vocês morarem perto da gente. Ajudo com o aluguel. Pego o Hari na creche. Qual é, vai ser bom. Voltar pros seus amigos, pro seu lugar. Chama a sua mãe de volta também. Cai fora desse nada, desse lugar frio do cacete. Você já se divertiu, já deu seu recado. Venha pra casa.

Zoe picava cebolas para evitar ter que responder de imediato. Ela sequer sabia o que pensar.

– O Hari está feliz aqui – disse.

– Bom, ele ainda não está falando, está? Então, obviamente ele não está tão feliz assim.

– Ele vai falar no tempo dele.

– Sim, em *casa*, em Londres, com médicos de verdade. E de umas crianças que se pareçam com ele – insistiu Jaz em tom incisivo.

– Tem um monte de crianças que se parecem com ele – retrucou Zoe com firmeza.

"Um monte" era um exagero, mas ele não era, nem de longe, a única criança não branca da creche, então Jaz podia esquecer isso.

– De qualquer forma, eu não posso – continuou ela. – A dona da van dos livros está no hospital. Sou a suplente dela. Preciso ficar.

– Tudo bem – respondeu Jaz. – Assim eu tenho um tempo pra me organizar. A Shanti mora num lugar legal em Wembley. Talvez eu vá morar com ela, encontrar um lugar próximo pra vocês. – Zoe ainda parecia preocupada. – Eu estou... Você não consegue perceber o que estou oferecendo? Pelo amor de Deus, Zo. Eu vim até aqui. Pra fazer a coisa certa. – Ele comeu o bolinho, irritado. – Achei que você fosse aceitar na hora.

– Eu... Sim, eu sei. Claro. É uma proposta generosa.

– Eu só quero...

– ... fazer a coisa certa, sim, eu entendo. Antes tarde do que nunca.

Ela deu um leve sorriso.

– Bem, você vai precisar voltar em algum momento.

Zoe concordou, um tanto desolada. Um silêncio se instaurou.

A cabecinha cacheada de Hari apareceu à porta e ele sorriu de felicidade ao ver seus pais ali. Era como se estivesse checando se ambos eram reais.

– Oi, meu chapa! – disse Jaz, levantando-se. – Que tal me mostrar a casa, hein?

– Eu posso absolutamente ir junto – ofereceu Patrick, colocando a cabeça por cima da de Hari.

– Não, Patrick, preciso que você me ajude com a janta – disse Zoe em um tom que não permitia contra-argumentos.

O garoto pareceu magoado. Jaz o ignorou e estendeu a mão para o filho.

Hari a pegou como se estivesse encontrando o Papai Noel. A expressão em seu rosto era de êxtase.

– A questão é – disse Jaz quando eles se viraram para sair no jardim, onde o vento soprava as folhas em espirais. Ele baixou a voz: – você também não pode. Não pode tirar o filho de um homem do país. Você sabe disso, Zo. É ilegal.

– Não estamos fora do país!

– Aqui é a Inglaterra, por acaso?

Ele bufou e apontou para o lago sombrio e ameaçador.

– Não – respondeu Zoe. – Mas faz parte da Grã-Bretanha.

Jaz olhou em volta e ergueu os ombros.

– Nem – disse ele.

E, mesmo que ele não tivesse tido a intenção de parecer ameaçador, de alguma forma pareceu.

Ele levou Hari para o jardim. O garoto saltitava de alegria olhando para seu pai, o herói, e Zoe os observou sob a luz que se esvaía lentamente, correndo em meio às folhas, Jaz rodopiando o garoto, ambos tão parecidos, até mesmo no jeito de andar.

Deveria ser uma cena tocante, um reencontro.

Em vez disso, Zoe foi tomada pelo medo, algo parecido com pânico. Patrick se aproximou dela.

– Você está tremendo, Babá Sete. – Ele baixou a voz: – Você viu o monstro?

– Não sei – respondeu Zoe.

Capítulo sessenta e oito

Quando Jaz e Hari entraram, exaustos e com frio por causa da noite congelante, eles estavam sem fôlego e alegres (Patrick estava amuado, mas reagindo exemplarmente, resolvendo um quebra-cabeça em um canto). Zoe estava apostando consigo mesma quanto tempo ele aguentaria permanecer calado. Shackleton a estava observando enquanto ela fritava pedaços de carne até ficarem dourados e então colocava em uma velha caçarola com vinho tinto, amoras-árticas, caldo, cogumelos silvestres e alecrim, deixando tudo derreter e se misturar. Aquele aroma em uma noite fria de outono era absolutamente divino.

Jaz parou à porta.

– Quer comer? – perguntou Zoe.

Jaz meneou a cabeça.

– Nem – respondeu ele. – O cheiro está esquisito. Como alguma coisa em Inverness... Lá deve ter um KFC, né?

– Não sei.

Hari olhou para o pai.

– Olha, meu chapa, tenho que ir agora. Mas eu vou voltar em breve, tá? E aí vou ver você o tempo todo, beleza?

– Jaz – disse Zoe –, eu tenho um emprego aqui. Não posso simplesmente ir embora.

Patrick começou a ouvir com mais atenção.

– Eu estou aqui. Você que foi embora.

– Eu não fui embora *daqui* – argumentou Jaz. – Eu fui viajar. E agora estou de volta. Em Londres. E *você* foi embora.

– Antes que a gente morresse de fome! – lembrou Zoe.

Jaz revirou os olhos.

– Não seja dramática – disse ele. – Vai deixar o Hari chateado.

– E aquele papo de ser um homem mudado? – Zoe não conseguiu se segurar.

– Estou aqui, pedindo pra você voltar comigo pra Londres, onde vou encontrar um lugar pra você morar e cuidar do meu filho – ponderou Jaz. – E, mesmo assim, sou o vilão.

Não havia muito mais a dizer depois disso. Ele foi embora, saindo pelo jardim que escurecia e então ligando o carrinho vermelho ridículo. Hari ficou parado à janela da cozinha, olhando o carro até desaparecer.

– Não gostei dele – sussurrou Patrick para Zoe, que não conseguiu evitar um sorriso, embora tenha dito:

– Não seja bobo, ele é o pai do Hari.

– É, e agora o Hari está absolutamente triste – observou Patrick, e Zoe de fato não pôde discordar.

A janta estava deliciosa, mas Zoe mal encostou no prato. Hari não parava de olhar melancolicamente pela janela e às vezes soltava um suspiro. Mary estava em uma de suas fases de mau humor. Apenas Shackleton comeu com apetite e um prazer evidente. Zoe limpou tudo no piloto automático, fazendo as crianças passarem uma água nos pratos, e colocou um Hari exausto na cama assim que conseguiu, achando muito difícil ler *Entre os telhados* para os meninos, com suas paisagens e seus pontos turísticos de Londres, e Patrick perguntando toda hora se era para lá que Hari iria, e onde eles moravam, e se eles podiam subir nos telhados, e dizendo que ele subiria em todos os telhados de Londres quando fosse visitá-los.

A casa parecia muito vazia depois que todos iam se deitar. Normalmente Zoe adormecia cinco minutos depois das crianças, visto que sua vida era muito corrida, mas aquela noite ela não conseguia. Ficou andando de um lado para outro na cozinha, fez um chá que deixou esfriar, pensou em mandar mensagem para uma amiga. Mas o que elas diriam? Suas amigas de Londres diriam: "Ótimo! Até breve!" Finalmente Jaz estava assumindo suas responsabilidades; finalmente, ele estava voltando para casa. Sua mãe ficaria feliz por sua filhinha estar em Londres, com seu povo, de volta ao lugar a que pertencia, e desistir daquela loucura de morar na Escócia. Zoe supunha que podia ligar para Kirsty, mas a mulher nem conhecia Jaz.

Ela se sentia muito sozinha. No andar de cima dormia um garotinho que ela protegeria com a própria vida. Mas qual era a melhor maneira de protegê-lo? Ali, com amigos e espaços abertos? A diferença nele, em sua aparência, em quanto ele sorria, em quanto ele estava aprendendo, as árvores em que subia… Voltar para uma quitinete na cidade… Não que houvesse qualquer coisa de errado com a cidade, mas…

Pensar em voltar a pegar o transporte público para ir trabalhar, espremendo-se em um metrô ou ônibus superlotado, esperando por horas, esmagada contra as outras pessoas, trabalhando a uma hora de viagem de casa… Em comparação com aquela realidade, seu passeio diário pelos grandes morros, onde ela podia observar toda a glória da natureza esparramada a seus pés, mudando a cada dia, frequentemente parecia só ter benefícios. Trocar o cheiro do metrô sujo e quente pelas brisas das fogueiras, o ruído dos ratos nos trilhos pelo voo de uma águia sobre os morros, o bamboleio esquisito de uma perdiz que saiu para passear, ou os gansos selvagens na água, ou as garças, ou as focas tomando sol nas pedras.

Outra xícara de chá esfriou e ela colocou a chaleira no fogo novamente. Será que Jaz tinha ficado irritado por ela ter se mudado? Ela sabia que não se podia tirar uma criança do país, mas a Escócia era o mesmo país. Bem, por enquanto. Ela sabia que, embora pudesse legalmente se mudar para lá com Hari, no fundo estava realmente afastando o menino do pai, e que, talvez, um tribunal enxergasse as coisas de outra forma, se chegasse a esse ponto.

Pensar no tribunal deixou seu coração apertado. Passar do medo de que Jaz nunca mais voltasse para ver Hari para o medo súbito de ter que vê-lo toda hora…

Ó céus. Que bagunça. Que bagunça. E se ela tivesse que arrastar Hari para o tribunal? A mera ideia a fazia tremer. E se ele tivesse que depor? E se eles o forçassem a falar com um juiz e ele não respondesse? Será que eles a culpariam? Será que eles o tirariam dela?

Ela estava apavorando a si mesma; seus pensamentos estavam fora de controle. E se eles achassem que ela não era capaz de ser uma boa mãe? E se a nova namorada de Jaz fosse incrível e Hari a adorasse e gostasse de estar de volta a Londres e...

Ela deitou a cabeça sobre os braços na mesa para poder – como sempre fazia, visto que dividia o quarto com Hari – chorar sem fazer barulho, embora ninguém pudesse ouvi-la na quietude vasta da casa enorme, apenas o tique-taque do relógio de chão em que Patrick tinha começado a dar corda todos os dias (era uma de suas funções; se todos precisavam ter afazeres, Zoe tentou fazer com que ao menos alguns deles fossem divertidos, e ele levava essa função muito a sério), mesmo quando a chaleira começou a apitar no fogão.

E foi assim, adormecida depois de tanto chorar, que Ramsay a encontrou meia hora depois, com o fogo quase apagado, quando entrou na casa pela porta dos fundos.

Ele se assustou quando a viu – parecia estar desmaiada – e ela acordou com um sobressalto, como costuma acontecer quando a pessoa pega no sono e sente que errou um degrau, e, por um instante, não soube ao certo onde estava, então esfregou o rosto manchado pelas lágrimas, mas, naquele momento, ela viu Ramsay, que até então a enxergava como uma pessoa incrivelmente capaz e positiva e tinha ficado de queixo caído com as iniciativas corajosas dela com seus filhos complicados, pelo fato de que ela não permitia que nada atrapalhasse, pelo fato de ela literalmente ter aberto espaço para a luz entrar. Ele jamais admitiria, nem em um milhão de anos, visto que ela era mais de trinta centímetros menor que ele, mas ele a achava intimidadora e extremamente capaz. Tão acostumada a se virar com tão pouco, sem se abalar com o barulho e a confusão à sua volta. Havia algo de indomável nela.

E, naquele momento, ela estava completamente arrasada, e ele sentiu uma onda de ternura por ela, vendo-a como um pássaro com a asa quebrada. Ele largou a caixa pesada que estava segurando e correu até ela. Seu primeiro instinto foi de pegá-la nos braços; ela percebeu, erguendo os olhos, assustada, que seu maior desejo era de que ele o fizesse. Ramsay parou.

– Você está bem?

Zoe piscou e então seu rosto ardeu. Ela se levantou num pulo e correu para lavar o rosto, tentando se acalmar. O que ele pensaria dela?

– Desculpe... Sim, é só... Devo ter pegado no sono.

Ela esfregou com força o rímel que escorria sob seus olhos. Ramsay permaneceu parado ali, agitando as mãos grandes um tanto nervoso.

– Tem certeza absoluta de que está bem?

Foi a preocupação na voz dele que quase a fez desabar de novo. Ela permaneceu perto da pia, sem confiar em si mesma para virar na direção dele.

– Hum – respondeu ela, testando sua voz.

Definitivamente vacilante. Ela engoliu em seco.

– Foi só... É sempre difícil...

– Ver o pai do Hari?

Ela confirmou.

– Bem – disse ela com ousadia –, sabe como é.

Ela ainda não tinha se virado e, portanto, não viu a careta de Ramsay.

– Hum – respondeu ele sem se comprometer. – Bem, é legal que ele tenha vindo visitar o seu garoto.

– Ah, é um pouquinho pior que isso – disse Zoe, finalmente se virando. Então ela viu a caixa.

– O que é isso? – perguntou, desconfiada, ainda esfregando o rosto.

Os lábios de Ramsay se contraíram.

– Eu ia... Eu ia fazer uma surpresa – disse ele.

Zoe deu um passo à frente.

– É o que eu estou pensando?

Sua voz denotava surpresa, mesmo ela pensando que aquele dia não poderia surpreendê-la ainda mais.

– Eu ia instalar pra você amanhã...

– Mas como... Por quê?

– Eu... Bem...

Ele esfregou o rosto, constrangido.

– Desde que você começou... Você sabe. Fazendo uma limpeza na biblioteca. Me deu... Bem... – Ele tossiu. – Um pouco de inspiração, pra ser sincero. Tenho vendido muito mais.

Zoe caminhou na direção daquela visão reluzente preciosa: uma nova cafeteira.

– Aahh, eu amei!

– Ela tem... cápsulas? – Ele franziu o cenho. – Eu não entendi direito o que eles tentaram me explicar.

– Pois é! – exclamou Zoe, pulando.

A habilidade dela em manter o equilíbrio o surpreendeu. Ela soube como se reerguer; e aquela não era, ele percebeu, a primeira vez. Ela definitivamente não era um animalzinho ferido. Tinha resiliência.

Zoe estava absorta na cafeteira, exclamando de deleite quando viu que vinha com duas canecas pequeninas e um espumador de leite, e Ramsay a observou enquanto o extraordinário eletrodoméstico esquentava.

– Tem descafeinado? – perguntou ela, olhando para o relógio. Era tarde. – Ah! – exclamou. – Não importa. Eu não vou dormir, de toda forma.

Ela serviu dois macchiatos pequenos perfeitos, com um desenhinho na espuma do leite.

– Olhe só pra isso! – exclamou ela. – Não é melhor assim?

Nas mãos enormes dele, a pequena xícara ficava hilária, como se ele fosse um gigante brincando de casinha. Ele não conseguia enfiar o dedo no buraco da asa.

Zoe percebeu que tinha começado a divagar ao olhar para as mãos enormes dele, imaginando como seria senti-las em seu corpo, imaginando...

– Eu sei – disse Ramsay. – A gente nunca mais dorme da mesma forma depois que os filhos nascem, não é mesmo?

Ela enrubesceu e se recobrou, percebendo que ele tinha feito uma pergunta.

– Ah, não – respondeu. – E quando você está sozinho...

– Bem, é muito...

Ambos se sentaram à mesa.

– O que aconteceu com você e a sua esposa? – Zoe percebeu-se perguntando.

– Casamos jovens demais – respondeu Ramsay de modo automático.

– Eu também – confessou Zoe. – Bem, não casei. Mas enfim...

Ramsay tomou um gole de café e fez uma careta.

– Não me diga que você não gostou.
– É... diferente.
– Sim, porque é café de verdade. Esse é o gosto que o café deve ter.
– Bem, então o que é que eu tenho tomado?
– Água marrom.
– Eu gosto de água marrom.
– Bem, que bom pra você.
Eles sorriram.
– Acho que nunca mais voltamos a ser jovens – comentou Ramsay, colocando a xícara ridiculamente pequena na mesa e olhando para ela. – Não exatamente, depois dos filhos, você não acha?
– Não da mesma forma – respondeu Zoe.
Lá fora uma coruja chilreou, mas, fora isso, fazia o maior silêncio.
– Não da mesma forma que você podia fazer o que quisesse, ir a qualquer lugar. Eu me lembro da primeira vez que pensei que seria uma catástrofe se eu morresse. Não por mim, mas por ele, sabe?
Ramsay concordou fervorosamente com a cabeça.
– O que... O que a gente não faria por eles?
Tudo estava muito silencioso e imóvel. Uma certa magia parecia ter se instalado na cozinha: as lâmpadas brilhantes, o fogo moribundo na lareira, aquele limiar entre estar dormindo e estar acordado na calada da noite, quando tudo parece possível.

Zoe estava dividida entre perguntar a Ramsay tudo sobre a mãe das crianças, tudo que ela precisava saber, e um desejo absurdo de pegar a mão dele e colocar em seu corpo. Ela percebeu que ele era canhoto. Sem aliança. Meu Deus, por que ela não conseguia tirar os olhos da mão dele? Era uma mão bonita: magra porém forte, uma camada fina de pelos claros que desaparecia em uma linha que subia pelo pulso. As unhas eram largas e quadradas, cortadas curtas, os dedos, ridiculamente longos. Pareciam as mãos de um pianista. Ela precisava desviar o olhar. Ou ir para a cama antes que fizesse alguma coisa besteira que a fizesse perder o emprego, algo que seria motivado unicamente por tristeza e cafeína, e pelo fato de que seu chefe era a única pessoa, em muito tempo, que lhe demonstrara um pouquinho de bondade.

– Então... O seu marido?

Ele ainda estava falando.

– Não é meu marido. Meu ex-namorado. – Ela suspirou, retornando à realidade. Ó céus. Jaz. – Ele quer que eu volte pra Londres.

Ramsay ergueu as sobrancelhas.

– Eu disse que não podia – acrescentou ela depressa. – Você sabe. Bem. Até a Nina voltar.

– E depois...?

Ele lembrou a si mesmo que estava decepcionado só porque ela era a melhor *au pair* que eles já tinham tido. As crianças sentiriam falta dela, disse a si mesmo.

Zoe deu de ombros.

– Elas estarão na escola até lá... Eu... – Ela suspirou. – Posso não pensar nisso por enquanto?

– É claro – aquiesceu Ramsay. – Acho que a gente não aguentaria uma Babá Oito.

Ela sorriu. É claro que ela era apenas a babá para ele. É claro que era. Ela era apenas uma empregada. Ela era a Sra. MacGlone com uns quarenta anos a menos.

Ela é da criadagem, Ramsay disse a si mesmo. Ela trabalha aqui. *Au pair* vêm e vão, é claro.

Em uníssono, eles levaram o café à boca e tomaram de um só gole.

– Certo! – exclamou Zoe, tentando parecer alegre e preparando-se para levantar. – Hora de...

Mas naquele momento um par de faróis apareceu patinando no cascalho e ouviu-se o som de um carro freando até parar.

Capítulo sessenta e nove

Ouviu-se uma batida forte na porta dos fundos, mas a pessoa que bateu, quem quer que fosse, não esperou ser atendida e simplesmente entrou como um furacão. Zoe e Ramsay deram um pulo, como se tivessem sido pegos. Parada diante deles, com os faróis do carro ainda ligados atrás dela, a música em alto volume e o motor ligado, estava Larissa.

Zoe percebeu duas coisas de cara: primeiro, que ela estava absolutamente deslumbrante – usava um vestido justo vermelho-cereja, colar e, CARAMBA, aquilo era uma tiara em seus cabelos louros encaracolados?

E em segundo lugar, ela estava claramente muito, muito, muito bêbada. Cambaleava horrores nos saltos altos no piso de laje.

– Querido? – chamou. Ela parecia atordoada e triste. – Querido?

Ramsay deu um passo adiante.

– Ah, droga – disse ele. – Ah, Larissa. Me desculpe. Eu sinto muito, muito mesmo. Eu esqueci completamente.

– Eu fiquei lá... – disse ela, enrolando a língua. – Eu fiquei lá... com aqueles homens horrorosos falando mal... falando mal de *você*, Ramsay. E de mim.

Ela fungou com um ar dramático.

– Quer um chá? – ofereceu Zoe rapidamente. – Ou um copo d'água?

Larissa se virou como se só tivesse reparado em Zoe naquele momento – como era, de fato, verdade.

– *Ah*! – exclamou ela, com a voz vacilando. – Ah. Então é *assim* que as coisas são.

– Não é assim que é nada! – afirmou Zoe.

– Larissa, meu bem, acalme-se. Venha, eu levo você pra casa – disse Ramsay. Ela olhou para ele, o rímel escorrendo por seu rosto.

– Eu estava... Eu *me esforcei tanto* com você, Shackleton Ramsay Urquart – disse ela muito, muito alto.

– Ah, então é isso – disse Zoe. – Fala sério, pra que fazer o Shackleton usar o nome? Tenho certeza que ele tem um nome do meio bonito.

– Shh – sibilou Ramsay. – Venha, meu bem, eu levo você pra casa.

– Eu me esforcei *tanto*. Fui legal com *aqueles seus filhos horríveis*. Eu venho aqui *o tempo todo*. Eu te ligo, eu te levo pra sair, eu... Eu... Você está comendo ela?

– O quê? – disse Ramsay. – Venha. Vou levar você pra casa.

– Comendo a babá! É claro! Não me diga que ela já foi freira e que toca violão.

– Você não sabe o que está falando. Vou levar você pra casa agora mesmo.

Zoe estava vermelha feito um pimentão e fez menção de sair dali.

– Você vai ficar aqui! – gritou Larissa. – Me traga um uísque!

– Ela não é a empregada – ponderou Ramsay.

– Eu posso me defender sozinha, obrigada – ralhou Zoe, enraivecida.

– É claro que ele está comendo a empregada! – disse Larissa. – Você está comendo a empregada. Sempre comendo gente inferior, não é, querido?

Era como se ela tivesse arrancado uma máscara. Tudo desandou.

– Você está bêbada – observou Ramsay. – Não sabe o que está falando.

Zoe, particularmente, pensava o contrário: era aquilo que a mulher queria dizer há muito tempo.

– Larissa... por favor... me deixe levar você pra casa.

– Como é que você vai ter energia, depois de passar a noite toda comendo a babá?

– Tchau – disse Zoe, ruborizada.

Ramsay lançou um olhar aflito em sua direção, mas ela ignorou.

– Eu tive que ficar sentada lá... com todo mundo perguntando de você... Todo mundo olhando pra mim com pena... Pra *mim*! Eu me esqueci de contar pra eles que você prefere mocinhas pobres...

Zoe se levantou e se encaminhou para a porta da cozinha. Paradas ali, estavam todas as quatro crianças. Nem mesmo a casa imensa conseguiu bloquear os gritos.

– Ah, que ótimo – murmurou Zoe. – Venha, pessoal, vamos voltar pra cama. Não é nada.

– NADA? – berrou Larissa. – Ah! Conheçam sua nova mãe, crianças. Aqui está ela. Vocês acham que ela é a babá, mas não. Ela está de mudança! E dando pro pai de vocês! Espero que você esteja curtindo, babá! É a única coisa pra qual ele presta.

Zoe enrijeceu, mas não se virou. Os rostos das crianças expressavam perplexidade.

– Está tudo bem – disse ela. – Venham. Venham comigo. Agora. Shackleton, me ajude aqui. Ouçam. Está tudo bem. Às vezes os adultos bebem demais e falam besteiras.

Larissa tinha começado a cantar "Lá vem a noiva" em tom agudo.

– Faça ela parar – pediu Patrick.

Ramsay ergueu a mão para conduzir Larissa para fora.

– NÃO TOQUE EM MIM! – gritou ela. – NÃO TOQUE EM MIM! NÃO ME TRATE COMO A SUA PRIMEIRA.

Depois daquilo, Zoe tirou as crianças da cozinha e bateu a porta.

Capítulo setenta

Zoe estava tremendo de raiva enquanto arrastava Patrick e um Hari choroso, e Shackleton conduzia delicadamente sua irmã escada acima. Ao fundo, eles ouviam os berros de Larissa, seguidos pelos murmúrios de Ramsay. Por fim, o carro foi embora em meio à noite.

Zoe levou todos para o quarto de Patrick e sentou-os nas camas, então foi até a pia e tomou um copo d'água num gole só, tentando se recompor.

O fato de Larissa ter agido daquele jeito na frente dos filhos de Ramsay – de seu filho – deixou Zoe tão furiosa que ela queria gritar, atirar coisas, bater em algo. Obviamente, a mulher estava chateada, bêbada e transtornada, mas mesmo assim. Mesmo assim. Que tipo de gente fazia aquilo na frente de crianças, bêbada ou sóbria?

Ela precisou respirar fundo algumas vezes e foi com uma força de vontade tremenda que se virou para uma fileira de crianças preocupadas e chateadas. Não queria dizer-lhes que elas estavam, o tempo todo, corretas em sua análise.

– Bom – disse, sentindo o coração acelerado –, às vezes os adultos... bebem demais... e se comportam de um jeito que... Bem. Não é o ideal. E, nesse caso, a Larissa estava... muito cansada. E meteu os pés pelas mãos. E disse coisas que, tenho certeza, foram da boca pra fora, que definitivamente não são verdade, e tenho certeza que ela vai se sentir péssima quando acordar amanhã. E é por isso – acrescentou com um floreio – que nunca se deve beber.

Todos ficaram olhando para ela, exceto Mary, que estava olhando pela janela.

– Eu acho – disse Patrick por fim, quebrando o silêncio – que ela absolutamente não gosta de você.

– Bem, nem todo mundo se gosta – ponderou Zoe automaticamente. – E tudo bem.

Ela foi até Mary e se ajoelhou.

– Querida, eu sei que você entendeu algumas daquelas palavras. Você sabe que não são verdade, não sabe? A Larissa só estava... muito sensível.

O rosto de Mary estava gélido.

– Ela quer se casar com o papai. Mas não pode, porque você vai se casar com ele.

– Oooh! – exclamou Patrick.

– Não! – disse Zoe. – Meu Deus! Não! Não é nada disso. Eu juro.

Mary meneou a cabeça.

– É verdade! É verdade, sim! Eu vi vocês!

Zoe ficou branca de culpa. Viu o quê? Não tinha acontecido nada para ver; nada, nada...

– No Samhain! Eu vi vocês se abraçando!

Mary piscou. Ó céus.

– Nós estávamos dançando, Mary. Por dois segundos. Foi só isso! Nada... Nada do que você está pensando.

Mas seu rosto estava vermelho, pois, na verdade, não tinha sido "nada" para Zoe, e Mary, cujos olhos escuros fuzilavam o rosto de Zoe, sabia disso.

– VOCÊ ESTÁ MENTINDO! – gritou a menina. – VOCÊ ESTÁ MENTINDO! TODO MUNDO MENTE PRA MIM! TODO MUNDO MENTE!

E se levantou e saiu do quarto como um furacão.

PARTE 4

– Os corvos estão se reunindo – informou o Comedor de Carne, batendo seu pique no chão da torre. – Eles estão se preparando para voar. E quando o fizerem, tornarão o céu preto, o rio, vermelho, e as rochas se desintegrarão, e a terra rachará e chorará por todos os perdidos. Então. Quem gostaria de um pano de prato da Ponte de Londres pra levar pra casa?

Wallace ficou olhando para ele.

– O que foi que você acabou de dizer?

– Eu disse: "Quem gostaria de um pano de prato da Torre de Londres pra levar pra casa?"

– Eu! – gritou Francis.

De *Entre os telhados*

Capítulo setenta e um

Zoe levou uma eternidade para botar os garotos para dormir e sabia que ainda precisava conversar com Mary. Ela os acalmou, disse que era apenas papo de uma mulher chateada e acabou concordando em deixar Hari dormir no quarto de Patrick, apenas daquela vez. Os meninos deitaram na mesma cama e ela afagou suas cabeças.

– Não é verdade – sussurrou ela. – Durmam.

Shackleton tinha saído de fininho e Zoe estava preocupada com ele; o garoto guardava as coisas para si. Mas, naquele momento, ela precisava lidar com a Mary.

– Vá embora – foi a resposta à sua batida. – VÁ EMBORA!

– Só quero conversar com você.

– Eu não quero conversar com você. Nunca mais. NUNCA MAIS.

Zoe pegou um cobertor grande de uma cadeira no final do corredor.

– Está bem – disse ela. – Vou ficar sentada aqui fora até você estar pronta. Não vou a lugar algum, Mary. Estou aqui pra você.

– Eu te odeio!

– Tudo bem também.

Infelizmente, o dia longo e cheio de emoções estava pesando e, ao deitar sobre umas almofadas surpreendentemente confortáveis do sofá no comprido patamar, Zoe se percebeu sem qualquer vigor restante: os eventos do dia tinham sido significativos e estressantes demais para assimilar de uma vez. Quando Zoe tinha um problema pequeno, ela era capaz de ficar deitada, acordada, preocupando-se com ele por horas. Ali, com um problema grande, ela estava esgotada demais e o sono a dominou.

Ramsay voltou duas horas depois, após a viagem totalmente desagradável até a casa de Larissa, durante a qual ele pretendia dizer umas verdades a ela, mas, no fim das contas, precisou aguentar a recusa dela em sentar no banco do passageiro e então, depois de praticamente pegá-la no colo e colocá-la no carro, ela dormiu na mesma hora, roncando alto. Ele tinha coberto o belo vestido dela com seu casaco enorme e dirigido pelas ruas desertas totalmente em silêncio, zangado e chateado, sem sequer perceber como estava dirigindo rápido até quase acertar um cervo e constatar que provavelmente mataria Larissa e a si mesmo, deixando as crianças em uma situação ainda pior. Então ele parou o carro e tirou dez minutos para se acalmar.

Finalmente a deixou no Solar Lochdown, onde, para seu horror, vários dos amigos chiques dela, que costumavam caçar, atirar e pescar com ela, ainda estavam acordados, matando uma garrafa de uísque. Eles já haviam sido seus amigos também, antigamente, e ficaram extasiados ao vê-lo e pareceram achar o interlúdio de Larissa hilário.

– Minha nossa, eu sabia que você ia acabar se dando mal, Rammy, meu garoto – disse Crawfs. – Ela passou a noite toda soltando fogo pelas ventas.

– E quando ela dançou se esfregando no garçom pra deixar você com ciúmes? E você nem sequer estava lá?

– Caramba, ela estava um caos.

Ramsay percebeu que estava correndo um sério risco de sentir pena de Larissa, então a levou para o quarto, tirou seus sapatos, embora não as meias-calças, e a colocou na ampla cama, sobre os lençóis Laura Ashley que ele tinha passado a conhecer nas noites em que se sentia tão sozinho que não conseguia suportar nem mais um segundo. Ele havia achado Larissa tão doce...

Encheu um copo grande com água e colocou ao lado dela. Quando virou a cabeça para olhar uma última vez para os cabelos louros dela, meneou a cabeça. Ele tinha um péssimo gosto para mulheres. O pior. Chega. Bastava para ele.

Os rapazes tiraram sarro dele enquanto saía e ele voltou para casa no carro dela. Ela que se virasse depois. Retornou às pressas para The Beeches, costeando o lado escuro do lago, com a lua poente iluminando ondas compridas na superfície agitada, as profundezas mais misteriosas do que nunca. O tempo estava virando. Parecia que os dias frescos e limpos do outono estavam chegando ao fim. Havia previsão de temporais, embora a única previsão certa por ali fosse "sujeito a mudanças".

Estava cambaleando de cansaço quando finalmente entrou em casa. Zoe iria embora pela manhã, ele supunha. Ela tinha dito que ia para casa. Aquela devia ter sido a gota d'água.

Céus, que confusão. Que confusão enorme, tudo aquilo. Eram quatro da manhã. Era melhor tentar dormir um pouco.

Ficou perplexo ao encontrar Zoe deitada feito uma sentinela na frente do quarto de sua filha. Percebeu que tinha sido ridículo; seu primeiro pensamento fora que ela iria embora. O primeiro pensamento dela fora a filha dele.

Ele abriu a porta do quarto de Mary. Ela estava deitada, respirando uniformemente de uma maneira que pareceu um pouco suspeita para ele, então chamou seu nome bem baixinho, mas ela não respondeu e, após alguns instantes, foi até a cama e deu um beijo em sua testa.

– Eu te amo – disse baixinho.

Mary ficou o mais imóvel que conseguiu na cama. Ela sabia. Ele tinha provado. Ele estava pedindo desculpas a ela. Ele a amava. Ela tentou manter os olhos fechados para que as lágrimas não escorressem para o travesseiro.

Ramsay quase tropeçou em Zoe ao sair do quarto. O rosto dela estava tão escancarado em seu sono que parecia intrusivo olhar para ela tão de perto. Ele estendeu a mão para passar pelos cabelos dela, mas se conteve. Chega. Chega de confusão.

Ela era a segunda mulher adormecida que ele deixava aquela noite. Seus sentimentos com relação a ambas eram bem diferentes.

Capítulo setenta e dois

Em um primeiro momento, quando acordou, Zoe não sabia onde estava, apenas que estava congelando, chateada e se sentindo péssima.

Depois percebeu que estava deitada no chão, que tinha amanhecido e a chuva estava batendo nas janelas. Tudo aquilo era terrível. Ó céus. O que tinha acontecido?

Gradualmente, os eventos do dia anterior retornaram à sua mente e ela sentou-se no comprido corredor, gemendo.

Ai, meu Deus! Ela não queria ter dormido! Ela devia estar tomando conta da Mary! Meu Deus! Ela se levantou, todos os sentidos aflorados. Meu Deus, será que havia algum adulto na vida da garota que não a deixava na mão? Ela bateu e, como não obteve resposta, sentiu o sangue correr gelado por suas veias.

– Mary? Mary?

Empurrou a porta, que estava aberta. O quarto estava vazio; a janela estava aberta. Um vento congelante e molhado soprava.

Ela está lá embaixo, tomando café da manhã, disse Zoe a si mesma. Ela está lá embaixo com Hari, tomando café da manhã.

A ideia de Mary ajudando Hari com alguma coisa era absurdamente improvável, mas Zoe se apegou a isso mesmo assim e desceu as escadas correndo.

A cozinha estava vazia. Todos, aparentemente, decidiram dormir até mais tarde após a madrugada dramática. As duas xícaras de café ainda estavam na pia. Zoe olhou para elas como se não conseguisse compreender que diabos era aquilo.

– HARI! – berrou, e em seguida subiu as escadas correndo.

– Patrick? Você viu o Hari? PATRICK?

Sua voz transparecia uma pitada de pânico. O garotinho saiu do quarto, esfregando os olhos. Ela olhou para as camas vazias.

– Eu absolutamente não vi o Hari, Babá Sete – respondeu ele.

– Meu Deus – disse Zoe, tentando não afligir o menino. – Onde está… Hari? HARI!

Ela correu até a ala da criadagem, abrindo todas as portas pelo caminho, pequenas fileiras de camas de metal, uma após outra, mas nada de Hari. Ele sempre, dizia uma vozinha em seu coração, sempre vinha quando ela chamava.

Nada.

Ela voltou a descer as escadas correndo. Dessa vez, a Sra. MacGlone tinha chegado e Ramsay estava lá.

– Sra. MacGlone! Quando entrou… você viu o Hari? Ele não está aqui!

– Você olhou tudo? – perguntou a Sra. MacGlone. – Porque são muitos quartos.

– Sim!

– Todos os armários? Tem certeza que ele não está brincando de esconde--esconde?

Zoe meneou a cabeça.

– Ele não pode. Não brincamos disso. – A voz dela estremeceu em um soluço. – Ele não consegue gritar quando é encontrado.

– Vou checar os outros cômodos – disse a Sra. MacGlone.

– Bem, *faça isso*, então – retorquiu Zoe, uma pilha de nervos. – E a Mary também.

A Sra. MacGlone franziu o cenho quando Zoe correu para a porta dos fundos e a escancarou. O vento soprou e ela quase fechou na sua cara. Lá estava o rastro da Sra. MacGlone, na grama achatada, e, quase invisíveis sobre a grama congelada, os vestígios de dois outros pares de pés.

– Ela o levou – declarou Zoe, empalidecendo.

– O quê?

Ramsay apareceu ao seu lado na mesma hora, preenchendo o vão da porta, usando uma calça jeans e um suéter antigo sobre a camisa de um pijama listrado que parecia tão velho quanto a casa.

– Onde ele está?

– A Mary... A Mary levou o Hari.

Ramsay praguejou.

– Tem certeza? Será que eles só não... saíram pra brincar?

O vento rugia nas árvores.

– Esse... Esse não é o tipo de coisa que eles costumam fazer – respondeu Zoe entre dentes.

– Céus – disse Ramsay. – Ah, meu Deus. Venha. Droga. Onde está o meu celular?

Estava sem bateria em cima do balcão, exaurido completamente pelas ligações constantes de Larissa.

– Estou com o meu aqui – disse Zoe, a voz trêmula. – Sra. MacGlone, fique aqui e olhe... Fique de olho nos meninos.

Os meninos que ela não levou, era a frase que ficou pairando no ar. A Sra. MacGlone concordou com a cabeça, a boca tensionada em uma linha fina, e se virou.

– Não os assuste! – gritou Zoe um tanto inutilmente, já que ambos estavam na cozinha, observando enquanto ela e Ramsay atravessavam o gramado descuidado. Shackleton se juntou a eles em poucos instantes.

– Vou procurar no bosque – ofereceu ele, e sua voz, subitamente grave, fez tanto Zoe quanto Ramsay se virarem por um instante, visto que ele parecia muito mais velho do que sua idade real.

Delineada à luz cinza da manhã, Zoe avistou um vislumbre da casa atrás dela. As árvores se curvavam com o vento, o céu estava repleto de nuvens cinza volúveis e as janelas da casa estavam fechadas, como olhos que não podiam ver.

– HARI!

A chuva estava redemoinhando, jogando folhas para todos os lados; o cochicho feroz nas árvores, o mato sussurrante sinistro e a casa que tinha começado a parecer um lar para ela de súbito se transformaram no lugar mais apavorante que ela podia imaginar.

– MARY! – gritava Ramsay, desesperado.

Nenhum deles conseguia acreditar que as crianças tinham sumido – elas não podiam, não podiam ter sumido.

Em sua cabeça, Zoe reviveu o mundo que eles estavam habitando. Os morros, agora congelantes, o risco real de perigo. Os arbustos densos do morro, onde era tão fácil se perder.

O lago. O lago!

Ramsay chegou à mesma conclusão exatamente no mesmo momento e, de repente, ambos estavam correndo contra o vento, gritando nomes que se perdiam no vento, cada vez mais rápido.

Chegaram à praia de pedras ao mesmo tempo; as ondas batiam na orla e eles se entreolharam, incrédulos.

O barquinho a remo não estava lá.

– Ela não faria isso – murmurou Ramsay para si mesmo. – Ela não faria isso. Por que ela faria?

Os dedos trêmulos de Zoe estavam fazendo a ligação. Ela derrubou o celular na areia e Ramsay o pegou e telefonou rapidamente.

– Guarda costeira – disse ele em tom pungente. – Lado leste do lago Ness.

Ele olhou para Zoe, nenhum dos dois conseguindo acreditar no que ele estava dizendo, mesmo enquanto falava.

– Acho que duas crianças saíram em um barco e não sabemos onde elas estão.

Zoe soluçou de leve enquanto Ramsay fornecia mais detalhes. Ela caminhou até a beira da água. Não havia nada à vista, e a água estava revolta; o lago cinza e o céu cinza faziam com que tudo parecesse uma coisa só.

– Sim, tenho certeza! – ralhou Ramsay, claramente se esforçando ao máximo para não perder o controle. – The Beeches. Verifique.

Ele esperou.

– Certo. Sim.

Entregou o telefone para Zoe.

– Eles não podem mandar um helicóptero. Tem uma tempestade a caminho.

Zoe sentiu os joelhos cederem de repente e Ramsay a segurou pouco antes de ela cair no chão.

Capítulo setenta e três

Ramsay a levantou, mas ela se desvencilhou dele. Zoe não tinha tempo, não podia ser fraca. Não podia. Ela pegou o telefone com a mão tremendo. Ramsay teria continuado a segurá-la, mas ela se afastou, sem sequer perceber que estava meneando a cabeça para ele. Ela se atrapalhou novamente, mas conseguiu encontrar o número de Murdo.

– Ah, oi!

Murdo estava alegre como sempre – desde que, na verdade, Agnieszka o reconfortara após seu encontro fracassado com Zoe – e Zoe se percebeu se apegando à normalidade da voz dele.

– O que você tem aí pra mim? Sim, eu adorei o livro do Cherry-Garrard. Adorei. Todos os dias, me lembrava de que não estava fazendo zero grau e eu não estava tentando matar pinguins pra comer. Eu falei pra Agnieszka tentar preparar um pinguim, mas...

– Murdo – interrompeu Zoe, em pânico, e ele finalmente percebeu a gravidade da voz dela.

– Qual o problema?

– É o Hari... Ele desapareceu. No lago.

– O moleque?

– Sim.

– O que...?

– Não sabemos. Achamos que a Mary o levou...

– Mas vai cair um temporal.

Ramsay estava olhando desesperado para ela. Zoe engoliu a raiva e o pavor.

331

– Ela... Ela não sabia – disse ela por fim.
– Onde... Onde eles estão?
– Não devem ter ido longe – respondeu Zoe. – É um barco a remo.
– Sim, mas tem as correntes do lago... – lembrou Murdo, e Zoe choramingou de pavor. – Tá, certo, não se preocupe. Estou a caminho.

Murdo emitiu um alerta e então zarpou pelo lago a uma velocidade que nenhum dos turistas imaginaria ser possível. A embarcação arfava e saltava na água agitada. Ele pegou o binóculo e olhou em volta. Conhecia cada centímetro daquele lago.

Zoe estava parada, olhando para o lago, na beira da água em The Beeches, com os braços envolvendo o próprio corpo e o rosto desolado; Ramsay estava por perto.

Murdo apareceu, o barco sacudindo na água revolta, virando de um lado para outro. Ele estava completamente encharcado; a água penetrava em sua capa de chuva e escorria por sua nuca. Era um dia feio, não havia dúvida disso. Naquela época do ano, as tempestades vinham com tudo do oeste e nunca se sabia como seriam até chegarem – mas quando chegavam, meu pai amado. Rajadas de vento sopravam por todo lado, nunca exatamente na mesma direção, e Murdo tinha que se esforçar ao máximo para manter o barco equilibrado e procurar pelas crianças ao mesmo tempo. A ideia de haver crianças no lago fazia sua espinha gelar. Ele nunca, jamais sairia com turistas naquele tempo.

Olhou novamente para o rádio, mas logo se tornou desnecessário, visto que um barulho atravessou seu gorro grosso: o motor velho e gaguejante de um barco. Virando-se, ele viu que era Alasdair, do pub, acompanhado pelo velho Ben, ambos com expressões de preocupação no rosto.

– Vamos pelo norte – disse Alasdair, dando a volta com o barco.

Atrás dele estava, no fim das contas, a cavalaria, e para Zoe, parada na praia, a visão era impressionante: uma variedade de barcos – iates de luxo, pequenos barcos de alumínio, barcos a remo, lanchas de passeio. Hamish McTavish precisou ser convencido a não sair com sua balsa.

Era uma flotilha. Murdo estava mantendo os canais livres para coordenar e assumir o comando.

Zoe não conseguia acreditar em quem estava vendo. O coronel, que nunca fizera nada além de reclamar que Nina sabia do que ele gostava, em um barquinho pequenino com motor de popa. E lá estava Wullie, que tinha vendido a van para Nina e apenas reclamava dela. A água estava batida, o céu estava desabando, mas lá estava Lennox, em um barco a remo, forçando os músculos contra a ferocidade da corrente. O vilarejo inteiro estava lá.

Murdo chegou até ela primeiro e ela saltou no barco sem tropeçar dessa vez.

– Eles não devem ter ido longe – afirmou Murdo – se pegaram aquele barquinho.

Ninguém dizia a terrível e inevitável verdade: não era preciso ir longe. Se houvesse algum problema com o barco, a rebentação o faria virar assim que você olhasse para ela. Você poderia se afogar a três metros da costa. Se a rebentação não o pegasse, você poderia morrer de frio em mais ou menos meia hora naquela época do ano. O lago era um perigo do pior tipo: lindo e tentador.

– Ele sabe nadar? – perguntou Murdo.

– Ele tem 4 anos!

Murdo gostaria de ter dito ou feito algo alentador naquele momento, mas ele sabia algo que Zoe não sabia: pessoas morriam no lago. Não todos os anos, mas acontecia. Ele olhou para o rosto pálido e exausto dela: todos os piores cenários transpareciam em sua expressão, e Murdo não conseguiu pensar em mais nada que não fosse tirar o casaco e colocar nela, como se ela fosse parar de tremer, como se houvesse uma chance.

Capítulo setenta e quatro

Murdo coordenava os barcos enquanto eles se separavam; eles atravessavam o lago em áreas rigidamente organizadas. O helicóptero logo acrescentou seu ruído gaguejante ao vento devastador. No barco de Murdo, Zoe e Ramsay se mantinham longe um do outro; ambos tentavam bloquear os piores pensamentos de suas mentes, os piores cenários possíveis.

Tudo estava cinza, a chuva lavava as montanhas e a visibilidade era quase zero, e Zoe olhava ao redor em desespero – não dava para ver nem um metro à frente.

Uma potente lancha da polícia com um farol forte na proa se juntou ao grupo, mas a sensação ainda era de que poderia ser o meio da madrugada, e não oito horas da manhã. Os sons do lago, em meio ao temporal, assumiam um poder sobrenatural. Era impossível dizer a qual distância você estava das outras embarcações. O tempo perdeu o significado à medida que eles se moviam lentamente em meio às torrentes da costa ou em torno das pequenas ilhotas que apareciam quando o nível da água estava baixo. Apenas Zoe estava em pé, desafiadora, na proa do barco, gritando sem parar:

– Hari! Hari! Hari!

E cada pedacinho de seu garotinho surgia em sua cabeça ao mesmo tempo: ele rindo sozinho quando aprendeu a andar na pequena quitinete, seu rostinho sonolento quando ela o amamentava nas intensas e intermináveis horas do início da maternidade, chocada e atordoada com a força feroz de seu amor, ao mesmo tempo que conseguia vê-lo, vislumbres dele pálido, inerte na orla, sendo puxado para baixo pelos tritões do fundo do lago, peixes comendo seus olhos... Não.

– HARI! HARI! HARI!

Ela se lembrou dele dançando com a música da televisão: da felicidade no rostinho dele na primeira vez que ela deixou Patrick ir com ele para a creche; da expressão compenetrada dele ao catar folhas vermelhas sob o sol do final do outono; da vivacidade extraordinária dentro dele; de seu corpinho surpreendentemente pesado e atento; do peso de sua cabecinha quando ele dormia em seus braços; do cheirinho de seus cabelos, eriçados com xampu na banheira, como um pequeno moicano.

– HARI! HARI!

E Ramsay berrava:

– HARI! MARY! HARI! MARY!

E olhava em todas as direções.

Capítulo setenta e cinco

De repente algo se avolumou debaixo deles. Murdo praguejou. Zoe, que não entendia nada de navegação, não percebeu que havia algo errado e continuou gritando o nome do garoto perdido, o nome que ela gritaria para sempre.

O barco guinou de repente para um lado; todos eles se agarraram instintivamente à amurada.

– Droga – resmungou Murdo de novo.

– O que foi? – perguntou Zoe.

A pressão era imensa, o motor choramingava como se sentisse o peso.

– Hum... Deve ser um baixio – disse Murdo, erguendo a cana do leme.

Mas não adiantou; o barco estava encalhado e só envergava para o lado que a água parecia estar forçando a seguir. Ele puxou a cana novamente, mas o leme esbofeteou sua mão para longe.

Olhou em volta. Não havia nenhum barco perto deles e a chuva estava caindo com mais força do que nunca. A visibilidade era péssima.

– HARI! – berrou Zoe, usando o celular como tocha, um pontinho de luz inútil em meio ao cinza denso.

– Merda! – gritou Murdo de repente.

Do nada, um grande afloramento rochoso surgiu bem no meio do lago.

– O nível da água está baixo. Merda! – repetiu Murdo.

Ele tentou girar a cana, outra vez sem sucesso.

– Merda!

Eles estavam se aproximando cada vez mais das rochas em alta velocidade.

– Meu Deus – disse Murdo. – Coloquem os coletes salva-vidas... Talvez a gente precise abandonar o barco. Que *diabos* está acontecendo?

Ele jogou os coletes para Ramsay e Zoe, que estava olhando, apavorada, para as grandes rochas que vinham em sua direção, altas, pontiagudas e prontas para esmagá-los em pedacinhos, independentemente, pensou Murdo, apavorado, de eles saltarem ou não do barco. A corrente os estava arrastando na direção delas, de toda forma. Encharcados, eles não podiam fazer nada além de observar as ondas cruéis que batiam na base das rochas e se preparar para o impacto.

Era impossível ouvir qualquer coisa em meio ao barulho do motor, do temporal, o helicóptero lá em cima. O som era ensurdecedor. Levou um tempo até Zoe chegar à terrível conclusão, no redemoinho, quando eles estavam prestes a colidir, de que, um: Mary e Hari não poderiam estar vivos no meio daquilo tudo; e dois: que ela também iria morrer e, sendo esse o caso, não se importava.

Então levou um momento. Mesmo quando ouviu, ela não acreditou. Supôs que fosse um truque do vento e da água, ou mesmo seres fantásticos – algum espírito maligno sob a água que faria aquilo para aumentar o pânico, ou algo que sua imaginação estava criando naqueles últimos instantes, uma espécie de sonho, como se tudo aquilo fosse um sonho...

Ela se virou para Ramsay e gritou para que ele a ouvisse:

– Você está escutando isso?

Murdo ficou imóvel, parou de tentar controlar o barco incontrolável e também ficou como que em choque. E, pela expressão no rosto dele, ela percebeu que ele também tinha ouvido.

– Mmmm-mmmamãe.

Capítulo setenta e seis

Zoe ficou olhando para Ramsay, aflita. Ramsay não pensou duas vezes. Pegou a corda do chão do barco e fez algo muito corajoso e também muito estúpido. Mergulhou na água e nadou na direção das pedras. Foi jogado contra a primeira delas com bastante força, mas, sem se abalar, segurou a corda com os dentes e desapareceu debaixo da água até encontrar o que estava procurando – uma saliência na rocha onde pudesse amarrar o barco.

Ele irrompeu das ondas para tomar fôlego, então desapareceu novamente. O temporal havia remexido os sedimentos, tornando quase impossível enxergar, mas havia barcos e boias naquele lago desde tempos imemoriais e, de fato, lá no fundo ele encontrou um buraco na rocha por onde conseguiu enfiar a corda, fez um nó apertado e sinalizou para Murdo, que amarrou a outra ponta. Então ele saltou sobre as rochas, descalço, alheio aos cortes e hematomas que cobriam seu corpo, e segurou o barco, literalmente, puxando em uma direção ou outra quando ele se aproximava demais das rochas, afastando-o, enquanto Zoe continuava ouvindo:

– Mamãe! Mamãe!

Ela precisava ver. Enquanto Ramsay, que naquele momento parecia ter três metros de altura, impedia que o barco se chocasse contra as pedras apenas, aparentemente, com a força de sua determinação, ela precisava saber. Com o colete salva-vidas colocado e antes que Murdo tivesse a oportunidade de impedi-la, ela também mergulhou na água congelante e nadou de cachorrinho, desesperada, na direção das rochas. Ramsay, incrivelmente, conseguiu segurar o barco com uma das mãos e ajudá-la a sair da água com a outra, e, assim que Zoe desceu do barco, o motor voltou à vida e Murdo conseguiu finalmente desencalhá-lo. Enquanto Ramsay se ajoelhava para ajudar Zoe a subir nas rochas, Murdo soltou a corda de dentro do barco e se afastou rapidamente, ao mesmo tempo que chamava os outros barcos.

Juntos, Ramsay e Zoe subiram pela lateral áspera das pedras. Os pés de Zoe escorregavam e os de Ramsay estavam cobertos de sangue. Quando chegaram ao topo, eles olharam para a base do outro lado, e o que viram mudou tudo, imediatamente, em uma fração de segundo.

Capítulo setenta e sete

A água é um ser vivo. Ela se mexe; ela flui; ela não pode ser contida. A água é mais forte do que qualquer coisa em seu caminho. Pode escavar montanhas, derrubar casas, transformar tudo em lama e lodo. A água sempre consegue o que quer.

E, com o nível da água baixo, aquelas pedras eram reveladas, mas apenas por algumas horas do dia, até retornarem à sua posição original, nas profundezas misteriosas. E ali estava um barco a remo de cabeça para baixo, com a pintura descascada, em condições nem um pouco seguras para navegar, atirado ao acaso em uma prainha de cascalho, um pedacinho minúsculo de areia, um afloramento raso em uma área tão funda que não poderia ser medida até a invenção dos satélites.

Ao lado do barquinho, encolhidas, tremendo, estavam duas crianças olhando para eles. Ramsay e depois Zoe, que precisou ser erguida e escalou até o topo da rocha, olharam de volta para elas, perplexos, sem acreditar que as haviam encontrado.

E a voz ecoou novamente:

– Mamãe.

Zoe ficou boquiaberta, após o vento e o choque já a terem deixado sem ar. Ramsay achou que ela iria cair. Em vez disso, ela deslizou e escorregou pela lateral da rocha, pesada e encharcada.

– Hari! HARI! – gritou.

– Mamãe! – exclamou ele alegremente.

Mary se levantou em um salto e Zoe ficou apavorada ao perceber a própria fúria.

– O que foi que você FEZ? – gritou. – Que diabos você FEZ?

Ela nunca tinha sentido uma raiva como aquela. Vinha de um lugar profundo, primitivo, das profundezas de seu cérebro reptiliano, e ela jamais poderia controlá-la.

Mary estava tremendo e soluçando, vestida com sua camisola branca, os cabelos encharcados ao redor dos ombros, parecendo, novamente, o fantasma que assombrava os corredores e as passagens quando Zoe chegara a The Beeches.

– Meu Deus, Mary – disse Ramsay, caminhando até ela. – Você podia... Você podia ter...

Ele sequer conseguiu terminar a frase.

Zoe estava com Hari nos braços. Ela estava sufocando com a água e o corpinho dele estava completamente encharcado e gelado, então ela pressionou o pouco calor que tinha no corpo contra o dele.

– Minha *imã*, ela me *encontlou* – informou ele com tamanha confiança que o queixo de Zoe caiu. – A gente *pegou baco*.

– Hari – disse Zoe, tremendo. – Meu Deus. Hari. Você está falando.

Mas era mais do que isso. Enquanto ele sorria, tendo esquecido todo o medo e exibindo nada além de orgulho no rosto, Zoe percebeu algo que só assimilaria depois: Hari tinha o sotaque mais escocês possível.

– Eu pega *baco* – explicou ele. – Um pouco *flio*.

Zoe meneou a cabeça.

– Meu Deus. Meu Deus.

De repente o farol do barco da polícia iluminou a prainha minúscula e incrivelmente estreita onde eles estavam. O helicóptero, assim que ouviu, desceu em um terreno na porção mais próxima da costa para levá-los ao hospital; seu ruído foi muito bem-vindo.

Zoe enterrou o rosto no ombrinho de Hari. Alguma outra coisa puxou seu casaco e ela se virou.

Mary estava parada ali.

– Me desculpe – repetia ela sem parar. – Me desculpe. Me desculpe. Ele encontrou o barco e eu estava tentando parar ele. Eu juro, eu estava tentando parar ele!

– Eu anda de *baco* com a minha *imã* – disse Hari, todo orgulhoso.

– Foi ideia dele – insistiu Mary. – Foi, sim! Ele que empurrou o barco! Eu estava tentando parar ele!

– Senhor – disse Zoe. – Mas você deixou? Você deixou!

Mary meneou a cabeça.

– Eu fui atrás dele!

– Minha nossa – disse Ramsay, e Mary olhou para ele; o pavor era visível em seus olhos.

– Você me odeia – afirmou ela.

– Meu Deus, Mary! – exclamou Ramsay, abrindo os braços. – Eu te amo. Eu te amo demais. Só não sei se isso pode ser suficiente.

– Eu amo minha *imã* – declarou Hari, solidário.

Zoe piscou, perplexa, enquanto os alto-falantes acalentadores do barco da polícia ordenavam que eles permanecessem onde estavam, embora as águas do lago estivessem subindo de novo, batendo em seus tornozelos. Se eles tivessem demorado muito mais... se eles tivessem dormido por mais vinte minutinhos que fossem...

Mas isso não era algo em que Zoe queria pensar pelo resto da vida.

A polícia os fez tirar as roupas molhadas e os enrolou em cobertas térmicas e sacos de dormir. Ramsay, Zoe não pôde deixar de notar, estava coberto de cortes e hematomas. Ele estava muito, muito quieto, segurando Mary e sem dizer uma única palavra.

Por outro lado, Hari de repente parecia não conseguir parar de falar. Ele adorou o barco da polícia mais do que qualquer outra coisa e queria examinar tudo, o que a gentil policial deixou alegremente que ele fizesse. Após alguns minutos, Zoe o pegou, enquanto o barco os levava até a pequena orla de The Beeches. Todos os outros barcos tinham se aglomerado por ali, com Murdo no comando, e Zoe o abraçou assim que o viu e desatou a chorar, e ele afagou seu ombro e a amparou quando ela não conseguiu mais se manter em pé.

Todos foram mandados para o hospital – o helicóptero estava ali, afinal de contas –, mas, na verdade, apenas Ramsay precisou levar alguns pontos nos pés. De todo modo, eles passaram o dia fazendo exames, prestando depoimento e sendo avaliados e, por fim, o hospital insistiu que passassem a noite lá. Zoe encontrou o quarto onde Hari estava, aconchegado e aquecido, e deitou na cama dele. Ele permaneceu deitado ali, respirando alegremente.

– Meu Deus – disse Zoe, cobrindo o rosto. – Vou ter que ligar pro Jaz. Merda. Não sei o que dizer. Talvez ele nem tenha embarcado ainda.

– Eu amo o papai – disse Hari, sonolento.

Zoe estava morrendo de medo de se animar demais com o fato de Hari estar falando, caso fosse apenas um acidente, uma situação isolada, algo que desapareceria de novo se ela tocasse no assunto. Ela o abraçou. Era... Era algo diferente. Ele parecia simplesmente nascido e criado nas Terras Altas.

– O que aconteceu, querido? – perguntou ela. – O que aconteceu hoje de manhã?

– A *Maly quelia blincar* – respondeu ele. – Ela é minha *imã*.

– Eu sei – mentiu Zoe. Um problema por vez.

– E eu vai *plo baco* – continuou ele.

– Sei.

– Eu *adola bacos*.

Zoe enterrou o rosto no pescocinho dele, sem conseguir segurá-lo perto o suficiente; se conseguisse, ela teria voltado à fase da gravidez, absorvendo-o de volta em seu corpo para poder ficar de olho nele.

Ela pegou no sono no quarto quentinho do hospital, sem barulho algum além de um leve zunido elétrico e com o cheiro do filho em suas narinas.

– O *monstlo* levou a gente – concluiu Hari, bocejando.

Zoe piscou.

– O quê?

– O *monstlo* puxou – disse Hari. – Boa noite.

Ele esticou a mãozinha e conseguiu desligar a luz da cabeceira, enquanto Zoe permanecia deitada no escuro, subitamente bem acordada.

Capítulo setenta e oito

Zoe não tinha falado com Jaz no dia anterior, então ligou para ele cedinho na manhã seguinte. É incrível como se pode dar uma boa maquiada nas coisas depois de uma noite de sono decente. Também ajudava o fato de que, lá em Londres – para onde Jaz já havia retornado –, o tempo andava maluco e ainda estava ensolarado e fazendo 22 graus todos os dias, então era difícil, para ele, imaginar como a situação tinha sido grave. Ele não ficou muito feliz de saber que precisaria voltar à Escócia, mas pelo menos ficou contente em saber que ela agora tinha consciência de que precisava voltar para Londres.

Zoe suspirou. Ela não podia, de jeito algum, continuar em uma casa onde coisas como aquela poderiam acontecer; era, com certeza, um fator impeditivo. Embora não tivesse dito isso a Jaz.

Ela ergueu os olhos enquanto estava ao telefone e viu uma sombra imensa parada à porta do quartinho. Era Ramsay, e Zoe perguntou-se como poderia perguntar com delicadeza se, devido a uma tentativa de homicídio, ele poderia lhe pagar o salário inteiro do mês.

Também lhe ocorreu que Nina ainda estava no hospital e ela precisaria ir vê-la para explicar tudo. Ela odiaria ter que deixar a van abandonada, mas realmente não tinha escolha.

Hari ainda estava apagado. Havia uma enfermeira ao lado de Ramsay.

– Ela pode tomar conta dele – disse ele. – Você poderia... Você poderia vir comigo?

Eles deixaram a ala da pediatria. Lá fora, surpreendentemente, o dia estava lindo e calmo. Maldita Escócia, Zoe se pegou pensando. Nunca conseguia se definir.

Ramsay não disse coisa alguma, apenas continuou coxeando. Zoe olhou para ele. Ela estava esperando um pedido de desculpas, que também planejava aceitar, mas diria a ele que era, obviamente, impossível para ela e Hari continuar lá e que, se havia algo que poderia fazer a diferença, ele tinha que – *tinha que* – procurar a ajuda de que Mary tanto precisava. Zoe havia tentado, sem sucesso. As coisas poderiam ter terminado de forma bem diferente. Depois de diversos relatos, eles tinham concluído que Mary fingira brincar de esconde-esconde com Hari, com a intenção de fazê-lo se perder no bosque e dar um susto nele – algo malicioso, porém não perigoso. Em vez disso, Hari acabou indo até o barco e Mary fez o melhor que podia para salvá-lo. É claro que ele não teria saído de casa ao amanhecer se não tivesse sido por ela.

O rosto enrubescido de Ramsay e sua expressão culpada pareciam antecipar o que Zoe iria lhe dizer, e os dois atravessaram um gramado repleto de folhas, dando a volta nos prédios de tijolos rosados do hospital.

Bem nos fundos, perto das lixeiras, em um lugar onde a maioria das pessoas não iria pôr os pés ou sequer os olhos, havia um prédio baixo, com o próprio estacionamento. Na frente, um jardim surpreendentemente bonito criado, pelo que Zoe leu, pela comunidade local. Tinha trilhas de cascalho, cercas vivas e banquinhos posicionados exatamente nos lugares em que os raios de sol poderiam aparecer. Aqui e ali, avistavam-se pessoas em cadeira de rodas, conversando com seus parentes.

Ainda em silêncio, Ramsay conduziu Zoe até um dos bancos vazios e pediu a ela que se sentasse. Então ele foi até a porta principal e tocou a campainha.

Era, Zoe percebeu, uma campainha de segurança. Ele entrou e ela o observou pelo vidro jateado, conversando com os funcionários do hospital, que, claramente, o conheciam bem. Depois de um tempo, algo aconteceu, outra figura apareceu e a porta de entrada foi novamente aberta.

Zoe mal conseguia distinguir a figura com o sol forte que inundava o jardim. Parecia extremamente velha: arcada, com cabelos ralos. Mas, enquanto Ramsay a levava até Zoe, ela percebeu, com um choque, tratar-se de uma mulher não muito mais velha que ela. Tinha dentes faltando, uma aparência esquelética abatida e era extraordinariamente magra.

Zoe ficou observando por um bom tempo. Então olhou para Ramsay para confirmar se aquilo era o que ela estava imaginando. Ele simplesmente confirmou com a cabeça.

Zoe deu um passo adiante.

– Olá – disse.

A mulher não respondeu. Não havia qualquer sinal em seus olhos que sugerisse que ela tinha visto Zoe ou que sequer estava olhando para ela no mesmo plano. Suas mãos tremiam.

– Sente-se, meu amor – disse Ramsay.

Como a mulher não respondeu, ele com delicadeza tocou em seu ombro e a acomodou no banco, onde ela continuou olhando diretamente para a frente, esfregando uma mão na outra.

– Esta é Elspeth – explicou Ramsay em um murmúrio –, a mãe das crianças.

Capítulo setenta e nove

– Olá, Elspeth – cumprimentou Zoe, pegando delicadamente a mão da mulher, que então começou a esfregar sua mão na de Zoe. Sua pele era fina e pálida, como se ela tivesse 100 anos. – Sua esposa? – perguntou ela, olhando para Ramsay.

Ele confirmou.

– União estável. Ninguém conseguiria prender Elspeth. "Você pode ser o senhor de metade do mundo, mas não será o meu" – recitou ele em um tom irônico. – Parece você, não parece? – perguntou ele a Elspeth.

Zoe olhou para ela.

– O que aconteceu?

Ele suspirou.

– Tudo?

Zoe deu de ombros.

Ele se inclinou para a frente, ajeitando o cardigã de Elspeth nos ombros. Ela o ignorou como se ele não estivesse ali.

– Me desculpe por falar de você – disse Ramsay a ela. – Eu... Eu prometi que jamais falaria de você. Mas aconteceu uma coisa. Aconteceu uma coisa.

Ele piscou, sua voz vacilou.

– Quando eu a conheci...

– Dizem, no vilarejo, que ela era linda – comentou Zoe.

– Ela era. Não precisa falar. Também dizem que ela era de outro mundo.

– Dizem, sim – confirmou Zoe. – Não sei o que isso quer dizer.

– Eu sei – afirmou Ramsay. – Também acho que eles têm razão. Ela veio de um mundo encantado e ficou presa aqui...

– Mas...

Ramsay coçou a nuca.

– Ela era muito jovem... Talvez jovem demais para ter filhos. O parto do Shackleton foi difícil... Ela nunca voltou... Ela certamente teve depressão pós-parto. Talvez pior que isso. Ela se recusava a ir ao médico, buscar ajuda. Eu estava enlouquecendo.

Ele fez uma careta.

– Minha família não gostava dela como eu gostava... O que é um eufemismo... E eu estava tentando contornar tudo... Eu passava muito tempo fora.

Ele baixou o tom de voz:

– Eu passava muito tempo fora. Tempo demais. Ela perambulava à noite pela cidade. Deixava o Shackleton com a Sra. MacGlone e simplesmente... sumia. Por períodos cada vez mais longos.

– Aonde ela ia?

Ramsay deu de ombros.

– A qualquer lugar onde conseguisse drogas, no fim das contas. Qualquer lugar. E eu voltei pra casa, mas não adiantou. Ela não ficou mais feliz nem mais tranquila.

Uma enfermeira muito gentil apareceu com dois copos de café; Zoe segurou o seu com as duas mãos. Mesmo com o sol quente, ela ainda não tinha superado o frio encharcado do dia anterior.

– Ela estava fora de controle – continuou Ramsay. – Não podia ser contida. Era como se eu estivesse tentando domesticá-la, enjaulá-la. Mas não estava. Eu apenas a amava.

Os dedos de Elspeth continuavam acariciando a mão de Zoe.

– Toda vez que eu descia as escadas... a porta da frente estava escancarada e ela havia sumido.

– É por isso que você gosta que fique fechada?

Ramsay deu de ombros.

– Como foi que vocês conseguiram ficar juntos por tempo suficiente para terem três filhos? – questionou Zoe.

Ramsay se levantou, olhou para além dos limites do hospital, para os jardins, passando pelos muros, pelas casas e seguindo até as montanhas ao fundo, onde o sol brilhava nas asas de algo que voava em círculos, quase invisível a olho nu, de tão distante. Ele soltou um longo suspiro, como quem se livra de um fardo muito, muito pesado.

– Ninguém... – começou, cerrando os punhos em seguida. – Ah, que se dane – disse para si mesmo. – Apenas o Shackleton é meu filho – confessou baixinho.

Zoe piscou.

– O quê? Como assim?

– Nós ficamos juntos apenas tempo suficiente pra ter um filho. E quase nem isso. Então ela começou a desaparecer. Ela já me odiava àquela altura. Ela ia sabe-se lá pra onde. Uma vez, pra Irlanda, eu acho. Aí, ela voltava. Uma dessas vezes, voltou grávida.

– Da Mary?

– O que eu poderia fazer? – indagou Ramsay. – Ela tinha partido o meu coração e precisava de ajuda, e eu era a única pessoa no mundo de quem ela não aceitaria. Pensei... Pensei que ela talvez voltasse pra casa se a gente se entendesse, criasse a Mary e o Shackleton juntos. Mas ela já estava pior. E foi piorando cada vez mais.

– Então ela foi embora e deixou a Mary com você? E o Patrick?

Ramsay baixou a cabeça.

– É difícil... É difícil explicar a que ponto as coisas chegaram. Com o Patrick, ela praticamente não voltou para casa. Ela o largou na escada de entrada, como um órfão.

– Você só pode estar brincando.

Ele meneou a cabeça.

– Quem me dera.

– Mas no vilarejo...

– Ah, eles falam um monte de coisas. Ela voltava de vez em quando. Eu inventei que ela estava trabalhando... Haha.

Ele tocou em Elspeth.

– Ah, minha querida. Imagine você tendo um chefe. – Ele pausou. – Tudo ficou... apenas entre nós.

– E o Conselho Tutelar?

Ramsay olhou para ela.

– Por que você acha que eles não costumam aparecer o tempo todo? Eles sabem de tudo. Ela não tinha família, pelo que se sabe... Se eu não me importava em cuidar dela, eles não se importavam em assinar a papelada. – Ele se encolheu. – Acho que aquela propriedade ainda vale muito.

Zoe piscou. Ela não conseguia suportar a ideia do Patrick sendo abandonado… ou da Mary.

– Ela tentou. Ficava abstinente por alguns dias, alguns meses, voltava. Ela costumava costurar pras crianças, fazia umas roupas maravilhosas. Então algo acontecia… algum gatilho a transtornava e…

Zoe de repente se tocou de algo.

– A cicatriz da Mary?

Ramsay confirmou.

– Há dois anos. E depois daquilo… ela não teve mais permissão pra ver as crianças. Não dava. Era ruim pra elas, de toda forma, ela ficar indo e vindo. E aí ela machucou a Mary daquele jeito. E eu nunca conheci uma criança que precisasse tanto de uma mãe…

Zoe engoliu em seco, relembrando todos os pensamentos críticos que tinha tido sobre aquela menina difícil.

– A polícia se envolveu… Eu tive que entrar com um mandado de segurança pra que ela se mantivesse longe e, bom, essa foi a gota d'água. Nossa, foi horrível demais.

– O que aconteceu?

– Ela encontrou umas drogas. Tomou. Estava se abstendo há muito tempo, não conhecia… não conhecia os próprios limites. Teve uma overdose. Parou de respirar por nove minutos. Danos cerebrais sérios. É um problema mais comum do que… Bem. É o que eles dizem. Não parece comum, para nós.

Ele afagou o braço de Elspeth.

– Ela… Talvez ela recobre alguma atividade cerebral com o tempo. Bem. Eles achavam isso. Um tempo atrás. Eu venho muito aqui. Nós não sabemos o que ela sabe.

– É aqui que você vem quando não está em casa?

Ele confirmou.

– Vivo pensando que talvez ela melhore um pouquinho.

– E quando você trabalha?

Ele soltou uma risada triste.

– Este lugar custa uma fortuna.

Zoe balançou a cabeça de forma compreensiva. O dinheiro na lata de biscoitos; a falta de todo o restante na casa. Bem.

– Eu estava tentando segurar as pontas.

Zoe se inclinou para a frente.

– Ninguém consegue segurar as pontas sozinho. Ninguém.

Ele se virou e voltou a olhar para o prédio principal do hospital.

– Mas agora eu vejo. Eu fiquei em negação por muito tempo. A Mary precisa de ajuda. Deste tipo de ajuda. Ajuda psiquiátrica. Céus, ela é tão parecida com a mãe. Até agora eu achava que talvez fosse porque a gente tinha dificuldade em arrumar pessoas para cuidar dela. A Sra. MacGlone odiava a Elspeth, simplesmente odiava, e achava difícil se aproximar das crianças. Ela não achava nem que a gente deveria ter ficado com o Patrick.

– Não ficar com o *Patrick*? – exclamou Zoe, incrédula. – Quem não iria querer o Patrick?

Ramsay deu de ombros.

– E eu achava, bem, que a gente não conseguia arranjar uma boa babá, então, era obviamente por isso... Eu não conseguia suportar ver a Elspeth nela.

A voz dele minguou.

– E aí você chegou. E eu percebi que as babás não eram o problema.

Zoe mordeu o lábio.

– Ah, eu não acho...

Ramsay olhou para ela; seus olhos revelavam exaustão.

– Foi, sim – insistiu ele. – Você mudou tudo. Você não tem ideia do que fez. Você transformou aquela casa em um lar. Para... Para todos nós.

Zoe meneou a cabeça.

– Você é que não percebe... – E quando começou a dizer aquilo, ela compreendeu, pela primeira vez, que era verdade. – Este é... Este é o primeiro lar de verdade que eu e o Hari temos. *Vocês* é que *nos* deram um lar.

O mais lamentável daquilo tudo era que tal percepção não mudava coisa alguma – eles continuariam tendo que ir embora, de qualquer maneira. As lágrimas fizeram arder os olhos de Zoe.

Capítulo oitenta

Eles retornaram, exauridos. Ramsay tinha feito um carinho na mão de Elspeth, mas ela não demonstrou ter percebido. Zoe ficou olhando para ela – não conseguia evitar. Que criatura mercurial estranha ela já deve ter sido, para enfeitiçar Ramsay daquele jeito? Se você olhasse perto o bastante – e era muito esquisito poder olhar tão atentamente para outro ser humano que não reagia e não ligava –, era possível ver, nos ossos que saltavam sob a pele, que, um dia, ela devia ter sido uma garota bonita, que encantou o jovem Ramsay, ainda sofrendo com a morte do pai. Ela conseguia ver as maçãs do rosto proeminentes de Mary, seu queixo marcante. Não conseguia ver coisa alguma de Patrick. Aquela garota realmente tinha vindo de uma montanha encantada, ela se pegou pensando, e então afastou aquele pensamento instantaneamente.

Eles caminharam em silêncio, entristecidos, de volta para a enfermaria.

Hari não estava no quarto. Zoe estava prestes a berrar ferozmente quando Ramsay a puxou e a levou para o quarto do lado. Os lençóis tinham sido tirados da cama e transformados em uma cabana que cobria o quarto todo. Debaixo deles ouviam-se risos. Ramsay puxou os lençóis. Hari e Mary estavam se matando de rir, brincando no tablet de Hari.

– OI *PLA* VOCÊS – gritou Hari alegremente.

Ramsay saiu com Mary do hospital – ela tinha um encontro marcado com a enfermeira do Serviço de Saúde para ver quais seriam os próximos passos a seguir dali em diante. Antes de sair, ela pediu desculpas novamente para Zoe, com tanta sinceridade e tanto desespero que Zoe conseguiu assentir com a cabeça. Ela sabia que era insensível de sua parte, mas era difícil demais ir além daquilo quando as coisas poderiam tão facilmente – *tão* facilmente – ter acabado nas manchetes no jornal de domingo.

Ela engoliu em seco, pensou na mãe da pobre garota, que ela nunca mais voltaria a ver, respirou fundo e fez um carinho em seu ombro.

– Tudo bem – disse ela, inexprimivelmente cansada. – Acho que o médico realmente vai te ajudar, meu bem. Nós só queremos que você se sinta melhor. Só isso.

Mary assentiu solenemente e deixou que seu pai a conduzisse pela mão. Zoe ligou a TV para Hari. Eles encontraram uma reprise antiga do programa *Balamory* e Hari recitou alegremente as falas, uma após outra, enquanto Zoe olhava para ele, querendo devorar as palavras dele com os ouvidos, sem conseguir acreditar que era verdade, até finalmente encontrar um minuto para se trancar no banheiro e se acabar em lágrimas.

Capítulo oitenta e um

A gentil pediatra não sabia exatamente como ajudá-la, além de encorajá-la a ficar contente.

— Bem, trata-se *mesmo* de um transtorno de ansiedade — disse ela, e Zoe fez uma careta e disse já saber daquilo. — E sabe que Einstein...

— Não acho que ele seja um Einstein — interrompeu Zoe com delicadeza, porém firme.

— Aconteceu algo para aliviar a ansiedade dele?

Zoe teria pensado o oposto, mesmo enquanto ouvia os risos na sala ao lado, provocados pelo desenho animado.

Será que Hari um dia lhe contaria? Será que explicaria o estranho e silencioso mundinho onde se encurralara, com as paredes se fechando ao seu redor a cada dia, até algo as derrubar — o choque, talvez? O frio estimulante de saber como você chegou perto de perder tudo e como é importante usar tudo que você tem? Quando questionado, Hari simplesmente respondia com alegria que tinha sido o monstro, e Zoe supunha que fosse uma metáfora ou que ele tivesse ficado confuso com a água e o barulho, sem conseguir ver um metro à frente do nariz.

— Você está contente? — perguntou a médica quando Zoe começou a chorar de novo, mas ela confirmou veementemente com a cabeça, em meio às lágrimas.

A volta para casa foi lenta e teria sido silenciosa se não fosse por Hari, que gritava, admirado "*Ávole!*", "*Pedlas!*", "*Passalinho!*" toda vez que avistava alguma coisa, e Zoe precisava lutar contra as lágrimas toda vez. Ela havia decidido não contar a Jaz, para surpreendê-lo.

Ela também não contara a Hari que eles iam embora. Não sabia como fazer isso. Quando saiu do carro, ele correu na direção de Patrick, gritando:

– *PATLICK*! EU *SABO* FALAR!

E Patrick pulou alegremente, mas logo parou, franzindo a testa, com o rostinho sério, e disse:

– Sim, Hari, mas você precisa absolutamente me deixar falar mais.

E Ramsay se virou para Zoe, com o rosto tenso, aflito, e perguntou:

– Não tem como você...?

E ela sentiu um nó na garganta de novo.

A enfermeira do Serviço de Saúde dissera que Mary começaria as sessões com um psiquiatra imediatamente, mas, se as coisas não melhorassem, talvez eles precisassem considerar entrar com medicação. Ramsay tinha contado isso para Zoe, como se fosse um ponto a seu favor, como se talvez abrandasse as coisas. Em outras circunstâncias, talvez abrandasse. Mas ela jamais poderia – de jeito algum, depois que Jaz descobrisse exatamente o que tinha acontecido – permanecer ali com o filho.

Zoe evitara visitar Nina no hospital, o que a fazia se sentir bastante culpada, mas ela estava prestes a fazer algo terrível e deixá-la na mão, além de já ter coisas demais com que se preocupar.

Mas ali, em casa – em The Beeches, na verdade, é claro –, fazia um dia perfeito de outono: todas as cores iluminavam a casa sombria, os alaranjados, amarelos e vermelhos vivos das folhas que cobriam os gramados, com o vento rodopiando-as em redemoinhos. Wilby tinha começado a juntá-las e Patrick e Hari não perderam tempo em se atirar nos montes de folhas. Shackleton acabou saindo para ver o que estavam fazendo e decidiu se juntar a eles, mas subestimou seu tamanho e sua circunferência e destruiu completamente a pilha, então Zoe mandou os garotos encontrarem rastelos (havia vários na antiga cabana) e ajudarem Wilby a juntar as folhas direito, o que resultou em um moto-perpétuo de folhas amontoadas e esparramadas pelos pulos dos meninos.

Estava bastante agradável e quente o suficiente para ficar ao ar livre apenas com um cardigã, e Mary estava fazendo exatamente isso, com seu novo suéter de raposa. Ela ficava nervosa perto de Zoe, que tinha decidido que, independentemente do que acontecesse, ela precisaria superar. Ela era a adulta; Mary era a criança – uma criança doente e notavelmente azarada. Então Zoe foi até ela e se sentou.

– O que você está lendo?

Mary ergueu o exemplar de *O sobrinho do mago*.

– Maravilha! – exclamou Zoe. – Ah, que sorte a sua. Eu gostaria de estar lendo esse livro pela primeira vez.

– Ninguém... – disse Mary, reflexiva. – Nenhum dos livros que você me deu tem mães.

Zoe piscou e pensou naquilo. Nárnia, Katy, Alice, Anne com E, Mary Lennox. Mary tinha razão. Nenhuma personagem tinha mãe.

– Acho que é isso que cria as histórias – comentou ela. – Se uma criança embarca em uma aventura, é assim que começa.

– Acho que já vivi aventuras suficientes – ponderou Mary.

– Também acho – concordou Zoe, e elas ficaram sentadas, uma do lado da outra, observando os garotos correndo como cervos felizes em um campo vermelho-vivo.

Ramsay ficou parado perto do carro, observando todos eles, e percebeu a verdade terrível com um sobressalto: ele queria que ela ficasse. Demais. Não pelas crianças – embora, sim, por isso também. Mas por ela. Por tudo com relação a ela: a forma como os cabelos caíam em seu rosto; sua risada tilintante; a música que ela tocava na cozinha; seu amor imenso pelo filho; a maneira como lidava com as coisas, que tinha, ele sabia, sido seu maior erro enquanto ele estava à deriva, torcendo, em algum nível, para que Elspeth retornasse, ou para que as coisas mudassem.

Ele percebeu que estava esperando ser salvo como uma princesa em um conto de fadas. E que Zoe era o príncipe encantado.

E agora ele a queria. Mas era tarde demais, pois, enquanto ele pensava aquilo, um carrinho de aluguel vermelho familiar subia a viela de entrada.

Capítulo oitenta e dois

Surpreendentemente, três pessoas saíram do pequeno carro de aluguel: Jaz, uma garota linda que Zoe concluiu se tratar de Shanti e mais uma mulher.

Surinder caminhou na direção de Zoe e as duas se abraçaram.

– Não sei o que dizer – disse Surinder. – Eu... Eu realmente esperava que fosse ser algo bom.

– E foi – respondeu Zoe, engolindo em seco.

Hari foi correndo até elas, com os cabelos espetados em todas as direções, ofegante e sem fôlego.

– Oi, titia! – cumprimentou ele casualmente.

– O quê? – exclamou Jaz. Zoe não conseguiu evitar sorrir ao ver a expressão dele. – O QUÊ?

– Ah! Oi, papai! – disse Hari, virando-se.

Jaz ficou tão surpreso que parecia um desenho animado.

– Você está falando!

– Sim – respondeu Hari.

Jaz olhou para Hari, depois para Zoe, e voltou a olhar para Hari. Surinder soltou uma gargalhada.

– Eu absolutamente ensinei pra ele – declarou Patrick.

– Ele é meu *imão* – informou Hari.

– Sim, a gente se conheceu... Oi, meu chapa – disse Jaz, encabulado.

Patrick o fitou com olhos severos.

– Obrigado pela sua visita. Mas Hari e eu temos coisas bem importantes pra fazer com as folhas. TCHAU!

Ele se virou e voltou ao jardim, com Hari em seu encalço. Jaz ficou parado, atônito.

– Que tal eu fazer um chá pra todos nós? – sugeriu Zoe.

Ela se aproximou e apertou a mão de Shanti. Como Jaz tinha dito, ela era extremamente bonita.

– Olá. Desculpe. Sou a Zoe. Eu sei que é muita coisa pra assimilar.

Shanti estava olhando para a casa, absolutamente hipnotizada.

– Caramba, que lugar é este!

Surinder estava tirando fotos dos garotos correndo para lá e para cá ao sol poente.

Shanti seguiu Zoe casa adentro. O aroma da cera de abelha usada para polir o piso pairava no ar; a Sra. MacGlone tinha obviamente se mantido ocupada. O sol penetrava pelas janelas, iluminando a madeira.

– Minha nossa! – exclamou Shanti.

Ela espiou dentro da sala de visitas, que estava alumiada pelo sol e, naquele momento, ocupada pelo modelo gigantesco de avião em que Shackleton e Patrick estavam trabalhando. Pedaços de pau-de-balsa e lençóis velhos cortados estavam espalhados pela mesa ampla.

– Olha só pra este lugar – disse ela.

As vozes das crianças podiam ser ouvidas lá fora, rindo e conversando.

Ela seguiu Zoe até a cozinha e Zoe colocou a chaleira no fogo.

– Também tem café – ofereceu Zoe, lembrando-se daquela noite, quando tudo que ela queria era sentir a mão dele em seu corpo...

Ela afastou aquela lembrança.

– Bela cafeteira – comentou Shanti. – Caramba. Não sei o que eu esperava, mas com certeza não era isso.

Ela se virou para Zoe.

– Me... Me des... Eu espero que não tenha sido esquisito que o Jaz tenha começado a namorar comigo.

Zoe estava prestes a deixar para lá e dizer que não, de forma alguma, mas decidiu que não havia por que não ser sincera.

– Bem – disse ela –, você é a primeira mulher que eu conheço desde... mim, mas a gente já tinha terminado há muito tempo mesmo.

– Mas você é mãe do...

– Sim, tudo isso.

– Ele parece ser um garoto incrível.

– Não sei se "incrível" – ponderou Zoe, e então refletiu melhor. – Bem. Sim. Ele é.

Shanti concordou com a cabeça.

– Obrigada – acrescentou Zoe – por fazer o Jaz assumir as responsabilidades dele.

Shanti revirou os olhos.

– Eu cresci sem pai – explicou ela. – Ameacei matá-lo se ele não tomasse vergonha na cara.

– Bem... Obrigada... Eu também cresci sem pai. Devia tê-lo ameaçado desse jeito.

Shanti fez uma careta.

– Eu não agradeceria ainda. Ele ficou de ver uns apartamentos...

Zoe deixou esse comentário pairar no ar e ocupou-se em procurar canecas e em pensar se havia biscoitos para todos. Felizmente, havia.

Capítulo oitenta e três

Ramsay parecia estar prestes a desaparecer na biblioteca – ele não podia suportar ficar sentado ouvindo aquele homem discutir como levaria Zoe embora, falar que a enfiaria em algum buraco pavoroso em Londres, e saber que ele nunca mais a veria de novo.

Mas Zoe lhe lançou um olhar que dizia, mais ou menos, "Modos!" e então ele se juntou a eles nas cadeiras de ferro forjado que ela havia feito Shackleton buscar e limpar – quando, pensou Ramsay, ela sequer tinha achado tempo para descobrir aquelas cadeiras? E quando é que seu pré-adolescente resmungão e nada comunicativo tinha se transformado em um garoto tão esperto e solícito?

Quando todos se acomodaram, ninguém sabia ao certo como começar, até que Jaz, sentado com as pernas esticadas, apoiando um pé no joelho oposto – algo que Zoe sabia que ele costumava fazer quando estava nervoso, mas tentando não demonstrar –, perguntou como é que Hari tinha começado a falar e de onde é que vinha aquele sotaque.

Ramsay olhou para Zoe, mas ela não retribuiu o olhar. Em vez disso, piscou e disse:

– Bem, a Mary e o Hari se meteram numa pequena enrascada no lago. Aonde eles estão terminantemente proibidos de ir.

Shanti virou a cabeça.

– Onde fica?

– No final do jardim – explicou Zoe.

– Minha nossa... Vocês realmente têm tudo aqui – disse ela, arregalando os olhos.

– Enfim. O Hari se assustou e... a médica disse que alguma coisa parece tê-lo sacudido.

Jaz meneou a cabeça.

– Eu achava que estava vindo pra cá pra tomar conta do meu garotinho traumatizado. Em vez disso, ele está ouvindo músicas dos Proclaimers e comendo tortas de *haggis*.

Ninguém disse coisa alguma depois disso.

Jaz bateu os pés no chão. Então levantou-se.

– Vou buscá-lo. Ele pode me mostrar o lago.

– O *loch* – corrigiu Zoe automaticamente.

– Pelo amor de Deus, Zo. Você, não.

Ele se afastou, com uma expressão aborrecida, e Shanti se encolheu. Surinder assistiu à cena toda meneando a cabeça.

– Meu Deus – disse ela. – Você é pior que a Nina. Por falar nela... – Ela olhou para o relógio. – Preciso sair, se não quiser perder o horário de visitação.

Zoe também se levantou.

– Espere aí, eu tenho uns livros na van pra ela.

Surinder a acompanhou alegremente.

– Ah, veja só, aí está ela – exclamou, afagando o veículo. – Ah, nós nos divertimos muito nesta lata velha. – Ela sorriu. – Agora, tem algumas pessoas que preciso visitar enquanto estiver aqui... Garotos, em sua maioria.

– Quanto tempo você vai ficar?

– Depende de quando a Nina parir – respondeu Surinder. – Eu tinha umas férias pra tirar. E o Lennox estará ocupado enfiando a mão na bunda de umas ovelhas, ou algo assim.

– Não acho que seja na bunda – observou Zoe.

– Ah, obrigada, James Herriot...

Surinder subiu a escada da van e girou a maçaneta.

– Aaah – exclamou, surpresa. – Você mudou tudo!

– Hum... Acho que não...

– O que são esses livros sobre o monstro do lago Ness? E os bichos de pelúcia?

– As pessoas gostam, aparentemente – murmurou Zoe.

– Caramba. Livros pra colorir! E essas coisas de turista... A Nina sabe que você está vendendo tudo isso? – Surinder estreitou os olhos. – Quer dizer, não é o que ela costuma fazer, só isso.

Zoe se encolheu.

– Você está querendo dizer que estou vendendo quinquilharias.

– Nãããão...

– Olha – disse Zoe –, eu não estava conseguindo vender o suficiente das outras coisas. Não sou a Nina, ela é um gênio da venda de livros. Mas existe um mercado enorme aqui, absolutamente imenso, cheio de pessoas interessadas na história da Escócia e da região, então nós temos vendido muitos atlas, e eles são lindos. E os livros sobre o monstro são só uma coisa pras crianças colorirem enquanto passam horas no ônibus, é só isso.

Surinder piscou.

– Hum. Talvez você tenha razão. A Nina não liga muito pros números.

Ela pegou um ou dois livros de mapas grandes, de valores altos.

– Uau! Você está vendendo isto aqui?

– Sim... São da coleção do Ramsay. Coisas que não têm muita saída em Londres.

Surinder balançou a cabeça compreensivamente.

– Sinto como se estivesse sendo inspecionada – comentou Zoe, encabulada.

– Haha – respondeu Surinder. – Eu também.

Zoe sorriu.

– O Jaz parece bem mais... calmo.

Surinder concordou.

– A Shanti faz bem pra ele. Definitivamente. Mas você conhece o Jaz, sempre cheio de boas intenções. Nem sempre se atém a elas a longo prazo.

As meninas colocaram a cabeça para fora da van. Shanti tinha ido se juntar a Jaz e Hari perto do lago.

– Parece que ele gosta muito deste lugar – observou Surinder. Ela suspirou e olhou em volta. – Eu também. Lá em Brum eu me esqueço de que existem lugares como este. É simplesmente... tão livre...

Como que para fazer coro a ela, um bando de gansos selvagens passou voando baixo em sua jornada para o sul, batendo as asas brancas sob o sol que se punha lentamente, a intensa luz outonal.

– Sim, sim, está bem – disse Surinder. Ela estreitou os olhos. – Será que o Lennox ainda tem aqueles inquilinos... Certo. Melhor eu ir ver a Nina.

– Não fale pra ela sobre os livros pra colorir – pediu Zoe depressa.

– Tá, tudo bem.

Surinder olhou para ela.

– Vai voltar pra casa, então?

– Hum... – respondeu Zoe.

Capítulo oitenta e quatro

Algumas decisões acontecem para você. Algumas são discretas. Outras, contudo, você consegue identificar.

Naquela noite, ao pôr do sol, Ramsay marchou até o porão, onde raramente tocava nas antigas garrafas que seu pai estocava lá, e pegou duas com os nomes aparentemente mais antigos. Então subiu as escadas e, depois de conseguir convencer os garotos transfixados a se afastarem, acendeu a pilha de madeira e samambaias secas que eles haviam coletado no bosque, juntamente com algumas folhas do jardim. Zoe embrulhou batatas em papel-alumínio e enfiou-as na base da fogueira e levou garfos compridos para os adultos assarem as salsichas, cuja gordura pingava no fogo. Jaz colocou uma música no celular e todos ficaram em torno da fogueira, com as crianças correndo e rindo ao redor, o vinho envelhecido sendo bebericado em canecas e xícaras angariadas na cozinha. Surinder voltou do hospital dizendo que Nina tinha relido toda a coleção de Val McDermid e agora pensava que todos eram assassinos em potencial, mas, fora isso, estava perfeitamente bem, e Jaz e Ramsay precisaram sentar um ao lado do outro, pois os garotos queriam sentar em seus colos – Hari simplesmente adorava ter o pai por perto para exibi-lo –, e Zoe observou Ramsay afagar a cabeça de Patrick, responder a suas perguntas obscuras sobre vagalumes e satélites, e o peso do amor nítido e claro dele pelo garoto que era filho de outro homem a assolou.

Era um contraste imenso com a atitude negligente de Jaz de deixar o próprio filho para trás. Se não fosse por ela, por Surinder e por Shanti, Hari poderia estar sem pai naquele momento. Os olhos de Jaz encontraram os seus e, como se estivesse lendo seus pensamentos, ele se encolheu de leve.

Fora isso, dado o constrangimento de toda a situação, a noite foi excepcionalmente agradável e quando eles foram embora para o hotel, com Shanti ao volante, todos ficaram parados na longa viela de cascalho acenando para eles.

– Gosto quando o papai vem me ver – comentou Hari, reflexivo. – É legal.

Zoe sorriu e pegou a mão dele e a de Patrick para levá-los para o quarto.

– *Espela* – disse Hari.

E correu até onde Ramsay estava com as pernas esticadas na direção do fogo, subiu pela perna dele e deu um abraço no homem, que ficou muito surpreso.

– Boa noite!

Zoe e Ramsay olharam um para o outro, espantados, e Zoe levou o menino para a cama – com ela, bem longe da Mary, e nada de passar a noite com o Patrick de novo – enquanto refletia sobre aquela cena.

Será que ela estava tornando tudo mais difícil para Hari, permitindo que ele se apegasse tanto àquelas pessoas? Por outro lado, o que ela queria? Que ele ficasse infeliz?

Ela ainda estava compenetrada, refletindo, quando foi buscar os garfos e as facas lá fora. Ramsay não tinha saído do lugar e ainda estava olhando fixamente para o fogo, com a taça na mão, seu imenso suéter azul-marinho ao lado, ainda com folhas presas nele.

– Aqui – ofereceu ela, arrancando uma e entregando a ele. – Pode guardar como recordação de um dia feliz.

Ele se virou para ela e seu rosto transmitia uma ânsia tão grande que ela não conseguiu suportar, e ele delicadamente envolveu seu pulso pequenino com sua mão enorme.

– Por favor – suplicou ele. – Por favor, fique.

Capítulo oitenta e cinco

A van de livros estava incrivelmente movimentada perto do lago no dia seguinte. Toda a região estava tomada por famílias em férias escolares observando focas e tomando sopa, e Agnieszka estava extasiada. Murdo apareceu e Zoe indicou que ele entrasse.

– Nós temos, Ramsay e eu... Quer dizer... Não "nós"... Não juntos, haha! Nada nesse sentido!

Ela enrubesceu intensamente, lembrando-se da noite anterior, quando gaguejou e inventou desculpas e foi correndo para a cama, extremamente confusa e assustada, e ficou acordada a noite toda imaginando, apenas imaginando, como seria se ele a tivesse pegado com aqueles braços fortes enormes, se ele a tivesse agarrado, levado para dentro de casa... Ou pior, para o bosque... E o que teria acontecido com a família, e como aquilo seria impossível.

– Enfim... Estou tagarelando. Eu só queria dizer que a gente deve tudo a você. O Ramsay queria te dar... Eu sei que não é muito...

Ela pegou a bela caixa de um uísque antigo que foi encontrada no porão.

– Minha nossa – exclamou Murdo. – Caramba. Eu não estava... Quer dizer, qualquer um teria feito o que eu fiz. Todo mundo *fez* o que eu fiz. Parecia Dunquerque. – Ele sorriu. – Ah, olha só pra isso. É demais.

– Não é nem perto de ser o suficiente – afirmou Zoe em tom sério.

– E – continuou Murdo –, de toda forma, não fui eu. Alguma coisa me arrastou por aquele lago...

– Pare com isso – ralhou Zoe. – Você trabalha aqui há tempo demais, procurando pelo monstro. Já mexeu com a sua cabeça.

– Talvez sim – disse Murdo. – Talvez não.

Juntos, eles levaram o uísque até o barco.

– Muito bem – disse Murdo. – Isso foi bacana. Os pequenos estão bem?

– Estão, sim – respondeu Zoe, sem querer falar mais do que o necessário sobre aquele assunto.

Kirsty se juntou a ela para o almoço – com uma excelente sopa de alho-poró e frango e pão rústico – no bar de Agnieszka e Zoe contou toda a história a ela – ou melhor, partes dela. Kirsty assobiou entre dentes.

– Qual o diagnóstico?

Para falar a verdade, Ramsay tinha... Antes de... Bem. Eles tinham discutido o assunto. Os médicos foram categóricos ao afirmar que era preciso entrar com medicação. Uma dose bem baixa, apenas para estabilizar o humor dela. Ramsay era totalmente contra qualquer medicação. "Uma menina de 9 anos tomando remédios?" Ambos ficaram indignados, e ficaram mais surpresos ainda quando a médica contara a eles exatamente quantas crianças de 9 anos tomavam medicação na Escócia. Eram muitas. Então Zoe simplesmente perguntou se outras crianças estariam seguras vivendo sob o mesmo teto que Mary enquanto ela estivesse medicada, e eles lhe garantiram que sim, e isso bastou para Zoe. Não seria para sempre. Apenas uma Mary mais calma. Para que ela lhes desse ouvidos; para que eles pudessem ajudá-la. Zoe perguntou a opinião de Kirsty e ela concordou.

– Vai ficar tudo bem – afirmou Kirsty. – Tem um monte de crianças tomando medicação. É sério. Esses remédios mudam vidas.

– Ela quase mudou as nossas – lembrou Zoe, taciturna. – Preciso ficar repetindo pra mim mesma que não foi culpa dela.

– Eu acho, de verdade – disse Kirsty –, que vocês vão perceber que os remédios ajudam mesmo. E também significa que ela provavelmente terá uma adaptação um pouquinho melhor na escola.

– Sim. Bem menos mordidas – concordou Zoe, dando um sorriso triste. – Eu estava me perguntando... Eu estava pensando... A gente precisa agradecer às pessoas do vilarejo pelo que fizeram. E as crianças... Elas não tiveram um Halloween de verdade. Elas se acham muito impopulares e esquisitas pra saírem por aí pedindo doces.

– É uma pena – disse Kirsty, falando com sinceridade.

– E eu pensei que o Samhain compensaria, mas… – Zoe corou com a lembrança. – No fim das contas, não era nem um pouco adequado. Bem, enfim, eu estava pensando… Sei que já passou da época, mas, se a gente organizasse uma festa de Halloween, a gente poderia convidar todo mundo? Aí as crianças poderiam… meio que voltar à normalidade? Ou seria loucura?

– Todo mundo? São sessenta crianças!

– Eu sei.

– Por outro lado – ponderou Kirsty –, não imagino que qualquer criança vá detestar ter dois Halloweens.

– Ótimo – disse Zoe. – Espalhe a notícia.

Capítulo oitenta e seis

Foi necessário fazer uma busca ferrenha. Ela fazia de madrugada. Ramsay não estava em casa, e Zoe sabia por quê. Ao menos, apesar de tudo, ela sabia onde ele estava.

Ela precisava encontrar alguma coisa. Na biblioteca. Algo que permitisse que eles dessem uma festa; algo que preparasse as crianças. Para a escola; para a vida normal que as aguardava.

Descartou os livros que não estavam no almanaque, como enciclopédias antigas que não sabiam do que os átomos são feitos e uma coleção dourada linda sobre a vida dos santos que só um sádico hediondo compraria para uma criança. Ela precisava de algo bom. Algo que conseguisse vender imediatamente.

No nível do mezanino, debaixo de uma pilha de hinos religiosos, finalmente encontrou o tipo de coisa que estava procurando. E assobiou.

A capa cinza-clara com os telhados de Londres; os dois garotinhos galopando ao lado da Catedral de São Paulo. Consultou a data na folha de rosto. Era uma segunda edição, não a primeira, mas, mesmo assim, valia uma verdadeira fortuna: uma edição antiga de *Entre os telhados*.

Deixou as crianças verem, um tanto relutantemente, e explicou que eles iriam vendê-la.

– Mas esse é o livro que a gente está lendo! E ainda nem terminamos! – grunhiu Patrick. – A gente ainda nem sabe se a Delphine está na Rainha do Galeão dos Nethers! Os Corsários a pegaram!

– Eu tenho – afirmou Zoe. – Tenho no meu Kindle. Não se preocupe. É possível ter várias cópias de um mesmo livro.

– Mas... eu fico preocupado! – disse Patrick, piscando.

– Eu sei – respondeu Zoe. – Mas confie em mim. Vai valer a pena. Nós vamos fazer uma festa de Halloween!

Os garotos arfaram.

– A gente pode... chamar umas meninas? – quis saber Shackleton.

– Todos podem vir – disse Zoe.

Mary olhou para ela. Os remédios a deixavam sonolenta, lenta para reagir às coisas.

– Que tipo de festa? Como o Samhain?

– Não – afirmou Zoe com veemência. Aquela festa tinha saído do controle. – Uma festa infantil. Pensei que podemos decorar bem a casa e comprar várias coisas assustadoras, fazer brincadeiras divertidas... essas coisas.

– Vamos ter muitos doces? – perguntou Patrick.

– E bolhas.

– Bolhas?

– Bebidas com bolhas, ele quis dizer – explicou Patrick.

– Ah. Está bem – respondeu Zoe. – Bem. Sim. Tudo isso. Pensei que seria legal convidar as crianças que vão estudar com vocês.

– OOOHH! – exclamou Patrick.

– Elas são horríveis – disse Mary.

Shackleton estava observando de perto da lareira.

– Bem – disse Zoe em tom conspiratório –, pensei que a gente poderia arranjar as fantasias mais legais de todas pra vocês, convidar todo mundo, deixar a casa incrível, fazer a melhor festa do mundo e aí todo mundo perceberia que vocês são superlegais, e a menina que você mordeu...

– Stephanie – rosnou Mary. – Ela disse que a minha mãe era maluca.

Zoe ia sugerir uma conciliação, mas acabou se decidindo por outro rumo.

– Stephanie. Bem, a gente pode dar um gelo nela.

– Como assim? – indagou Mary, parecendo interessada.

– Bem, obviamente, em circunstâncias *normais*, o ideal é tentar ser legal com todo mundo.

– A Mary não tenta – disse Patrick.

Mary quase franziu o cenho, mas deixou passar, como se não importasse para ela. Todos sabiam que era verdade.

– Mas *neste* caso acho que a gente pode ser superlegal com todo mundo, e daí quando ela chegar...

– Talvez ela não venha – ponderou Mary.

– Todo mundo vai querer vir – garantiu Zoe. – Confie em mim. Então você vai ficar superfeliz de ver todo mundo, mas aí, quando ela chegar, você pode falar, tipo: "Ah, oi." Aí *eu* posso falar "Ah, *você* é a Stephanie", mas tipo, de um jeito bem maldoso. – Ela repetiu: – "Ah, então *você* é a Stephanie." Claro, eu sei que isso é muito feio, bem horrível...

– Ela disse que a minha mãe era doente da cabeça.

– Exatamente. Circunstâncias extremas.

– E eu posso *morder ela*! – sugeriu Patrick.

– Não – disse Zoe. – É isso que estou falando. Vocês não vão morder mais as pessoas.

– Circunstâncias extremas – alegou Patrick.

– Mesmo assim, não.

– Que fantasia eu vou usar? – perguntou Mary timidamente.

– A que você quiser! Princesa zumbi? Bruxa apavorante?

– E a gente vai arrumar dinheiro vendendo um *livro*? – indagou Shackleton.

Eles se reuniram para ver Zoe tirar as fotografias e colocar o livro à venda no eBay. As ofertas começaram rápido e eram generosas, e foi extremamente empolgante de assistir. Quando chegou a hora de todos irem para a cama, o valor já era suficiente para uma festa bem farta. Quando Ramsay chegou em casa, já era suficiente para...

– Caramba! – exclamou ele, olhando para ela. – Minha nossa!

– Obrigada – disse Zoe, que tinha mandado mensagem para ele antes, perguntando se podia colocar o livro à venda. – Foi legal da sua parte nos deixar gastar o dinheiro.

– Bem, eu nem saberia que esse livro estava lá se não fosse por você.

Zoe se levantou, afastando-se timidamente dele. Ele percebeu, contrariado, o que ela fez e franziu a testa.

– Eu... Eu sinto muito por aquela noite – murmurou.

– Não... Eu que sinto – disse Zoe antes que pudesse pensar. E então: – Me desculpe. Quer dizer. Está tudo bem. Esqueça.

Ele concordou, entristecido.

– E então? – perguntou Zoe com delicadeza. – Como foi hoje?

Ele respirou fundo e eles se afastaram da cozinha. Aquilo era novo, poder conversar sobre aquele assunto.

– Tem uma... Bem. Uma boa notícia, eu acho. É difícil saber. A polícia entrou em contato comigo. Eles me deixaram revogar o mandado judicial. – Ele meneou a cabeça. – Ela não... Ela não é mais considerada uma ameaça, aparentemente.

– Ótimo – disse Zoe. – Isso é bom?

– Significa que as crianças podem...

Ele meneou a cabeça, olhando para as quatro cabecinhas rindo ao redor do computador.

– Ah – lamentou ele. – Ah. Aquelas drogas malditas. O preço que ela pagou. – Ele tentou conter o choro. – Me desculpe, estou sendo ridículo.

– De forma alguma – afirmou Zoe. – Teria sido melhor se essa notícia tivesse chegado muito tempo atrás.

Ela entregou a ele um pedaço de papel toalha e ele agradeceu.

– Você vai levar as crianças?

Ramsay suspirou.

– O Shackleton se recusa terminantemente. Ele... Ele se lembra. Ele a viu em seu pior estado e ela o decepcionou repetidas vezes. O Patrick simplesmente não a conhece. Ele nunca teve mãe.

– A Mary?

– Sim. Sim. Talvez eu leve a Mary. – Ele passou a mão pelos cabelos. – Vai ser um choque e tanto pra ela.

Zoe pensou na mulher plácida, com o olhar perdido, que se sentia perfeitamente contente em ficar sentada alisando sua mão.

– Nunca se sabe – disse Zoe. – Talvez seja o suficiente... simplesmente estar ao lado dela.

– Você acha?

– Não – confessou Zoe. – Mas acho que, na vida, às vezes a gente precisa se contentar com o que tem.

Capítulo oitenta e sete

O livro foi vendido por um valor muito acima do que eles poderiam sonhar, e Ramsay sorriu e disse que, tudo bem, eles podiam se esbaldar, e Zoe levou todos em um passeio especial à Poundworld mais próxima (a duas horas de lá), onde eles compraram o máximo de teias de aranha, abóboras, morcegos e esqueletos assustadores que conseguiram encontrar, entusiasmados com a perspectiva de uma tarde divertida e ocupada decorando a casa.

Haveria sidra quente para os adultos e suco de maçã quente para todos os demais, e mais minibarras de chocolates Snickers e Bounty do que já haviam entrado naquela casa em toda a vida. Zoe tinha feito as crianças jurarem, de pés juntos, que não comeriam mais que quatro antes da festa. Mas ela mesma não conseguiu cumprir a promessa.

Ela os tinha levado a uma loja de festas repleta de fantasias de Halloween. Eles ficaram perplexos. Quando será, Zoe se perguntou, que alguém comprou algo para aquelas crianças? Hari e Patrick levaram uma eternidade para decidir e finalmente optaram por fantasias de dinossauro idênticas. Shackleton, singelamente, não queria nada além de presas de vampiro e um pouco de tinta vermelha para o rosto; Zoe supôs que ele não quisesse se descaracterizar demais, por causa das garotas. Ela disse isso a ele e ele ficou todo vermelho e perguntou a ela, aos sussurros, se ela poderia lhe comprar uma lâmina de barbear, o que Zoe fez na mesma hora, reparando em como ele ficou contente. Eles estavam se tornando bons amigos, os dois.

Mary examinou tudo com muita seriedade e, por fim, pegou uma fantasia. A etiqueta dizia "Fadinha", e era cinza com listras brilhantes e asinhas nas costas.

– Oh! – exclamou Zoe.

– O quê? – perguntou Mary, sonolenta.

– Nada – respondeu Zoe. – Mas é absolutamente perfeita pra você. Perfeita. A gente pode passar um delineador. E eu posso desfiar o seu cabelo!

– O que é isso?

– Deixar bem bagunçado, tipo cabelo de dente-de-leão.

Mary deu um sorriso lento.

– Posso usar batom?

– Bem, por que não?

– Todo mundo vai mesmo?

– É claro que sim – garantiu Zoe, sem mencionar como todos do vilarejo deveriam estar desesperadamente curiosos para ver o que estava acontecendo e dar uma espiada no interior da casa misteriosa, onde não podiam entrar, nem mesmo no festival de Samhain, quando foram limitados ao jardim.

O tom de Mary ficou reflexivo:

– *Algumas* das meninas são bem legais – confessou ela. – Talvez.

– Algumas pessoas sempre são – disse Zoe.

– O que você vai usar, Babá Sete? – quis saber Patrick.

– Ah, não sei. Talvez eu só pinte umas marcas de mordida.

– NÃO! – Hari se aproximou. – Ah, pegue uma de *bluxa*!

– Sim! Sim! Ou absolutamente um DINOSSAURO ENORME.

Mary pegou uma versão de adulto da sua fantasia – era prateada, com uma longa saia com cauda e as mesmas asas finas e claras.

– Você poderia... Você poderia usar esta – sugeriu ela. Seus olhos estavam arregalados e denotavam nervosismo.

Zoe ficou completamente surpresa.

– Bem – disse ela. – Sim. Está bem. Hum. Vou usar essa.

Capítulo oitenta e oito

Eles tiveram um longo dia de trabalho decorando a casa, mas não havia dúvida de que estava magnífica. Até mesmo – inacreditavelmente – a Sra. MacGlone se envolveu e ajudou a adornar a casa com teias de aranha, abóboras e crânios assustadores de plástico com luzinhas piscantes dentro deles e umas bonecas velhas da Mary, inclusive várias que estavam quebradas e eram bastante apavorantes. Eles envolveram as lâmpadas em papel colorido e Mary estava concentrada, colocando uvas em uma tigela para parecerem olhos, quando a Sra. MacGlone entrou, olhou em volta, cruzou os braços, então descruzou e disse, com as bochechas incomumente coradas:

– Muito bem. Muito bem.

Zoe sorriu para ela.

– Você vai ficar pra festa? – perguntou. – Tem uma fantasia?

– Ah – respondeu a Sra. MacGlone, desviando o olhar. – Acho que não fui convidada.

Zoe foi até ela.

– É claro que foi convidada! – afirmou. – Sra. MacGlone, você é... Você é a espinha dorsal desta casa. Nada funcionaria se não fosse por você.

A Sra. MacGlone meneou a cabeça.

– Ah, isso não é verdade.

– Ora, venha. Por favor – disse Zoe. – E traga o seu marido.

A Sra. MacGlone pareceu contente enquanto tirava o casaco.

– Está bem, então. Talvez. – Então um pensamento lhe ocorreu. – Sabe, já faz muito tempo que não fazemos isso. Provavelmente precisa que todos os fusíveis estejam no lugar. Mas o Wilby mantém tudo em dia... Custa uma fortuna a energia elétrica nesta casa...

– O quê? – perguntou Zoe, enquanto a Sra. MacGlone entrava na cozinha e abria um armário onde ficavam a caixa de fusíveis e a caldeira.

Ela colocou a mão em um interruptor.

– Bem, aqui vamos nós – disse ela, apertando-o.

Em um primeiro momento, Zoe não conseguiu entender o que era aquele brilho alaranjado que entrava pelas janelas. Todas as crianças se alvoroçaram, lideradas por Shackleton, e correram pelo saguão de entrada, abrindo a porta da frente, deixando entrar uma corrente forte de ar gelado. Zoe as seguiu até lá fora e arfou. Toda a fachada da casa estava iluminada de um modo espectral e fascinantemente lindo.

– Ah, nossa – exclamou ela.

– O bom e velho Wilby – disse a Sra. MacGlone em um tom contente.

Zoe tinha desistido de tentar conter as crianças e permitiu que elas fossem se arrumar e colocar uma seleção de músicas de Halloween no último volume e então, ciente do horário, subiu para se trocar.

Ramsay estava parado à porta da biblioteca.

– Acabou de trancar? – perguntou Zoe.

– Ah – respondeu ele. – Bem. Suponho que... – Ele olhou para as chaves em sua mão. – Eu poderia trancar esta noite e depois...

– O que você tem em mente?

– Bem... O motivo pelo qual eu não deixo as crianças entrarem aqui...

– É porque elas se metem em tudo e destruiriam o seu estoque? Porque atrapalham a sua concentração? Porque você precisa dar um tempo delas?

Ele ergueu os olhos, surpreso.

– Céus, não. Livros foram feitos pra serem lidos. Eles *querem* ser lidos. Não. Não é... Nunca foi nada nesse sentido.

Ele revirou as chaves na mão.

– Não. Meu Deus. É onde eu guardo toda a minha correspondência... Todas as notícias e informações sobre Elspeth e a assistência social e... Você sabe. Tudo. Tudo que elas não sabem.

– Então você está pensando em deixar aberta? Deixar a luz entrar?

Ele deu de ombros. Zoe mordeu o lábio e baixou a voz:

– A Mary e o Patrick sabem… Sabem de tudo?

Ele pareceu subitamente alarmado.

– Mas eu sou o pai deles.

– Eu sei, mas…

Ele balançou a cabeça compreensivamente.

– Entendo o que você quer dizer. Eu só sempre concluí… Eles já passaram por muita coisa.

Zoe suspirou. Era errado, mas também era certo.

– E o Shackleton? Ele sabe?

Ramsay meneou a cabeça.

– É claro que não. Seria simplesmente… Seria injusto demais.

Zoe concordou. Ela compreendia.

– Ele é um bom menino, sabe? – disse Ramsay, refletindo.

– Eu sei, sim! – respondeu Zoe. – Eu amo esses seus filhos!

Sua intenção, Zoe disse a si mesma mais tarde, era que aquilo soasse leve e despreocupado, como "Eu amo toranja!" ou "Eu amo *Brooklyn*".

Mas não foi assim que pareceu. Não foi nada assim, e Ramsay ficou olhando para ela com uma sede nos olhos, como se estivesse desesperado para encontrar alguém – qualquer pessoa – que se importasse com seus filhos. E Zoe sentiu as amarras se apertarem novamente – seu desejo profundo de ficar e o fato de que ela não podia. Ela não podia.

– Vou me trocar – murmurou. Então se virou novamente. – Talvez seja melhor você trancar o seu arquivo – sugeriu.

Ele concordou.

– Sim. Sim, é claro.

Capítulo oitenta e nove

Às cinco da tarde os faróis dos carros começaram a surgir na viela de entrada e estava quase totalmente escuro. Zoe colocou o vestido de tule cinza. As asas de fada eram ridículas, mas, de certa forma, muito encantadoras. Mary colocou a cabeça para dentro da porta e Zoe arrumou seus cabelos, aplicou um pó claro e um rímel preto dramático.

– Eu estou *incrível* – afirmou Mary.

– Está mesmo – concordou Zoe.

Ouviu-se um clamor lá embaixo.

– Certo – disse Zoe. – Você vai precisar ser a anfitriã agora.

Mary parecia nervosa.

– Você vem comigo?

– Vou.

E, pela primeira vez, Mary pegou sua mão e elas desceram as escadas juntas.

Foi impressionante ver a rapidez com que os medos de Mary se dissiparam. Zoe sorriu para Kirsty, que estava fabulosa de bruxa. Ela obviamente tinha feito uma excelente campanha de marketing – todos estavam ali; a casa tinha se tornado um grande encontro de gremlins, super-heróis, um robô que não parava de cair na escada e uns vampiros bastante barulhentos, bem como dois dinossauros.

– Caraca, Mary, sua casa é *incrível* – disse um duende verde.

– A gente sente falta de você na escola – Zoe ouviu outra criança dizer. – É chato. Todo mundo se comporta direitinho o tempo todo.

Zoe sorriu e seguiu atravessando a multidão. Para sua total surpresa, ela avistou uma figura com um vestido de baile francês imenso, com brocado na gola, que se projetava dos dois lados, uma peruca branca enorme e uma pinta gigantesca, com uma linha vermelha pintada no pescoço. Levou alguns segundos para entender que se tratava da Sra. MacGlone fantasiada de Maria Antonieta e que ela estava organizando a brincadeira de pegar a maçã no balde d'água com a boca. Ela acenou alegremente para Zoe, que foi até ela.

– Assim – disse ela, agitando o copo de sidra. – É assim que esta casa deveria ser.

No outro canto, crianças formavam uma fila e estavam tentando comer pão de melaço no que parecia ser uma espécie de competição guiada por Agnieszka, que acenou vivamente. Ela estava usando um chapéu grande de bruxa, com uma peruca verde debaixo, e se achava ao lado de um homem corpulento usando uma fantasia completa de esqueleto, inclusive a máscara. Eles estavam de mãos dadas. Não dava para ter certeza, mas Zoe tinha um bom palpite de quem estaria por trás daquela máscara e por que certo barco sempre estava atracado em um lado específico do lago nos últimos tempos.

Todas as crianças sabiam exatamente o que fazer. Ocorreu a Zoe que o Halloween era bastante diferente por ali. Lá fora, uma garota pequena, vestida de lagarto, estava cantando uma música da Taylor Swift bem alto, enquanto os pais assistiam, satisfeitos.

– O que está acontecendo?

– As crianças precisam apresentar sua arte – explicou a Sra. MacGlone – antes de ganharem doces. Você não sabia disso?

– Não – respondeu Zoe, consciente dos dois dinossaurinhos parados ao lado dela.

– Eu não tenho uma *alte pla aplesentar* – lamentou-se um deles.

Zoe olhou para baixo e o pegou no colo.

– Você *é* a arte – afirmou ela – e esta é a sua festa. Então eu digo que você não precisa apresentar nada e que você é perfeito.

– Ou – exclamou o dinossauro maior – você pode contar uma piada engraçada.

Eles confabularam em sussurros altos por um tempinho, depois se voltaram novamente para Zoe, que tentou parecer atenta. Patrick cutucou Hari com o cotovelo.

– POL QUE – começou Hari, olhando para Patrick novamente.
– Pol que o dinossauro...?
– Pol que o dinossaulo...?
– Pol que o dinossauro fez "mu"?
– Pol que o dinossaulo fez "mu"?
– Não sei – respondeu Zoe. – Por que o dinossauro fez "mu"?
O dinossauro pequeno deu de ombros.
– Porque ele estava absolutamente aprendendo outra língua! – gritou o dinossauro maior, e ambos explodiram em gargalhadas, embora Zoe tivesse quase certeza de que Hari não fazia a menor ideia do significado da piada.

Então eles saíram correndo e começaram a contar a piada aos gritos para a Sra. MacGlone.

Despreocupadamente, Zoe pegou o celular para tirar umas fotos e notou um e-mail de Jaz.

Seu coração disparou enquanto ela o abria. Quando ela mandava fotos e notícias de Hari para ele, eles sempre usavam o WhatsApp. Um e-mail era algo bem incomum.

De fato, ela viu o que era. Uma lista de imóveis.

Em meio ao frio e à escuridão, Zoe saiu da casa para ler, sem querer que qualquer pessoa visse.

"Isso é o que está disponível", dizia Jaz. "Conversei com o conselho, mas eles disseram que, como você saiu da sua última residência por escolha própria, a fila de espera seria longa."

Zoe rolou a tela. Apartamentos no estilo estúdio, pequenos e úmidos, em ruas movimentadas. Quartos grandes, mas em casas compartilhadas com estranhos, sabe-se lá onde. E todas as opções muito, muito caras.

Ela se virou e arfou. A casa, com todos os cômodos acesos, a iluminação nas belas paredes antigas – como ela um dia pôde achá-la sombria e estranha em vez de maravilhosa? Como ela um dia pôde achar aquele lugar frio e solitário?

Tá, tudo bem, estava frio. Ela estremeceu em seu vestido de tule cinza.

De repente uma figura escura apareceu de trás das árvores, onde os carros estavam estacionados. Ramsay não estava fantasiado – o dia tinha sido longo –, mas ele se lembrara, de última hora, de uma velha máscara de fantasma que estava perdida em algum lugar da casa – sempre havia algo perdido em algum lugar da casa – e a colocara. Ele até que gostou do resultado. As pessoas o estavam cumprimentando alegremente porque não o reconheciam em vez de lhe lançar olhares encabulados, como acontecia nas raras ocasiões em que ele ia à cidade.

Todos estavam ali aquela noite, e ele estava prestes a voltar para a casa, congelando em seu terno preto, quando viu a silhueta dela contra as luzes da casa. Ela combinava com o vestido que estava usando, pensou Ramsay, sem sequer perceber que era uma fantasia até ela se virar de leve e ele ver as asas. Suas bochechas estavam coradas do frio e ele sorriu; ela estava linda. Então ele percebeu que ela estava com a cabeça apoiada na parede, de certa forma desesperadamente triste, e começou a correr.

Capítulo noventa

Assim que o viu, com aquela máscara estranhamente sexy, Zoe decidiu uma coisa. Se tinha que partir, se tinha que ir embora, voltar para sua vida ordinária e aflitiva em Londres, arrastar Hari para longe da vida que ele criara com Patrick, Shackleton e até mesmo Mary, então – que se dane – ela teria alguma coisa. Alguma coisa para ela. Porque tudo que estava fazendo era para os outros, e valia a pena, sim, mas de repente ela sentiu a injustiça daquilo. Por que nunca podia ter o que *ela* queria?

Seu rosto indicou a Ramsay que não fizesse barulho e o convidou para ir até as árvores, onde a luz se dissipava.

No meio do bosque, longe das luzes e do barulho da casa, estava silencioso e congelante. As estrelas eram como lascas de gelo lá em cima, e as árvores emitiam seu ruído farfalhante ao vento. Uma coruja chilreou, e Zoe não disse uma única palavra, apenas parou ao lado de uma árvore, recusando-se a abrir a boca, a discutir todas as dificuldades, todos os problemas.

Naquela noite ela não seria a *au pair* e ele não seria o patrão. Ela seria a garota do morro encantado e ele seria o estranho bonito.

Ramsay compreendeu total e imediatamente e arrancou a máscara, jogando-a para o lado.

Zoe precisou se esticar tanto que, no fim das contas, ele simplesmente a pegou nos braços e a pressionou contra a árvore para poder beijá-la melhor, e ela nem sequer notou a aspereza do tronco, o farfalhar das folhas que caíam suavemente, a mordedura do vento. Ela não tinha consciência de mais nada enquanto ele a beijava, com cuidado e concentração, muito diferente do Ramsay desajeitado e hesitante do dia a dia. Era uma revelação.

A boca dele, suas mãos enormes nos cabelos dela e em sua cintura, seu peito forte. Ele era avassalador; beijá-lo era tudo, tudo que ela sempre quis.

Zoe parou, olhando para Ramsay sob o luar.

– E pensar que eu achava que você tinha uma esposa trancada no sótão.

– Ah, eu tenho – respondeu ele. – A minha *outra* esposa.

Ele parou ao ver o rosto dela.

– Ah, por favor – disse ele. – Me deixe fazer piada com isso... uma vez na vida.

– Eu acho – disse Zoe – que você é melhor beijando. A gente devia fazer isso de novo.

Capítulo noventa e um

Zoe não sabia dizer quanto tempo eles ficaram lá. Perdeu toda a noção de tempo e espaço e do mundo, e Ramsay não estava com pressa alguma, embora ambos estivessem plenamente conscientes da excitação crescente, do calor que aumentava entre eles no bosque escuro.

Ela ouviu chamarem seu nome ao longe e, aos poucos, recobrou os sentidos, embora não pudesse suportar a ideia de se afastar dele.

– ZOE!

– Deve ser uma das crianças – disse ela, reparando que estava ofegante e que a boca dele estava manchada com seu batom.

Eles olharam um para o outro, o encanto se quebrando. Ele se afastou com um grunhido profundo, mas ergueu a mão e acariciou sua face.

– Ahh!

Ela deu um suspiro.

– ZOEEEEEE!

– Fique aqui – instruiu Zoe. – Eu não posso... A gente... Você sabe.

– Ah, céus, eu sei – respondeu Ramsay.

Ela o fitou como quem pede desculpas, então saiu correndo do bosque, esfregando a mão na boca. Seu coração estava acelerado. Ó céus. Ó céus. Ela o queria tanto.

– ZOEEEEEE... – Surinder parou abruptamente. – Que diabos você está fazendo aqui fora?

– Hum, lanternas – respondeu Zoe inutilmente, mas Surinder não se importava.

Ela estava um tanto zonza.

– Zoe! A Nina entrou em trabalho de parto! Ela vai ter o bebê!

– Ah, caramba – exclamou Zoe. – Isso é maravilhoso!

– E todo mundo tomou sidra demais. Você bebeu?

– Não tomei sidra – respondeu Zoe, embora se sentisse completamente embriagada e avoada.

– Ótimo. Certo. Bom. Você pode me levar pro hospital?

– O quê? Não! Estamos no meio de uma festa!

– Não exatamente – observou Surinder.

Na verdade, as crianças já tinham comido doces e brincado de pegar maçãs com a boca e dançado ao som de "Monster Mash" o suficiente e muitas estavam descendo a viela de entrada.

– Eles se divertiram muito – disse Surinder, que estava vestida como uma enfermeira vampira sexy, o que Zoe não conseguiu deixar de pensar que poderia causar certa confusão no hospital. – Todo mundo estava querendo saber onde você tinha se metido.

– Deixe pra lá – disse Zoe. – É sério?

– VAMOS LOGO! BEBÊ A CAMINHO!

– Certo, claro – respondeu Zoe. – Venha. Me deixe pelo menos pegar um casaco!

– Não dá tempo!

Surinder a arrastou. Zoe se atrapalhou com o celular e disse apressadamente a Ramsay que voltasse para a casa e tomasse conta das crianças. Então elas foram até o carrinho verde, mas o encontraram encurralado, por todos os lados, pelos veículos das pessoas que ainda não tinham ido embora. Ramsay não tinha coordenado o estacionamento com muito esmero.

– Vou avisar... – começou Zoe.

– Não! – interrompeu Surinder. – Nós temos que ir! Ela precisa da gente! A mãe dela só vai conseguir chegar amanhã!

– O Lennox estará lá.

– Sim, tratando a garota como se fosse uma ovelha parindo. Ela precisa da gente.

Só havia uma solução. Elas entraram na van azul.

A viagem até o hospital foi surreal: Surinder não parava de tagarelar e Zoe tentava se concentrar na estrada à frente, sua mente fervilhando com pensamentos sobre tudo que havia acontecido aquela noite.

O pequeno hospital que Zoe sentia estar começando a conhecer bem demais estava silencioso àquela hora da noite. Surinder saltou da van e passou correndo pela porta, com Zoe a seguindo com mais discrição, desejando mais do que tudo não estar vestida de fada (ela também teria desejado, se soubesse, que sua cabeça não estivesse cheia de galhinhos), embora, quando passaram pelo pronto-socorro, elas tenham visto uma múmia de muletas e um jovem vampiro extremamente bêbado vomitando em um balde, o que a fez concluir que sua fantasia não seria nada que os funcionários já não tivessem visto.

Surinder entrou como um furacão na ala da maternidade na qual já havia passado bastante tempo, pronta para a ação, mas apenas encontrou Nina sentada em sua cama, com a cabeça enfiada em um livro de Ngaio Marsh, e Lennox perambulando pelo quarto, procurando uns trocados para a máquina de café.

– O quê?! – exclamou ela. – Cadê o bebê?

– Ah – respondeu Nina com tristeza.

– Alarme falso? – perguntou Surinder.

– Não – disse Nina. – Estou em trabalho de parto. Mas aparentemente... Bem. A parteira veio aqui, deu uma olhada e disse: "Vai demorar."

– Ah! – exclamou Surinder. – Aaaah, imagino que não seja algo que você queira ouvir de uma parteira.

– Foi isso que eu pensei – concordou Nina. – Vi um zilhão de mulheres tendo bebê nas últimas oito semanas. E você realmente quer que termine de uma vez. De preferência, dois segundos depois da anestesia. Porque agora eu já vi *muitas* delas parindo.

Ela pareceu triste e suspirou.

– Ó céus. Não me diga que vai ficar tudo bem.

– Não vou dizer! – prometeu Surinder. – Ouvi dizer que o parto é como um acidente de carro.

– Ah. Obrigada.

A parteira apareceu.

– Aí está você! Agora o que você deveria estar fazendo é se mexer. Levante-se e comece a se movimentar.

– Você passou dois meses me dizendo que não era pra eu levantar um dedo! Tem certeza que essa não é uma péssima ideia?

– Tenho. Pode levantar. Comece a se mexer.

– Não me lembro mais como – grunhiu Nina. – E também acho que talvez eu precise usar pijama pelo resto da minha vida.

– Eu também pensava assim – comentou Zoe, sorrindo.

– E olhe pra você agora; você é uma fada – observou Nina, sorrindo de volta para ela. – Como estão os monstros?

– Hoje – respondeu Zoe, reflexiva – estão apenas fantasiados de monstros.

Nina ergueu as sobrancelhas e então, com certa dificuldade e um pouco de ajuda, levantou-se da cama.

– Muito bem. Vamos dar um passeio. Já estou quase terminando o livro, de toda forma.

– Tudo bem, a gente veio com a van – disse Surinder.

Por dentro, Zoe se encolheu. Ó céus. Ela realmente não queria que Nina visse a van. Não do jeito que estava; não naquele momento.

Mas o rosto de Nina se iluminou.

– Ah, que bom! Sim, por favor! Eu sinto tanta falta dela!

Ela se moveu sem muita segurança, sua barriga tão ridiculamente grande que parecia absurdo e impossível que ela sequer conseguisse estar em pé.

– Vocês se importariam – perguntou ela, ofegando, enquanto a parteira removia o monitor de batimentos – de me apoiar, cada uma em um braço?

E as três garotas saíram em direção ao estacionamento.

Capítulo noventa e dois

Estava congelante lá fora. Zoe não conseguiu acreditar que não tinha reparado antes.

– Eu já devia ter tido outra contração a esta altura – comentou Nina, entristecida. – É sério. Se a gente estivesse na era vitoriana, levaria cinco dias e todo mundo ficaria de luto por mim.

– Eles não pensam em induzir? – perguntou Zoe, tremendo novamente com o ar gelado, que Nina achava reconfortante.

– Querem que ele tenha a chance de... AH! – disse Nina.

– É um menino! – exclamou Surinder. – Meu Deus, sua mentirosa! Sua mentirosa de uma figa!

Nina deu um sorriso tímido.

– Eu só... Eu não... Eu não queria saber o sexo, na verdade. Juro que não queria. Mas eles fizeram *tantas* ultrassonografias! Eu fiquei *tão entediada*!

– Mas por que não me contou?

– Porque... – A voz de Nina se perdeu no ar. – Eu sei. Me desculpe. Mas... Eu sinto que é algo nosso. Meu e do Lennox. Algo tão especial que era só pra gente. Desculpe.

– Tá, beleza – respondeu Surinder.

Zoe, contudo, soltando um longo suspiro de saudade, entendia completamente. Algo entre ela e Lennox; algo tão particular, tão precioso.

Elas precisaram ajudar Nina a subir os degraus. O coração de Zoe estava na boca. Talvez o fato de Nina estar prestes a passar por um evento sísmico... Talvez isso mudasse as coisas? Talvez ela não reparasse muito?

– MAS O QUE É ISSO?!

– Mas a van... – disse Nina. Elas precisaram sentá-la na escada, mas ela continuava virando a cabeça para trás. – Tem... Tem toda uma "curadoria". Argh, eu detesto essa palavra. Mas são... São livros que eu amo, e que eu sei que as pessoas vão amar. O espaço é limitado, e eu queria preenchê-lo com livros simplesmente maravilhosos!

Parecia que ela estava prestes a chorar. Zoe sentia-se absolutamente terrível.

– Tipo... Quem é que vai amar um livro de colorir do monstro Nessie?

– Todas as crianças de 5 anos que entraram na van – respondeu Zoe, mas sua voz saiu fraca.

– É tipo... É tipo suvenir! Suvenir escocês barato que você pode comprar em qualquer esquina!

– É... É o que as pessoas querem! – argumentou Zoe. – Não sou você, não consigo decifrar de cara o que as pessoas querem! Você tem um poder mágico pra isso! Eu... Eu só... Eu só achei que minha função fosse garantir que você ganhasse dinheiro.

Nina meneou a cabeça.

– Mas não vai dar dinheiro! Talvez no curto prazo, mas no longo prazo... Você precisa de clientes que voltem, que confiem em você, que saibam que você encontrará os livros certos pra eles!

– Mas lá no lago existe uma quantidade infinita de novos clientes! Que querem uma lembrança da viagem, algo para se lembrar da Escócia!

– Vender porcarias com sabor de uísque? É isso que você pensa que este país... Aaaaiii!

Nina se contorceu.

– Ó Deus – disse Surinder. – O que foi que você fez agora?

– Nada! – afirmou Zoe, sentida.

– AAAHH – gritou Nina, ofegando e se curvando nos degraus. – Caceta!

– Bem, isso é bom, certamente – disse Surinder.

Nina fitou Zoe enquanto se endireitava aos poucos. Então outra contração a acometeu.

– Ai, meu Deus – disse ela.

– Venha – disse Zoe –, vamos levar você de volta pro hospital.

Nina meneou a cabeça com veemência.

– Não consigo me mexer... Aaahhhh. DROGA!

– Vamos pegar uma cadeira de rodas pra você.

Surinder se levantou de imediato.

– Não... – disse Nina enquanto outra contração a fazia estremecer.

– Bom – disse Surinder –, eles não estão errados quando dizem que o choque ajuda no trabalho de parto.

– Fique aqui com ela – instruiu Zoe. – Vou chamar ajuda.

– E o Lennox! – coaxou Nina. – Ah, droga, droga, DROGA.

Zoe correu para dentro do hospital, voltando acompanhada por uma parteira, que pediu a Zoe para ligar a van e então acendeu as luzes para examinar Nina.

– Ah – disse ela. – Eu... Eu...

Nina gritou.

– Parece que está acontecendo bem mais rápido do que a gente imaginava...

Depois daquilo, tudo parecia um borrão. Zoe se afastou, sentindo que não fazia parte daquele momento, e tudo de que se lembrava era de funcionários do hospital correndo para lá e para cá e da voz incentivadora de Lennox acalmando Nina, dizendo que ela estava indo muito bem, e Zoe percebeu que ele estava falando com ela – como Surinder havia previsto – exatamente como falava com as ovelhas, e seu jeito tranquilo com os animais parecia se manifestar por conta própria, embora Nina emitisse tudo quanto é tipo de ruído e xingamento. Zoe ficou parada sob o luar congelante e olhou para o céu, lembrando-se da noite em que Hari nasceu e do medo, da alegria e da quantidade incrível de fluidos – e, muito embora ela soubesse que Nina estava sentindo dor, não conseguia se lembrar da dor, não conseguia recordá-la.

Tudo de que ela se lembrava era da força daquela alegria. Jaz não parara de tirar fotos idiotas pros amigos idiotas dele, e ela sabia, mesmo naquele instante, mesmo quando engravidou sem ter sequer conhecido os pais dele, que aquilo estava errado, aquilo estava muito errado – mas, assim que Hari chegou, ambos se fundiram, de alguma forma, não um com o outro, mas com o bebê. Ele o achou tão maravilhoso quanto ela. Ainda achava. Não havia como negar isso.

Zoe de repente ouviu um choramingo cortante e uma nova alma veio ao mundo. Ela olhou para o relógio. Meia-noite, exatamente meia-noite. O minúsculo vão por onde os espíritos conseguem se esgueirar; onde os vivos e os mortos podem se encontrar; onde os mundos colidem.

Lágrimas encheram seus olhos.

E uma outra coisa; um lembrete. De que quando Hari nasceu ela tinha jurado, diversas vezes, que não faria nada – nada – que não fosse o melhor para ele. Nunca.

E ali, em uma noite congelante de outono, em um pequeno hospital em meio a grandes morros escuros cujas silhuetas eram visíveis contra o céu estrelado, ela se lembrou dessa promessa.

De fazer o que era o melhor para ele.

Então se virou e foi cumprimentar a mamãe, que, de volta à segurança da cama quente e aconchegante do hospital, com um pacotinho embrulhado nos braços, tinha esquecido todo o rancor. Ela havia ganhado uma medalha: a das mulheres que haviam passado pelo parto, sangrado na mesma guerra.

Nina não conseguia fazer nada além de chorar e olhar para aquele rostinho e abraçar todos (e, às vezes, debruçar-se para fora da cama e vomitar).

– E aí? – perguntou Surinder. – Darcy? Heathcliff? Rochester. Willoughby. Willoughby, definitivamente. Lawrie. Gatsby. Aahh, eu gosto de Gatsby.

Nina olhou para Lennox, que olhou de volta para ela e sorriu.

– Para de palhaçada – respondeu Nina. – Este é o John.

Capítulo noventa e três

Zoe as deixou e voltou sozinha dirigindo a van até a casa silenciosa.

Ramsay estava aguardando por ela na cozinha, sentado no escuro sem fazer nada, apenas esperando que ela voltasse. Ele sabia que ela teria tido tempo para pensar nas coisas; tempo para refletir.

Ele olhou para seu rosto. Ela não estava sorrindo.

Zoe foi até ele, sentou em seu colo, aninhou-se no peito dele e ambos choraram.

– Eu tenho que ir – disse ela. – Tenho que ir. Uma criança precisa de uma mãe e de um pai.

Ramsay concordou, suspirando.

– E não é nada bom pra Mary, e ela vai precisar de muito apoio, você sabe disso. Ela não vai ser "consertada".

Ele concordou novamente, afagando a cabeça dela.

– Será que podemos... Será que podemos vir visitar? – perguntou ela cheia de esperança.

Contudo, tinha a forte sensação de que, depois que retornasse a Londres, voltasse a pegar o metrô todos os dias, se desdobrasse para dar conta de tudo e pagar as contas – já que, infelizmente, naquela cidade o dinheiro parecia escapar pelos dedos –, o encanto seria quebrado. Ambos sabiam disso.

– É claro – disse ele.

– Eu acho que a Nina vai ficar bem – comentou Zoe. – Se o Lennox um dia largar o menino.

(Zoe ficou estranhamente presciente quanto a isso: Lennox simplesmente não largava o bebê.)

Ramsay balançou a cabeça de forma compreensiva.

– Ela quer as coisas do jeito dela – disse Zoe. – Eu entendo isso.

Eles não voltaram a se beijar. Não com as fotos das crianças ali na frente deles, ao redor da nova cafeteira. Simplesmente ficaram sentados ali, ela no colo dele, as duas cabeças juntas, uma pequena e uma grande, por um bom tempo.

Lá em Londres, em uma pequena cozinha em Wembley, as coisas estavam fervilhando.

– Mas que diabos! – esbravejou Shanti. – Que merda é essa?

Ela estava lendo o e-mail dele.

– É o que a gente pode pagar, meu bem. Isso é tudo que estou ganhando.

Shanti olhou para baixo.

– São horríveis! Eu não colocaria nem o meu cachorro em um lugar como esse!

– Mas… eu quero o garoto perto de mim! Especialmente agora que ele fala! A gente pode passar um tempo juntos, ir ao estádio de futebol, e eu posso ensiná-lo a ser DJ, e a gente pode ser amigos…

Shanti o encarou.

– Querido – disse ela –, você sabe o que a gente combinou. Você sabe o que a gente conversou sobre o que é melhor pro seu filho.

– Trazê-lo pra perto de mim – respondeu Jaz, teimoso.

– Você viu como ele está lá na Escócia.

Jaz ficou olhando para o chão.

– Você viu como ele está feliz lá.

– Mas fica a *quilômetros* de distância.

– Não é tão longe quanto Ibiza, meu amor.

Jaz ficou olhando para os próprios sapatos.

– Conte pra ela – disse Shanti. – Ela ficará superchateada.

– São duas da manhã.

– Conte pra ela – insistiu Shanti. – Se fosse eu, não conseguiria pregar o olho.

Capítulo noventa e quatro

Zoe estava sentada na cozinha, enquanto Ramsay fazia café, quando seu celular começou a vibrar. Quem é que estava mandando mensagem àquela hora da madrugada? Ah, é claro. O DJ Jaz não dormia no mesmo horário que todo mundo.

– Não preciso nem ver – resmungou ela em voz alta. – Você já venceu.

Ela abriu a mensagem mesmo assim, é claro.

"Olha. Aqueles apartamentos são uma porcaria. Vamos deixar como está por enquanto, beleza, querida? Vocês parecem felizes. Só faz o garoto parar de falar escocês e ensina ele a torcer pro Tottenham."

Zoe levou a mão à boca.

– Meu Deus.

– O que foi?

– Ele... Meu Deus! Meu Deus!

Ela franziu a testa.

– Ele jamais vai torcer pro Tottenham.

Zoe ficou olhando para a tela, ofegante, por uma eternidade, então respondeu com uma avalanche de emojis: incontáveis coraçõezinhos e beijinhos.

– Coraçõezinhos e beijinhos? – indagou Ramsay, espiando por cima do ombro dela. – Posso ganhar também?

Ela olhou para ele. A casa rangeu, como se também estivesse prendendo a respiração. Do lado de fora, as árvores sussurravam suavemente em meio à escuridão. Foi um momento muito silencioso.

Zoe olhou para ele, enorme, à vontade, encarando-a com desejo e esperança. Ele estava absolutamente irresistível à luz da lareira moribunda da cozinha.

– Suponho que... você poderia... visitar os aposentos da criadagem.

– Você vai precisar me mostrar onde ficam.

– *Pare* com isso! – disse ela enquanto ele a puxava para perto.

– É impressionante – comentou ele – como você é baixinha. Tenho pensado muito nisso.

– *Tem*, é? – disse Zoe enquanto ele a tomava nos braços. – Direita. Escada dos fundos.

– Senhor... – murmurou Ramsay, pausando para beijá-la.

Então ele a colocou no chão, pegou as duas xícaras de café, enxaguou-as na pia e as colocou no lava-louça.

– Bem – disse Zoe –, acho que você ficaria surpreso ao saber quão afrodisíaco isso é.

– Ficaria, é? – perguntou Ramsay, pegando sua mão enquanto eles desligavam as luzes da cozinha, indicando, um para o outro, para não fazer barulho.

Lá em Londres, Jaz largou o celular.

– Ela respondeu? – perguntou Shanti, afagando as costas dele.

Ele meneou a cabeça.

– Ela deve achar que eu sou um babaca, brincando com ela desse jeito.

– Eu acho – disse Shanti – que, neste momento, ela te acha menos babaca do que sempre achou. E *eu* estou muito, muito orgulhosa de você.

Lágrimas se formaram nos olhos de Jaz.

– É que eu... Eu sinto saudade dele.

– A gente pode visitá-los – ponderou Shanti. – Você sabe que ele está melhor lá. Sabe que aquele é o melhor lugar pra ele, com espaço ao ar livre, perto de outras crianças; não sozinho em uma quitinete xexelenta. Você viu o que era melhor pra ele. E fez a coisa certa. Estou tão, tão orgulhosa de você...

Jaz se sentou e aquiesceu com a cabeça; as lágrimas escorriam por seu rosto e Shanti enterrou o rosto nas costas dele e o abraçou forte.

Capítulo noventa e cinco

Mary permanecia parada, parecendo encabulada, enquanto Zoe fazia uma trança em seu cabelo diante do espelho. Ela vestia um uniforme escolar novo, que parecia estar pinicando e era grande demais, e a gravata estava torta. Ela fez uma careta.

– Você está linda – garantiu Zoe. – E a Dra. Wainwright disse que você podia ir visitar a sua mãe depois da sua sessão.

– Ela gosta de escovar meu cabelo – disse Mary, reflexiva. Olhou para Zoe. – Mas não sei se ela vai voltar a falar. Será que ela vai falar um dia?

– Não sei – respondeu Zoe com franqueza. – Mas acho que nada a deixa mais feliz do que ter você por perto.

Mary balançou a cabeça compreensivamente, como se estivesse assimilando aquilo.

– Muito bem – disse ela, respirando fundo. – Escola.

– O Shackleton falou que está disposto e a Kirsty vai sair pra encontrar vocês.

Mary suspirou.

– Todos aqueles livros… Todas aquelas aventuras. Nenhuma delas acontece na escola. Acho que não acontecem aventuras na escola.

Zoe sorriu.

– Ah, Mary – disse ela, finalizando a trança com um belo laço xadrez –, eu tenho uns livros novos pra você.

Capítulo noventa e seis

Já é quase Natal e a geada cristalina se espalha por todo o gramado. Patrick e Hari estão encasacados como pequenos esquiadores, esperando ansiosamente na escada.

Shackleton e Mary esperam dentro de casa, sem muito entusiasmo para sair no frio. Mary está fazendo o dever de casa e conversando com as amigas sem parar no Snapchat. Shackleton está fazendo bolinhos. Eles conversam ocasionalmente.

Ramsay está na biblioteca, com a porta escancarada, trabalhando, com a lareira acesa. Os meninos estavam correndo por ali mais cedo, mas agora todos estão um pouco nervosos.

Além disso, Zoe e Ramsay não estão muito perto de contar às crianças, tendo se convencido de que elas não perceberam, o que é estranho, pois se existe uma coisa que Zoe sabe é que crianças reparam em tudo. Mas eles se encontram apenas tarde da noite e usam um dos inúmeros quartos de hóspedes vazios (eles achavam que estavam se escondendo bem, até que, certa noite, quando foram se encontrar, perceberam que a Sra. MacGlone tinha acendido um braseiro, trocado os lençóis e colocado um vaso de flores frescas ao lado da cama). É seu refúgio particular, e eles o manterão secreto pelo tempo que conseguirem.

Wullie, do vilarejo, apareceu com outra van de segunda mão e fez Zoe se sentir uma completa idiota por não ter pensado naquilo. Ela ficou tentada a pintar a van de xadrez só para chocar Nina, mas decidiu, sabiamente, não pintar. Nina está de volta a Kirrinfief, com seus clientes regulares. Ela leva John às vezes, mas Lennox arrumou um canguru de bebê e raramente vai a qualquer lugar sem levar o moleque, de modo que ela não tem achado a maternidade o desafio que esperava. E Zoe leva sua van ao lago Ness, e elas se encontram regularmente e servem de cobaias para os novos sanduíches de Agnieszka – queijo, presunto *e* tomate – e conversam sobre livros e bebês. Zoe não vai muito à fazenda. Ela realmente odeia aquela galinha.

Em The Beeches, o carro branco grande sobe a viela lentamente. Zoe dá um passo adiante e a porta da frente, pela primeira vez, está aberta.

Jaz salta do veículo primeiro e abre a porta de trás para Shanti em um gesto muito cavalheiresco.

Do banco do passageiro emerge uma figura curvada, levemente careca, usando terno e gravata.

Jaz dá a volta no carro, ainda – pensa Zoe – com um leve sorriso no rosto, exibindo-se de leve. Do outro lado, emerge uma mulher de rosto angelical usando um sári e um casaco pesado. Zoe teme que ela esteja com frio.

– Papai! – grita Hari, saltando para a frente, e então se paralisa ao ver os dois idosos.

Ele sabe, pensa Zoe. Ele sabe. Só não consegue processar direito na cabecinha dele.

Então ela dá um passo adiante, pega a mão dele – e a de Patrick também, porque as famílias existem em todos os formatos e tamanhos –, dá outro passo à frente e diz "Olá".

Agradecimentos

Obrigada a: Jo Unwin, da JULA; Maddie West e Rachel Kahan, da Sphere and William Morrow; Milly Reilly, Joanna Kramer, Charlie King, David Shelley, Stephie Melrose, Gemma Shelley, Liz Hatherell, Hannah Wood e todos da Little, Brown; Jake Smith-Bosanquet, Alexander Cochran e a brilhante equipe da CW.

E também a: Rona Monroe, por delicadamente sugerir algo bem importante; Shirley Manson, por me dar suporte com relação à questão do monstro do lago Ness; ao lindo hotel Betsy, em Miami (www.thebetsyhotel.com), que me emprestou o Quarto do Escritor para terminar o livro; Muriel Gray, pelos nomes das flores e por ser incrível no geral; Agnieszka Ford, que pediu que seu nome constasse no livro em um leilão de caridade – muito obrigada, Agnieszka, e oi, Sophia!

E mais: a Diretoria, Lit Mix, Laraine e meus amados Beatons.

CONHEÇA OS LIVROS DE JENNY COLGAN

A pequena livraria dos sonhos

A padaria dos finais felizes

A adorável loja de chocolates de Paris

Um novo capítulo para o amor

Para saber mais sobre os títulos e autores da Editora Arqueiro,
visite o nosso site e siga as nossas redes sociais.
Além de informações sobre os próximos lançamentos,
você terá acesso a conteúdos exclusivos
e poderá participar de promoções e sorteios.

editoraarqueiro.com.br